हिन्द पॉकेट बुक्स

दिव्यशक्ति कुण्डलिनी द्वारा स्वगृहयात्रा

स्वामी रवीन्द्रानंद धर्म, संस्कृति और अध्यात्म पर लिखने वाले एक चर्चित लेखक हैं। ध्यान, योग, समाधि, कुण्डलिनी जागरण, शक्तिपात, आत्म-दर्शन इत्यादि विषयों पर स्वामी रवीन्द्रानंद की अब तक दो दर्जन पुस्तकें प्रकाशित हो चुकी हैं, जिनमें से कई विश्व की 7 प्रमुख़ विदेशी भाषाओं में भी प्रकाशित हुई हैं।

दिव्यशक्ति कुण्डलिनी द्वारा स्वगृहयात्रा

स्वामी रवीन्द्रानन्द

हिन्द पॉकेट बुक्स
पेंगइन रैंडम हाउस इम्प्रिंट

हिन्द पॉकेट बुक्स

यूएसए। कनाडा। यूके। आयरलैंड। ऑस्ट्रेलिया। सिंगापुर
न्यू ज़ीलैंड। भारत। दक्षिण अफ्रीका। चीन

हिन्द पॉकेट बुक्स, पेंगुइन रैंडम हाउस ग्रुप ऑफ़ कम्पनीज़ का हिस्सा है,
जिसका पता global.penguinrandomhouse.com पर मिलेगा

पेंगुइन रैंडम हाउस इंडिया प्रा. लि.,
चौथी मंजिल, कैपिटल टावर -1, एम जी रोड,
गुड़गांव 122 002, हरियाणा, भारत

पेंगुइन
रैंडम हाउस
इंडिया

प्रथम हिन्दी संस्करण हिन्द पॉकेट बुक्स द्वारा 2009 में प्रकाशित
यह हिन्दी संस्करण हिन्द पॉकेट बुक्स में पेंगुइन रैंडम हाउस द्वारा 2023 में प्रकाशित

10 9 8 7 6 5 4 3 2

इस पुस्तक में व्यक्त विचार लेखक के अपने हैं, जिनका यथासंभव तथ्यात्मक
सत्यापन किया गया है, और इस संबंध में प्रकाशक एवं सहयोगी
प्रकाशक किसी भी रूप में उत्तरदायी नहीं हैं।

ISBN 9789353490959

मुद्रकः रेप्रो इंडिया लिमिटेड

www.penguin.co.in

FSC
www.fsc.org
MIX
Paper from
responsible sources
FSC® C047271

This is a legitimate digitally printed version of the book and therefore might not
have certain extra finishing on the cover.

अनुक्रम

आन्तरिक सत्गुरु-निजस्वरूप को
मेरी दीदी स्वर्गीय श्रीमती भगवती देवी
मेरे पिता स्वर्गीय श्री गंगा सिंह
मेरी माता श्रीमती लक्ष्मी देवी
जिन्होंने मेरे शैशवकाल में ही आध्यात्मिक
बीजारोपण किया तथा
पुच्ची बाबू माता को

प्राक्कथन

सेंट आगस्टाइन (354-430) अपनी प्रसिद्ध 'स्वीकारोक्ति' के प्रारम्भिक उद्धरण में लिखते हैं– *'तूने अपने लिए मुझे बनाया है और हमारे हृदय अशान्त हैं जब तक वे तुझमें विश्राम न पालें।'*

सभी मानव अपने घर अर्थात् परमात्मा के यहां वापस जाने की यात्रा पर हैं, जहां से कि उनकी यात्रा प्रारम्भ हुई थी। आध्यात्मिक अर्थों में हम लोग अपने पिता के स्वर्णवाले भवन से पदार्थ जगत में आ गए और नीचे आकर चाहे वह भौतिक, भावात्मक, मनस हो में प्रगट हुए हैं।

इस यात्रा को एक कथा में वर्णन किया गया है प्रोडीगल सन नामक (ल्यूक 15:11:32) जिसमें बताया गया कि छोटे बेटे ने पिता से उत्तराधिकार में जो कुछ भी प्राप्त किया था उस सारे धन को व्यसनों में उड़ा दिया। वह निराश होकर पश्चाताप करते हुए अन्त में पिता के घर वापस आया जहां उसके पिता ने हार्दिक स्वागत किया।

इसी प्रकार हर मनुष्य लोग भी अपने जीवन शक्ति को अवांछित लक्ष्यों की पूर्ति सुख, धन, शक्ति, पद सम्मान आदि में नष्ट करते रहते हैं। किन्तु हम उसे तो नहीं त्याग सकते जिसका कि हमें कभी अनुभव न हुआ हो। जब हम अपने इन लक्ष्यों की पूर्ति में सफल हो जाते हैं तो हमें वे सब व्यर्थ दिखायी पड़ते हैं और अन्त में निराश होकर हम अन्य वांछित उद्देश्यों की पूर्ति में लग जाते हैं जिसमें दूसरों की सेवा, बिना शर्त प्रेम करना तथा अपनी योग्यता व शक्ति का उपयोग दूसरों को साहस और सहायता देने

में प्रोत्साहित किया जाता है। अन्त में हमें अपनी यात्रा का मूल उद्देश्य पता चलता है कि उस दिव्य से प्रेम कैसे हो और वह जाना कैसे जाय। और अन्त में वह दिव्य हममें कैसे रहे हमारे द्वारा कैसे रहे और अन्त में हमारी तरह से रहे।

पाश्चात्य जगत में इस यात्रा के बहुत से साहित्यिक अर्थ हैं। होमर की ओडिसी सबसे पहले में से एक है, ओडीसियस की कथा यह है कि वह युद्ध में ट्राय से पराजित होकर अपने घर भाग जाता है जहां कि उसकी प्रिय पत्नी व उसके पिता राह देखते हैं। इस साहस के पूर्ण कथा में ओडीसियस अपना पूरा जहाजी बेड़ा खो देता है और बहुत-सी दुर्गम कठिनाइयों का सामना करता है जो उसकी यात्रा में बाधक हैं। उसके कुछ आदमी कमल खानेवाले लोगों द्वारा बहका लिये गये और इतना मदिरापान कर लिया कि वे अपना घर ही भूल गये। यहीं ऐसे ही खतरे हैं दवाइयों के चाहे वह कोकीन हो या विषयभोग, हिरोइन हो या पदशक्ति। ओडीसियस के बेड़े के कुछ आदमी साहसोप के शिकार हुए थे जो कि जंगली पशुओं की प्रवृत्ति वाले लोग थे। कुछ को सरके ने जादू से मोह लिया जिन्हें उसने सुअर, भेड़िया एवं शेर बना दिया। दो हजार वर्ष पूर्व की यह कथा कही गई थी, रिचर्ड बैक ने सुलीवैन को कहा जिन्होंने जोनाथन लिविंगस्टन सीगुल से कहा था:

क्या आपको कुछ पता है कि हमारे कितने जन्म बीत गये जब हमें पहले पहल यह विचार उठा कि इस जीवन में खाने पीने, युद्ध करने, पद शक्ति प्राप्त करने का व झुण्ड में रहने के अतिरिक्त कुछ और भी हैं। हजारों जन्म, जान, दस हजार! और फिर सैकड़ों जन्म जब तक कि हम सीधा सीखना न प्रारम्भ कर दें कि इसमें कोई वस्तु पूर्णता भी है और ऐसे सैकड़ों जन्म और व्यतीत हो जाएं जब हमें पता चले कि इस जीवन का अभिप्राय पूर्णता प्राप्त करना है और आगे ऐसे ही दिखाना है।

मानव की जीवात्मा की यह यात्रा उर्ध्वगमन है या अपने स्वर्ग से अधःपतन है, जो मानसिक, भावुक और अन्तिम भौतिक पदार्थ जगत में हो जाता है। हमारा विकास इन अधोगतियों से ऊपर होता है। हम सीखते हैं कि हम अपनी शक्तियों को कैसे विकसित करें और सत्यं, शिव, सुन्दरम को कैसे प्राप्त कर सकें। अन्त में हमें ज्ञान मिलता है जिससे हम अपने को

प्रगट कर सकें, जीवन जी सकें तथा ज्ञान से हमें प्रेम हो और दिव्य प्रेम को प्राप्त कर सकें।

डॉ. कुमार ने इस जीवात्मा की यात्रा का एक खाका तैयार किया है जो कि जागरण से अन्तिम मुक्ति तक जाता है, जिसे उन्होंने समग्रयोग कहा है। योग के तात्पर्य होता है मिलना जो कि एक मार्ग को दर्शाता है जिसका अन्त दिव्यात्मा से संयम हो जाना है। हम लोगों में से प्रत्येक के भीतर एक दिव्यात्माशक्ति है जिसे पूर्व में कुण्डलिनी कहा जाता है। रीढ़ के मूल में एक कुण्डली मारे सर्प की भांति है जो शरीर में ऊपर तक चढ़ती है जिसमें शक्ति के गोलचक्र हैं जो शरीर के भीतर ग्रन्थियों से सम्बन्धित हैं। जब यह शक्ति ऊपर के चक्रों द्वारा आरोहित होती है तो हमें अपने पिता का घर वापस मिल जाता है। प्राचीन हिन्दू प्रार्थना इन शब्दों से प्रारम्भ होती है कि हे प्रभो हमें अन्धकार से प्रकाश की ओर तथा मृत से अमृत में ले चलो। हमें अपने अज्ञान के अन्धकार से निकलकर अपनी जीवात्मा में दिव्यात्मा का होने का अनुभव करना है। जब यह चेतना या अहम उस आत्मविवेक को प्राप्त कर लेता है तो ऐसा होता है कि मूलगृह वापसी प्रारम्भ हो गई।

जैसे-जैसे हम परमात्मा या ब्रह्म से अपनी एकता स्थापित करते हुए पाते हैं तो हमें अपने निम्न तीन शरीरों और उनकी शक्तियों से, मन, उसके विचार और उसके मत से, भावात्मक शरीर व उसके नकारात्मक अनुभवों से और भौतिक शरीर और उसकी भूखों-वासनाओं से तादात्म्य करने से स्वयं को स्वतन्त्र करना चाहिए।

परमात्मा के मार्ग में जो पांच रोडे हैं या शत्रु हैं जिन्हें काम, क्रोध, लोभ, मोह और अहंकार कहा जाता है यह स्वतः उस स्वगृह वापसी में विजित हो जाते हैं। जैसे जीसस ने कहा है "कोई व्यक्ति दो मालिकों की सेवा नहीं कर सकता" (मैथ्यू 6:24) या तो हम अपने संकल्प से कार्य करें या परमात्मा का अनुसरण करें; या हम अपने लिए जियें अथवा परमात्मा के लिए। यदि हमें परमात्मा से एकता पानी है तो हमें इन पापों, बाधाओं से अपने को रिक्त करना होगा। मात्र रिक्त आत्मा ही परमात्मा से भरी जा सकती है।

जैसे हम अपने लक्ष्य की ओर बढ़ते हैं हमें आनन्द, प्रसन्नता, शान्ति,

प्रेम और ज्ञान मिलने लग जाता है जो आत्म साक्षात्कार के प्रकाशित होने का लक्षण है। कर्म के बन्धन समाप्त हो जाते हैं जिसके कारण हमें बार-बार निरन्तर जन्मचक्र में जाना होता था। जब पांच शत्रु काम, क्रोध, मोह, लोभ और अहंकार पूरी तौर से विजित हो जाते हैं तो हमारे में करूणा, दया, उदारता, प्रेम आदि प्रदर्शित होने लगते हैं और साथ ही प्रतिक्षण हम अहंकार और कर्म बन्धनों से मुक्त रहते हैं। क्योंकि अब यह जान जाते हैं कि दिव्य शक्ति ही हमारे में और हमारे द्वारा कार्य करती है।

डॉ. कुमार का इन्टीगरल पाथ (समग्रपथ) उनका निजी मार्ग है, वह गृहस्थों के लिए बहुत ही छोटा मार्ग है। इन्टीगरल योग में योगाभ्यास, ध्यान, शास्त्र पठन, सयमित संभोग सम्मिलित है। काम वासना, दूसरे के लिए प्रेम प्रगट करना एक गहरे में आत्मा का परमात्मा से प्रेम प्रगट करना है। इस प्रकार कामुक प्रेम भी हमें परमात्मा के प्रेम में ही ले जाता है। डॉ. रवीन्द्रकुमार ने इस मार्ग की व्याख्या की है और यह हमारा सौभाग्य है कि हम उनके साथ स्वगृहयात्रा में सम्मिलित रहें।

प्रेसीडेंट, एकेडेमी आफ रिलीजन। **डॉ. जान एफ़ मिलर III**
एण्ड साइकीकल रिसर्च
टेम्पा, फ़्लोरिडा

आमुख

अपने जीवन का अधिकांश भाग भारत में बिताया है और यह मेरा यह सौभाग्य था कि विश्व के विभिन्न भागों में रहा हूं, विभिन्न विश्वविद्यालयों में गणित शास्त्र का प्रशिक्षण कार्य करता रहा हूं। निम्नलिखित देशों में कम-से-कम दो वर्ष प्रत्येक देश में रहा हूं यूनाइटेड किंगडम, यूनाइटेड स्टेट ऑफ अमरीका, इराक, नाइजीरिया, ज़िम्बाब्वे, इथोपिया, फ़िजी द्वीप, और तंजानिया। इसके अतिरिक्त मैंने अन्य देशों की भी यात्राएं की हैं जिसमें थोड़े-थोड़े सम्पर्क के लिए सम्मेलनों, गोष्ठियों, भाषणों में भाग लेने गया हूं।

यद्यपि मैं गणितज्ञ हूं किन्तु मेरी रूचि समान रूप से धार्मिक अनसुन्धान में भी रही है। वर्षो से मेरा उत्साह गणित पर से धीरे-धीरे घटता गया। वर्तमान में मैं धार्मिक अवधारणा के प्रचार करने में लगा हूं जिसका पूरे संसार में अभ्यास किया जा रहा है। विभिन्न धर्मो के लोगों से मिलते-जुलते वार्ता का मुझे यह अवसर मिला कि मैं कुछ ऐसे तथ्य एकत्र करूं जों यह सिद्ध करें कि सभी धर्मो में एक सामान्य सूत्र है जिसे पाकर मनुष्य आन्तरिक शान्ति व परमात्मा को पा सकता है। 'सत्य' से मैं ज्योतिर्मय हो चुका था, मैंने श्रृंखलाबद्ध लेख लिखकर प्रकाशित कराया। अस्तु! यह पुस्तक उन प्रकाशित लेखों का संग्रह है जैसा कि मूल लेखन था। कुछ सीमित समय के अन्तराल के कारण यह आवश्यक था कि कुछ निबन्धों के सम्पादन प्रकाशन हेतु किये जाएं, जिसमें कुछ आवश्यक सूचनाएं रह गई थीं। प्रत्येक लेख के साथ सन्दर्भ यथावत् दिया गया है।

एक सामान्य सूत्र का अन्वेषण काफी समय से किया जा रहा था जिसके कुछ अच्छे परिणाम आए। हस्टन स्मिथ (1) ने अपनी पुस्तक 'फ़ारगाटेन टुथ' में 'मानव की एकमतता' तथा 'आदिकालिक या मौलिक परम्पराओं' का वर्णन किया है। अल्दुहस हक्सले ने कहा कि बड़े प्रसन्नता की बात है कि सर्वधर्मो में एक अति उच्च सामान्य सूत्र है, चिरस्थायी दर्शन जो सन्तों पैगम्बरों, साधओं में सब जगह सदैव एक धार्मिक प्रक्रिया पायी जाती रही है। यह पूरी तरह सम्भव है कि मनुष्य एक अच्छा ईसाई, हिन्दू, बौद्ध या मुसलमान बना भी रहे और उस सनातन दर्शन के आधार पर एकमत भी सबसे रहे। प्रभवानन्द और इशरवुड (2) का कथन है कि श्रीमद भागवदगीता सम्भवतः चिरस्थायी दर्शन का एक क्रमबद्ध शास्त्रीय प्रवचन है।

जैसा कि अल्दुअस हक्सले ने कहा है कि भागवद्गीता के चिर स्थायी दर्शन में चार मौलिक बातें कही गई हैं:

पहला–यह प्रतीयमान पदार्थ जगत और व्यक्तिगत चेतना-वस्तुओं, पशुओं, मनुष्यों और देवताओं का भी जगत एक दिव्य आधार का साकार रूप है जिसमें सब आंशिक रूप से स्थित हैं और उसके बिना किसी का कोई अस्तित्व नहीं रह जाता है।

दूसरा–मनुष्य यही नहीं कि वह उस दिव्य आधार को मात्र जान ले वरन् वह सीधे अन्तः प्रेरणा से जो कि तर्क से ऊपर है उसके अस्तित्व का अनुभव भी कर सकता है। उसका ज्ञान ज्ञाता और ज्ञेय दोनों को मिला देता है।

तीसरा–मनुष्य दो स्वभाव वाला है। एक प्रतीकात्मक अहंकार और सनातन आत्मा जो कि अन्तर मानव है, देव, दिव्य ज्योति उस जीवात्मा में है। मनुष्य की इच्छानुसार यह सम्भव है कि वह अपना तादात्म्य उस आत्मा से करे, और इसलिए दिव्याधार से करे, जो कि जीवात्मा के स्वभाव का ही है या दोनों एक ही स्वभाव के है।

चौथा–मनुष्य के जीवन का इस पृथ्वी पर एक ही लक्ष्य है कि वह अपना तादात्म्य या पहिचान सनातन आत्मा से करे और अन्तःप्रेरणा से इस दिव्याधार का ज्ञान प्राप्त करे।

हिन्दू धर्म में दिव्याधार ब्रह्म है, जो कृष्ण के रूप में अवतरित हुआ, जिन्होंने गीता के शब्द कहे हैं। तदनुसार वह सब वेदों में ओम हैं, शब्द जो ब्रह्म है वही एकमात्र कर्ता सभी जीवों का गर्भ है और जो भी स्थित है

सबका सृजक है। वह आत्मा है जो सब मरणशील जीवों में रहती है और जो उसके ध्यान द्वारा पुनः संयुक्त हो जाती है। कृष्ण के अनुसार यह पूरी तौर से स्वाभाविक है कि विभिन्न लोगों के विभिन्न मार्ग हों और सबके आराधना के लक्ष्य भी भिन्न हों। सब मार्ग रोम को ही जाते है। परन्तु यह तो होना ही चाहिए कि यह रोम ही है और अन्य कोई नगर नहीं है, जहां कि याली जाना चाहता है। एक आश्चर्यजनक मुसलिम कथा बड़ी सुन्दरता के साथ मूसा और गड़रिया की वार्ता के रूप में जलालुद्दीन रूमी की दूसरी पुस्तक 'मसानवी' में यही कलयाणकारी दृष्टिकोण स्पष्ट करती है।

महायान बौद्ध में दिव्याधार को 'मन' या 'शून्य की पविल ज्योति' कहा गया है और ऊंचे देवताओं का पद ध्यानी बौधों ने ले लिया है। (अल्डुआस हक्सले, प्रभवानन्द एण्ड ईशरवुड 2)

बाइबिल का प्रसिद्ध वचन है, 'प्रारम्भ में शब्द था और शब्द परमात्मा के साथ था और शब्द ही परमात्मा है और जो कुछ भी सृजन हुआ वह सब शब्द से ही बना सृजित हुआ। ओर ऐसा कुछ नहीं है जो शब्द से न बना हो।'

तीन बातें इस इस अंश से स्पष्ट है।

सर्वप्रथम वस्तु जो ब्रह्माण्ड में स्थापित हुई वह शब्द या लोगोस था।

–शब्द और कुछ नहीं था सिवाय प्रभु के।

प्रत्येक वस्तु जो भी इस ब्राह्मण्ड में प्रगट है, वह सब 'शब्दब्रह्म' से ही सृजित है।

शब्द ब्रह्म अद्वैत है, स्वतः अस्तित्व है और सब कारणों का कारण है। वह एकमाल कर्ता है कोई दूसरा नहीं है। प्रसिद्ध सन्त गुरु नानक ने आत्मदर्शन के तत्काल बाद कहा था "एक ओंकार सतनाम, कर्ता पुरुष, निर्भव, निर्वैर अकाल मूरत अजुनी सैभम् गुरु प्रसाद जप आदि सच जुगादि सच है वी सच नानक हो सी वी सच"। इसका अर्थ यह है कि वहां एक ही ब्रह्म है जो कि ओंकार के ध्वनि रूप में है (ॐ) सतनाम कहलाता है। वही सब कार्यों का कर्ता है वह निर्भय है और उसकी किसी से कोई शलुता नहीं है। वह अनादि व्यक्तित्व है। उसका कोई लिंग नहीं है और वह स्वयं अस्तित्वान है। वह ध्यान में गुरु की तरह आशीर्वाद देता है। वह आरम्भ में सत्य था और सम्पर्क पूर्व भी वह सत्य था वह आज सत्य है और नानक कहते हैं वह

भविष्य में भी सत्य ही रहेगा। बाइबिल से उद्धृत लिये गये पिछले तीन अंश इससे समर्थित होते हैं।

सबसे पहली बात तो यह है कि जो भी इस ब्रह्माण्ड में स्थित है वह सब शब्द ही है या ओंकार है। शब्द या ओंकार स्वयं परमात्मा हैं एक मात्र वही सब वस्तुओं का सृजक है जो कि ब्रह्माण्ड में स्थित हैं और इसको हिन्दू धर्म से समर्थन मिलता है। नानक द्वारा दी गई ब्रह्म की परिभाषा बहुत ही उत्तम है। यह परमात्मा के मूल गुणों को दर्शाती है जो कि प्रत्येक साधारण पुरुष व स्त्री को जानना चाहिए। मुख्य अतिरिक्त बिन्दु इस परिभाषा में यह है कि परमात्मा गुरु के रूप में ध्यान में उतरकर परमात्मा का ही आशीर्वाद प्रदान करता है। यह सूचित करना आवश्यक है कि पूर्व ईसाई धर्म, व यहूदी धर्म में ध्यान साधना का प्रचार किया गया था किन्तु बाद में पादरियों व गिरजाघरों के मन्त्रियों द्वारा इसका बहिष्कार कर दिया गया।

डेविड फ्राली (3) निर्देशक अमेरिकन इन्सटीट्यूट आफ़ वैदिक स्टडीज़, सान्टाफे, न्यू मेक्सिको लिखते हैं–

जैसे भी हो, प्राचीन योरप और भारतीय संस्कृति में आपस में काफी सम्बन्ध हैं जिससे हमें यह निष्कर्ष निकालना चाहिए कि प्राचीन योरप में भी योग की परम्परा हिन्दुओं के समान थी, जिसमें भक्तिधर्म, विभिन्न देवताओं व देवियों की पूजा, पवित्र नाद या मन्त्र का प्रयोग, कर्म और पनर्जन्म में विश्वास, ध्यान, साधना तथा आत्म साक्षात्कार या ज्योतिर्मय होने के विचार पाये जाते थे। यह विचार और अभ्यास संसार की अन्य संस्कृतियों में भी इसी प्रकार प्रचलित थे यद्यपि भारत में और विशिष्ट सांस्कृतिक एक रूपता मिलती थी, विशेषकर उसी प्रकार की भाषाओं से।

मरवान शेरयार इरानी जो मेहर बाबा के नाम से प्रसिद्ध थे (4) एक सूफ़ी फ़कीर इस शताब्दी के थे। उनके अनुसार मनुष्य के मनस के दो तल हैं। पहला तल तो उसके होश का है और दूसरा उससे परे। उसका अचेतन भाग अपने पूरे सामर्थ्य से उस शक्ति के समान है जो पदार्थ के पीछे कार्यरत है। उसे ही प्राचीन धर्मों में परमात्मा कहा गया है। 'अन्तिम सत्य' जिसको सांकेतिक रूप से इस प्रकार की धारणा से बताया गया है उसकी पूरी जानकारी तभी हो सकती है जब अचेतन को चेतन मन में लाया जाय। (Vol. I, 39) और फिर "परमात्मा की खोज अपनी आत्मा पर ही आना

है। परमात्मा की अनुभव प्राप्ति का पूरा खेल वैसे ही है जिसमें प्रारम्भ और अन्त दोनों एक समान हैं। यद्यपि परमात्मा का साक्षात्कार करने वाले लोगों में कोई नयी बात नहीं होती, उसका पूर्ण ज्ञान जो कि है जो था और जो होगा, परमात्मा साक्षात्कार का महत्व इससे बढ़ जाता है। जीवात्मा जिसे कि परमात्मा साक्षात्कार के अनुभव नहीं है वह सीमित है, दुःख और सुख की विपरीत अवस्थाओं से सदैव पीड़ित है किन्तु जिस जीवात्मा को परमात्मा का साक्षात्कार हो जाता है वह उन जीवात्माओं से ऊपर उठ जाता है और असीम ज्ञान और परमात्मा बोध का असीम आनन्द अनुभव करता है।'' (Vol II, 17 और 41) मेहर बाबा ने परमात्मा का दर्शन लाभ ध्यान द्वारा किया था और भाग 2 पुस्तक में उन्होंने अपनी विभिन्न ध्यान विधियों का उल्लेख किया है। सूफी सन्त मेहर बाबा के समर्थन में हिन्दू सन्त निसर्गदत्त महाराज कहते हैं "कि यदि तुम अपनी खोज से किसी भौतिक, मानसिक, आध्यात्मिक लाभ लेना चाहते हो तो अपने मुख्य लक्ष्य बिन्दु से चूक गये। सत्य कोई लाभ नहीं देता। वह आपको कुछ ऊँचा स्तर नहीं देता, कोई शक्ति दूसरों के ऊपर प्रभाव जमाने हेतु नहीं देता; जो कुछ आप पाते हैं वह सत्य है और असत्य पर विजय है" (5-313)

अल्डुआस हक्सले को भगवदगीता के सम्बन्ध में एकबार फिर उद्धृत करता हूं "अन्दर की ज्योति या चिनगारी दिव्य आधार के समान ही है। अपना तादात्म्य पहले से बनाने पर हम दूसरे से भी आन्तरिक प्रेरणा के ज्ञान को उपलब्ध हो जाते हैं। इन अनुभव सिद्ध तथ्यों को आध्यात्मिक जीवन में अनेक धर्मों के सिद्धान्तों से प्रतिपादित किया गया है। हिन्दू दृढ़ता से कहते हैं कि 'वह तू है'—भीतरी आत्मा वैसे ही है जैसे ब्रह्म है। सूफी मन्सूर को फांसी पर लटकाया गया क्योंकि उसने 'एकत्व' व 'देवत्यारोपण' शब्दों का प्रयोग किया था, जिसके शाब्दिक अर्थ का उपयोग हिन्दू परम्परा में हो रहा है। विशेष बात यह है कि इन शब्दों का उपयोग ईसाई व मुसलमान करते थे जिसके द्वारा वे अनुभवपरक तथ्यों का आध्यात्मिक परीक्षरण सीधे उच्च आन्तरिक प्रेरणा से करते थे। जहां तक मनुष्य का अन्तिम सत्य है। उसमें उच्च श्रेणी के धर्म सभी पूर्ण समर्थन में हैं। (प्रभवानन्द ओर ईशखुड 2)

सन्त आशाराम के शब्दों में (5,5) संचालित "परमात्मा ब्रह्मण्डीय शक्ति का स्त्रोत है जो हममें 'होश' चेतन को संचालित करता है। वह चेतन

हितनाड़ी में होने पर स्वप्न संसार की रचना करता है। वही चेतन जब निश्चेष्ट होकर रहता है तब गहरी निद्रा में होता है। आत्मा, परमात्मा की प्राप्ति या ज्ञान का विवेक यदि कोई तीन मिनट भी कर ले जाय तो वह फिर माता के गर्भवास का दुख नहीं भोगेगा और वह मुक्त आत्मा हो जाता है।"

यह बड़े ही सन्तोष का विषय किसी के लिए हो सकता है कि संसार के अधिकांश धर्मों में सामान्य विश्वास है:

–वह दिव्य अस्तित्व या स्वयंभू स्वप्रमाणित है और उसके स्वभाव में दो पक्ष हैं: स्थायी एवं गतिशील।

–गतिशील पक्ष 'शब्द' कहलाता है, ॐ आदि। वही समस्त ब्रह्माण्ड में जड़ व चेतना सृष्टि का सृजक है। स्थायी पक्ष निराकार स्वयंभू है।

–या निष्कर्षों के आधार पर या साक्षात प्रेरणा से कोई व्यक्ति स्वयंभू का अनुभव कर सकता है।

–मानवीय मनस के दो भाग हैं: चेतन या दृश्य जीवात्मा और अचेतन या शाश्वत जीवात्मा जिसे आत्मा कहा जाता है।

–यह आत्मा स्वयंभू की तरह है अस्तु यदि कोई अपना तादात्म्य उस आत्मा से कर लेता है तो यह तादात्म्य स्वयंभू से है।

–ध्यान साधना से किसी को भी प्रेरणा हो सकती है कि उसका तादात्म्य उस स्वयंभू से हो जाए।

इस पुस्तक का उद्देश्य दो आयामों में है।

पहला–उपरोक्त सामान्य विश्वासों का अपने निजी अनुभवों द्वारा समर्थन देना।

दूसरा—यह देखना कि कुण्डलिनी या सोई सर्पिणी शक्ति के जागरण की दशा बिना किसी धर्म या विश्वास के भेद के साधक में एक समान होती है।

सबसे प्रमुख तथ्य तो समझने का यह है कि हमारा मूल निवास एक ऊपरी राज्य में है जहां हम निराकार व असीम आत्मा की दशा में रहते हैं। इसकी विशद व्याख्या आगे अध्याय में की जाएगी। आत्मदृष्टि से हम स्वयंभू परमात्मा हैं और यही हमारी याला का प्रारम्भ व अन्त है।

पहले अध्याय में आत्मशक्ति कुण्डलिनी की परिभाषा, सात चक्रों, आत्मचेतना एवं मानव जन्म का उद्देश्य वर्णन किया गया है।

दूसरे अध्याय का मुख्य विषय है कि अधिकांश धर्म एक ही जीवन

काल में आत्मसाक्षात्कार का संक्षिप्त मार्ग विभिन्न धर्मों द्वारा दर्शाया गया है जो कि कुण्डलिनी अनुभव के समान है जिसमें परमात्मा के नाम स्मरण या मन्त्र जाप हैं।

अध्याय 2, 3, 4 इस विषय से सम्बन्धित हैं कि कुण्डलिनी जागरण व्यक्ति के व्यक्तित्व का पूरा रूपान्तरण कर देती है जो कि अन्य विधियों जैसे एन.डी.ई (मृत्यु का अनुभव), एल एसडी आदि द्वारा सम्भव नहीं है। किसी साधक में कुण्डलिनी का जागरण तब होता है जब उसके पुरुष व स्त्री तत्व समतुल हो जाते हैं। तात्पर्य यह है कि व्यक्ति बौद्धिक एवं भावनात्मक दोनों प्रवृत्तियों में समान है। यह स्थित तो बहुत अच्छी तब होती है जब विपरीत लिंगी का समागम हो। परिणाम स्वरूप विवाहित लोग सारे भूमण्डल में आध्यात्मिक खोज में अधिक सफल हुए हैं वनिस्वत अकेले लोगों के। अनेक प्रकार के उदाहरण पूर्व व पश्चिम से अध्याय 3 व 4 में दिए गए हैं जो कुण्डलिनी शक्ति यात्रा की सार्वभौमिकता प्रगट करते हैं।

एक आत्मकथा रूपी अंश विशिष्ट मानवीय अनुभवों की (ई.एच.ई) अध्याय 5 में वर्णित है। एक क्रमिक रूपान्तरण व्यक्तित्व में देखा जाता है जैसे जैसे कुण्डलिनी प्रथम चक्र से छठे व सातवें चक्र में पहुंचती है। छठे चक्र में पहुंचने पर आत्म साक्षात्कार हो जाता है।

अध्याय 6 में दर्शाया गया है कि युकिलिड के या तीन आयामों में प्रत्येक व्यक्ति एक निश्चित प्रारब्ध (भाग्य) से बंधा हुआ है। किसी व्यक्ति में मनस चेतना कभी कभी चमत्कार कर देती है जो कि मनुष्य के जीवन में परिवर्तन बिन्दु बन जाता है। यद्यपि 'स्वतन्त्र इच्छा' कभी कभी घटनाओं के क्रम में परिवर्तन कर देती है किन्तु अधिकतर नहीं और हम पूर्व निर्धारित घटनाओं से आच्छादित रहते हैं। जो भी हो कुछ लोगों के लिए यह आध्यात्मिक जीवन का प्रारम्भ हो सकता है। उनके पास आत्म साक्षात्कार का अवसर प्राप्त है यदि अन्य बातों पर वे ध्यान दें।

जब तक कि आत्म साक्षात्कार नहीं हो जाता तब तक आत्मा बराबर पृथ्वी पर आती रहती है चाहे वह प्रेतयोनि में हो, भूत हो या किसी मनुष्य रूप में जन्म ले। किन्तु आत्म साक्षात्कार के उपरान्त आत्मा अपने मूल निवास को लौट जाती है, यही मुक्ति कहलाता है। यही अध्याय 7 का विषय है।

अध्याय 8 में उन बिन्दुओं पर चर्चा की गई है जो कुण्डलिनी के जागरण में सहायक हैं। जो साधक प्रगति पर है वह पाता है कि उसके जीवन की घटनाओं की गति बढ़ने लगती है और उसे अनेक प्रकार के अनुभव होने लगते हैं जो पहले सम्भव नहीं थे और कई जन्म लग जाते। और ऐसी दशा में वह इसी जन्म में साक्षात् कर सकता है। यह एक महत्वपूर्ण तथ्य है जिसे मैंने अपने निजी जीवन के अनुभवों से समर्थन दिया है।

आत्म साक्षात्कार या परमात्मा का साक्षात् अनुभव दो तथ्यों पर आधारित है। यही दो परमात्मा के स्तम्भ हैं। पवित्र ध्वनि या नाद या शब्द ॐ और नीला प्रकाश। परमात्मा की ओर जाने के लिए कई तल है। परमात्मा की ओर चढ़ने की दशा में, क्रम से: अज्ञानता उसके सम्बंध में, उसे जानने में, उसके अनुभव में और वही हो जाने में आते हैं। इस सम्बन्ध में अध्याय 9 में चर्चा की गई है।

साधक एक बार जब पवित्र नाद और नीले प्रकाश से सम्बन्धित हो जाता है तो वह परमात्मा के मार्ग का आधामार्ग तय कर चुका होता है। यही वह दशा है जब गुरू का कार्य समाप्त हो जाता है और खोजी अपने निजी अनुभवों को बना लेता है। अध्याय 10 जागरण के पश्चात् जीवन पर चर्चा का है।

अध्याय 11 विस्तृत रूप से प्रमुख तत्व बताता है, जिसमें स्त्री व पुरुष नियमों का समतुलन उनके मनस तल पर होता है। जब बुद्धि एवं अन्तः प्रेरणा समतुलन का अनुभव करती है तो आन्तारिक विवाह सम्पन्न होता है और उसके द्वारा एक मानसिक शिशु का जन्म होता है। यह आत्म सम्पूणर्ता की प्रक्रिया का दिग्दर्शन कराता है। विकास की श्रेणियां स्वप्न में प्रगट होती हैं। अध्याय 12 में दिखाया है कि कुण्डलिनी जागरण से आरोग्य प्रदान की शक्तियां उत्पन्न हो जाती हैं जो कि साधक के स्वयं के लिए तथा अन्यों के लिए सहायक होती हैं। यह एक प्रकार से मुक्ति की ओर असत्य से छुटकारा तथा अगले जन्म की पुनरावृत्ति रोकता है। इस अध्याय में आरोग्य शक्ति का प्रयोग अन्तिम परिमाणीय तत्व तक किया गया है।

ऐसी स्थिति में यदि यह सम्भव हो तो साधक सांसारिक गतिशील जीवन से अवकाश ले ले और पूरा समय परमात्मा के अनुभव में लगाए। अन्तः प्रेरणा के रत्न उसे मिलते रहें, बिना सीखे ही ब्रह्मांड के रहस्य प्रगट होते रहें। आन्तरिक शान्ति और स्तब्धता से सारे प्रश्नों का समाधान हो जाता है।

ऐसी प्रक्रिया से साधक एक चुम्बक की तरह हो जाता है। दूसरे लोग उसके चुम्बकीय आकर्षण से बंधते जाते हैं, जैसे कि लोहे का अंश चुम्बक की ओर खिंचा हुआ चला आता है।

महान गुरु पैथागोरस द्वारा प्रतिपादित अंक ज्योतिष के नियमों को परिशिष्ट में दर्शाया गया है। संसार के महान आध्यात्मिक पुरुषों की अंक ज्योतिष के आधार पर मैंने गणना की है। अंक शास्त्र का मानना है कि यह संयोग की बात नहीं है कि महान सन्त यश को प्राप्त हुआ है, यह ऐसे ही नहीं है। उनके अंक यह बताते हैं कि उनकी रूचि अध्यात्म में बहुत गहरी है। दूसरे जिनके वैसे अंक नहीं हैं वे अधिक चाव इस विज्ञान में नहीं रखते। परिशिष्ट 2 में कुछ धार्मिक मित्रों को लिखे गये पत्र हैं, इनमें कुछ गूढ़ तत्व आध्यात्मिक विषय के बताये गये हैं।

अध्याय 2 में 'इण्टीगरल पाथ' का वर्णन किया गया है। इसमें मुख्य तत्व हठयोग, भक्तियोग, ज्ञानयोग, तन्त्र योग–सबका पुट संयुक्त रूप से लिया गया है। कोई व्यक्ति एक ही मार्ग से सफलता प्राप्त कर सकता है किन्तु यह बड़ा ही दुरूह है। उदाहरण के लिए कर्मयोग लिया जाए तो व्यक्ति को किसी की सेवा में महात्मा गांधी और मदर टेरेसा की तरह रहना पड़ेगा जो हर गृहस्थ के लिये सामान्यतः सम्भव नहीं है। इन्टीगरल पाथ का अनुसरण करके बिना सांसारिक गतिविधियों के परित्याग के कुण्डलिनी जाग्रत की जा सकती है। एक बार यह प्राप्त हो जाए तो प्रेमपूर्ण त्याग स्वतः आ जाता है बिना किसी विशेष केन्द्रीय ध्यान के। यही मुझे वर्ष 1987 में हुआ। ईमानदारी के प्रयास से और प्रभु की अनुकम्पा से कुण्डलिनी बहुत थोड़े समय में जाग जाती है। अन्यथा कई जन्म लग जाते हैं।

अन्त में अपना धन्यवाद विलियम हेनरी बेल्क II को इस योजना को गतिशील करने हेतु देता हूं। उनकी सहायता ने उनकी वृहद पुस्तकालय में पुस्तकें उपलब्ध न कराई होतीं तो यह पुस्तक पूरी न हो पाती। और भी लोग हैं जिनके हम आभारी हैं। बेवेरली हेल वाटसन ने पूरी हस्तलिपि का सम्पादन किया और इसे वर्तमान दशा में पहुंचाया। भारत में मेरी अनुपस्थिति में बहुत से कर्तव्यों व कार्यों को मेरे भ्राताओं राजेन्द्र सिंह, जितेन्द्र सिंह और राघवेन्द्र सिंह तथा मेरे पुत्र अतुल सिंह ने निभाया। मैं जैकुअस ब्राक को धन्यवाद देता हूं कि उन्होंने हस्तलिपि में काफी सुधार किये। साथ ही जेनीविव गैंट आफ़

बेल्कस्टोर्स को समय-समय पर सहायता हेतु भी धन्यवाद देता हूं। मैं उन सभी लेखकों का आभारी हूं जिनकी पुस्तकों से अंश इस पुस्तक में उल्लेख किये गये हैं जिनके लेखों से मुझे प्रकाश मिला है।

अन्त में सबसे प्रमुख तथ्य यह है कि गुरु पैथागोरस ईसा पूर्व 600 वर्ष पहले मुझे दीक्षा देने वाले गुरु थे। मेरा अंक ज्योतिष व आत्म ज्ञान उनके मेरे कई जन्मों से निरन्तर अनुदेशन में चलता रहा है। आत्म साक्षात्कार की प्रक्रिया इस जीवन में गुरु पैथागोरस, आइंस्टीन और सुकरात के कारण उच्च तलों से हो सकी है। उच्च तलों से हेल वाटसन धन्यवाद की पात्र हैं जिन्होंने अपने पराज्ञान से समय-समय पर मेरा मार्गदर्शन किया। जिन गुरुओं ने मुझे दीक्षा व दिशा निर्देश भौतिक रूप में किया उनमें डा. बी.एस. गोयल, सन्त आशारामजी, डॉ. बी भट्टाचार्या और श्री हेराल्ड क्लेम्प हैं। मैं इन आत्मदर्शी सन्तों से बहुत बार बरसों से मिलता रहा हूं। इससे और अधिक आनन्द की क्या बात हो सकती है कि मैं अपना शीश इन महान आत्माओं के पद कमल पर नवाऊं जो कि इस भौतिक जगत व उच्च क्षेत्रों के स्वामी हैं।

इसमें मुझे आनन्द की अपूर्व अनुभूति होती है कि क्लेयर जी वाकर, सम्पादक, जनरल आफ रिलीजन एण्ड साइकीकल रिसर्च यू एस ए जिन्होंने मेरे लेखों का सम्पादन करने के अतिरिक्त और कई प्रकार से सहायता पहुचायी। अन्य परा मनोवैज्ञानिक जिनसे मैंने लाभदायक परिचर्चा की वे हैं डॉ. बोनी ग्रीनवेल, ए.डी. होल काम्बे, प्रोफसर जान एफ़ मिलर III, ब्वाइस बेटी तथा आरए रीचेनबैक। मेरा धन्यवाद है डॉ. संजय कौशिक को जिन्होंने कुछ उपयोगी सुझाव, जिसमें इस पुस्तक का प्रकाशन भी है, दिये तथा के. एन. सुदर्शन को भी धन्यवाद है जिन्होंने इस पुस्तक के प्रकाशन में प्रभावशाली भूमिका निभाई। माया मिश्रा ने बहुत प्रकार से मुझे सहायता दी। मैं युट्टे लारसन का नाम भी रखना चाहता हूं क्योंकि उन्होंने धार्मिक क्रिया प्रतिक्रिया में मुझे सहायता दी और मुझे अपने यहां स्थान दिया कि मैं पुस्तक का पुनरावलोकन कर सकूं तथा कम्प्यूटर सुविधाएं उपलब्ध करायीं।

Ravindra Kumar Ph.D. —**डॉ. स्वामी रवीन्द्रानन्द**
(Dr. Swami Ravindranand)

अध्याय-1

कुण्डलिनी एवं ब्रह्म चेतना

आध्यात्मिक ऊर्जा, कुण्डलिनी तथा ऊर्जा के सात केन्द्र जो चक्र कहे जाते हैं, को परिभाषित तथा उनकी व्याख्या इस अध्याय में की गई है। इसमें ज्योर्तिमय के लक्षण कहे गए हैं और एक तुलनात्मक दृष्टि से अध्ययन शब्द 'ब्रह्म चेतना', 'आत्म-साक्षात्कार' एवं 'परमात्मानुभव' का किया गया है।

कुण्डलिनी की परिभाषा

प्राचीन काल से यह देखा जाता रहा है कि सभी व्यक्ति भिन्न रूपों में दिखाई देते हैं। कुछ लोग प्रेरणादायक गद्य लिखते या काव्य रचना करते, कुछ सुन्दर संगीत को ध्वनि देते, तो दूसरे कुछ ऐसा नहीं कर पाते हैं। कुछ छात्र बहुत कम प्रयास से परीक्षा में ऊंचे अंक प्राप्त कर लेते तो दूसरे कई घण्टों तक अध्ययन करने से भी कम अंक प्राप्त करते हैं। कुछ लोग युद्ध क्षेत्र में कई दिनों तक एक साथ युद्ध करते रहते हैं और दूसरे अपना साधारण कार्य भी ठीक से नहीं कर सकते, कुछ लोग आश्चर्यजनक आविष्कारों तथा अन्वेषणों के लिए प्रसिद्ध होते हैं, तो कुछ साधारण जीवन जीकर अनदेखे ही समाप्त हो जाते हैं। अस्तु बहुत से विचारकों के मस्तिष्क में यह जटिल प्रश्न उत्पन्न हुआ कि वे कौन से तथ्य हैं, जो व्यक्तियों में अभूतपूर्व विषमता सृजित करते हैं?

समय के अन्तराल में यह ज्ञात हुआ कि प्रत्येक व्यक्ति के भीतर एक विशेष रूप की ऊर्जा है। कुछ व्यक्तियों में वह सोयी हुई पाई गई,

कुछ में धीरे-धीरे विकसित हो रही है और कुछ एक में वह पूर्ण जाग्रत है। यद्यपि यह ऊर्जा असीम क्षमतावान है, किन्तु उसका कोई आयाम नहीं है। परिणामस्वरूपः संसार की अनेक परम्पराओं में भिन्न भिन्न रूपों, नामों व भिन्न भिन्न विधाओं से इसका अनुमान लगाया गया है।

सम्भवतः हिन्दुओं के पास इस ऊर्जा का नामकरण 'कुण्डलिनी' करने का पुरातन विवरण है। सामान्य जनता को समझाने हेतु इसको भौतिक आकार भी दिया गया है। कुण्ड शब्द का तात्पर्य गहरे स्थान से है। मानव मस्तिष्क में खोखले स्थान जहां कि उसका मस्तिष्क रहता है, में 3½ फेरे लगाए कुण्डल मारे सोती हुई सर्पिणी के समान है, जिसे कुण्डलिनी कहा गया है। पुरुषों में यह गुदा और उपस्थ के मध्य स्थित होती है तथा महिलाओं में गर्भाशय के मूल में स्थित होती है। एक सोयी हुई नागिन जो साढ़े तीन फेरे लगाकर कुण्डल मारे बैठी हुई है और सुषुम्ना नाड़ी को अपने मुख से मेरुदण्ड के केन्द्र में नीचे बन्द किए हुए है।

यद्यपि परमात्मा के निराकार स्वरूप में विश्वास किया जाता है, पौराणिक मूर्तियां कुण्डलिनी के भौतिक वर्णन में महत्वपूर्ण भूमिका निभाती हैं। जैसा कि हम जानते हैं कि ऊर्जा दो प्रकार की होती है। प्रच्छन्न या बीजभूत एवं गतिशील। सुप्तावस्था में वह कुण्डलिनी शक्ति के रूप में है और गतिशील ऊर्जा की दशा में वह एक देवी रूप में है। वह जब नई-नई जागती है और व्यक्ति उसे नियन्त्रित करने में असफल रहता है, तब वह उग्र काली देवी होती है, जो वस्त्रहीन है तथा एक सौ आठ मानव खोपड़ियों की माला धारण किए हुए हैं। जो मनुष्य के पिछले जन्मों का प्रतिनिधित्व करते हैं। काली की लाल रक्त रंजित जिह्वा रजोगण को दर्शाती है। जो साधक को रजोगुण एवं सृजनता पर नियन्त्रण रखने हेतु सावधान करती हैं। संहारक एवं मुण्ड विनाश या प्रलय की सूचक हैं। अन्धकार एवं मृत्यु जीवन का मूल है। पुरुष रूपी स्थायी ऊर्जा स्त्री रूपिणी गतिशील ऊर्जा काली से सम्पर्क में आने से ही ऊर्जा क्रियाशील होती है। भगवान शिव भी उस भयानक काली को प्रसन्न नहीं कर सके, जिसने उन्हें नीचे फेंक दिया और उनके सीने पर खड़ी हो गई, अपना चौड़ा मुख खोले हुए मांस एवं रक्त की प्यासी सी। जब देवताओं (पवित्र आत्माओं) ने काली को प्रसन्न करने हेतु प्रार्थना

की और तभी वह चुप तथा शान्त हुई। अस्तु योगदर्शनानुसार सोयी हुई कुण्डलिनी का पहला आकार एक अनियन्त्रित भयानक शक्ति के रूप में है, जो व्यक्ति को पराभव करती है और भगवान शिव के वक्षस्थल पर खड़ी है।

शक्ति जब नियमानुसार जागृत होती है और साधक के नियन्त्रण में रहती है, जो उस शक्ति का उपयोग अपने उपयोगी कार्यों हेतु कर सकता है और उस शक्ति के कारण वह शक्तिवान हो जाता है, तब यह शक्ति कुण्डलिनी देवी दुर्गा के रूप में होती है। जो अचेतन से बहुत ही सूक्ष्म, सौम्य व दयावान आकार में प्रगट होती है। वह सुन्दर, आकर्षक एवं शेर पर बैठी होती है। उसकी आठ भुजाएं हैं जो मनुष्य के आठ तत्वों का प्रतिनिधित्व करती हैं। वह मनुष्य के मुण्डों की माला धारण करती हैं, जो बुद्धि और शक्ति की परिचायक है। जो मुण्ड वह धारण किए है उनकी संख्या 52 है और जो संस्कृत व्याकरण में 52 अक्षर हैं उनका प्रतीक है। अक्षरों से शब्द बनते हैं और शब्द ही ब्रह्म है, जो अनाहत नाद को स्पष्ट करता है। कुण्डलिनी का दुर्गा रूप मनुष्य के अनेक जन्मों के कर्मों के संग्रह को नष्ट करने हेतु है। साधक के जीवन के बुरे परिणाम स्वतः विलीन हो जाते हैं। उस साधक में शक्ति और शान्ति का समावेश हो जाता है। क्योंकि शक्ति का मूल केन्द्र जिसे मूलाधार कहा जाता है जाग जाता है। दुर्गा कुण्डलिनी ऊर्जा का अति चेतन स्वरूप है।

सर्प तो एक अति चतुर चेतना का प्रतीक है, जो संसार के रहस्यमय अनेक धर्मों में प्रतिनिधित्व करता है। सर्पिणी के तीन घुमाव (फेरे) कुण्डलिनी में अउम् (ॐ), तीन अंश तथा भूत, वर्तमान, भविष्य तीन काल, तीन गुण सत, रज, तम, चेतना की तीन अवस्थाओं जाग्रत, स्वप्न, सुषुप्ति तथा तीन प्रकार के अनुभव ऐन्द्रिक, वस्तुपरक तथा अनुभव की अनुपरिशत अर्थात् अनुभव हीनता है। अर्ध फेरा उस भावातीत चेतना का प्रतीक है जो जाग्रत, स्वप्न, सुषुप्ति से भी परे है। इस प्रकार साढ़े तीन फेरे कुण्डलिनी के मनुष्य के पूरे विश्व में छुपे अनुभवों को तथा उन अनुभवों से जो परे है, उन की प्रतीक है।

कुण्डलिनी की जागृति

कुण्डलिनी सोयी हुई ऊर्जा है। तीन नाड़ियों का एक समूह है जिन्हें इडा, पिंगला और सुषुम्ना कहा जाता है, जो रीढ़ के आधार भाग से मस्तिष्क को मिलाती है। जब कुण्डलिनी जागती है तो वह मध्य नाड़ी सुषुम्ना द्वारा शक्ति के मस्तिष्क तक आरोहण करती है। चूंकि अन्धकार में पड़े या सोये हुए भाग पुष्पों की भांति प्रस्फुटित होने लगते हैं, जिससे मस्तिष्क में एक विस्फोट होता है। मानव जाति के भविष्य में होने वाली चेतना का प्रतीक है। आध्यात्मिक जीवन की समस्त घटनाएं और विशिष्ट कार्य जीवन के किसी भी स्तर में जैसे कविता, कला, लिखना, संगीत, युद्ध, विज्ञान, दर्शन आदि कुण्डलिनी की जागृति से सम्बन्धित हैं। यह सृजनात्मक ऊर्जा है और अपने भावों को प्रगट करने की शक्ति है।

कुण्डलिनी की जागृति जीवन में भावातीत अवस्था लाकर रूपान्तरित कर देती है। परमात्मा के दृश्यदर्शन और ऊर्जा व सूक्ष्म अस्तित्व के तलों से आने लगते हैं। मनातीत व अति मानसिक व सृजनशील बुद्धि की सामर्थ्य प्रगट होने लगती है। मानसिक परिवर्तन मोह व अपनीयता की दशा में होने लग जाता है। कर्मों का विखण्डन होना प्रारम्भ हो जाता है। शरीर के अणुओं में परिवर्तन पूरी तरह से होने लगता है और पुनर्नवचेतना की प्रक्रिया आरम्भ हो जाती है। आवाज, शरीर की गन्ध तथा रसों का बहाव भी बदलने लगता है। भौतिक, मानसिक, भावात्मक, आध्यात्मिक विकास की गति में तेजी आ जाती है। एक बार जब यह महान् शक्ति जाग जाती है, तो वह व्यक्ति सामान्य भौतिक स्थूल शरीर नहीं रह जाता, जो अपने तुच्छ मन से व्यवहार करता था और उसमें प्राण की कमी रहती थी। बजाय इसके साधक प्रत्येक अणु कुण्डलिनी शक्ति के उच्च प्राण ऊर्जा से आप्लावित हो उठता है और जब पूरी जागृति हो जाती है, तो वह व्यक्ति एक लघु देवता हो जाता है, जो कि दिव्यात्मा होता है।[1, 13]

जागृत कुण्डलिनी का पहला लक्षण यह है कि कुछ लोग शरीर के विभिन्न भागों में हिलना-डुलना अनुभव करने लगते हैं। जैसे कि मोटर कार चलने के प्रारम्भ में घुरघुराहट की आवाज करती है। साधक कुछ आत्मक हर्ष का अनुभव करता है तथा मस्तिष्क गर्म और भारी हो जाता है। जैसे नशा

चढ़ा हो और ऐसा अनुभव कभी नहीं हुआ है। छः लक्षण जो प्रकट होते हैं वे हैं–एक आनन्दातिरेक हर्ष, शरीर का कम्पन, एक नई शक्ति का जन्म, नशा, निद्रा व चैतन्यता का मिल जाना। वास्तव में व्यक्ति अठारह लक्षणों में से एक या कई का अनुभव कर सकता है।[2, 96-105]

कुण्डलिनी की शारीरिक संरचना

कुण्डलिनी ऊर्जा भौतिक, सूक्ष्म या मानसिक शरीर में से नहीं है। अस्तु उसे वहां नहीं पाया जा सकता। सर्प शक्ति अन्य ऊंचे तल पर रहती है, जिसे कारण शरीर कहते हैं। जो वस्तुपरक काल व देश के अवधान से परे है। यह सबसे नियते अचेतन शक्ति मूल आधार पर रहती है, जिसे मूलाधार जो मस्तिष्क में रहने वाले ताज केन्द्र चैतन्यता का केन्द्र है, से जुड़ती है, जिसे सहस्त्रार कहते हैं। व्यक्ति में ज्योतिषां ज्योति की स्थिति हो जाती है, जब कुण्डलिनी शक्ति जो गतिशील ऊर्जा है, आरोहण करती हुई स्थायी ऊर्जा 'शिव' से मिलती है। यह मध्यमा नाड़ी सुषुम्ना जो कि मेरुदण्ड में एक मनस मार्ग द्वारा होती हुई पहुंचती है। मेरुदण्ड मूल से लेकर सिर के ऊपर तक ऊर्जा के सात चक्र हैं, जिनके द्वारा कुण्डलिनी यात्रा करती है। कुण्डलिनी की यात्रा जब केन्द्रों से होती है तो साधक के व्यक्तित्व में भावात्मक रूपान्तरण हो जाता है। छठवां केन्द्र जिसे आज्ञाचक्र कहा जाता है बहुत ही महत्वपूर्ण है, इसे 'तीसरी आंख' भी कहते हैं। यह नियन्त्रण या आज्ञा देने वाला तथा आन्तरिक प्रेरणा का केन्द्र है। आज्ञा चक्र नीचे मूलाधार व ऊपर सहस्त्रार दोनों से आन्तरिक रूप से जुड़ा रहता है।

स्वामी सत्यानन्द सरस्वती के शब्दों में, [1, 15] सर्पशक्ति मूलाधार में अचेतन रूप से उठती है। यह अचेतन विवेक मनुष्य में विभिन्न चरणों में होता हुआ ब्रह्म चेतना अस्तित्व के उच्चतम यथार्थ में पहुंचता है। शिव रूप में सर्वोच्च संचेतना सहस्त्रार में विराजित है। जो सिर के सर्वोच्च स्थान पर भावातीत अवस्था में स्थित है। वेदों तथा मन्त्र के इस सर्वोच्च स्थान को हिरण्यगर्भ कहा जाता है। (चैतन्यता का गर्भ) मनुष्य के मस्तिष्क में ब्रह्मरन्ध्र या गुरुग्रन्थि से मिलता-जुलता है। यह मनस शक्ति अतीन्द्रिय भावातीत शक्ति मनुष्य में अन्तिम विकास बिन्दु है।

चक्र एक गोल आत्मिक शक्ति का पुंज है, जोकि एक विशेष दर से

तरंगीयात होता हुआ गोलाई में गतिशील रहते हुए देखा जा सकता है। शारीरिक या भौतिक संरचना में चक्र कई नाड़ियों का मिलन बिन्दु है, जो मेरुदण्ड के भीतरी दीवाल के भी भीतर है। वे विद्युत शक्ति संचालन हेतु जैसे तार के सामने हेतु खम्भे होते हैं, ऐसे ही है जहां से विद्युत शक्ति के समान नाड़ियां दौड़ती हैं कि वे शक्ति विभिन्न केन्द्रों में प्रवाहित करें, जो आगे आती और पीछे जाती हैं। चक्रों में से पहला चक्र मूलाधार कहलाता है। यह चक्र गुदा मूल से ऊपर है, यह मेरुदण्ड के आधार पर स्थित त्रिभुज की भांति है। यह वह चक्र है, जहां पर मनुष्य की चेतना पशु प्रवृत्ति से ऊपर उठती है। इस चक्र से नीचे की ओर पैरों की एड़ी तक अधोगति की ऊर्जा जाती है, जो पशु और मानवीय वृतियों एवं बुद्धि को विकसित करने का दायित्व रखती है। मूलाधार चक्र शरीर में मल-मूत्र बाहर निकालने व काम वासनाओं का संचालन होता है।

दूसरा चक्र स्वाधिष्ठान कहलाता है। इसका स्थान मेरुदण्ड के अन्तिम बिन्दु पर है। यह निकास्थित केन्द्र से सम्बन्धित है और व्यक्ति के अचेतन का रखरखाव करती है।

तीसरा चक्र मनीपुर कहलाता है। यह मेरुदण्ड से मिला हुआ नाभि केन्द्र के पास है। अगन्याशय को शक्ति यही चक्र प्रदान करता है। सम्पूर्ण पाचन तन्त्र, आन्त्र इत्यादि. तापमान आदि का नियामक चक्र है।

चौथा चक्र अनाहते कहलाता है। यह चक्र हृदय के पीछे मेरुदण्ड में स्थित है। गर्दन से पेट तक जाने वाली अस्थि (उरास्थि) जहां थोड़ा झुकाव है वहां स्थित है। यह हृदय में से निकलने वाली नाड़ियों से सम्बन्धित है। शरीर के इस क्षेत्र के अंगों का रख-रखाव करती है। यह हृदय, फुफ्फुस (फेफड़े) व उस झिल्ली से सम्बन्धित है, जो हृदय व फेफड़े को आंतों से पृथक करती है।

पांचवां चक्र विशुद्धि कहलाता है। मेरुदण्ड में कण्ठ के पास स्थित है। यह कण्ठ की नाड़ियों के समूह से सम्बन्धित है। यह थायराइड ग्रन्थि जिह्वा के ऊपरी भाग और कण्ठ व तालू का रख-रखाव करता है।

छठवां आज्ञाचक्र कहलाता है। यह पीनियल ग्रन्थि से सम्बद्ध है। मेरुदण्ड से ऊपर मस्तिष्क के मध्यवर्ती भाग में स्थित है। आज्ञा का केन्द्र है और जीवन के सारे कार्यों का रख-रखाव, देखरेख करता है। मनुष्य की

काम-वासनाओं को नियन्त्रित करता है।

छठे व सातवें चक्र के मध्य में एक अतिरिक्त चक्र है, जिसे बिन्दु चक्र कहा जाता है। यह सिर के पिछले भाग के ऊपर होता है, जहां पर हिन्दू प्रायः चोटी रखवाते हैं। यह नेत्र सम्बन्धी यन्त्र को नियन्त्रित करता तथा चक्र जागरण के पश्चात् अमृत की वर्षा करता है, जिससे साधक का शरीर यन्त्र पूरी तरह नवयौवन प्राप्त कर लेता है। आन्तरिक रूप से यह विशुद्धि चक्र से मिला हुआ है और ऐसा विश्वास किया जाता है कि यह दोनों चक्र साथ-साथ क्रियाशील होते हैं।

सातवां चक्र सहस्त्रार सिर के सबसे ऊपरी भाग में स्थित है, जो कफ वाहक ग्रन्थि से सम्बन्धित है तथा शरीर की सभी ग्रन्थियों व यांत्रिकी की देखभाल करती है। यह आत्मक चेतना का स्थान है और कुण्डलिनी यात्रा का अन्तिम पड़ाव है।

कुण्डलिनी और चक्रों का वर्णन जो इस आधार में किया गया है, वह इस पुस्तक के क्षेत्र हेतु पर्याप्त है। वैसे तो कुण्डलिनी का विषय बहुत ही वृहद है अस्तु पाठकों को गोपी कृष्ण[3] सर जान उडरफ[4] स्वामी शिवानन्द[5] तथा अन्य लेखकों की पुस्तकें हैं, जिनकी चर्चा आगे आएगी, को सन्दर्भित किया जाता है।

ब्रह्म चेतना अथवा आत्म-साक्षात्कार

कुण्डलिनी का सहस्त्रार में आरोहण ही 'शक्ति' का 'शिव' से संगम है। यही ब्रह्म चेतनता अथवा आत्म-साक्षात्कार का प्रारम्भ है। व्यक्ति का 'अहम्' यहीं पर विखण्डित हो जाता है तथा व्यक्ति के सांसारिक जीवन की मृत्यु हो जाती और एक नया 'होश' उत्पन्न हो जाता है। साधक एक प्रकार से अपनी मृत्यु को देख या अनुभव कर लेता है और उसके स्थान पर भीतर एक नया पुरुष जन्म ले लेता है। वह 'मैं' और 'तू' के विचार को भूल जाता है तथा पूरे विश्व के साथ अपना एकत्व का अनुभव करता है। अनुभव, अनुभवी और जो अनुभव हुआ या देखने वाला, देखा गया और दृश्य (दृष्टा, दृश्य और दर्शन) तीनों एकाकार हो जाते हैं। यह एकत्व का क्षण जिसमें कि खोजने वाली स्थिति से प्राप्त करने वाले की स्थिति में साधक पहुंच जाता है, जो अपूर्व आनन्द से परिपूर्ण दशा होती है। यही ब्रह्म

चेतना है। यह वह घड़ी है, जब शिव और शक्ति की पृथक-पृथक पहचान सम्भव नहीं रह जाती और वे 'एक' हो जाते हैं। सभी प्रश्नों का समाधान मिल जाता है। साधक स्थायी शान्ति, हर्ष, सन्तोष आदि से आगे परिपूर्ण रहता है। सांसारिक वस्तुओं, सम्बन्धियों का मोह समाप्त हो जाता और वह अब और अधिक प्रेमभाव सबके प्रति रखने लगता है। यह प्रेमपूर्ण 'मोह त्याग' कहलाता है।

यह समझने के लिए कि यह आत्म-साक्षात्कार है, हम कठोपनिषद् से महत्वपूर्ण उद्धरण प्रस्तुत करते हैं।

"जीव अपने भौतिक शरीर रूपी रथ पर सवार है। बुद्धि उसका सारथी है। मन लगाम है जिससे इन्द्रियों के घोड़ों को नियन्त्रित किया जाता है। इन्द्रियों से तात्पर्य यह है कि (देखना, सुनना, स्पर्श, स्वाद, गन्ध) आदि मार्ग हैं, जिस पर चलकर जीव अनुभव एवं उपयोग करता है। जैसा कि बुद्धिमान लोगों ने कहा है[2, 147, 148] कि अस्त जीवात्मा अनुभव है और भौतिक शरीर बुद्धि, मन, इन्द्रियां आदि तो मात्र माध्यम हैं, जिनके द्वारा जीवात्मा जीवन का अनुभव करता है। यह साक्षात्कार कि 'मैं' (जीवात्मा, आत्मा) शरीर, बुद्धि, मन इन्द्रियां से भिन्न हूं और मैं उस विश्वात्मा से एक हूं अर्थात् मैं 'विश्वात्मा हूं' यही आत्म-साक्षात्कार है।

संसार में अधिकतम लोग यह अनुभव करते हैं कि सांसारिक उपभोग तथा अन्य उपलब्धियां कितनी ही क्यों न हों, किन्तु वे मन को शान्ति नहीं दे सकते, जो प्रत्येक व्यक्ति कमी का अनुभव करता है। आंतरिक हृदय किसी अज्ञात वस्तु' हेतु याचना और अभिलाषा करता रहता है, जो उसे शान्त कर सके। किन्तु वह नहीं जानता कि वह वस्तु उसे कैसे और कहां मिलेगी? वह 'अज्ञात वस्तु' आत्म-साक्षात्कार के अतिरिक्त कुछ नहीं है। व्यक्ति और सार्वभौतिक चेतना के मध्य जो खालीपन है, दूरी है, पर भीतर रहने वाली आत्मा के संज्ञान से सेतु-सा निर्मित हो जाता है। इस लक्ष्य की प्राप्ति कैसे हो, यही इस पुस्तक की विषय वस्तु है।

अब दूसरा मुख्य बिन्दु जो हमें समझना है, वह यह है कि आत्मा और परमात्मा सगोत्र हैं अर्थात् एक ही हैं और आत्म ज्ञान हमें परमात्मा के अन्तर्ज्ञान व समझदारी की ओर अग्रसर करता है। यह तथ्य भगवद्गीता में स्पष्ट रूप से कहा गया है और विश्व के अधिकतर धर्मों में किसी न किसी रूप

में स्वीकार करके धारण किया गया है। संस्कृत का शब्द तत् त्वम असि का 'अर्थ कि वह तू ही है और इसका तात्पर्य यही है कि जब हम कहते हैं कि 'मैं हूं' 'मैं वही हूं।'

अतः जब कोई आत्मा अपने को आत्मा द्वारा देख लेती है और कोई दूसरा माध्यम बीच में नहीं होता, यह वह है कि द्रष्टा दृश्य और दर्शन तीनों एक हो जाते हैं। तब वह आत्मा के गुणों या स्वभाव को जान जाता है। जो कि परमात्मा के भी सूक्ष्म भाव में समान ही है। सन्त और पैगम्बरों को यह अनुभव होते रहे हैं। उदाहरण हेतु मेहर बाबा[6],सन्त आशारामजी[7], अल्डुअस हक्सले[8], अरविन्दो[9], निसर्गदत्त महाराज[10] आदि।

अल्डुअस हक्सले के शब्दों में–आत्मा या अन्तरस्थ शाश्वत आत्मा ब्रह्म से एक रूप है (अथवा आत्मा ही ब्रह्मस्वरूप है) जो अस्तित्व का महान् स्वयंभू नियम है और प्रत्येक मानव का अन्त यही है कि वह इस तथ्य का अन्वेषण करे कि वह वास्तव में कौन हैं?

श्वेतकेतु ने चौबीस वर्ष की आयु में ही सारे वेदों का अध्ययन कर लिया। उसके पिता ने उससे पूछा कि क्या तुमने अपने गुरु से यह जाना था कि वह ज्ञान क्या है कि जिससे जो अश्रवणीय है, उसका श्रवण किया जा सके और क्या जो अदृश्य है उसका दर्शन किया जा सके तथा जो अज्ञेय है वह ज्ञेय हो सके? श्वेत केतु ने पूछा "श्रीमान जी वह कौन-सा ज्ञान है?"

उसके पिता ने उत्तर दिया कि जैसे मिट्टी के एक ढेले से यह जाना जाता है कि जो कुछ भी बना है सब मिट्टी का ही बना है, अन्तर मात्र नाम का है किन्तु सत्य तो यही है कि सब कुछ मिट्टी ही है, वत्स यही वह ज्ञान है, जिससे सब जान लिया जाता है।

उपनिषदों का दर्शन भगवद्गीता में और विकसित हुआ। 'विवेक चूणामणि' जो नवीं शताब्दी ईसा उपरान्त शंकराचार्य द्वारा रचित है, में अन्तिम रूप से पूर्ण समावेश किया गया।

जिनमें से कुछ प्रासंगिक हैं, जिनका उल्लेख निम्नलिखित है–

वेदानुसार ब्रह्म और आत्मा एक और वही है यही सत्य ज्ञान है।

ब्रह्म और आत्मा का सम्बोधन शब्द 'वह' और 'तू' का वेदों की शिक्षानुसार अन्वेषण द्वारा एकरूपता पूरी तौर से सिद्ध हो चुका है।

प्रज्ञ पुरुष जानते हैं कि आत्मा और पारब्रह्म का पूर्ण तादात्म्य 'शब्द' ब्रह्म के ज्ञान से पूरा हो जाता है। अनुभव कीजिए कि 'वह' तुम ही हो। 'वह' ब्रह्म जो छः मानवीय विकारों (भूख, प्यास, लोभ, भ्रम और मृत्यु को प्राप्त होना) से अछूता रहता है, वह योगियों के हृदय में अनुभव गम्य है। (समाधि में) वह इन्द्रियों द्वारा नहीं जाना जाता और मन व बुद्धि से अदृश्य है।

तर्कपूर्ण निष्कर्षों से, अन्तःस्फूर्ति से अनुभव करो कि आप 'आत्मा' हैं। जैसे कि शब्द का अर्थ जाना जाता है, यह सत्यता सत्य की निसन्देह ऐसे प्रमाणित होती है, जैसे हाथ की हथेली में रखा हुआ जल। सांसारिक पदार्थों की कामनाओं, शास्त्रों व शरीर के कारण सत्य ज्ञान उत्पन्न नहीं किया जा सकता है। जिन्होंने जाना है, वे बतलाते हैं कि वासनाओं की निर्दयी त्रिमूर्ति एक ऐसी लौह श्रृंखला है, जो मुक्ति हेतु प्रयासरत साधक के पैरों को बांध लेती है और जो इससे छूट जाता है, वह मुक्त हो जाता है।

इन्द्रियों के विषयों का बाह्य मोहक लगाव, आन्तरिक मोह, अहंकार तथा अन्य मुक्त नहीं होने देता। यह तो कोई निर्मोही व्यक्ति ब्रह्म में लवलीन हो सकता है, जो सब कुछ का परित्याग करने में समर्थ हो सके।

जहां तक मनुष्य अपने भौतिक शरीर (शव) से मोहग्रस्त है, वह अशुद्ध है अपने शत्रुओं (काम, क्रोध, लोभ, भ्रम, गर्व, द्वेष आदि से घिरा होने के कारण) से तब तक जन्म, मृत्यु, रोग उसे घेरे ही रहेंगे, जब वह देख लेता है कि शुद्ध आत्मा ही आनन्द और अचल है और तभी वह इन सबसे मुक्त हो जाता है, जैसे कि वेद घोषणा करते हैं।

जो अपनी प्रज्ञा में स्थिर हो गया है, उसे स्थिर प्रज्ञा कहा जाता है। जो स्थिरप्रज्ञ है, जिसका आनन्द विद्यारहित या अखण्ड है, जिसे यह वस्तुपरक संसार पूरी तौर से विस्मृत हो चुका है, ऐसे व्यक्ति को जीवन मुक्त कहा गया है। (जीते जी मुक्त होना) जिसने आत्मा के स्वभाव को जान लिया है और जो आनन्द का उपभोग करता है उसके लिए अब कुछ नहीं है, केवल मौन है, जहां इच्छाओं की शून्यता या अभाव है, जो सबसे बड़े हर्ष का कारण है।

वह जो शरीर से मुक्त हो गया है और अब स्वयं पूर्ण है, पूर्व कर्मों द्वारा

दिए गए वासनाओं के पूर्ति हेतु वह संसार में सांसारिक व्यक्ति की तरह रहता है, तथापि वह शान्त रहते हुए एक पहिया के धुरे के समान इच्छाओं व परिवर्तन से परे ठीक एक द्दष्टा की भांति रहता है।

न तो शरीर, न दण्ड, न कमण्डल (लकड़ी का बना पानी का पात्र) जो संन्यासियों द्वारा प्रयोग किया जाता है, का त्याग ही मोक्ष है। परन्तु मोक्ष तो वह आनन्द है, जो हृदय की अज्ञान ग्रन्थि को विसर्जित कर दे या खोल दे।

संन्यासी, आकांक्षाओं के विचारों से मुक्त सदैव अपने में सन्तुष्ट सर्वव्यापी आत्मा में रहते हुए एकाकी विचरण करता रहता है।

निष्कर्ष

शंकर ने अपने उपरोक्त लेख में एक सफल व्यक्ति को पूर्णरूपेण परिभाषित किया है। वह जिसने, इस पृथ्वी लोक के विद्यालयों से स्नातक उपाधि अर्जित कर ली तथा मृत्यु व पुर्नजन्म की जंजीरों को काट चुका है और अब आत्मिक लोकों के मनोराज्य में रहने की योग्यता प्राप्त कर ली है। आत्मा को आत्मा की आंखों से देखना सदैव सम्भव है, यदि हमने अपने को इस योग्य बना लिया है। उदाहरण के लिए पढ़े–(मेहर बाबा के लेख, सन्त आशाराम जी, रमन महर्षि इन हाल के वर्षों में) यद्यपि संसार के कई धर्मों के सन्तों का अनुभव हजारों वर्षों का उपलब्ध है, उदाहरण के लिए ब्रह्म चेतना (कासमिक कानस सनेस) डॉ. आर. एम. बक[11] मैंने अपना निजी अनुभव अगले अध्याय में वर्णन किया है।

विलियम वर्ड्सवर्थ ने आत्म-साक्षात्कार के समय अपनी आत्मा और अपना सच्चा घर देखा था। उनकी कविता का अंश 'इन्टीमेशन ऑफ इममार्टिलेटी' से लिया गया है, पूरी तौर से स्पष्ट करता है।(ज़ेमके 12, 156)

हमारा जन्म मात्र एक निद्रा और एक विस्मृत हो जाना है;
आत्मा जो हमारे साथ प्रगट होती है, हमारे जीवन की ज्योति है।
वह पहले कहीं और होती थी और कहीं दूर से आती है।
पूर्ण विस्मृत भी नहीं है वह।
और न वह पूरा नंगापन ही है
किन्तु आनन्द के बादल जो पीछे आ रहे हैं

वहीं से हम आते हैं, जो कि परमात्मा है

जो हमारा घर भी है[11]

और निसर्गदत्त महाराज के शब्दों में–

जब तक कि कोई आत्मानुभव प्राप्त नहीं कर लेता, आत्मज्ञान नहीं पा जाता, तब तक 'मुर्गा और बैल' की कहानियां चलती रहती हैं। यह सब विचार हैं।

आत्मिक ज्ञान के चिन्ह संक्षेप में विस्तृत रूप से बक ने निम्नलिखित बताया है[11, 65, 66]–

(अ) आत्मपरक प्रकाश

(ब) नैतिक उत्कर्ष

(स) बौद्धिक ज्योति

(द) अमर होने की मान्यता (अमरता का बोध)

(च) मृत्यु से निर्भयता

(र) पापबोध की हानि

(ग) अकस्मात, तत्काल जागरूकता

(व) मनुष्य का पिछला चरित्र, बौद्धिक, नैतिक एवं भौतिक

(श) जागृति की अवधि या आयु

(ष) व्यक्तित्व में निखार जिससे स्त्री-पुरुष सभी उसकी ओर आकर्षित हों।

(स) व्यक्ति में जो रूपान्तरण आत्मिक ज्ञान के उपरान्त आया जैसा कि लोगों ने देखा।

इस लक्ष्य की प्राप्ति हेतु अनेक उपाय हैं और वह प्रत्येक को अपनी इच्छानुसार चुनना है, जो उसकी व्यक्तिगत व परिस्थितिवश तथ्यों पर आधारित है, जो भी हो, कुण्डलिनी योग में 'इन्टीगरल पाथ' की चर्चा अध्याय 2 में की गई है, उसका अनुसरण आत्म-साक्षात्कार हेतु लघु मार्ग प्रतीत होता है।

शक्तिपात के सम्बन्ध में भी कहना आवश्यक है। जो कि गुरु द्वारा दिया गया 'शक्ति' का टीका है जिस प्रक्रिया से किसी व्यक्ति को आध्यात्मिक बनाने हेतु आत्मिक ऊर्जा से ऊर्जान्वित कर दिया जाता है। शक्ति का सम्प्रेषण शिष्य की कुण्डलिनी को आरोहित कर देता है, जो कुछ समय

में जाग जाती है, जिससे आत्म-साक्षात्कार हो जाता है। जैसे भी हो, जो व्यक्ति शक्ति लेने का इच्छुक है, उसे शक्ति ग्रहण हेतु तैयार होना चाहिए। उसे संयमित जीवन चाहिए, अन्यथा इससे हानियां भी हो जाती हैं, जैसे कि पक्षाघात व मस्तिष्क विस्फोट आदि। ऐसा मालूम होता है कि शब्द (ज्योतिषां ज्योति होना) ज्योतिर्मय होना ब्रह्म चैतन्यतर प्राप्त करना, आत्म-साक्षात्कार करना आदि शब्द कमोबेश समानार्थी हैं। प्रत्येक शब्द परमात्म दर्शन पर ही ले जाता है, जो अर्न्तज्ञान द्वारा प्राप्त होता है। इसी कारण से बहुत से लेखक ब्रह्म चेतना, आत्म-साक्षात्कार, ज्योतिर्मय होना, परमात्मा का साक्षात्कार होना सब समान अर्थी शब्द मानते हैं। ज्योतिर्मय होने की पूर्व स्थिति है, ज्योति पाना।

कुछ और बिन्दु हैं, जिनका यहां इस स्थान पर स्पष्टीकरण होना आवश्यक है। उनमें से पहला है अनुभव में समानता व गैर समानता कैसे होती है? कुछ अवधारणाएं ऐसी होती हैं, जो बिल्कुल एक सी लगती हैं। जैसे आनन्द का अनुभव, मृत्यु के भय का अनुभव।

कुछ अनुभवों के कुछ अंश ऐसे भी हो सकते हैं, जो स्वभाव में भिन्न हों और वर्णन में पृथक हों। यह सब विश्वास और अनुकूलता के कारण हो सकता है। आगे भी, जैसे दस लोगों ने कुछ देर पूर्व एक वृक्ष या भू-भाग को देखा तो उसकी चर्चा सब लोग भिन्न-भिन्न प्रकार से करेंगे दो लेख एक समान नहीं चल सकते।

दूसरी बात यह है कि यह एक भ्रामक विश्वास फैला हुआ है कि आत्मबोध वाला व्यक्ति हर बात में निपुण होना चाहिए। निःसन्देह ऐसा है कि कुछ नए आयाम उसके मस्तिष्क में खुल जाते हैं, जिसे हम हिन्दुओं में तीसरी आंख का खुलना कहते हैं, किन्तु यह वैसे ही कि जैसे किसी को किसी देश को देखने के लिए कुछ समय के लिए पार पत्र मिल जाता है, किन्तु यदि वह वहां उस राज्य का नागरिक बनना चाहता है, तो कुछ समय अधिक लगेगा। ब्रह्म चेतना वाला मनुष्य कुछ सीमा तक किसी परिस्थिति में जो सागान्य आत्म चेतना में है, से कुछ ऊपर होता है, किन्तु वह प्रयास में संलग्न रहता ही है कि कुछ और आगे कुछ और, आगे बढ़ना है, क्योंकि उसने कुछ नया तो देख ही लिया है।

एक समय ऐसा आता है, जब सब कुछ समाप्त हो जाता है। प्रत्येक बूंद

सागर में डूब ही जाती है। सब कामनाओं का अन्त हो जाता है और व्यक्ति फिर संसार में रहने हेतु कोई बिन्दु नहीं पाता, अस्तु! शरीर को छोड़ देता है। वह जाकर आत्मिक राज्य में पूर्ण शान्ति और आनन्द के साथ निवास करता है और फिर जीवन धारण करने का कोई अवसर नहीं होता।[9, 92]

स्वामी रामकृष्ण से स्वादिष्ट भोजन में प्रतिदिन रुचि होने का कारण यद्यपि उन्हें आत्म-साक्षात्कार हो चुका था, पूछा गया तो उन्होंने बताया कि इस पृथ्वी पर रहने का कुछ कारण होना चाहिए, तो उनकी भोजन में रुचि ही रहने का कारण है। उनको कुछ आन्तरिक प्रेरणा हुई कि उन्हें उसी दिन से भोजन में रुचि कम होने लगी। उनकी पत्नी तथा शिष्यों को चेतावनी मिल गई और वे लोग चिन्तित भी हो गए। और जैसे प्रारब्ध में होना ही था, उन्होंने तीसरे या चौथे दिन शरीर त्याग दिया। पाठकों को एक पुस्तक 'फ्राम स्वीपर टु सेन्ट' हरिदास बाबा द्वारा रचित है, जो इस समय माउंट मडोना योग केन्द्र कैलीफोर्निया में है, सन्दर्भित किया जाता है, पढ़नी चाहिए; जिसमें आप जीवन की सत्य घटनाओं की कथाएं पढ़ेंगे, उसमें भारतीय आध्यात्मिक परिपूर्णता प्राप्त कई लोगों की कथाएं हैं, जिन्होंने अपने मृत्यु के दिवस की सूचना पूर्व में ही दे दी थी। और बाद में उन्होंने शरीर उसी दिन त्याग किया, जिस दिन के लिए भविष्यवाणी की थी।

सन्दर्भ

1. सरस्वती, स्वामी सत्यानन्द; कुण्डलिनी तन्त्र, विहार स्कूल ऑफ योग मुंगेर, बिहार भारत, 1984
2. तीर्थ, स्वामी विष्णु; डिवाइन शक्ति कुण्डलिनी, योग श्री पीठ ट्रस्ट मुनि की रेती, ऋषिकेश, भारत, 1993
3. कृष्ण, गोपी; दि अवेकनिग ऑफ कुण्डलिनी, न्यूयार्क, एन वाइ कुण्डलिनी रिसर्च फाउन्डेशन, 1975
4. उडरफ़ सर, जान; दि सर्पेन्ट पावर, गनेश एण्ड कम्पनी मद्रास, भारत, 1981
5. राधा, स्वामी शिवानन्द; कुण्डलिनी योग, मोतीलाल बनारसी दास पब्लिशर्स, देलही, भारत, 1992
6. बाबा, मेहर, डिसकोर्सेस वाई मेहर बाबा, सैन फ्रांस्सिको, 1967
7. राम, सेन्ट आशा-आत्मयोग, श्री योग वेदान्त सेवा समिति, अहमदाबाद

इण्डिया 1995
8. हक्सले, अल्डुअस, दि पेरीनियल फिलासफी, हार्पर एण्ड रो पब्लिशर्स, यू.एस.ए., 1970
9. अरविन्दो, श्री एण्ड मदर दि; दि साइकिक बीइंग, श्री अरविन्दो आश्रम, पांडिचेरी, 1989
10. महाराज, श्री निसर्ग दत्त, आई एम दैट, दि ऐकर्न प्रेस, डरहम एन सी, यू.एस.ए., 1973
11. बक रिचर्ड मौरिस कास्मिक कान्सेसनेस दि सियडेल प्रेस, न्यूजर्सी, 1961।
12. जेमके, ली रोय ई–थाट्स फार ट्रान्सफारमेशन, एम्बर लाइट पब्लिशर्स, फ्लोरिडा, 1996

अध्याय-2

अधिकतम धर्मों का सामान्य आधार कुण्डलिनी

इस अध्याय में तीन मुख्य बिन्दु हैं।

(1) जैसे पुरानी कहावत है कि 'हर रास्ता रोम को जाता है।'

सभी धर्म उसी मार्ग के खोज में अपनी अपनी तरह तैयारी में लगे हैं, जो कि उस उच्चतर राज्य की ओर जाता है, जहां से हम लोग आए हैं।

(2) उन धर्मों में से अधिकतम लोगों ने एक ही जीवनकाल में उस लक्ष्य की प्राप्ति का मार्ग जो छोटा है, बतलाया है जो कि वैसे ही जैसे कुण्डलिनी का अनुभव, भगवत् नाम जप या किसी मन्त्र का जाप।

(3) कुण्डलिनी योग व्यक्तित्व का पूर्ण निखार कर देता है, जो कि अन्य किसी साध्य से सम्भव नहीं है, जैसे एन.डी.ई. (मृत्यु का अनुभव) या एलएसडी (मादक पदार्थ) आदि।

भूमिका

प्रत्येक धर्म का एक ही लक्ष्य है, परमात्मा को जानने व उन तक पहुंचने का अपने ढंग का मार्ग खोजना। विश्व के अनेक धर्मों के प्रतिनिधित्व करने वाले सन्तों ने इस भौतिक जगत से परे अस्तित्व के उच्च राज्य की चर्चा की है, जहां वास्तव में हमारा मूल स्त्रोत था। यद्यपि भाषात्मक वर्णन की शैलियों, वर्गीकृत तथ्यों के आधार पर यह भिन्न-भिन्न है। इस अध्याय में यह बताने का प्रयास किया गया है कि अधिकतम धर्मों में छोटे रास्ते जिनके द्वारा एक ही जीवन काल में परिणाम प्राप्त हो जाए, कुण्डलिनी के अनुभव, भगवन्नाम

स्मरण, मन्त्र, जाप आदि के समान ही हैं। आगे और भी कुण्डलिनी योग व्यक्तित्व को पूरा परिवर्तित कर देती हैं, जो अन्य विधियों द्वारा सम्भव नहीं है। जैसे एन.डी.ई., एलएसडी आदि।

सबका लक्ष्य एक है

परा मनोवैज्ञानिक एवं धार्मिक विचारक राबर्ट विन्टर हाल्टर[1] ने अपनी पुस्तक 'न्यू थॉट एण्ड वेदान्त' का प्रकाशन वर्ष 1993 में किया था। उन्होंने प्राचीन हिन्दूवाद तथा नज़ारेथ के ईसा के उपदेशों में समानता दर्शाई है। भारतीय संत रामकृष्ण परमहंस ने कहा कि सभी धर्म एक ही उद्देश्य की पूर्ति करते हैं। लोगों द्वारा विभिन्नता पर प्रश्न उठाना मात्र थोथा तर्क है, जो बाह्य रूप में ही है। यह सही है कि कर्मकाण्ड में भेद हैं और परमात्मा की प्रार्थना में मतभेद हो सकते हैं जो कि विभिन्न संस्कृति और पूर्वाभ्यास से है। तथापि सामूहिक रूप से सबका उद्देश्य यही है कि वे परमात्मा को या अपने इष्टदेव को प्रसन्न करें, उनको जाने और समीपता प्राप्त करें। आ. रजनीश ने कहा है कि सन्त का परमात्मा में प्रवेश वैसे ही है, जैसे कि गोली अपने ठीक मारक लक्ष्य को भेदती है और वह परमात्मा से एक हो जाता है। एक निशानेबाज गुरु की भांति वह अपने शस्त्र का अनुसन्धान करते हुए उसके घोड़े को दबाता है और देखता है कि गोली ठीक निशाने पर बैठ गई। उसके अध्यवसाय का परिणाम पूर्णता प्राप्त करना है, जो स्वतः प्रमाणित है। सन्त के अनुयाइयों ने भले उसके संयमित दिनचर्या घण्टों का ध्यान, या मन्त्र का जाप या जैसा अपना ध्यान भगवान पर केन्द्रित किया हो न देखा हो, सन्त अपने दृढ़ संकल्प से वहां पहुंचा है, जहां उसका लक्ष्य परमात्मा है। बन्दूक का दगना उसके शरीर का विस्फोट है, जिससे उसकी चेतना बदल गई जैसे गोली लक्ष्य को भेदती है, ऐसे ही सन्त ने अपने मूल स्रोत को पुनः प्राप्त कर लिया। बाद के प्रभाव दृष्टिगोचर होते हैं। धर्म की स्थापना उपरोक्त की नकल में हो जाता है, जो फिर अनेक विधियों से चलाया जाता है। गोली दागने की विधि घटना का प्रभाव, तो एक समान ही प्रत्येक दशा में होगा, उसके बाहरी यान्त्रिकता में चाहे जो भेद रहा हो। हिन्दू सन्त कबीर ने हिन्दुओं, मुसलमानों व ईसाइयों अन्य सबको समान आदर दिया है।

उन्होंने भगवद्गीता, कुरान और बाइबिल तथा अन्य धर्म शास्त्रों से समान योग्यता से भजन गाए हैं।

ईरान के बहाउल्ला खां द्वारा चलाए गए बहाई सम्प्रदाय में भगवत् प्राप्ति का मार्ग सार्वभौमिक मार्ग से बहुत ही मिलता-जुलता है। एक बहाई मन्दिर में भगवद्गीता, कुरान, बाइबिल तथा अन्य धार्मिक ग्रन्थों से समान महत्व से पद लेकर गाए जाते हैं। मन्दिर के भीतर या बाहर परमात्मा की कोई मूर्ति नहीं है। आप मन्दिर में प्रवेश कर ध्यान करने लग जाएं, वहां कुछ और देखने या बात करने के लिए नहीं है। स्वामी विवेकानन्द ने समान भाव से मन्दिर, मस्जिद, गिरजाघर, बौद्ध मन्दिर में उस ज्योति के प्रकाश हेतु प्रार्थना की है, जो प्रत्येक हृदय को ज्योतिर्मय करती है।

सारह लारेंस में वर्ष 1988 में जोसेफ कैम्पबेल, जिनके नाम पर तुलनात्मक पुराण हेतु एक कुर्सी पद नियुक्त किया गया था, ने वेदों से उल्लेख किया है, सत्य एक है, किन्तु सन्तों ने उसे अनेक नामों में कहा है। धर्म के सामान्य रूप से तीन विचार हैं–

(1) एक स्वयंभू: स्त्रोत पर विश्वास

(2) मानव जाति में अमरत्व का स्वभाव, जो उस मूल स्त्रोत से प्रकाशित होता रहता है।

(3) मूल स्त्रोत जैसे पवित्र होने की आकांक्षा, ताकि आध्यात्मिक रहस्य को जाना जा सके।

किसी ने सच ही कहा है कि यदि कृष्ण, बुद्ध, जीसस, मुहम्मद, नानक और ज़ोरोआस्टर एक गोल मेज सभा में बैठे हों, तो उन सबमें पूर्ण सहमति होगी। वास्तव में वहां कुछ बहसबाजी, स्वीकार-अस्वीकार की चर्चा ही न होगी। यह तो उनके अनुयायी हैं, जो गोली व बाहरी वस्तुओं के आधार पर सम्प्रदाय बना देते हैं, जिनमें आपसी मतभेद उत्पन्न हो जाता है, क्योंकि उन्होंने वास्तविक गोली चलने की घटना को स्वयं नहीं देखा, क्योंकि परिणाम तो प्रत्येक दशा में एक समान ही था। अतः जो कोई भी धर्मों की अनेकता को महत्व देता है और उनके लक्ष्य में भेद मानता है। वह सत्य से लाखों मील दूर है। वहां आकाश में दर्जनों भगवान नहीं हो सकते, मात्र एक ही है। विद्युत की एक धारा से पंखा, हीटर, कुकर, रेफ्रीजरेटर या किसी भी प्रकार की मोटर

चल सकती है। इसी प्रकार से असीम ऊर्जा के एक स्रोत से विश्व के सारे कार्य संचालित होते हैं। इसे जो भी नाम देना चाहें दे, सकते हैं। हमारा उद्देश्य उस स्रोत को जानना तथा उससे सम्बन्धित होता है।

अमेरिका के पौराणिक जोसेफ कैम्पबेल ने आनन्द प्राप्ति के तीन चरण बताए हैं। पहला है पूर्ण होना, दूसरा चेतना या चैतन्यता, तीसरा भाव समाधि। क्रास के संेट जान[3] ने इस रहस्यवादी समझ को तीन श्रेणियों में विभाजित किया है। जैसे आत्मशुद्धि, ज्योतिर्मय होना तथा एकात्मता। यह तीन प्रक्रियाएं प्राचीन हिन्दू धर्म तथा बौद्ध धर्म में प्रचलित व अनुसरित उपरोक्त के समान ही हैं, जिन्हें धारणा, ध्यान, समाधि कहा जाता है। या शुद्धिकरण, एकाग्रता, ध्यान, विचारणा और स्वयंभू में तल्लीनता है।

कबालिस्ट परम्परागत यहूदी धर्म के नियमानुसार तीन रहस्यवादी चरणों की जो परमात्मा से मिलाते हैं, चर्चा करते हैं, जिसे सेफीरोत कहते हैं: समझदारी, बुद्धिमत्ता तथा नम्रता कहा जाता है। सूफी जो इस्लाम की एक शाखा है, के अनुसार सूफी तीन चरणों में यात्रा पूरी करता है। फ़ना, जो दैवी प्रेम के नशे में लीन हो जाना कहलाता है। बका, के तात्पर्य है कि अपने ज्ञान में स्थापित हो गया है। तीसरा है आध्यात्मिक यात्रा में दिशा-निर्देश उसकी योग्यतानुसार। चौथे चरण में सूफी सम्पूर्ण व्यक्ति हो जाता है और वह दूसरों को दिशा निर्देश देता है। मृत्योपरान्त भौतिक शरीर का क्या होगा? स्पेन की रहस्यवादी सन्त टेरीसा ऑफ अबीला जो ईसाई में बहुत ही प्रिय सन्त हैं, ने प्रार्थना के लिए सूफियों की भांति चार स्थिति बताई हैं। पुनर्स्मरण, जिसमें एकाग्रता और उससे हट जाना है। मौन, भौतिक पदार्थों की विशेष कामनाओं को दूर हटा देना और दिव्य से एकता हेतु मार्ग खोलना। फूलना या सूजन होना, तात्पर्य यह कि बुद्धिमत्ता की ओर प्रेरणा और अन्त में दिव्यात्मा से एकता। ऊपर से हम निष्कर्ष पर पहुंचते हैं कि लगभग सभी धर्मों में प्रभु तक पहुंचने हेतु आध्यात्मिक मार्ग में तीन मील के पत्थर लगे हुए हैं। शुद्धीकरण, प्रकाशित होना, संगम या एकात्मता। चौथा चरण, जो फिर सभी धर्मों में सामान्य है, वह पूर्ण पुरुष जिसे गुरु कहा जाता है, जो मृत्यु से भौतिक सत्ता से ऊपरी अस्तित्व, अदृश्य के राज्य में पहुंचाता है।

दो मूल परम्पराओं में परमात्मा की खोज

धर्म को जीवन के रहन-सहन की भांति अन्तिम सत्ता तक जानने की, दो मूल परम्पराएं रही हैं: पश्चिमी और पूर्वी। पश्चिमी परम्पराएं सेमेटिक समूह से सृजित हुई हैं, जिसमें यहूदी, ईसाईयत, इस्लाम और उनकी उपशाखाएं सम्मिलित हैं। पूर्वी परम्पराओं का मुख्य जनक भारत है, जिसमें हिन्दू धर्म, बौद्ध, जैन और उनकी उपशाखाएं सम्मिलित हैं। उपशाखाएं जैसे ताओ, जेन, शिन्तोइस्म, पश्चिमी परम्परा पैगम्बरों द्वारा दिव्य अवतरण जो मनुष्य से बाहरी परमात्म तत्व से प्रकट हुआ है। पूर्वी परम्परा रहस्यवादी है, जिसमें परमात्मा को मनुष्य ने अपने भीतरी आत्मा से प्रकट किया है।

'परमात्मा को अपने भीतर पाना ध्यान तथा अन्य सम्बन्धित साधनाओं पर विशेष दबाव डालता है। हजारों वर्ष व्यतीत हो गए, जब कृष्ण ने अर्जुन से योगी होने के लिए तथा अपने पर ध्यान करने के लिए कहा था, पूरी गीता इसी बिन्दु की व्याख्या है। बुद्ध से लेकर अब तक सभी व्यक्तियों ने भारत में ध्यान और योग सत्ता का साक्षात्कार किया है। इसी प्रकार विश्व के अनेक भिन्न मतावलम्बियों ने ध्यान और योग किसी-न-किसी रूप में अपनाया है। प्लेटो के अनुसार[4] प्रत्येक सिद्धान्त एक प्रकार से एक दृढ़ कवच आत्मिक सत्य का माना जाता है, जिसका अन्वेषण ध्यान और रहस्यमय साधनाओं द्वारा ही किया जा सकता है। धर्म की शारीरिक गठन एवं दर्शन का मूल्य बहुत ही न्यून है और पदार्थ विज्ञान पर कोई दबाव नहीं था। प्लेटो, रूडाल्फ स्टीनर और जी आई गुरजियफ ने बतलाया कि मनुष्य पूरे जीवन काल में सोया रहता है, उसका जागरण तो ध्यान और रहस्यमय अभ्यासों द्वारा ही सम्भव हो सकता है। क्लेखाक्स के वरनार्ड, विलियम ब्लेक, एलीस्टर क्राउले, पाल टयूशेल, नारविच के जुलियन, आर्थर आगस्टस फोर्ड, ग्रेस कुक, मिला रेपा, रिचर्ड एलपर्ट उर्फ़ रामदास, पैथागोरस, पैरासेलसस, सेंट टेरेसा ऑफ अवीला आदि कुछ लोग हैं जिन्होंने नियमित और निरन्तर अभ्यास रहस्यमय साधनों तथा ध्यान का किया, जो अन्य किसी भी तरह सम्भव नहीं था।

यह उल्लेखनीय है कि एक अकस्मात विभिन्न धार्मिक नेताओं का सारे विश्व में छठवी शताब्दी ईसा पूर्व या लगभग उसके बाद उदभव हुआ था।

कन्फ्यूसियस 551 ई.पू. चीन में जन्मा था। बुद्ध भारत में 563 बी. सी. में जन्मे, पैथागोरस यूनान में 590 ई.पू. और ताओ चीन में लाओत्से के पास 604 ई.पू. जन्मे थे। लाओत्से के लिए कहा जाता है कि वह सातवीं शताब्दी ई.पू. में जन्मा था, किन्तु वह दो सौ वर्षों तक जिया। जिसका अभिप्राय यह है कि उसका प्रभाव छठवीं शताब्दी ई.पू. में ही होने लगा था। परशिया में ज़ोरोआस्टर छठवीं शताब्दी ई.पू. हुआ। महावीर जैन धर्म के प्रवर्तक भारत में छठवीं शताब्दी ई.पू. जन्मे थे। डूड सेल्ट की पुजारी जाति में जो कि जर्मनी की आदिवासी है, जो यूरोप व एशिया माइनर में फैली हुई थी, पांचवीं, छठवीं शताब्दी ई.पू. आया।

सम्भवतः सार्वभौमिक मन की यह इच्छा थी कि पृथ्वी पर मानव जाति ईश्वर की खोज प्रारम्भ करे। तभी से धार्मिक अवतार जैसे जीसस, प्लूटो, प्लूटोनियस, सुकरात, प्लेटो, मोहम्मद, नानक और सैकड़ों जो कम प्रसिद्ध व्यक्तित्व हैं जैसे कि रिचर्ड मारिस बक और गोपी कृष्ण जो अभी हाल ही में हुए हैं। हजारों लोग पूरे विश्व में ज्योर्तिमान हुए हैं और उनकी संख्या बढ़ती ही जा रही है। बीसवीं शताब्दी का अन्तिम दशक मानव मस्तिष्क विकास की प्रक्रिया में चोटी पर था। टीलहार्ड डी चार्डिन[5] इस शताब्दी के प्रसिद्ध फ्रांसीसी दार्शनिक ने इस नए युग के विचारों पर अधिक बल दिया है कि उनकी अवधारणा में ब्रह्मांड के विकास का अपना इतिहास है। उनके अनुसार मानवता एक जीव सम्बन्धी घुमाव बिन्दु पर है, जहां यह विचार करना है कि वह अपनी पूरी रुचि इस ब्रह्मांड से हटा ले या फिर दृढ़ता से इसकी उपासना करे। इसने इस आवश्यकता पर बल दिया है कि इस शताब्दी में जो मनस ऊर्जा विकास हेतु आवश्यक है, उतनी उपलब्ध नहीं है, जितनी अधिक हमें आवश्यकता है। गोपी कृष्ण[6] ने भी कहा है कि इस शताबदी में मनुष्य का मन विकास के अपने अन्तिम चरण में है। कौन जानता है कि नास्ट्रेडमस तथा कई औरों की भविष्य वाणी सत्य हो आप और बीसवीं शताब्दी के पदार्थवादियों और अध्यात्मवादियों के मध्य एक अकस्मात् विपत्तिकारक विभाजन पैदा कर दे।

युरी जेलर[7] एक इसरायली तेल अवीव में पैदा हुए एलाएन्स दुनिया को देख रहे थे और उसके तत्काल विनाश होने से भयातुर थे। जोस आर

गुलेस[8] ने कहा था कि वर्तमान युग परिवर्तन बिन्दु पर है और यदि पृथ्वी की आध्यात्मिक शक्ति एक सकारात्मक कदम नहीं उठाती है, तो पच्चीस वर्षों का एक अकस्मात् विनाश कभी विप्लव होगा जिससे विश्व 2012 तक समाप्त हो जाएगा।

ईश्वर प्राप्ति का लघु पथ

हिन्दू और बौद्ध धर्मों में ध्यान में भगवान का नाम निरन्तर दुहराया जाता है, जिसे मन्त्र जाप कहते हैं। मन्त्र जाप निरन्तर होने से दो उद्देश्य पूरे होते हैं। वह मन को धीरे-धीरे थका डालता है, जिससे कि वह अकारण इधर-उधर नहीं भागता, इससे इच्छित एकाग्रता प्राप्त होती है। दूसरी बात यह है, कि मन्त्र में निहित अदृश्य ऊर्जा जो माला की भांति उसमें पिरोयी गई है वह प्रकृति की शक्तियों को उठा देते हैं और परिणाम स्वरूप कुण्डलिनी की जागृति हो जाती है। कुण्डलिनी के जागरण से तीसरी आंख खुल जाती है और ऊपरी तलों से सम्बन्ध स्थापित हो जाता है। भगवान के सम्बन्ध में समझदारी स्वतः होने वाली प्रक्रिया की भांति होने लगती है। कुण्डलिनी जागरण के विशिष्ट लक्षण हैं, जिससे इस प्रक्रिया की पुष्टि होती है।

अधिकांश हिन्दू और बौद्ध सन्त इस प्रक्रिया के द्वारा गुजरे हैं। लगभग विश्व के सभी मुख्य धर्मों ने अपने-अपने शब्दों में इस प्रक्रिया का वर्णन किया है और उनके सन्तों, पैगम्बरों आदि ने इस प्रक्रिया का त्योहार साधना अहम साक्षात्कार या दिव्यदर्शन के पूर्व ही किया था। उदाहरण के लिए सेंट टेरेसा ने कभी गर्म ऊर्जा का अनुभव किया था, जो अचानक शरीर में चलने लगी थी, जिससे शरीर हिलने डुलने लग गया था तथा पीड़ा होने लगी थी। यह सब कुण्डलिनी जागरण के लक्षण हैं। नारविच की जुलियाना[10] बहुत बुरी तरह बीमार हो गई थी और उसे अनुभव हुआ कि वह लगभग मर-सी गई। उसका निचला धड़ मरा हो गया था और इतनी भीषण पीड़ा थी कि यदि उसे पहले मालूम होता, तो वह इसके लिए नहीं कहती। कुछ भी हो उसने ईश्वर का दर्शन पलक झपकते ही पाया और बाद में वर्षों तक ध्यान करती रही। इसी प्रकार की घटनाएं अफ्रीका के बुश मैन के साथ भी घटित हुई। नया सूफी ताओ शैम के साथ ऐसा हुआ है। डैमस्कस की सड़क

पर सेंट पाल एक अति तीव्र प्रकाश से अन्धे हो गए, जो स्वर्ग से उतरी थी, तीन दिनों तक बिना खाना व पानी के रहे। उनकी दृष्टि जब वापस आई, तब उन्होंने ईसाई धर्म स्वीकार कर लिया। इस्लाम के प्रवर्तक मुहम्मद एक रात में एक ज्योतिपुंज द्वारा जगा दिए गए जिसने उनके प्रज्ञा चक्षु खोल दिये और कुरान का अवतरण प्रारम्भ हुआ। इस प्रकार प्रकाश का अनुभव कुण्डलिनी साधना में स्वामी मुक्तानन्द[11] द्वारा भी विस्तारपूर्वक बताया गया है। बाद में ऊपरी लोकों की सैर के तथ्य आत्मा के रूप में मुक्तानन्द के भी वैसे ही हैं, जैसे मुहम्मद के। इन राज्यों के सम्बन्ध में जीसस ने कहा है कि मेरे पिता के महल में बहुत मंजिलें हैं। स्वामी प्रभूपाद[12], अन्तर्राष्ट्रीय संस्कृति कृष्णा कानसेसनेस, अमरीका के संस्थापक ने ऐसा ही वर्णन अपनी पुस्तक 'ऐन इजी जर्नी टू अदर प्लेनेट' में किया है। ताओ और वज्रयान बौद्ध ने कुण्डलिनी जागरण से भयानक गर्मी उत्पन्न करने के लिए विस्तत विधियां सृजित की हैं।

सूफी ने जो इस्लाम की एक शाखा है, एक छोटे रास्ते की जो ईश्वर तक जाता है, की चर्चा की है। फक्र, (पवित्र गरीबी) धार्मिक साहित्य का अध्ययन और 'धिक्र' के साथ प्रार्थना जिसका अभिप्राय है, ईश्वर के पवित्र नामों को निरन्तर दुहराना, कुरान के पदों को पढ़ना, जो मन्त्र जप की भांति आत्म सम्मोहन उत्पन्न करता है। मुस्लिम लोग प्रार्थना हेतु माला का उपयोग करते हैं, जैसे कि हिन्दू लोग। तालयुक्त ढोल पीटना, नाचना 'धिक्र' के साथ कभी-कभी उन्हें समाधि में ले जाता है। इदरीस शाह[13] के अनुसार फ्रीमैसनरी स्पेन के सूफी इबा मासारा के उपदेशानुसार प्रारम्भ हुई और उनके तीन यन्त्र, सूफी आसन जो प्रार्थना में प्रयोग किए जाते हैं, का प्रतीक है। उसने आगे भी कहा कि राजा सोलोमन के मन्दिर जो जेरूसलम में बनवाए गए थे, के बनाने वाले बोआज़ और सोलोमन नामक सूफी वास्तुकार थे। एक अधूरी मीनार और एक आंख जो अमेरिकन डालर पर बनी हुई है, वह इसकी प्रतीक है कि अधूरी मानवता परमात्मा की आंख द्वारा सबसे ऊपर से देखी जा रही है। यह साफतौर से कहा जा सकता है कि स्वतन्त्र फ्रीमैसनरी का अमेरिकन विचारों पर गहरा प्रभाव है।

यहूदियों में काबालाह द्वारा छोटा मार्ग ईश्वर तक जाने का माना जाता

है। ईश्वर द्वारा फ़रिश्तों को बताया गया, फिर उन्होंने नोआह, अब्राहम व मूसा को दिया, जिन्होंने सत्तर वृद्धों को दीक्षित किया। रहस्यवादी मारकाबाह ने ईश्वर के ताज वाले रथ पर पहुंचने का साहस किया था, किन्तु उसे सात स्वर्गीय महलों को पार करना पड़ा था। इस प्रक्रिया में उपवास, बार-बार भजनों का गायन व प्रार्थनाओं का उपयोग समाधि की दशा लाने हेतु किया जाता था। यह वैसे ही जैसे मन्त्रों के जप द्वारा ध्यान जो समाधि तक जाता है। आरोन सैमुअल[14] द्वारा इटली में त्योहारिक काबालिस्म का आरम्भ किया गया था, जो बाद में जर्मनी में प्रचारित हुआ, जो हसीदी धर्म का आधार बना। इसमें प्रार्थना, चिन्तन, ध्यान जो आगे दिव्य अग्नि को दर्शाता है, जो 'शेकीनाह' (हिन्दुओं की भांति शक्ति) मां (स्त्री रूप) में ईश्वर को जाना जाता है। उच्च कोटि का काबालाह फ्रांस में जाना था और तेरहवीं शताब्दी में स्पेन चला गया। 'सेफर हा जोहर" का तात्पर्य है दीप्तमान पुस्तका जो स्पेन निवासी काबालाह मोसेज डे लिआन द्वारा रची गई थी। दूसरा छोटा रास्ता 'तजुरफ' अबराहम वेन सैमुअल अबू लाफिया द्वारा स्पेन में विकसित हुआ था। यह आधी रात को किया जाता था जिसमें स्वांस की विधियां, ईश्वर के नाम का पवित्र उच्चारण और ध्यान समाहित था। आनन्द जिसे 'शेफा' कहा जाता है, जिसका अभिप्राय 'दिव्य तेज' से है, थोड़े ही समय में प्रकट हो जाता था। इसके अनुभव कण्डलिनी जागरण के अनुभव के समान ही हैं। अनाहत नाद का प्रकट होना जिससे जागरण आता है और जो ज्योतिर्मय कर देता है। लूरिया[15] ने अक्षरों द्वारा मन्त्रों की रचना पर बल दिया है, जो कि रहस्यमयी प्रार्थनाओं तथा ध्यान को प्रभावशाली बनाते हैं। डिआन फारचून[16] ने कहा है कि काबालाह पश्चिम का योग है। ईसाई काबालाह कारनीलिअस एग्रीप्पा वोन नेटेशीम ने अपनी पुस्तक 'डी ओकल्ट ए फिलोसफिया', जो 1531 में लिखी थी, के द्वारा प्रचारित हुआ था।

छोटा रास्ता हिन्दू धर्म, बौद्ध धर्म और जेन अभ्यास में प्रायः तन्त्र कहा जाता है, जिसमें योग, ध्यान तथा सम्भोग की मान्यता दी गई है। पूर्व में ही नहीं वरन् पश्चिम में भी बहुत से साधकों ने उच्च चेतना तन्त्र द्वारा प्राप्त की है, जैसे कि अलेक्जेन्डरा डेविड नील, एलेन वाद्म, अलीस्टर क्राउले, चीनी तथा अन्य।

कुण्डलिनी की तरह के अनुभव मिश्र, चीनी तथा कुछ मूल अमेरिकन के उपदेशों में भी पाया जाता है। बाइबिल में इसे 'मनुष्य के भीतर सूर्य शक्ति का नाम दिया गया है। ऐसे ही सन्दर्भ कुरान और यूनान के दार्शनिकों, विशेष रूप से प्लेटो, रोज़ीक्रूसियन और मेसोनिक लेखों में पाए जाते हैं।

पुरानी दुनिया के बहुत से भागों में आलकेमी प्रसिद्ध थी। इसकी प्रक्रिया वैसे ही थी, जैसे कि टाओ ध्यान पद्धति जिसमें सार्वभौमिक जीवनी शक्ति 'ची' को शरीर में उत्पन्न करके शुद्धीकरण कर लिया जाता था। भोजन से पौष्टिक तत्वों को निकालकर ग्रन्थियों से निकले हुए रसायनों से मिलाया जाता और उन अंगों में पहुंचाया जाता, जहां रक्त और 'चिंग' (सम्भोग ऊर्जा) बनती थी। नियन्त्रित स्वांस द्वारा 'चिंग' 'ची' (सम्भोग का वाष्पीकरण) में परिवर्तित हो जाता है, जो मेरुदण्ड के ऊपर नीचे, सिर से पेट तक आती जाती रहती है। यह प्रक्रिया भी कुण्डलिनी शक्ति के अनुभव के समान ही है। बहुत चक्कर काटने के उपरान्त 'ची' शुद्ध होकर चेतना को आध्यात्मिक प्रेम में रूपान्तरित कर देता है।

स्त्री व पुरुष विपरीत लिंगी भौतिक व आध्यात्मिक रूप से एक में मिल जाते हैं। यही भारतीय आलकेमी रासायनिक प्रक्रिया है, जिसे शिव और शक्ति का संगम कहा जाता है, जो जागरण और ज्योर्तिमय बना देता है और यह कुण्डलिनी द्वारा होता है। हिन्दू धर्म में 'ची' प्राण को कहते हैं। हर दशा में कामवासना की समाप्ति ही तथ्यपरक कारण है या तो उससे बचा जाय या वीर्य का स्खलन रोका जाए।

चीन में और अब पश्चिम में भी आलकेमी का प्रयोग आत्म रूपान्तरण हेतु किया जाने लगा है। सी जी जंग[17] उनमें से प्रमुख हैं, जिसने पश्चिम में आलकेमी में रुचि ली है। इस आलकेमी का पूरा विवरण कई पुस्तकों में मिल सकता है जैसे कैवेंडिश[18] हाल[19], होयलर[20] और अन्यों में है।

प्राचीन काल से आध्यात्मिक ज्ञान और आन्तरिक बुद्धिमत्ता की सांकेतिक रूप में एक दो सर्पों से पिरा हुआ सिर पर पंख लगे हुए हैं, एक कैडूसियस डण्डा था। इसका रूप 'T' की दशा में क्रास जैसा कि मिश्र में दीक्षा में प्रयोग किया जाता है, लिया गया है। 2600 वर्ष ईसा पूर्व ग्रीको रोमन पौराणिक कथाओं में इसका मूल पाया जाता है। भारतीय

प्राचीन मन्दिरों में यह कैडूसियस पृथ्वी, जल, वायु और अग्नि का प्रतीक था। छड़ी ब्रह्मा की सूचक है, जिसे ब्रह्मदण्ड कहा गया है। सर्पों को कुण्डलिनी शक्ति कहा गया है, सोई हुई सर्पशक्ति जो पृथ्वी पर रहती है। प्राण ऊर्जा आध्यात्मिक चेतना को कुण्डलिनी जागरण के माध्यम से जागृत कर देता है, साथ ही उच्चतर विवेक पूर्ण राज्यों में प्रवेश मिल जाता है। यह उस कैडूसियस का महत्व है जिसमें पंख लगे हुए हैं। यह सकारात्मक एवं नकारात्मक ऊर्जाओं का सन्तुलन फ्रीमैसनरी का परिचायक है।[(21, 22)]

भारत के प्राचीन गुरु लोग कुण्डलिनी की महिमा जानते थे। इसी कारण से उन्होंने सात चक्रों का वर्णन कुण्डलिनी के रास्ते के सम्बन्ध में हिमालय पर्वत श्रृंखलाओं में किया है जो कि मनुष्य के मेरुदण्ड के समान शरीर में स्थित है। पहला चक्र कामाख्या देवी मन्दिर आसाम में है, जो सबसे कम ऊंचाई पर है। कामाख्या देवी की उपासना सम्भोग शक्ति और वैवाहिक जीवन के प्रसन्नता हेतू की जाती है। छठवां चक्र जो तीसरे नेत्र का प्रतीक है, वह वैष्णव देवी का मन्दिर जम्मू-कश्मीर के नीचे है। सातवां चक्र जो सबसे ऊपर है, वह भगवान शिव का मन्दिर है, जो कश्मीर के ऊपर है। वैष्णव देवी से अमरनाथ का यात्रा पथ बड़ा ही दुर्गन और तंग है। सभी लोगों को यात्रा में जाना बड़ा ही दुरूह है। यह उस कुण्डलिनी की यात्रा जो आज्ञाचक्र से सहस्रार तक है की भांति समानान्तर रूप से दुर्गम और कठिन है।

अनाहत नाद (पवित्र ध्वनि) तथा व्यक्तित्व का रूपान्तरण

ए. डी. होलकोम्बे[23] और एलेक्जेन्डर आई कोपिटिन[24] ने अभी हाल में ही बहस की है कि केवल कुण्डलिनी ही पर्याप्त नहीं है। यह कई माध्यमों से मात्र एक माध्यम है, आत्मिक सन्तुलन का। मैं उसका विरोध करता हूं, कुण्डलिनी के उपरान्त जो प्रभावशाली घटनाएं घटती हैं, वे और किसी प्रकार सम्भव नहीं हैं। और यही सर्वोत्तम मार्ग आत्मपूर्णता का है। उदाहरण के लिए जैसे होलकोम्बे कहते हैं कि एन. डी. ई. (मृत्यु के निकट) होने का अनुभव करने वाला व्यक्ति एक जीवन के प्रति नई धारणा लेकर आता है। और अन्तिम मूल्यांकन के सम्बन्ध में अधिक जानकार होता है। सच है! किन्तु इतना ही काफी नहीं है। एन. डी. ई. मृत्यु के निकट होने का अनुभव पूरा व्यक्तित्व का रूपान्तण नहीं कराता, जैसा कि कुण्डलिनी करती है। इसी प्रकार एल एस

डी, आदि क्षणिक प्रसन्नता और ऊंचे तलों का दृश्य दर्शन करा दें, किन्तु वह स्थायी नहीं है और व्यक्तित्व का पूरा रूपान्तरण। नहीं करता। वरन् इसका प्रयोगकर्ता व्यसनी बन जाता है और उसके स्वास्थ्य पर बुरा प्रभाव डालता है।

यह तथ्य प्रसिद्ध टिमोथी लियरी[25] रिचर्ड आलपर्ट और अल्डुअस हक्सले[26] के दृष्टान्तों से देखा जा सकता है। लियरी ने चार बार विवाह किए और अन्तिम तो 58 वर्ष की आयु में हुआ था। एल एस डी का बहुत अधिक प्रयोग किया, जोकि कानून के लिए एक समस्या हो गई थी और अन्त में उसे 20 वर्षों तक जेल में रहना पड़ा था। रिचर्ड अलपर्ट को कुछ सफलतापूर्वक ऊपरी राज्य का परिचय हुआ था, तो वह भारत आ गए और वह नीम करोली बाबा के शिष्य हो गए, जिन्होंने उनका नाम बदलकर रामदास कर दिया था। इस प्रकार वह सफल हुए थे और अन्त में एक पुस्तक लिखी थी, जिसका नाम 'ग्रिस्ट फॉर दि मिल' है। अल्डुअस हक्सले एल एस डी का प्रयोग लियरी और एलपर्ट के साथ करते थे, किन्तु जीवन में अनेक स्वास्थ्य सम्बन्धी कठिनाइयों के उत्पन्न हो जाने से लियरी की बात को ड्रग के सम्बन्ध में अस्वीकार कर दिया। जैसा भी हो, हक्सले पर एल एस डी का अधिक प्रभाव नहीं था और उन्होंने एक प्रशंसापूर्ण पुस्तक 'दि पेरीनियल फिलास्फी' लिखी, जिसने उनको बहुत प्रसिद्ध बना दिया। पीटर हरकोज को एन. डी. ई. अनुभव हुए, किन्तु कुछ मानसिक भेंट तो मिली परन्तु उनसे वह बहुत ही विक्षुब्ध हो गए थे। वह हृदयाघात से मरे। कुछ भी हो, उन्होंने एक पवित्र वादन एन. डी. ई. के समय सुना था, जिसे वे अपने पियानो पर संगीतबद्ध करना चाहते थे।[27]

पाल पोंड[28] ने अपनी पुस्तक 'दि रोड होम' में अन्तिम दो पंक्तियां लिखी हैं: ओऽम का वास्तव में श्रवण करना एंक आश्चर्यजनक गृह वापसी है। ओऽम की ध्वनि कुण्डलिनी जागरण के पश्चात् का प्रभाव है। सभी धर्मों में एक सामान्य लक्षण है; अनाहत नाद का सुनना साधकों को अपने आन्तरिक श्रवण शक्ति द्वारा सुनाई पड़ता है। ईसाई इसे शब्द या लोगोस कहते हैं। हिन्दू और बौद्ध इसे आदेश अनाहतनाद ओऽम् कहते हैं। मुसलमान कल्मे इलाही का नाम देते हैं। भारत के सिक्खों ने इसे शब्द कहा है। पैथागोरस ने इसे आकाशीय संगीत कहा है। पाल ट्विचेल ने इसे 'सुनी जाने वाली ध्वनि

तरंग' कहा है। ऐसे ही समानान्तर अभिव्यक्ति अन्य कहीं भी पाई जा सकती है। यह ध्वनि मधुमक्खियों के छत्ते के समान भनभनाहट वाली होती है। या वैसी ध्वनि होती है जैसे कि रेफ्रीजरेटर के खोलने पर होती है[29] या सर्प की फुफकार की भांति[30] या शंखनाद की भांति जैसा डॉ. वी. भट्टाचार्य[31] ने कहा है।[31]

यह पृथ्वी की प्रेरणापूर्ण ज्ञान की ध्वनि है, जो मनुष्य को उसके व्यक्तित्व से उठाकर अस्तित्व के ऊंचे तलों पर पहुंचाती है। आमतौर से यह पवित्र ध्वनि नीले प्रकाश या नीले मोती से मिली हुई आन्तरिक नेत्रों द्वारा देखी जा सकती है। ध्वनिनाद व नीला प्रकाश मिलकर आन्तरिक गुरु या पथ प्रदर्शक के नाम से जो ईश्वर मनुष्य रूपी मन्दिर में निवास करने वाले हैं, उस ईश्वर को बतलाता है। ध्यानावस्था में वह मनुष्य की आत्मा को ऊंचे लोकों या समाधि या निद्रा में ले जाता है। दृष्टान्त में स्वामी शिवानन्द[32] पाल ट्विचैल और विलसन टेरिल तथा अन्यों में से हैं।[34]

कुण्डलिनी के जागरण के पश्चात् मृत्यु और पुनर्जन्म की भांति अनुभव होता है। व्यक्तित्व में परिवर्तन क्रमशः आने लगता है और बहुत से परिवर्तन दृष्टिगोचर होने लगते हैं। वास्तव में यह ईश्वर की ओर चेतना का मुड़ना है, जो प्रार्थना और ध्यान कराता है, जो कुण्डलिनी को जाग्रत कर देता है। मैं कहना चाहूंगा कि ध्यान माध्यम नहीं है, वरन् एक प्रकार से वह अन्तिम परिणाम है। जो ध्यान में मग्न है, वह ईश्वर की संचेतना में है। यद्यपि सफलतापूर्वक कुण्डलिनी के जागरण के पश्चात् भी प्रार्थना और ध्यान करते रहते हैं, क्योंकि विकास आन्तरिक प्रक्रिया है। कभी-कभी प्रारम्भ में ही अकस्मात् कुछ घटित हो जाता है, जैसे कि अधिक गर्मी का अनुभव होना, किन्तु वह साधक शीघ्र ही सामान्य हो जाता है। व्यक्ति अपने-आप में अधिक शान्त रहता है। दैनिक जीवन की कठिनाइयां उसे अशान्त नहीं करती। साधक उससे ठीक से शान्तिपूर्वक निबटता है। और परिणाम भी समान रूप से देखता है, चाहे अच्छा हो या बुरा। अधिकतर व्यक्ति सांसारिक प्रपंचों से दूर रहने लग जाता है। जैसे कि कोई वृद्ध अवकाश प्राप्त व्यक्ति हो। यद्यपि दैनिक सांसारिक सम्बन्ध उनके अनुभव, पदार्थों की रुचि तथा भौतिक और सांसारिक सम्बन्धों में गिरावट आने लग जाती है। वह निरन्तर ईश्वर धारणा में रहते हुए भगवान नाम का या मन्त्र जाप करता रहता है और

जागरण अन्त तक जारी रखता है।

भौतिक प्रेम अब विपरीत दिशा ग्रहण कर लेता है। दाम्पत्य जीवन में रुचि और गति बहुत कम होने लगती है, जिससे एक दूसरे के प्रति लोग कहा-सुनी करने लग जाते हैं। कभी-कभी अण्ड कोषों में कुछ होता दिखाई पड़ता है। सम्भवतः वीर्य का बनना बढ़ जाता है और मस्तिष्क की ओर जाता हुआ अनुभव होता है। जैसा कि मैं अनुभव जागरण के उपरान्त एक वर्ष तक करता रहा हूं। इसी प्रकार के अनुभव महिला साधिकाओं को भी हुआ है, जैसे कि इरीना टयूडी की बात को बोनी ग्रीनवेल ने अपनी पुस्तक दि इनर्जीज़ ऑफ ट्रांसफारमेशन में लिखा है। समाधि की दशा ध्यान में शीघ्र आ जाती है। समाधि की दशा में या निद्रा की दशा में जाग्रत पुरुष ऊंचे लोकों का दर्शन जीवात्मा रूप में कर आता है। नीला प्रकाश या नीला मोती और वह पवित्र ध्वनि ओऽम की सदैव बनी रहती है। धीरे-धीरे ओऽम का नाद और तेज हो जाता है जिसे आप हर समय सुन सकते हैं। बाहरी सम्बन्धों पर आश्रित रहना घटता जाता है, एकान्तता आती जाती है, जो उसे विचलित नहीं करती।

दैनिकचर्या के कार्यों में रुचि कम होने लगती है, चाहे वह नौकरी या व्यवसाय हो। कार्यक्षमता वैसे ही नहीं रह जाती, तो बहुत से लोग अवकाश प्राप्त कर लेते हैं, जिससे कि वे आध्यात्मिक कर्तव्यों का ठीक से निर्वाह कर सकें। भारत के डॉ. बी. एस. गोयल और स्वीडेन के इमानुऐल स्वीडेनबोर्ग दोनों वैज्ञानिकों ने अपने पचासवें वर्ष में ही तत्काल अवकाश ग्रहण कर लिया। जाग्रत लोग अध्यात्म के सम्बन्ध में लेखन कार्य करते रहते हैं।

कुण्डलिनी का अनुभव

वेदान्त कहता है कि स्वतः आध्यात्मिक रहस्यमयी अनुभव शुद्ध नहीं होते हैं और यह केवल योग द्वारा ही सम्भव है कि कोई शुद्ध जागृति प्राप्त कर सके।

स्वामी रामकृष्ण ने कहा है कि व्यक्ति में आध्यात्मिक चेतना का जागरण जब तक कुण्डलिनी नहीं जागती तब तक नहीं होता। जो भी हो यह स्पष्ट है कि कुण्डलिनी सम्बन्धी अनुभव ही प्राचीन काल से विश्व के अधिकतम धर्मों में आत्मिक उत्कर्ष के उत्तरदायी रहे हैं। वर्तमान युग में हम पश्चिम में कुण्डलिनी जागरण में अधिक घटनाएं पिछले दो दशकों से बढ़ी हुई देख रहे हैं।

कुण्डलिनी रिसर्च नेटवर्क कैलीफोर्निया के अन्तर्राष्ट्रीय सम्मेलन 18 से

22 जून 1992 में मैं वक्ता था। मैं उस कार्यशाला में अनेक लोगों से मिला, जो अधूरे कुण्डलिनी जागरण के प्रभावों से पीड़ित थे। मैंने उनके मामलों को सावधानीपूर्वक सुना। एक दूसरी वार्ता में ब्रानविन फाक्स साउथ ऑस्ट्रेलिया के पेन एण्ड एन्जाइटी डिस आर्डर असोसिएसन की निर्देशक ने अपने अनुसन्धानों की जो उन्होंने कुण्डलिनी जागरण व एन्जाइटी डिस आर्डर के आपसी सम्बन्धों पर किया था, पर चर्चा की। उनके अनुसार सैकड़ों, हजारों लोग ऑस्ट्रेलिया में हैं, जो गलत कुण्डलिनी जागरण के कारण रोग के शिकार हो गए हैं। अधिकांश घटनाएं यू.एस. तथा ऑस्ट्रेलिया में महिलाओं से सम्बन्धित हैं। जैसा मैंने इस अध्याय के प्रारम्भ में कहा है कि इस शताब्दी में मानवता, विशेष रूप से इस दशक में, विकासवाद की चोटी पर है। कण्डलिनी की जानकारी पश्चिम में सुदूरपूर्व में और विश्व के अन्य उन्नतिशील भागों में भी पूरी तौर से फैली हुई है।

इस प्रकार अधिक-से-अधिक लोग योगिक और अन्य आत्मिक साधनाएं कुण्डलिनी जाग्रत करने के लिए कर रहे हैं कि उन्हें दिव्य चेतना का अनुभव हो सके। और उनको उसके लक्षण भी पहचान में आने लगे हैं। मेरे विचार से इन पार्श्व प्रभावों का तथा से इन पाश्र्व प्रभावों का तथा चिन्तापरक व्याकलता के दो कारण हो सकते हैं। साधक लोग कुण्डलिनी जागरण के मार्ग का समग्र रूप से नियमों का अनुपालन नहीं करते। दूसरी बात है विभिन्न सांसारिक दायित्वों की पूर्ति में एकाग्रता और अधूरी कुण्डलिनी जागरण का कारण है, जिसे कि वह जानता नहीं है। महिलाओं के मामले में तो यह होता है कि प्रसव के समय जिगर हिल जाता है। यही क्रिस्टीना ग्राफ के सम्बन्ध में हुआ था। जिन्होंने 1980 में स्पिरीचुअल इमरजेंस नेटवर्क की स्थापना की थी। जैसे भी हो उनका पूरा जागरण कुण्डलिनी का भारत के स्वामी मुक्तानन्द के शक्तिपात से हुआ था जब उनका कैम्प होनोलोलू में था। मैंने इसका वृहद परीक्षण योगिक अभ्यास जो कुण्डलिनी जागरण के लिए किया जाता है, किया है, विशेष रूप से मुझे अनुभव जब इस ऊर्जा का 1987 में हुआ था। मूल रूप से चार क्षेत्र हैं, जिन पर समान ध्यान कुण्डलिनी योग की साधनाओं में अनिवार्य है: ध्यान, मन्त्र के जप सहित अथवा बिना जप के किन्तु भगवान पर विश्वास के साथ सम्बन्धित साहित्य का अध्ययन, आध्यात्मिक लोगों के जीवन के वृतान्त और संयमित संभोग में

जीवन जिसमें व्यक्तिगत स्वभाव का ध्यान भी रखना है। हां अकेले व्यक्ति को इस चौथी बात का ध्यान नहीं करना है, यद्यपि इन सबका प्रयोग सिर की कई पीड़ाओं को दूर कर देता है।(सरस्वती 35, 89-90)

जब कभी भी इन सभी में से किसी की अवहेलना होती है, तो ऊर्जा गलत जगह चली जाती है और बुरा प्रभाव व रोग उत्पन्न हो जाते हैं। योगाभ्यास शरीर को बलवान बनाने हेतु आवश्यक है और कई घण्टों तक ध्यान में बैठने की क्षमता देने हेतु आवश्यक है। जो लोग इस भाग को नहीं करते तो ऊर्जा के जागरण से स्वतः होने लग जाता है। जो पढ़ते-लिखते नहीं उन्हें मानसिक रोग धर लेते हैं। भावुकता की समस्याएं, दौरे पड़ना व चिन्ताएं बढ़ने लगती हैं। साक्षात्कार वाले लोगों के जीवन की कथाओं के पढ़ने से पता चलता है कि कहां त्रुटि हो रही है, जिससे बचा जा सकता है। और भावात्मक स्थायित्व लाया जा सकता है। संयमित सम्भोग भी आवश्यक है, क्योंकि यह स्त्री व पुरुष तत्वों का संगम भौतिक चेतना से आध्यात्मिक रूप के रूपान्तरण में सहायता करता है।

अगले अध्याय में मैंने अपने अध्ययन को दर्शाया है, जिसमें यह बताया गया है कि विवाहित साधक अधिक सफल हैं और उनको बहुत कम समस्याओं का सामना करना पड़ा है, बनिस्वत एकाकी पुरुष के। यह स्त्री व पुरुष दोनों साधकों पर लागू होता है।

स्वामी सत्यानन्द सरस्वती के शब्दों[35] में कुछ साधकों को भयानक सिर की पीड़ा होती है, जब कुण्डलिनी जागने लगती है। यद्यपि यह हर प्रकार के सिर दर्द से सम्बन्धित नहीं है। और हर एक को सिरदर्द होता भी नहीं है। प्रायः जो लोग विवाहित लोग हैं, उन्हें ऐसा अनुभव नहीं होता। यह उन्हीं लोगों में विशेष रूप से होता है, जिन्होंने सम्भोग की क्रिया का अनुभव नहीं किया है। कुण्डलिनी जागरण में डॉ. बी एस गोयल कई वर्षों तक सिर की पीड़ा से व्यथित रहे और सम्भवतः यह इसी कारण से था कि वे पूरे जीवन अविवाहित रहे।[29]

इस प्रकार दो तरह के लोग हैं, जिन्हें इसी मामले में दिशा-निर्देश चाहिए। पहला उन्हें, जो कुण्डलिनी जागरण हेतु योग साधना कर रहे हैं। दूसरे वे लोग जिनकी आंशिक कुण्डलिनी जागरण बिना उनके जानकारी के हो चुका है। ऐसे लोग ही मानसिक चिन्ताओं से पीड़ित होते हैं। प्रत्येक के लिए मैं एक आदर्श रूप में 'इन्टीगरल पाथ' अर्थात 'समग्र पथ' प्रस्तुत करता हूं जिसका अनुसरण नित्य करना चाहिए।

1. योगाभ्यास 30 से 45 मिनट

2. एक से 3 घण्टे तक नित्य ध्यान विशेष रूप से मन्त्र जाप, जो एक उत्प्रेरक तत्व की भांति कार्य करता है।

3. दो से चार घण्टे नित्य धार्मिक साहित्य का अध्ययन, जिसमें आत्म साक्षात्कार वाले लोगों की कथाएं हों।

4. दाम्पत्य जीवन में संयमित सम्भोग, व्यक्तिगत तथ्यों का ध्यान रखते हुए। यह स्वैच्छिक है। पुरुष या स्त्री जो एकाकी हैं, प्रोग्राम में वे भी भाग ले सकते हैं।

यदि किसी को गुरु मिल जाते हैं, तो सुन्दर है, किन्तु यह आवश्यक नहीं है। यदि कोई संकल्प से प्रारम्भ करे, तो पुस्तकों से दिशा-निर्देश मिला करता है। मेरे कोई गुरु नहीं थे। किन्तु जब कोई समस्या उठती, तो मैं पुस्तक खोल देता और अपनी समस्या का समाधान चाहता, तो बिना पूर्व किसी विचार के कहीं खोलता, तो वहीं हमें अपने प्रश्न का समाधान मिल जाता। इस प्रकार सहायता प्राप्त हो गई थी। गोपी कृष्ण के कोई गुरु नहीं थे। ऐसे बहुत से उदाहरण हैं।

शक्तिपात हेतु भी साधक की सीधे शक्ति ग्रहण किसी ऊर्जा प्राप्त व्यक्ति से लेने हेतु यह आवश्यक है कि उसने उपरोक्त चार नियमों का पालन कुछ दिन किया हो। अन्यथा वह ऊर्जा गलत हो जाएगी। क्रिस्टीना ग्राफ, डॉ. फ्री जोन दोनों ने स्वामी मुक्तानन्द से सफलतापूर्वक शक्तिपात कराया था, किन्तु उन लोगों ने कई वर्षों तक साधना उपरोक्त नियमों को पालन करते हुए किया था। डॉ फ्री जान अब फिज़ी में एक आश्रम चला रहे हैं, जहां पर इसी प्रकार की शिक्षा दी जाती है। श्री अरविन्दो, स्वामी योगानन्द परमहंस और महेश योगी (भावातीत ध्यान) सभी ने इन्टीगरल योग के लिए बलं डाला है, जिनमें मूलरूप से यही तथ्य है। मैं[36] इसी प्रकार की साधना 15 वर्षों से अधिक 1987 में कुण्डलिनी जागरण के पूर्व करता रहा हूं। इन्टीगरल योग में शिक्षा नई दिल्ली केन्द्र पर दी जाती है, जो कुण्डलिनी के अनुभव के लिए नितान्त आवश्यक है।

सन्दर्भ

1. विन्टर हाल्टर, राबर्ट, 'न्यू थाट एण्ड वेदान्त', जे आर पी आर, जनवरी, 1993, पेज 14-20
2. कैम्पबैल, जोसेफ, दि इनर रिचेज ऑफ आउटर स्पेस: मेटाफर एज मिथ एण्ड

ऐज रिलीजन, न्यूयार्क हार्पर एण्ड रो, 1988
3. फ्रास्ट, बीडी, सेंट जान आफ दि क्रास: डाक्टर आफ डिवाइन लव इन इन्ट्रोडक्शन टू हिज़ फिलासफी, थ्योलाजी एण्ड स्प्रिीट्यूलिटी, न्यूयार्क वैनटेज, 1981
4. उमेन, सैमुऐल 'दि वर्ल्ड आफ द मिस्टिक' न्यूयार्क फिलासोफिकल लाइब्रेरी, 1988
5. टेलहार्ड डे चारदिन; दि फ्यूचर आफ मैन, न्यूयार्क, हार्पर एण्ड रो, 1968
6. कृष्णा, गोपी, दि अवेकनिग ऑफ कुण्डलिनी, न्यूयार्क कुण्डलिनी रिसर्च फकउन्डेशन 1975
7. गेलर, यूरी, माई स्टोरी, न्यूयार्क प्रेगर, 1975
8. आरगुइलेस जोस, दि मायान फैक्टर, सान्ता फ़े, एम बीयार कम्पनी, 1987
9. विटिंग जोशुआ सी, सोर्सज़ ऑफ स्पान्टेनियस मिस्टीकल एक्सपीरियन्स, जे आर पी आर 10, नं. 3 जुलाई 1987, पेज 148-157
10. जुलियन ऑफ नारविच; रिवीलेशन आफ डिवाइन लव, ट्रासलेट्ड़ बाई जेम्स वाल्स, न्यूयार्क, हार्पर एण्ड रो, 1961
11. मुक्तानन्द, स्वामी; चित्तशक्ति विलास, गुरुदेव सिद्धपीठ महाराष्ट्र, इण्डिया, 1972
12. प्रभुपाद, स्वामी; एन इजी जर्नी टु अदर प्लेनेट्स, इस्कान, वेस्ट वर्जीनिया, यू.एस.ए.
13. शाह, इदरीस, दि सूफीस, गार्डन सिटी, ऐन वाई, एन्कर डवलडे, 1971
14. ब्लूम, हेराल्ड; कब्बालाह एण्ड क्रीटिसिज्म, न्यूयार्क, कान्टीनम, 1984
15. पोन्स, चार्ल्स; कब्बालाह: एन इन्ट्रोडक्शन एण्ड इल्युमिनेशन फार दि वर्ल्ड टुडे, व्ही टन II, दि थियोसोफिकल पब्लिशिंग हाउस, 1973
16. फारचून, डिओन; दि मिस्टीकल कब्बालाह, 1934, यार्क वीच, एम ई, सैमुअल वाइजर, 1984
17. जंग, सी जी, मेमोरीज, ड्रीम्स, रेफ्लेक्शन, रिकार्डेड एण्ड ऐडिटेड बाई अनीला जैफ़े, न्यूयार्क, रैण्डम हाउस, 1961
18. कैवेन्डिश, रिचर्ड, दि इन्साइक्लोपीडिया आफ दि अनऐक्सप्लेन्ड न्यूयार्क, एम सी ग्रा हिल, 1974
19. हाल, गैनली पी; दि सीक्रेट टीचिंग आफ आल एजेज़, लास ऐन्जिल्स, दि फिलासोफिक रिसर्च सोसायटी, 1977
20. होइलर स्टीफेन ए; सी जी जंग एण्ड दि अलकेमीकल रिवाइवल जिनोसिस, 8 समर 1988, 34-39
21. सर्लाट, जे. इ; ए डिक्शनरी आफ सिम्बल, न्यूयार्क, फिलासोफिकल लाइब्रेरी,

1971

22. मरकाटन्टे, एन्थोनी एस, इन्साक्लोपीडिया आफ वर्ल्ड माइथोलोजी एण्ड लेगनेन, फ्रेन्येज़ फारेस्ट आस्ट्रेलिया चिल्ड एण्ड असोसिएट, 1988
23. होलकाम्बे, ए. आइ; 'क्राइस्ट कान्ससनेस, कुण्डलिनी एण्ड स्प्रिीट्यूल इनर्जी, जे आर पी आर, अप्रैल, 1993
24. कोपीटीन, ए. आइ. व्हाई. कुण्डलिनी इज नाट इनफ, जे आर पी आर, अक्टूबर, 1992
25. लीयरी, टिमोथी; फ्लैशबैक्स: एन आटोबायोग्राफी, लास एन्जिल्स, जरेमी पी टारचर, 1983
26. हक्सले, आल्डुअस; ए बायोग्राफी, न्यूयार्क, आल्फ्रेड ए क्राप, हार्पर एण्ड रो, 1973
27. ब्राउनिग, नार्मालीः; दि साइकिक वर्ल्ड आफ पीटर हरकोस, गार्डन सिटी, एन वाई: डबलडे एण्ड कम्पनी, 1970
28. पांड, पाल; 'दि रोड होम', जे आर पी आर, जनवरी, 1993
29. गोयल, डॉ. बी. एस. थर्ड आई एण्ड कुण्डलिनी, थर्ड आई फाउन्डेशन ऑफ इण्डिया न्यू देहली, 1985
30. एवलान, आर्थर; दि सर्पेन्ट पावर, गनेश एण्ड कम्पनी, मद्रास इण्डिया, 1981
31. भट्टाचार्य, डॉ. बी; दि वे आफ तन्त्र, स्टर्लिंग पब्लिकेशन, नई दिल्ली, भारत, 1985
32. शिवानन्द, स्वामी; कुण्डलिनी योग, दि डिवाइन लाइफ सोसायटी, शिवानन्द नगर, टेहरी गढ़वाल, भारत, 1991
33. टयूचेल, पाल; दि टाइगर्स फैन्ग, मेन्लो पार्क, सी.ए. आई डब्लू पी पब्लिशिंग कम्पनी, 1971
34. विल्सन, टेरिल; हाउ आई लर्नड सोल ट्रेवेल, ऐकंकार, मिनियापोलिस, एम एन, यू. एस.ए., 1987
35. सरस्वती, स्वामी सत्यानन्द; कुण्डलिनी तन्त्र, विहार स्कूल ऑफ योग, मुंगेर, बिहार, भारत, 1984, पेज 89-90
36. कुमार, रवीन्द्र; 'आन ऐनलाइटिनमेंट एण्ड गाड', जे आर पी आर, अक्टूबर, 1991, पेज 181-193

अध्याय-3

मानवीय विवाह से आध्यात्मिक मिलन

आध्यात्मिक लक्ष्यपूर्ति हेतु साधु हो जाना बाध्यता नहीं है। अविवाहित रहकर संयम का त्याग करने से पूर्णता प्राप्त करने में सम्भावना न्यून है। दूसरी

ओर संयमित दाम्पत्य जीवन व्यतीत करने से पुरुषेण व स्त्रैण तत्वों का मिलन सन्तुलित नैसर्गिक आनन्द व प्रकाश की ओर ले जाता है।

पूर्व व पश्चिम के अधिकांश सन्त, पैगम्बर आत्मसाक्षातकार करने वाले लोग विवाहित थे, जिन्होंने अपनी ऊर्जा को मस्तिष्क की ओर प्रवाहित किया, न कि ऐन्द्रिक सुखों में उस ऊर्जा को नष्ट किया। इस प्रकार मस्तिष्क विकसित हुआ और ज्योर्तिमय होने के लिए सक्षम हो सका।

अपने सहयोगी से संगम के समय ईश्वर में मन को लगाकर मन्त्र जाप भी करते रहना चाहिए। अपने ध्यान को ऐन्द्रिक भोग में न लगाकर आत्मा का परमात्मा से मिलन की भावना करनी चाहिए। केवल सन्तान उत्पन्न करना ही लक्ष्य नहीं है। तन्त्र के सिद्धान्त से यह प्रतिपादित होता है। योग की ऐसी मुद्राएँ हैं जो सम्भोग की अवधि को बढ़ाती है तथा स्खलित होने की प्रक्रिया को विलम्बित करती है। यह समाधि की दशा पर पहुंचाती है। आध्यात्मिक मार्ग के बहुत से बटोहियों ने एक से अधिक विवाह किए कि उन्हें इस उद्देश्य की पूर्ति हेतु योग्य साथी मिल जाय।

प्रस्तावना

विश्व के अधिक-से-अधिक लोग भौतिकवादी, पदार्थवादी मूल्यों तथा सांसारिक सम्बन्धों की अर्थहीनता का अनुभव कर रहे हैं। उनकी चेतना ने

उन्हें फुसलाना बहकाना आरम्भ कर दिया है कि वे ईश्वर की खोज प्रारम्भ कर दें और आन्तरिक शान्ति एवं हर्ष को उपलब्ध हो सकें।

तथापि उनके जीवन का रहन-सहन पदार्थवादी सुख व सम्बन्ध हेतु इतना ओत-प्रोत है कि वे इस जंजाल से बाहर निकलने में बड़ी ही कठिनाई का अनुभव करते हैं। या कि वह भौतिक मूल्यों से अपने को पृथक कर ले। ऐसे मुहाने पर जब मनुष्य का विकास अपने शीर्ष पर है, लोगों को कोई ऐसी व्यवहारिक विधि चाहिए जो उन्हें शुद्ध करके सांसारिक जीवन से आध्यात्मिक जीवन में परिवर्तित कर दे। वहां किसी बड़े परिवर्तन की आवश्यकता हमें सहज स्तर में नहीं चाहिए, वरन् एक निम्न प्रकार की चैतन्यता या विवेक का होना आवश्यक है। एक बार हमें यह पता चल जाए कि पृथ्वी पर हमारा आने का उद्देश्य क्या है तो फिर पूरा दृष्टिकोण उसके उद्देश्य पूर्ति हेतु परिवर्तित हो जाता है।

पृथ्वी पर जन्म लेने का उद्देश्य

हजारों वर्ष व्यतीत हो गए जब कृष्ण ने अर्जुन से कहा था कि वे दोनों इस पृथ्वी पर अनेक बार आए हैं, परन्तु अन्तर यह है कि वे अपने जन्मों को जब-जब आए जानते हैं, किन्तु अर्जुन को अपने किसी भी पूर्व जन्म की स्मृति नहीं है। समय के अन्तराल में ऐसा होता रहा कि बहुत से सफल योगी जैसे—बुद्ध, पैथागोरस तथा अन्य लोग हैं, जो कि अपने पूर्व हजारों जन्मों को एक श्रृंखला में देख सकते थे। अब इस वर्तमान युग में मनोचिकित्सकों व परा मनोवैज्ञानिकों ने लोगों को आत्म सम्मोहन द्वारा पूर्व जन्मों के सम्बन्ध में बताने का प्रयास किया है। दृष्टान्त हेतु देखें लिन एलविल स्पैरो[1], डॉ. रेमण्ड मूडी[2], डॉ. जोयल एल विटन और जो फिशर[3] आदि।

पूर्व जन्मों के अनुसन्धान में एक सामान्य लक्षण है कि किसी व्यक्ति के देहान्त उपरान्त उसके मृत्यु के पूर्व कैसा जीवन था, उसी का पुनर्निरीक्षण किया जाता है और यह कुछ गुरु लोगों के समक्ष होता है, जो अपने सूक्ष्म शरीर में होते हैं। व्यक्ति अपनी कमियों को पूरा करने व दोषों को दूर करने हेतु नया जन्म फिर लेता है, ताकि वह अपने पूर्व के हिसाब को समतुल कर ले। ऐसे गुरु लोग सुझाव देते हैं और उस मृतक की आत्मा को दूसरा जन्म चुन लेने हेतु सुझाव देते हैं। व्यक्ति को अपने सामूहिक अनेक पूर्व जन्मों के

अनुभव मिलते रहते हैं। उचित समय पर जब वह अपने आदर्शों के अनुरूप अवसर पाता है, तब वह जन्म लेता है। दूसरा जन्म वह सीखने व पूर्व किए गए कर्मों को अनिवार्य समतुल करने हेतु लेता है। जैसे भी हो, जीवात्मा माता के गर्भ में ज्योंही प्रवेश करता है, तो एक यन्त्रिकता चलती रहती है जिससे आगन्तुक को अपने सारे पूर्व जन्मों की घटनाएं विस्मृत हो जाती हैं और एक नया जीवन एक नई स्लेट पर लिखा जाता है। तथापि वे लोग जिनके अवचेतन में कुछ अच्छे अन्तः विचारों की स्फूर्ति रहती है, वे अपने जन्म लेने के उद्देश्य से परिचित रहते हैं और उनके जीवन में रहन-सहन का स्तर, विशेष कर उन लोगों से जो साधारण यान्त्रिकी द्वारा जन्मे हैं, वह अधिकांश लोगों से भिन्न होता है।

जन्म, मृत्यु की प्रक्रिया जारी रहती है, जब तक कि पुरुषैण व स्त्रैण तत्वों का मिलन पूरा नहीं हो पाता और व्यक्ति ने प्रेम, करुणा, दया की पूरी शिक्षा ग्रहण नहीं कर ली होती है। यही तात्पर्य अर्धनारीश्वर भगवान शिव की मूर्ति से है। यही भगवद्गीता का मुख्य उपदेश है।

मानव जन्म एक शुभ अवसर आध्यात्मिक विकास हेतु मिला है, जो मृत्यु के उपरान्त जीवात्मा के रूप में उपलब्ध नहीं है। इसका कारण यह है कि पृथ्वी पर हमारा सामना अनेक प्रकार के लोगों से होता रहता है जो विकास के विभिन्न चरणों में हैं और हमें सबके साथ समतुष्टि व्यवहार करके जीना रहता है। मनुष्य के देहान्तोपरान्त जीवात्मा रूप में कोई विकास नहीं होता, वरन् समान दशा या स्थिति वाली जीवात्माओं के सूक्ष्म रूप से सूक्ष्म शरीरों का मिलन होता है। और जो विरोधी विचार वाली आत्माएं हैं, उनके मिलने से कोई ज्ञान नहीं बढ़ता है।[4] मृत्यु के पश्चात् भी योग्यताएं, इच्छाएं, कामनाएं पूर्व की भांति बनी रहती हैं। अस्तु! आत्मा अपने को प्रगट करने हेतु नए अवसर की खोज में रहती है। दृष्टान्त है कि पेशेन्स वर्थ एक अंग्रेज महिला का जन्म 1649 में हुआ था। किन्तु अपनी अल्पायु में मृत्यु के कारण वह अपने मस्तिष्क की साहित्यिक रुचि को पूरा नहीं कर सकी। लगभग तीन शताब्दी के बाद 1913 में उसने 2500 कविताएं, छः पूरे बड़े उपन्यास, कई नाटक तथा लघु कथाएं एक घरेलू महिला पर्ल कुर्रान जो सेंट लुइस में रहती थी, के हाथों से स्वतः बोलकर लिखाए।[5]

सम्भवतः दूसरा तथा अधिक प्रमुख कारण पृथ्वी पर मनुष्य के आत्मिक विकास की सम्भावना यह भी है कि जीवात्मा के आसपास एक 'मानसिक सूक्ष्म संवेदना' बन जाती है, जिसमें उसका व्यक्तित्व बना रहता है। यह 'आन्तरिक गुरु' की भांति दिशा निर्देश करता रहता है, जो कि आत्मा से परमात्मा का जोड़ने का कार्य करता है या आत्मा और स्वयंभू परमात्मा का मिलन कराता है। यह चैत्य पुरुष' हिन्दू धर्म में, 'उच्च आत्मा" जुंगयन दर्शन में और यहूदियों में पवित्र प्रेतात्मा' पिता और पुत्र के मध्य में स्वीकार किया जाता है। यह लाभ केवल धरती पर ही सुलभ है, अन्य किसी ऊंचे स्तर पर अस्तित्व में नहीं है। दि 'साइकिक बीइंग' नामक पस्तक में श्री अरविन्दो तथा माता श्री ने निम्नलिखित स्पष्टीकरण किया है:

दृष्टान्त में मनातीत अवस्था तथा अन्य उच्च अवस्था के अस्तित्व में मनस चेतना नहीं होती है। फरिश्तों का कोई मनस जीवन नहीं होता है। यह तो मात्र पृथ्वी है, जहां पर मनस जीवन प्रारम्भ होता है। और एक प्रक्रिया है, जिसके द्वारा दिव्य शक्ति ने पदार्थ को जीवन दिया है, ताकि वह अपने मूल जीवन को जान सके। बिना इस मनस चेतना के पदार्थ कभी भी अपने मल तत्व प्राप्त करने का प्रयास नहीं करता।

अतः यह निश्चित है कि मनस चेतना ने मनुष्य में आध्यात्मिक प्रयास हेतु ही रूपाकार लिया है। किन्तु यह आध्यात्मिक जीवन मानसिक जीवन से बिल्कुल भिन्न है। हिन्दू उपनिषदों ने अन्त मति सोई गति' का उपदेश स्पष्ट शब्दों में दिया है। तात्पर्य यह है कि मरणोपरान्त जीवात्मा की गति उसके शरीर त्याग के समय जो विचार की स्थिति थी, उसी के अनुसार वह अपना नया जीवन धारण करेगा। अतः इस अन्तिम समय में मन के भावों को सही रखने का पूरा प्रयास जीवन में किया जाना चाहिए। सांसारिक पदार्थों में लिप्त मन वाला व्यक्ति अपने साथ सांसारिक भावनाएं व अपूर्ण वासनाओं को अपने साथ ले जाकर अपनी भौतिक मृत्यु के बाद समान विचार वाली जीवात्माओं के साथ रहेगा। एक मनुष्य जो जीवनभर भगवन्नाम स्मरण करता रहा है, हो सकता है कि अपने मरण काल में भी ऐसा ही नाम रट रहा होगा। अतः ऐसी जीवात्माओं का उत्कर्ष होगा और वे उच्च स्तर की आत्माओं के संसर्ग में आ जाएगी, जहां कि ऐसी ऊंची जीवात्माएं रहती हों।

कभी कभी किसी किसी मामले में यह पता चलता है कि जीवात्माएं नर्क से स्वर्ग भेजी जाती हैं, जहां कुछ समय रहने के उपरान्त पृथ्वी पर पुनः जन्म लेती हैं। यदि संसार की पाठशाला में किसी ने अपनी शिक्षा पूरी कर ली, तो उसका पुनर्जन्म होना कोई आवश्यक नहीं है। अतः कृष्ण और जीसस इस बात के प्रमाण कि वे आत्माएं जो पहले यहां रह चुकी थीं, फिर पृथ्वी लोक पर जन्म लेने आई थीं।

दाम्पत्य जीवन में आत्म/परमात्म दर्शन/साक्षात्कार

न नर और न नारी कोई भी अकेले पूर्णता प्राप्त नहीं कर सकता। उन दोनों के शरीरों में विपरीत लिंगों की सही एकता होना नितान्त आवश्यक है, तभी दोनों समतुल हो सकते हैं। अस्तु हिन्दू धर्म में विवाह एक पवित्र घटना मनुष्य के जीवन में है। यह पवित्र अग्नि के समक्ष चारों ओर परिक्रमा करके उनके कर्तव्यों के प्रति शपथ द्वारा सम्पन्न की जाती है। इसका उद्देश्य केवल दाम्पत्य सुख ही नहीं, वरन् सत्य का साक्षत्कार करना भी होता है।

अधिकांश हिन्दू दिव्य पुरुष/अवतार/सन्त जैसे कि शिव, राम, कृष्ण, बुद्ध, कबीर, रैदास, कपिल, गोपी कृष्ण, मोहम्मद आदि सभी विवाहित लोग थे। उनमें से कुछ लोगों ने एक से अधिक विवाह अपने जीवन में किए। राजा जनक सदैव सुन्दर स्त्रियों से घिरे रहते थे।

सिख धर्म में भी दस गुरुओं की श्रृंखला है, जो गुरु नानक देव से प्रारम्भ होकर गुरु गोविन्द सिंह तक आती है। बिना किसी अपवाद के उनमें से सभी लोग विवाहित थे। जे. कृष्णमूर्ति यद्यपि कभी औपचारिक रूप से विवाहित तो नहीं थे, किन्तु यू.एस.ए. की रोज़लीन उनकी सहयोगिनी थी। लाहिड़ी महाशय जो स्वामी योगानन्द परमहंस के गुरु थे, विवाहित थे और उनके तीन या चार सन्तानें थीं। अन्तर यह है कि एक धार्मिक व्यक्ति अपने पति/पत्नी/सहचरी का उपयोग मुख्यतः आध्यात्मिक पूर्णता प्राप्ति हेतु ही करता है, कोई सन्तान हो या न भी हो, जबकि संसारिक व्यक्ति/पति/पत्नी का उपयोग अपनी कामलिप्सा के आंनन्द ही के लिए करता है तथा बच्चे भी बहुत पैदा करता है और जीवन भर कुटुम्ब पालन में ही संलग्न रहता है।

पश्चिम के अधिकांश पुरुषों एवं स्त्रियों ने उर्ध्व चेतना प्राप्त की है, किन्तु वे लोग अपने जीवन में विवाहित थे और कभी-कभी किसी-किसी ने कई बार विवाह किए। कुछ लोग तो ऐसे भी हैं, जिन्हें साक्षात्कार हो गया था, किन्तु अपने पांचवें दशक के अन्त में या छठवें दशक के प्रारम्भ में विवाह किए या वैसे ही अपने सहयोगी रखे। हाल की घटनाओं से प्रारम्भ करते हुए क्रिस्टीना ग्रोफ़ अपने पूर्व पति के साथ संयमित दाम्पत्य जीवन निभाते हुए जिनसे दो बच्चे भी थे, रही। वह बाद में स्टेनली ग्रोफ़ से आकर्षित हो गईं और उससे विवाह कर लिया। उसके तीसरा बच्चा होने पर उसकी कुण्डलिनी क्रियाशील हो गई। बाद में उन्होंने स्पिरीचुअल रिसर्च नेटवर्क की स्थापना की[7]। डॉ. फ्री. जोन एक सामान्य जीवन जी रहे थे। उन्होंने। उच्च चेतना प्राप्त होने के उपरान्त विवाह किया और अब आश्रम बनाकर फिजी में रहते हैं।[8]

अलन वाट्स[9] ने अपने ही शब्दों में कहा है, मेरे तीन पत्नियां, सात बच्चे हैं और पांच पोते-पोतियां हैं। मैं यह नहीं जान पा रहा हूं कि यह अहंकार है या अपने पाप का अनुमोदन। वाट्स तान्त्रिक की तरह रहता था।

गोपी कृष्ण ने वाट्स की बड़ाई की है और कहा है कि वाट्स उन बुद्धिमानों में से एक है, जिसमें विकास की प्रक्रिया पूर्णता को प्राप्त हो चुकी है।[10] यद्यपि वाट्स स्थायी रूप से सम्भवतः ज्योर्तिमय नहीं हो सका। चोग्याम तुंगपा[11] जब 31 वर्षों का था तब उसने 16 वर्ष की स्त्री से विवाह किया था और 1987 में मर गया। अपने पीछे विधवा व पांच बच्चों को छोड़ गया। किन्तु उसको ज़्योर्तिमय पुरुष की भांति आदर दिया जाता था। उसने ध्यान तथा तिब्बत के बौद्ध धार्मिक उपदेशों की 11 पुस्तकें लिखीं। थियोसोफिकल सोसायटी की जन्मदात्री मैडम हेलना पेट्रोवना ब्लावटस्की ने पहले 17 वर्ष की आयु में विवाह किया था। फिर चवालिस वर्ष की आयु में वह कर्नल हेनरी स्टील ओल्काट के साथ जीवनपर्यन्त मित्रवत रहीं, जो कि सोसायटी का सह संस्थापक भी था।[12] बिनजेन की सेंट हीलडेगार्ड13 जो पहली जर्मन रहस्यवादी थी, जो विशेष रूप से अपने कई अद्भुत दिव्य दर्शनों व अन्य करतूतों के कारण प्रसिद्ध थी; बारहवीं शताब्दी की प्रसिद्ध महिलाओं में से एक थी।[14] इलीन जे गैरट[15] एक नैसर्गिक माध्यम, दिव्यद्रष्टा और परा मनोविज्ञान फाउण्डेशन की

संस्थापिका थी। प्रोफेसर राइन ने उसके अनुभवों के लिए लिखा है कि वह परा मनोविज्ञान में एक परिवर्तन बिन्दु है। उसने अपने जीवन में तीन बार विवाह किए। उसने लारेंस लीशान के साथ कार्य किया। उसने अपने विवेक को एक-दूसरे स्तर पर अपने स्वांस में परिवर्तन करके किया था।[16] जोन ग्रान्ट[17] ने अपने सात पूर्व जन्मों की बात जान ली, जिसमें 4 पुरुष तथा 3 स्त्रियों के जन्म थे। स्वप्नों में अपने शरीर से बाहर रहने का उसे अनुभव हुआ था, उसने 6 जीवन चरित्र लिखे हैं। उसने पहले 20 वर्ष की आयु में विवाह किया, तत्पश्चात साक्षातकार होने के बाद 57 वर्ष की आयु में दूसरा विवाह किया।

मेरी बेकर एडी 'चर्च ऑफ क्राइस्ट' की संस्थापिका ने एक आश्चर्यजनक रोग निवारण शक्ति प्राप्त की थी तथा सन्निकट मृत्यु का अनुभव 45 वर्ष की आयु में किया था। उसने अपने धर्म की एक शाखा, जरनल ऑफ क्रिसचियन साइंस की स्थापना की और क्रिसचियन मानीटर समाचार पत्र वर्ष 1908 में निकाला। उसके एक लाख से ऊपर अनयायी हैं। पहले 22 वर्ष में विवाह किया, दूसरा 32 वर्ष की आयु में और तीसरी बार 56 वर्ष की आयु में विवाह किया।[18] ग्रेस कुक[19] प्रसिद्ध अध्यात्मवादी अंग्रेज वाइट इगिल लाज के संस्थापक ने ध्यान की प्रक्रिया पूर्वी योगी से सीखी और सहस्रार तक पहुंच गया और आकाशीय दर्शन करने लगा। उसने भी विवाहित जीवन व्यतीत किया।

जेन राबर्ट20 अमेरिकन कवि एवं लेखक असामान्य अनुभव 34 वर्ष की आयु में प्राप्त करने लगी थी। वह भी आजीवन विवाहित रही। प्रसिद्ध सेठ स्पिरिट के साथ भूत, भविष्य, वर्तमान सब एक साथ फलित हो गए। सेठ ने पुरुष और नारी के कई पूर्वजन्मों का अनुभव प्राप्त किया था। मानवीय अस्तित्व भगवान के बहुआयामी अस्तित्व के सापेक्ष में बहुत ही सीमित है।

युगोस्लाविया के रूडाल्फ स्टेनर एक नई विचारधारा जो रोसी क्रूसियन, थ्योसोफिकल तथा क्रिश्चियन के संगम से प्रादुर्भूत हुई थी, का अपने दिव्य दर्शन द्वारा धर्म और विज्ञान का संश्लेष्णात्मक अध्ययन किया। उसने गूढ़ ध्यान की साधना की जिसके द्वारा 6000 से अधिक आध्यात्मिक प्रवचन उसने किए थे। उसने अपना विवाह युवावस्था में किया था और साक्षात्कार

के बाद फिर 53 वर्ष की आयु में पुनर्विवाह किया।[21] शेफर्ड इमेनुअल स्वीडेन बर्ग को रहस्यात्मक अनुभव 54 वर्ष की अवस्था में हुए थे, जिसके उपरान्त उसने अपने को सांसारिक जीवन से उपराम कर लिया। यद्यपि उसने शादी कभी नहीं की, किन्तु रखैलों से घिरा रहा। अल्डुअस हक्सले की 60 वर्ष की अवस्था में पहला आध्यात्मक अनुभव हुआ और 62 वर्ष में विवाह किया।

स़ेंट पाल के बाद दूसरे सन्त आगस्टाइन ने परमात्मा से बातचीत अपनी आन्तरिक इन्द्रियों से की, किन्तु बताने से इन्कार कर दिया कि प्रभो कैसे किस तरह बात करता है। उनके भी एक उपभार्या महिला थी, जिससे एक पुत्र हुआ (ईसा पूर्व 372 वर्ष)। यह सम्बन्ध 15 वर्षों तक रहा।[22] सिम्पसन टिमोथी लियरी[23] हार्वर्ड विश्वविद्यालय के प्रोफेसर को एल एस डी के प्रयोग से उच्च ज्योति के दर्शन हुए तथा 24, 44, 45, 58 वर्षों की आयु में चार विवाह किए। एल एस डी के लिए उन्हें जेल भी जाना पड़ा, किन्तु उनका आन्तरिक मिलन चलता रहा। अलीस्टर क्रोले अंग्रेज सूक्ष्मदर्शी ने पिछले कई जन्मों का हाल योग द्वारा जाना और पहचान की कि गत जन्मों में वे बहुत प्रसिद्ध हस्तियों के व्यक्ति रहे हैं। यही नहीं कि उन्होंने भी 28 व 54 की अवस्था में शादियां की, वरन् उनके अन्य युवतियों से सम्बन्ध थे।[24] जान डोने, एक अंग्रेज रहस्यवादी ने किसी के साथ प्रेम में पड़कर 26 वर्ष की अवस्था में विवाह किया और 160 धार्मिक कविताओं तथा तीन काल्पनिक कामुक रचनाओं की सृष्टि की। उसने परमात्मा से प्रेम की तुलना मानवीय प्रेम से की है।[25] स्मिथ पाल ट्यूचेल[26-28] 'एकान्कर' के आधुनिक संस्थापक जिन्होंने आत्म साक्षात्कार पर बहुत-सी पुस्तकें लिखी हैं, अपनी पहली पत्नी के साथ स्वामी योगानन्द आश्रम में 5 वर्ष तक रहे। 50 वर्ष की अवस्था में उन्होंने अपनी एक शिष्या से विवाह किया, जब कि मनस लोक की विशद यात्राएं वे करते रहे और अनाम निराकार भगवान से उनकी वार्ता भी होती रहती थी। बिना संन्यास के परमात्मा से मिलन कैसे हो सकता है, उसका मार्गदर्शन दिया।

आर्थर आगस्टस फोर्ड[29] एक अमेरिकन माध्यम थे, जो अध्यात्म में पहुंच गए। वे फरिश्तों से सूक्ष्म बातें करके लोगों को संवाद सुना देते

थे। आर्थर ने परमहंस योगानन्द से यौगिक अभ्यास सीखे और समाधि में जाने की भी साधना की और सर आर्थर डायल ने उन्हें विजयी घोषित किया। उन्होंने स्पिरीचयूल फ्रंटियर फेलोशिप की स्थापना की। वह मदिरा पान करते थे। 25 और 43 वर्षों की अवस्था में दो बार शादियां की। डेनियल डन्लस होम स्काटिश माध्यम थे, जिन्हें बहुत-सी सिद्धियां प्राप्त कर थीं। घण्टों अपने शरीर से बाहर यात्रा पर रह सकते थे। वह अपना शरीर 11 इंच तक बढ़ा सकते थे, 6-6" होने के लिए तथा 5 फीट तक सिकुड़कर भी रह सकते थे। उसने 25 पर शादी की और दूसरी 38 पर की।[30]

रिचर्ड सटफेन संयुक्त राष्ट्र अमेरिका में 1937 में जन्मे थे। पिछले जन्मों के स्मरण के लिए वह प्रसिद्ध थे। उनकी एक पुस्तक 'यू वेअर बार्न अगेन टू लिव टुगेदर' है, पहले 25 पर शादी की उन्होंने फिर 36 पर। अब तीसरी पत्नी को 45 वर्ष की आयु में रखे हैं, जो इस समय है।[31]

मानवीय विवाह से आध्यात्मिक संयोग

बहुत से सन्त, पैगम्बर, आत्मदर्शी लोग हुए हैं, जो जीवनभर अविवाहित रहे, किन्तु वे लोग अपनी माताओं के बड़े भक्त थे। सम्भवतः यही कारण था कि नारीत्व की प्रकृति से मेल खाते रहे, जिससे सन्तुलन बना रहे। और इसी से उच्च अवस्थाएं आध्यात्मिक योग में प्राप्त कीं। इनके उदाहरण हैं। ईसा मसीह, तिब्बत के मिलारेपा[32], डॉ. वी एस गोयल[33] आदि हैं। बहुत से लोग जो एकाकी साधना में रत रहे, प्रायः असफल ही रहे सिवाय कुछ एक के जिनके गुरु बहुत ही योग्य थे।

गौतम बुद्ध ज्योतिषां ज्योतिर्मय होने के उपरान्त अपने परिवार में गए थे। उन्होंने मध्यवर्ती मार्ग चुना था, जो न फकीरी हो और ना ही गृहस्थ।

डॉ. जोल एल व्हिट्टन ने टोनी कलामेरिस की कहानी का वर्णन किया है, जिसने अपने गत 10 जन्मों का अवलोकन किया और अपने कामुक जीवन की गाथाओं का विश्लेषण करते हुए इस निष्कर्ष पर पहुंचे कि काम वासना अथवा प्रेम एक मार्ग है, जिसके बिना प्रभो तक पहुंचना सम्भव नहीं है। अस्तु! उसे इस जन्म में फिर से सम्पूर्ण रूप से अपनाया क्योंकि सम्भोग व

साधना दोनों को उन्होंने पृथक-पृथक आयाम में देखा था, किन्तु इस जन्म में उन्हें व्यवहारिक जीवन में उतरना पड़ा। पाक सुबूह सूफी परम्परा का सिद्ध पुरुष था, जिन्हें प्रकाशमय होने के उपरान्त बापक कहा जाता है। बापक के विचारों का उद्धरण एनी बैनक्राफ्ट[34] ने निम्न प्रकार किया है: "बापक का विश्वास है कि सम्भोग के समय नर और नारी की एकात्मता इतनी गहरी हो जाती है कि उनके निचले स्तर के भाव विलीन हो जाते हैं। ऐसे क्षण में यदि मनुष्य इच्छा रहित हो जाता है, तो वह अपने स्वाभाविक स्वरूप को प्राप्त हो जाता है और उस क्षण में वह निचले मानवीय स्वभाव, वासनाओं से मुक्त हो जाता है, फिर वह अपने मनोवेगों से उपराम होकर उच्चस्तरीय ज्ञान को प्राप्त कर लेता है।"

गोपी कृष्ण एक विवाहित पुरुष हैं, जिन्होंने कहा है कि मनुष्य में जननेन्द्रिय के सुख इस प्रकार कामक भावनाओं से ओतप्रोत हैं कि वे बिल्कुल वैसे ही भाव प्रगट करते हैं, जैसे कि भगवत प्रेम में। इधर वासनाएं उधर परम प्रेम बन जाता है। केनेथ थर्सटन हर्स्ट[35] अकाडेमी ऑफ रिलीजन एण्ड साइकिकल रिसर्च के पूर्व अध्यक्ष ने कहा है कि यदि कामवासना की शक्ति को उर्ध्वरेता बनाया जाए, तो उससे और बड़े-बड़े कार्य किए जा सकते हैं। एक ऐसा समय आता है, जब जनन का कार्य बन्द हो जाता है और परा ज्ञान, उच्चस्तरीय ज्ञान की उपलब्धि में वह शक्ति प्रयोग में आने लगती है। ऐसी ही दशा में उस व्यक्ति की स्थिति को उर्ध्वरेता कहा जाता है। अन्त में जिदू कृष्णमूर्ति को यही हुआ। यद्यपि बहुत-सी स्त्रियां उनसे प्रेम करती थीं, किन्तु उन्हें इसका कोई प्रभाव नहीं पड़ा। उनकी सारी प्रियतमा से मिलन की शक्ति उच्च स्तर पर परिवर्तित हो गई और दिव्य प्रेम से वह अभिभूत हो गए।[36] हमारा यही तात्पर्य है इस कथन में कि विवाह से आध्यात्मिक मिलन हो जाता है।

इडगर केसी के पूर्व जन्म की कथाओं से यह निष्कर्ष निकला था कि उनकी आध्यात्मिक वासना इतनी जोर पकड़ गई थी कि उन्हें कई जन्मों में संन्यस्त जीवन बिताना पड़ा। इस जानकारी ने उन्हें सहायता पहुंचाई, जिससे उन्होंने तुलनात्मक अध्ययन सन्यस्त व गृहस्थ जीवन का किया। और इसी आधार पर वर्तमान जीवन में अपना मार्ग चुनने में वे सफल रहे।[37]

निष्कर्ष

ज्योतिषां ज्योति होने के लिए हर मनुष्य स्वतन्त्र है। कुवांरा रहकर त्याग का जीवन जिए अथवा विवाह से बाधक गृहस्थ जीवन जिए। पहला मार्ग कठिन है और सफल होना सरल नहीं है। मैं तो यह कहूंगा कि यह अप्राकृतिक और गैर जरूरी है। हममें से अधिकांश लोगों ने यह कथा सुनी होगी कि दो साधू एक नदी को पार कर रहे थे। एक कमजोर महिला भी नदी के किनारे खड़ी थी और वह भी नदी पार करना चाहती थी। तो उसने दोनों साधुओं से अपनी इच्छा प्रकट की। पहले साधू ने उसको छूने से इन्कार कर दिया, किन्तु दूसरे साधु ने अपनी बांहों से उसे उठाकर नदी पार कराने लगा और सुरक्षापूर्वक दूसरे किनारे पर खड़ा कर दिया। किन्तु दोनों साधू थोड़ी दूर तक अपने गन्तव्य की ओर आगे चलते रहे। पहला साधू मन ही मन बहुत ही क्रोधित और खिन्न था। वह अपना मौन भंग करते हुए दूसरे साधू से बोला कि तुम आध्यात्मिक साधना के योग्य नहीं रह गए हो, क्योंकि तुमने उस स्त्री को अपने शरीर से स्पर्श कर लिया और अब अपवित्र हो गए हो। दूसरे साधू ने कहा, "मैंने तो उसे बहुत पहले ही छोड़ दिया था, किन्तु तुम अभी भी उसे कन्धे पर लादे आ रहे हो।" इस प्रकार पहला साधू ही अपवित्र था, न कि दूसरा। यही है हमारा भाव, जो हमारे जीवन के प्रत्येक कार्य में लक्षित होना चाहिए।

वेद, उपनिषद और आधुनिक एडनर केसीका का कथन हमें बतलाता है कि यह विश्व हमारे द्वारा ही रचा गया है और हम स्वयं ही उसमें उलझ गए हैं। पदार्थों और उनकी वासनाओं ने हमें स्वार्थी बना दिया और उसी से हम निर्बल, असहाय, दीन-दुखी बन गए। हमारे मानव जीवन प्राप्त करने का अभिप्राय यह था कि हम अपने आत्मीय गुणों से सम्पन्न हों और अपने परम धर्म व परम पद में आसीन हों। मानवीय विकास की परिस्थितियों में उनके रहन-सहन में हमें सीखना है कि हम अपने उच्च स्तर की मानसिक संचेतना को कैसे प्राप्त करें और चैत्य पुरुष या उच्च स्तरीय आत्मस्थित को प्राप्त हो जाएं, जोकि केवल मानव मात्र के लिए इस पृथ्वी पर ही प्राप्य है और कहीं नहीं।

प्रेम, दयालुता, सहनशीलता, करुणा, परोपकारिता आदि आत्मा के गुण हैं, जिन्हें हमें धारण करना चाहिए, जैसे हमें एक बार उच्च स्तर का ज्ञान प्राप्त हो जाए, तो हमारा ध्यान सांसारिकता से दूर होने लगता है। आवश्यकता से अधिक धन एकत्र करना हमारे स्वभाव के विपरीत हो जाए। और हमारे सम्बन्धों में त्याग की भावना उत्पन्न होने लगेगी। संसार में हम बिना मोह के रह सकेंगे, जो गीता का मुख्य सन्देश है।

यह सब चीजें एवं प्राकृतिक सन्तुलन संयमित वैवाहिक जीवन दैनिक कार्यों में बीजभूत कामशक्ति का प्रजनन कार्य के लिए ही उपयोग में लाया जाना चाहिए, न कि काम सुख भोग के लिए व्यर्थ में बहाना चाहिए।

मानवीय स्वभाव में बुद्धिमत्ता पुरुषत्व की सूचक है तथा भावुकता स्त्रीत्व की। दोनों में सन्तुलन ही प्राप्त करना हमारा लक्ष्य है। जब साक्षात्कार हो जाता है, तब स्त्री में बुद्धिमत्ता एवं पुरुष में भावुकता प्राकृतिक रूप से स्वतः उत्पन्न होकर सन्तुलन हो जाता है। पुरुषत्व का तात्पर्य बुद्धिमत्ता से है, न कि आक्रामकता से। ऐसे ही स्त्रीत्व से तात्पर्य निर्बलता न होकर भावुकता ही है। यह सन्तुलन लगभग सभी सन्तों व एक ज्योतिषां ज्योति मनुष्यों में पाया जाता है।

प्रकाश का अनेक प्रकार से विभिन्न मनुष्यों में अर्विभाव होता है, जैसा कि मैंने एक पहले के प्रकाशन में इंगित किया है। यह एक सदा प्रगतिशील प्रक्रिया है और यह विवेक की अन्तहीन यात्रा है।

मद्यपान के सम्बन्ध में कुछ शब्द

योगी लोग एक सीमित मात्रा में मदिरापान आध्यात्मिक विकास हेतु प्रायः लेते रहे हैं। राबर्ट ए जानसन जुंगइयन[39] विश्लेषक ने आनन्द के मनोविज्ञान पर ग्रीक देवता डायोनेसिस के सम्बन्ध में अध्ययन किया और कहा है, "दिव्यानन्द या तो समाधि दे सकता या फिर पागलपन"। इनका निष्कर्ष यह है कि मदिरा से आध्यात्मिक ज्ञान मिलता है या फिर भौतिक पीने की लत। तान्त्रिक सन्त विमल आनन्द का भी यही कथन है।

अब्राहम एच मासलो[40] का कहना है कि इच्छाओं की यह प्रकृति है। कि एक इच्छा पूरी हुई कि दूसरी तत्काल खड़ी हो जाती है। जिन लोगों में सभी

आवश्यकताओं की पूर्ति हो जाती है और वे वासनाओं से रहित हो जाते हैं, वे लोग अपने स्वभाव में शीघ्रता से स्थिर हो जाते हैं। तान्त्रिक साधनाओं का यही लक्ष्य है। तान्त्रिक योग की सफलता पर सभी वासनाएं समाप्त हो जाती हैं। ऐसा व्यक्ति फिर सुरा, सुन्दरी के भोग विलास से अपने को पृथक कर लेता है। प्रत्येक व्यक्ति व वस्तु से उसका मोह समाप्त हो जाता है। फिर तो वह भगवत प्रेम से आपूर्ण हो जाता है। जीवन सन्तोषपूर्ण और उत्सवमय हो जाता है। फिर तो उसका चेहरा महान गुरुओं के समान आभायुक्त हो उठता है, जैसे कृष्ण, बुद्ध, ईसा एवं नानक का था। सर्प कामुकता के प्रतीक हैं और जब उनको पाल लिया जाता है, तो उन पर मनुष्य का आधिपत्य हो जाता है। इसीलिए सनातन योगी भगवान शिव के गले में जीवित सर्पों की माला सुशोभित रहती है।

सन्दर्भ ग्रन्थों की सूची

1. स्पैरो, लिन एलवेल; एडगर केसीज विज़डम फार दि न्यूएज रिइन्कार्नेशन, हार्पर एण्ड रो पब्लिशर्स, सैन फैन्सिस्को, 1988
2. मूडी, डॉ. रैमन्ड; लाइफ आफ्टर लाइफ, वैन्टम बुक्स एन वाई, 1986
3. विटटन, डॉ. जोएल एल एण्ड फिशर जो, लाइफ बिटविन लाइफ, ग्रेफ्टन लन्दन, 1986
4. ओद्रियन, स्टीफेन; इन टच विद इटरनिटी, ए वैन्टम बुक, ग्रेट ब्रिटेन, 1992
5. क्वेना, जिना, दि ओइजा बुक, न्यूयार्क, सीमन एण्ड शस्टर, 1979
6. दरमेन्धम, इमाइल, मोहम्मद एण्ड दि इस्लामिक ट्रेडीशन, 1955, वुड स्टाक न्यूयार्क दि ओवर लुक प्रेस, 1981
7. टामसन, कीथ, स्टोरी आफ माई सर्च फार दि सेल्फ, योगा जर्नल, जुलाई अगस्त, 1990
8. स्टेनबर्ग, जेम्स, डिवाइन डिस्ट्रैक्शन, दि डान हार्स प्रेस क्लियर लेक कैलीफोर्निया, 1991
9. वाट्स, अलन, इन माइ ओनवे, एन आटोबायोग्राफी 1915-1916, न्यूयार्क, पैर्नथ्योन वूट्स/रैण्डम हाउस, 1972
10. केफ़र, जीन, कुण्डलिनी फार दि न्यूएज: सिलक्टेड राइटिंग आफ गोपी कृष्ण, न्यूयार्क: वैन्टम बुक्स, 1988
11. ट्रंगपा, चोग्याम; शम्भाला दि सैकरेड पाथ आफ दि वारियर, 1984, न्यूयार्क वैन्टम बुक्स, 1986

12. कैम्पवेल, ब्रूस एफ; एनसियन्ट विजडम रिवील्ड, ए हिस्टरी आफ थियोसोफिकल मूवमेन्ट, बर्कले युनिवर्सिटी आफ कैलीफोर्निया प्रेस, 1980
13. हिल्डेगार्ड आफ विन्गेन; स्कोवाज़ ट्रांसलेटेड वाई ब्रूस होजेस्की, सान्टा फे, एन एम वीयर एण्ड कम्पनी, 1986
14. बारबरा एण्ड फोस्टर, माइकेल, फारविडेन जर्नी, दि लाइफ आफ एलेक्जेन्डर डेविड नील, सैन फ्रैंसिसको, हार्पर एण्ड रो, 1987
15. गैरट, ई लेन जे. मेनी वाइसेज; आटोबायोग्राफी आफ ए मीडियम, न्यूयार्क, जी पी पुटमैन्स सन्स, 1968
16. लेशान, लारेन्स, दि मीडियम, दि मिस्टिक एण्ड दि फिजीसिस्ट टुवर्ड ए जनरल थ्योरी आफ दि पैरानार्मल, न्यूयार्क: हार्पर एण्ड रो, 1972
17. ग्रान्ट, जोन, फार मेमोरी, न्यूयार्क हार्पर एण्ड रो, 1956
18. मेल्टन जे गोर्डन; इन्साक्लोपीडिया हैण्ड बुक आफ कल्ट इन अमरीका, न्यूयार्क, गारलैण्ड पब्लिशिंग इन्कारपोरेशन, 1986
19. कुक, ग्रेस, दि इलूमिन्ड वन्स, न्यूलैण्ड इंग्लैण्ड, व्हाइट इगिल पब्लिशिंग ट्रस्ट, 1996
20. राबर्टस्, जेन, सेठ स्पीक्स: दि इटरनल वैलेडिटी आफ दि सोल, इंगिलवुड क्लिफ्स, एन जे प्रेन टाइस हाल, 1972
21. शफर्ड, ए. पी, रूडाल्फ स्टेइनर, साइनटिस्ट आफ दि इनविजीबल, 1954, रोचेस्टर, वी टी, इनर ट्रेडीशन इन्टरनेशनल, 1983
22. सिम्पसन, विलियम, जे. से. आगस्टाइन कनवर्सन, एन आउट लाइन आफ हिज़ डेवलपमेन्ट टु दि टाइम आफ हिज आरडीनेशन, न्यूयार्क, मैकमिलन, 1930
23. लियरी, टिमोथी, फ्लैश बैकस, एन आटोबायोग्राफी, लास एंजिलस, जरइमी पी टार्चर, 1983
24. साइमन्डस, जान एण्ड ग्रान्ट, केनेथ, दि कन्फेसन आफ एलेस्टर क्रोले, एन आटोबायोग्राफी, लन्दन, राउट लेज एण्ड केगन पाल, 1979
25. स्मिथ, ए. जे, जान डाने, न्यूयार्क, मेटविन, 1985
26. ट्वीट्शेल, पाल, दि स्त्रीचुल नोट बुक, मेन्लो पार्क, कैलीफोर्निया, आइ डब्लू पी पब्लिशिंग, 1972
27. ट्वीट्शेल, पाल, दि टाइगर्स फैन्ग, न्यूयार्क, लैन्सर बुक्स, 1967
28. ट्वीट्शेल, पाल, एकान्कर, दि की टु सीक्रेट वर्ल्ड
29. फोर्ड, आर्थर एण्ड व्रो, एम एच, नथिंग सो स्टेंज, दि आटोबायोग्राफी आफ आर्थर फोर्ड, न्यूयार्क, हार्पर एण्ड ब्रादर्स, 1958
30. हाल, ट्रीवर एच, दि इनिग्मा आफ डेनियल होम, बफैलो, एन वाई, प्रोमेथियस बुक्स, 1984

31. कार्टर, डारलेन; ए बेरी आउट स्पोकेन इन्टरव्यू विद डिक एण्ड तारा सट्फेन, सेल्फ हेल्प अपडेट इश्यू 31, 1986
32. इवांस वेन्टज, डब्ल्यू वाई, तिब्बतस ग्रेट योगी मिलारेपा, ए बायोग्राफी फ्राम दि तिब्बतन, सेकन्ड एडीशन, लन्दन, आक्सफोर्ड युनिवर्सिटी प्रेस, 1951
33. गोयल, डॉ. बी एस, थर्ड आई एण्ड कुण्डलिनी, थर्ड आई फाउन्डेशन आफ इण्डिया, 1985
34. बैंक्राफ्ट, ऐने, ट्वेन्टीथ सेन्चरी मिस्टिक्स एण्ड सेजेस, अरकाना, विलियम हेनीमान लिमिटेड, यू. के., 1976
35. हियरेस्ट, केनेथ थर्सटन, फाइन्ड्स इंगलिश, कान्फ्रेंस अक्टूबर, 1992
36. लूटीन्स, मैरी, कृष्णमूर्ति, दि इयर्स आफ अवेकनिंग, एवन बुक्स, 1975
37. स्पैरो, लिन इल वेल, ऐडगर केसीज़ विज़डम फार दि न्यूएज रिइन्कारनेशन, हार्पर एण्ड रो पब्लिशर, सैन फ्रन्सिसको, 1988
38. कुमार, रवीन्द्र, आन इन्लाइटमेन्ट एण्ड गाड, जे आर पी. आर, अक्टूबर, 1991
39. जानसन, राबर्ट ए., एक्सटेसी अन्डरस्टैन्डिंग दि साइकोलाजी आफ ज्वाय, सैन फ्रन्सिसको, हार्पर एण्ड रो, 1987
40. मासलो, अब्राहम एच, टुवर्ड ए साइकोलाजी आफ बीइंग, प्रिंसटन, एन जे, वैन नास्ट्रांड, 1962

अध्याय-4

कुण्डलिनी एवं क्रिश्चियन स्पिरिट इनर्जी

मेरे विचार से पूर्वी एवं पश्चिमी नाम इस यान्त्रिकता को दिए गए हैं, जिसे डॉ. कोपीटिन ने कुण्डलिनी एवं क्रिश्चियन स्पिरिट ऑफ इनर्जी में अन्तर करने का प्रयास कहा है। जैसे भी हो पूर्व में हजारों वर्षों से इस शक्ति पर पुस्तकें, साहित्य की रचनाएं लिखी जाती रही हैं। सम्भवतः इस अन्तर के दो कारण हो सकते हैं। ईसाई लेखकों ने कुण्डलिनी के विषय में जो तथ्य प्रायः उपलब्ध थे, को अध्ययन नहीं किया तथा ईसाई लेखकों ने समाधि के सम्बन्ध में निजी अनुभव नहीं प्राप्त किए, इसलिए जो भी नामकरण करें, वह है वही शक्ति। अब समय आ गया है कि हम उनकी एकता पर अध्ययन करें न कि विभिन्नता जिसने संसार में विद्वेष फैला रखा है।

भूमिका

अलेक्जेन्डर कोपीटिन ने अपने दो लेखों में (जे आर पी आर अक्टूबर 92 और जुलाई 93) पूर्वी कुण्डलिनी और पश्चिमी 'क्रिश्चियन स्पिरिट इनर्जी की विस्तृत चर्चा की है और दोनों में अन्तर की व्याख्या की है तथा लेख 1992 में यह समझाने का प्रयास किया है कि कुण्डलिनी शक्ति उतनी क्षमतावान नहीं है, जितनी कि उनकी परम्परागत क्रिश्चियन स्पिरिट इनर्जी। जहां तक इस भाग का सम्बन्ध है, मैंने इसका सम्पूर्ण

उत्तर अपने लेख (जे आर पी आर 1994) में दे दिया था और उसमें यह कहा गया है कुण्डलिनी शक्ति एक अपूर्व आध्यात्मिक घटना है, जिसमें व्यक्तित्व का पूरा रूपान्तर हो जाता है, साधक चाहे हिन्दू, मुस्लिम या ईसाई हो इससे कोई अन्तर नहीं पड़ता। कई उदाहरण ईसाई सन्तों के दिए गए थे।

कोपीटिन ने अपने 1992 के लेख में दर्शाया है कि कुण्डलिनी से दो आध्यात्मिक भाव पूरे नहीं होते हैं। पहला मानसिक यन्त्रिकता और बाह्य सामाजिक भाव स्पष्ट नहीं होते, दूसरा मनुष्य के भौतिक और आध्यात्मिक विकास की पूर्ववर्ती आवश्यकताएं भी पूरी नहीं होती हैं। उनके वर्ष 93 के पत्रिका के लेख से उनका तात्पर्य है कि कुण्डलिनी एक ज्ञानातीत अवस्था में ले जाती है, जबकि क्रिश्चियन स्पिरिट इनर्जी एकदम रूपान्तरित कर देती है।

यह अध्याय विशेष रूप से कोपीटिन के निष्कर्षों के सम्बन्ध में है, जिससे यह प्रमाणित किया गया है कि कोपीटिन ने कुण्डलिनी से सम्बन्धित उपलब्ध पूर्वी व पश्चिमी साहित्य का विस्तारपूर्वक अध्ययन नहीं किया। इससे स्पष्ट है कुण्डलिनी शक्ति का विकास मानव का एक विशिष्ट रूपान्तर कर देती है, जो कि सामान्य लोगों की परिकल्पना के बाहर है। सबसे आवश्यक बात तो यह है कि रूपान्तरण और ज्ञानातीत अवस्था दोनों एक दूसरे से विपरीत नहीं हैं वरन् दोनों में सामंजस्य है। वास्तव में यह एक विशेष प्राकृतिक प्रक्रिया है, जिसके अन्तर्गत रूपान्तरण स्वाभाविक रूप से ज्ञानातीत अवस्था में पहुंचा देता है, यह विकास की एक समग्र प्रक्रिया है, जो कि न पूर्वी है और न पश्चिमी, वरन् जीवन का एक तथ्य है। चाहे कोई हिन्दू हो या मुसलमान अथवा ईसाई सबके कफ, वात, पित्त, दुःख, सुख सभी प्रकार की ग्रन्थियों पर प्रभाव समान ही पड़ता है।

पश्चिम के अधिकांश लोग जिन्होंने इस शक्ति का अनुभव किया है और उसे क्रिश्चियन स्पिरिट इनर्जी कहा है, ने उन्हीं लक्षणों को दर्शाया है, जो कुण्डलिनी जागरण से प्रगट होते हैं। पूर्व के जिन लोगों ने कुण्डलिनी का अनुभव किया है, उन्हें भी वही लक्षण प्रगट हुए हैं, जिनका वर्णन कोपीटिन ने किया है।

कुण्डलिनी द्वारा रूपान्तरण एवं ज्ञानातीत अवस्था

माइकेल ग्रासो[1] ने कहा है सत्यान्वेषण के दो मार्ग हैं या कहा जाए कि सत्यान्वेषण की दो विचारधाराएं हैं। पहला है दृढ़तापूर्वक विश्वास और दूसरा रूपान्तरण। उसने पुरातन कहावत 'प्रेम ही परमात्मा है' का कोई औचित्य नहीं बताया है, क्योंकि वह एक प्रमाणीकरण मात्र है।

'प्रेम ही परमात्मा है' के सम्बन्ध में मेरा कथन है कि कृष्ण, बुद्ध, क्राइस्ट की तरह आत्मवेत्ता पुरुषों की यह उद्‌घोषणा ऐसे बौद्धिक चतुराई वाले लोगों के पल्ले नहीं पड़ सकती है, जिन्हें साक्षात्कार नहीं हुआ है। कितना ही बुद्धिमान पुरुष/स्त्री हो, वह आत्म साक्षात्कार वाले उसके स्वयं अनुभव किसी और के स्तर पर कदापि नहीं पहुंच सकता/सकती। वी. ए. रिचन बैक (J.R.P.R. जुलाई 93) ने अपने लेख में स्पष्ट लिखा है कि यद्यपि बहुत थोड़े लोग ही ऐसे हुए हैं, जिन्होंने उस असीम का अनुभव किया हो तथापि उनके साक्ष्य को जो उस पार के दृश्यों के द्रष्टा हो गए हैं, को कितना ही बड़ा दार्शनिक या वैज्ञानिक हो झुठलाया या अमान्य नहीं किया जा सकता।

आत्मवेत्ता संस्थापित स्वामी सत्यानन्द सरस्वती ने कहा है–'शक्ति' अलग अलग अवस्था में भिन्न-भिन्न नाम पाती है। उच्चतम स्थिति में उसे आध्यात्मिक अनुभव के नाम से जाना जाता है। भावात्मक दशा में उसका नाम 'प्रेम' है। भौतिक दशा में उसका नाम कामवासना है। सबसे निचली अवस्था में उसे अज्ञान कहा जाता है। इस प्रकार मनुष्य सबसे निचली अवस्था में 'अज्ञानी' नाम पाता है। जब मानव विकास की ओर अग्रसर होता है, तो मनुष्य सबसे पहले कामवासनाओं की पूर्ति में संलग्न होने लगता है। और जब अगले चरण का विकास होता है, तो वह भावात्मक संवेदनाओं में तल्लीन होने लगता है और आगे की सीढ़ी पर पहुंचने से मानव मात्र से प्रेम और मैत्रीभाव को प्राप्त होता है। आगे और विकसित होने पर वह शक्ति पहली बार दैवी गुणों से मनुष्य को ओत-प्रोत कर देती है।

अन्तिम चरण में जो विकास होता है, तो वह मनुष्य इस प्रकार रूपान्तरित हो जाता है कि वह उस महाशक्ति का अनुभव आध्यात्मिक शक्ति के रूप में

प्राप्त कर लेता है। और यही वह अवस्था है, जहां मनुष्य 'अहम् ब्रह्मास्मि' मैं ही परमात्मा हूं की उद्घोषणा करने लगता है, क्योंकि इस समय ऐसे प्रेम से अभिभूत हो जाता है कि उसे सब कुछ परमात्मा ही का अनुभव होने लगता है। चाहे कितनी ही पुस्तकों का किसी ने अध्ययन किया हो, कितना ही बुद्धिमान हो, जब तक उसका 'अहंकार' परिवर्धित होकर आत्मा में परिवर्तित नहीं हो जाता, तब तक यह आत्मबोध प्राप्त नहीं हो सकता, जो एक ही घटनाक्रम में सम्भावित है।

स्वामी शिवानन्द राधा (1978) एक जर्मन मनोवैज्ञानिक महिला थी, जो भारत के स्वामी शिवानन्द की शिष्या थी और हिन्दू नाम स्वीकार किया। था। उनके साथ काफी समय तक रही थी, ने सात चक्रों की विस्तृत व्याख्या मनुष्य के रूपान्तरण एवं विकास में अनुभव के आधार पर वर्णन किया है। कुण्डलिनी योग ने भौतिक एवं आध्यात्मिक दृष्टि को रंगों को समग्र रूप से सामन्जस्य बैठाने में तान्त्रिक रूप से योगदान दिया है। पहले चक्र को पार करने से ही नैतिक शिक्षा में स्वार्थपरता से ऊपर उठने का आनन्द प्राप्त होता है।

कुण्डलिनी अन्य दूसरे आयामों में भी सक्रिय हो जाती है। मनुष्य अपने ही में ज्ञानोप्लब्धि करने के उपरान्त प्राकृतिक नियमों की विधिवत जानकारी प्राप्त कर लेता है, जिसे वह अपनी भाषा में समयानुसार अन्य लोगों के लाभ के लिए कार्यशील हो जाता है। अधिकांश सफल योगियों ने कुण्डलिनी पथ का दिग्दर्शन कराने हेतु बड़ी-बड़ी पुस्तकों की रचनाएं की हैं, जिससे उनका रूपान्तरण होने के उपरान्त दूसरे लोगों का भी रूपान्तरण हो सका है। जैसे कि स्वामी योगानन्द, रामकृष्ण, विवेकानन्द, मुक्तानन्द, पं. गोपी कृष्ण, शिवानन्द सरस्वती आदि भौतिक एवं आध्यात्मिक एकात्मता के जीवन्त उदाहरण हैं। संयुक्त राष्ट्र अमेरिका के डॉ. फ्रीजान कुण्डलिनी पर वृहद व्याख्याता हैं, जो अब अपने आश्रम फिजी द्वीप में निवास करते हैं।

दूसरे चक्र के अतिक्रमण से बहुत लोगों में काव्य एवं गद्य रचना की योग्यता आ जाती है, वे बड़े अच्छे-अच्छे प्रेरणादायक शब्दों में रचना कर लेते हैं तथा बढ़िया प्रवचन दे लेते हैं। साधक एक कवि या लेखक बन जाता है तथा वह पैगम्बर या अवतार कहलाने योग्य सिद्धि प्राप्त कर लेता है।

तीसरे चक्र पर साधक ज्ञान को प्राप्त कर लेता है। परम विवेकशील होकर अपने दैनिक कार्यों को करता है। एक साधु प्रकृति का मनुष्य कमरे में प्रवेश करते ही एक शान्ति का वातावरण उपद्रवी, अशान्त लोगों के बीच उत्पन्न कर देता है। जो वहां होते हैं, उन्हें भी उन्नतिशील मार्ग पर चलने की प्रेरणा देता है।

चौथा चक्र कर्णइन्द्रिय को सक्रिय कर देता है जिससे आन्तरिक शब्द 'नाद बिन्दु' का उच्चारण 'ॐ' शब्द के रूप में सुनाई पड़ने लग जाता है। यह अनाहत नाम है जो बिना दो के रगड़ के स्वतः उत्पन्न हो जाता है। साधक पुराने पापों को भूल जाता है और नए पाप उससे होना बन्द हो जाते हैं, जिससे वह साधक सुख और शान्ति को प्राप्त हो जाता है। ऐसी स्थिति में साधक दूसरे व्यक्ति के आन्तरिक विचारों और भावों से परिचित होने लगता है। और कभी-कभी तो इतना उत्कर्ष हो जाता है कि साधक दूसरे के शरीर में ही प्रवेश कर जाता है जिसे परकाया प्रवेश भी कहा जाता है।

जो लोग अभी प्रथम व द्वितीय चक्र का अतिक्रमण नहीं कर पाए हैं, वे मानते हैं कि उनके भाग्य की प्रबलता के कारण वे सफल नहीं हो रहे हैं, चेतना ज्योंही तीसरे चक्र को पार करती है, तो साधक अपने जीवन के कुछ परिस्थितियों का स्वामी बनने लगता है, किन्तु पूर्वजन्म के संस्कार एवं प्रारब्ध भोग से वह अभी भी बंधा रहता है। वह यह जान जाता है कि भाग्य तो निश्चित है, तथापि वह अपने भाग्य का विधाता बनने लग जाता है। यह कुछ ऐसा है, जैसे कि कोई पृथ्वी के आकर्षण शक्ति की सीमा से परे आकाश में कुछ फेंके। चेतना स्वतन्त्रता की ओर अग्रसर होने लगती है और पूर्व संस्कारों का विनाश होने लगता है। चौथे चक्र में साधक योगी हो जाता है, जो अपने भाग्य का विधाता होता है।

पांचवें चक्र में पहुंचकर साधक सांसारिक इच्छाओं-वासनाओं से उपराम हो जाता है और ऐसा प्रतीत होता है कि वह इसी जीवनकाल में सफल हो गया है। अथवा उसने अपने लक्ष्य की प्राप्ति कर ली है। अब शक्ति जो सांसारिक बन्धन से मुक्त हो चुकी है, साधक एक प्रकार से मोक्ष के द्वार पर पहुंच जाता है। ऐसी दशा में साधक का स्वास्थ्य बिल्कुल ठीक हो जाता है, रोग भाग जाते हैं और उसका कायाकल्प स्वतः हो जाता है। वह फिर

त्रिकालदर्शी हो जाता है।

छठवें चक्र में पहुंचने पर साधक को शुद्ध ज्ञान प्राप्त हो जाता है। वह स्त्री, पुरुष के भेद से रहित हो जाता है तथा स्वार्थी विचार एवं इच्छाएं उसे छोड़कर चली जाती हैं। उसके जीवन का उद्देश्य, दुख, सुख, कठिनाइयों, समस्याओं आदि का समाधान हो जाता है। अस्तु! जो कुछ मिल सका है। उसे सुरक्षित किया जाए और जिसकी आवश्यकता नहीं रह गई है, उसका 'दिव्य योग' हेतु त्याग कर दिया जाए। और आत्मज्ञान उपलब्ध होने पर महासमाधि शीघ्र सातवें चक्र पर पहुंचने से हो जाती है। और जब कभी सिद्ध पुरुष शरीर छोड़ना चाहता है, तो तत्काल ही थोड़े दिनों में शरीर त्यागकर चला जाता है।

मैं इन सब घटनाओं और तथ्यों का साक्षी हूं, क्योंकि मैंने स्वयं सब अनुभव किए हैं। 1987 के 20 अक्टूबर की रात्रि का हमें अच्छी तरह से स्मरण है, जब मैं जिम्बाब्वे के हरारे विश्वविद्यालय में कार्यरत था। चार घण्टे की गहरी निद्रा के उपरान्त लघुशंका हेतु मैं जाग गया। मैं शंखध्वनि को निरन्तर सुन रहा था। मैंने उस भवन में अन्य निवासियों से तत्काल पूछा कि उन्हें कोई-सी ध्वनि सुनाई पड़ रही है। सबने ना में उत्तर दिया। वास्तव में यह चौथे केन्द्र के खुलने की घटना थी जिसे अनाहत चक्र कहा जाता है और मैं ओऽम् का वैश्वेशिक उच्चारण अपने आन्तरिक कर्णइन्द्रिय से निरन्तर सन रहा था। बाद में विश्वविद्यालय के चिकित्सक डॉ. कीरी ने जांच की। प्राकृतिक चिकित्सा हेतु लन्दन के डॉ. कीले ने कुछ सप्ताह पश्चात् मेरी जांच की। मेरा स्वास्थ्य देखकर दोनों डॉक्टर आश्चर्यचकित रह गए। वह ओम का शब्द निरन्तर चौबीसों घण्टे में सुनता रहा हूं। तब से मेरे शरीर में बहुत-सी रासायनिक क्रियाएं होती रही हैं, जिनका कारण मैं कहीं और खोजता था। मैथमेटिक्स का शिक्षक होते हुए मैं अकस्मात् आध्यात्मिक लेख लिखने लग गया। मेरी पहली पुस्तक सीक्रेट ऑफ न्यूमरालोजी 1992 में तथा दूसरी पुस्तक डेस्टिनी साइंस ऐन्ड स्प्रिचुअल अवेकनिंग वर्ष 1997 में प्रकाशित हो चुकी थीं। मैंने सूक्ष्म लोकों की यात्राएं की और पूर्ण चेतना से उनमें भ्रमण किया है। विश्वभर में मैं कुण्डलिनी, मृत्युपरान्त जीवन पर अपने बड़ी-बड़ी बैठकों में प्रवचन करता रहा हूं, परिणामस्वरूप 1994 में मैंने प्रोफेसर के पद

से त्याग-पत्र दे दिया।

1987 में जो मेरा रूपान्तर हुआ और डॉ. इलसावेथ कुबलर रास की भांति मैंने मृत्यु का भी अनुभव किया है, मैंने उन सब घटनाओं का पृथक रूप से ग्रन्थबद्ध करने का निश्चय किया है।

कुण्डलिनी योग के सिद्ध पुरुष कितने उच्च स्तर के अनुभव प्राप्त करते हैं का वर्णन स्वामी योगानन्द परमहंस[3] स्वामी सत्यानन्द सरस्वती[4] स्वामी शिवानन्द राधा[5] और बहुत से अन्य भारतीय योगियों के जीवन परिचय से प्राप्त होता है। योगानन्द ने तो ईसा मसीह को जेरूसलम में शूली लगाने की पीड़ा का भोग का अनुभव भी किया था। एक बार अपने गुरु से मिलने एक पहाड़ी क्षेत्र में वे गए थे, जहां पर एक चमकदार किला देखा जिसके अन्दर प्रवेश करते ही हीरे, जवाहरात, स्वर्ण आभूषणों से मण्डित मेड़े देखीं, वहां सब कुछ जीवन्त दिखाई दे रहा था। उन्होंने अपने गुरु का स्मरण किया कि सब तुरन्त अदृश्य हो गया। तभी से बड़े महलों में रहने की आकांक्षा का त्याग हो गया। एक बार अपने गुरु के देहान्त पर वे शोक मना रहे थे कि गुरु आकर हाड़मांस के शरीर सहित प्रकट हो गए और उनसे वार्ता की। उन्होंने गुरु के पद का स्पर्श किया, काफी देर बैठे रहे और फिर गुरु अन्तर्ध्यान हो गए। यह सब एक योगी की आत्मकथा में वर्णित है।

इस प्रकार यह नितान्त असत्य है कि क्रिश्चियन इनर्जी ही अन्तर व बाह्य आयामों में सब कुछ कर सकने में समर्थ हो सकती है। निष्कर्ष यह है कि वास्तव में कुण्डलिनी योग के अतिरिक्त अन्य कोई मार्ग नहीं है, जिससे कि मानव का वास्तविक विकास हो सके। मेरे दृष्टिकोण से वह वही है चाहे वह क्रिश्चियन, सूफी, बौद्ध या अन्य किसी प्रकार से हो, शक्ति वही है। जैसे भी हो यह एक कुण्डलिनी योग ही ऐसा है, जो कदम-कदम पर चल कर मानवीय विकास को पूरा करता है, जो अन्यत्र कहीं नहीं पाया जाता है। छः चक्रों के पथ से चलता हुआ पथिक अन्त में सातवें सहस्रार पर पहुंच जाता है, जहां पर वह एक दिव्य पुरुष (परमात्मा) बन जाता है।

योगाभ्यास, मन्त्र जाप से भौतिक, मानसिक, भावात्मक, संवेदात्मक परिवर्तन साधक में क्रमशः आ जाता है। ऐसा विकास कुछ हठधर्मिता से नहीं

होता है। स्वामी विवेकानन्द मस्जिद, गुरुद्वारा, गिरजाघर, बौद्ध एवं हिन्दू मन्दिर सबमें जाकर प्रार्थना कर सकते थे, उन्हें कहीं कोई झिझक नहीं थी। उन्हें हर देवालय में दिव्य के दर्शन होते थे। जो इन सब धर्मों में वैमनस्यता रखता है तथा यह समझता है कि केवल मेरा ही धर्म सही है, वही लाखों मील परमात्मा से दूर है। ऐसा साधक किसी एक देवता को भले प्रसन्न कर ले, किन्तु परमात्मा से वह बहुत दूर है।

उन्नीसवीं शताब्दी के जर्मनी के आत्मदर्शी सन्त वे इन रा की पुस्तक 'दि बुक आन दि लिविंग गाड' के सन्दर्भ में प्रोफेसर वी. ए. रीचेन वैक ने जो कहा है, उसका उल्लेख करते हुए मैं एक बार फिर कहता हूं—इस पुस्तक में भी सभी धर्मों के मूल के सन्दर्भ में व्याख्या की गई है पौराणिक कहानियों, हठधर्मिता, धर्मों की व्याख्या आदि में मूल तत्व खो गया प्रतीत होता है। सम्पादक जे आर पी आर (जू. 1993, 161) जुडेइस्म बिटविन यस्टरडे एण्ड टुमारो, जिसमें हंस किंग द्वारा कहा गया है कि क्रिश्चियन, मुस्लिम, यहूदी से अपील की गई है कि सभी तीनों धर्म का उद्गम स्थल अब्राहम से ही है। और इन सभी धर्मों के लोगों में आपसी वार्ता भविष्य का विचार करते हुए किया जाता था।

फादर बेबे ग्रिफेथ के कथन का मैं उल्लेख करता हूं,[6] अति गहराई में मैं किसी धर्म में कोई भेद नहीं पाता हूं; हिन्दू, बौद्ध धर्मों में जितनी गहराई में आप झांकेंगे तो पाएंगे कि मूल में सब ईसाइयत से मेल खाते हैं। ऊपरी सतह पर भले ही मतभेद हों और सतह के नीचे भी समस्याएं हो सकती हैं, किन्तु यदि अधिक गहराई में जाओ तो सारा मतभेद समाप्त होकर एकत्व का अनुभव करेंगे।

सन्दर्भ के ग्रन्थों की सूची

1. ग्रासो, माइकेल; दि फाइनल च्वाइस, वालपोल, एन एच: स्टिलप्वाइन्ट पब्लि., 1985, पेज 333-334
2. कुमार, रवीन्द्र, सीक्रेट्स ऑफ न्यूमरोलाजी, स्टरलिंग पब्लिशर्स (प्राइवेट) लिमिटेड, नई दिल्ली, भारत, 1992
3. परमहंस, स्वामी योगानन्द, दि ऑटोबायोग्राफी ऑफ ए योगी, बाम्बे, इण्डिया, जैको पब्लिशिंग हाउस, 1946, 1986

4. राधा, स्वामी शिवानन्द, कुण्डलिनी योग, पालो आलटो, सी. ए. टाइम लेस बुक्स, 1978
5. सरस्वती, स्वामी सत्यानन्द, कुण्डलिनी तन्त्र, बिहार, भारत, बिहार स्कूल ऑफ योगा, मुंगेर, 1984, पेज 161
6. वेबर, रीने, डायलाग विद साइंटिस्ट्स एण्ड सेजेज़, लन्दन, इंग्लैण्ड, रोट लेज एण्ड केगन पाल, 1991, पेज 170

अध्याय-5

चक्रों के जागरण से व्यक्तित्व में रूपान्तरण

आजकल अलौकिक मानवीय अनुभवों का बाजार गर्म है। कोई एक घटना हो, तो उसे विस्मयजनक कहा जा सकता है, किन्तु यदि सात चक्रों के दृष्टिकोण से अवलोकन किया जाए, तो विकास की श्रृंखला में एक विशेष मील का पत्थर साबित होता है।

कुण्डलिनी योग के सिद्धान्तों से यदि देखा जाए, तो अलौकिक मानवीय अनुभवों की एक लम्बी श्रृंखला हो जाती है। कुण्डलिनी जागरण के बाद के अनुभवों से जो ज्ञान प्राप्त होता है, वह स्वतः होता है और उससे क्रमिक व्यक्तित्व परिवर्तन भी होता रहता है और वह साधक अपने दैनंदिन जीवन के कार्यों को बड़े विवेक से करने लग जाता है। इस अध्याय में समय नियमित साधना से चक्रों का जागरण तथा स्वयं अपने अनुभवों के आधार पर साधना पर प्रकाश डाला गया है।

प्रस्तावना

जान क्राउले' तथा डॉ. ग्रेस क्राउले ने कहा है हमें पूछना चाहिए कि कौन-सी ऐसी सम्भावनाएं हैं—जिससे ऐसी विचित्र घटनाएं, अलौकिक, मानवीय अनुभव लोगों को होते रहते हैं, जैसे हममें से कुछ लोग विस्मय से विमुग्ध हो जाते हैं तथा कुछ लोग ऐसी घटनाओं को सर्वथा अस्वीकार करते हैं। डॉ. इवान कासोन ने इस प्रश्न के पहले भाग का उत्तर यह कहते हुए दिया है कि उनके 15 वर्षों तक रोगियों की चिकित्सा एवं उसके साहित्य के अनुसन्धान के आधार पर आधुनिक कुण्डलिनी की कल्पना अलौकिक मानवीय अनुभवों

द्वारा जीवान्तक, मनोवैज्ञानिक, आध्यात्मिक तथा व्यक्तित्व में चेतना का रूपान्तरण आदि लोकप्रिय स्वीकार्य है। स्टैनले क्रिपर[3] ने कहा है कि कुछ आन्तरिक प्रक्रिया कार्य करती रहती है।

यह अध्याय ऐसे तथ्यों को स्पष्ट करता है, जो यह सुझाव देते हैं कि पहले से छठवें/सातवें चक्र तक की कुण्डलिनी की यात्रा एक नियमित जीवन्त, मानसिक, आध्यात्मिक रूपान्तरण साधक में उत्पन्न कर देती है, जिससे बहुत से अलौकिक मानवीय अनुभव अनुरूप एवं संयुक्त रूप होने लगते हैं। उदाहरण के तौर पर मैंने स्वयं अपने वर्षों के अनुभवों का उल्लेख किया है। कोई भी साधक अलौकिक मानवीय अनुभव के होने पर अपने को जान सकता है कि वह अब विकास की सीढ़ी पर कहां है या उसकी क्या स्थिति है? रीया ए. व्वाइट[4] ने कहा कि जब तक किसी व्यक्ति का स्वयं परिवर्तन नहीं होता है तब तक उसका कथन प्रमाणिक नहीं हो सकता। क्लेर जी वाकर[5] ने कहा कि जागरण की घटना के उपरान्त किसी व्यक्ति का रूपान्तरण ही प्रमाणिकता है कि उसके जीवन का दृष्टिकोण अब कैसा है। पाल पांड[6] के अनुसार आत्म चेतना का वैज्ञानिक अनुसन्धान कठिन है। आगे भी उन्होंने कहा कि यद्यपि अलौकिक मानवीय अनुभव हजारों वर्षों से होते आए हैं, तथापि वर्तमान में लोगों का मन शंकालू हो जाता है और वे विश्वास नहीं करते।

गोह तथा शैक्लेट के कथनानुसार[7] 'सत्य' अथवा 'पूर्ण' का वैज्ञानिक विश्लेषण नहीं किया जा सकता, क्योंकि हम लोग स्वयं उसी के अंश हैं।

जान फ्रैंकलिन मिलर (III)[8] ने प्रमाणिकता हेतु उचित ही निम्न प्रकार से चलने को बताया है–

(1) चेतना के अनुकूल अनुभव

(2) दूसरे लोगों के अनुभवों की समानता

(3) आन्तरिक चेतना के अनुभवों को अन्य लोगों के अनुभवों से मिलान करके निश्चय करना कि क्या स्थिति है।

(4) आनन्ददायक लक्षण तथा उच्च मानसिक अनुभव

(5) एक निश्चित आयाम में क्रमवार अनुभव

(6) बाह्य पदार्थ विषयक अनुभवों अथवा भावनात्मक अनुभवों की सम्बधता।

चक्रों का जागरण तथा क्रमिक रूपान्तरण

सबसे पहली शक्ति का केन्द्र *मूलाधार* के नाम से जाना जाता है, जहां सभी वासनाएं, पातक (अपराधबोधक), वेदनाएं एकत्रित हैं। जब तक कुण्डलिनी शक्ति इस चक्र पर सोयी हुई है, तब तक मनुष्य पुरुष/स्त्री के सर्व कालिक या अनन्त शत्रु काम, क्रोध, लोभ, मोह, अहंकार निरन्तर हमारे मूलभूत जीवन को ग्रसित रखते हैं। ज्योंही शक्ति का जागरण मूलाधार में हो जाता है, त्योंही यह पांचों विरोधी शक्तियां काफी हद तक परिवर्तित हो जाती हैं और व्यक्तित्व का रूपान्तरण होने लग जाता है। स्वामी शिवानन्द राधा[9] का कथन है–

सभी पापों से मुक्ति पहले ही चरण में अपनी गलतियों (त्रुटियों), संवेगों को रोकने, आत्मनिरीक्षण, विद्वता और ज्ञान के मध्य सामंजस्य बैठाने से मिल जाती है।

योग के दृष्टिकोण से पाप वह है, जो त्रुटि जानबूझकर कई बार की जाती है। लोभ, वासनाएं, कामनाएं मनुष्य को उसके मन के आश्चर्यजनक स्थायी छिपी हुई शक्तियों जो सृजनात्मकता के गुणों से जीवन परिपूर्ण है, को उससे नीचे ढकेल देती हैं। जीवन के रहन-सहन में विशिष्टता आनन्द की पहली सीढ़ी है। आनन्द पूर्ण जीवन हमारा जन्म सिद्ध अधिकार है। आनन्द पूर्ण जीवन हमें स्वार्थपरता से ऊपर उठने पर सुलभ होता है। यह आत्मसंयम जीवन में आनन्द का अनुभव हमें तभी प्राप्त होता है, जब सीखने के पहले चरण से पार हो जाते हैं।

प्रायः हम अपने होश में होते हुए भी त्रुटियों को जानबूझकर अहंकार के वश होने के कारण कर्म में उतर आते हैं और हमसे गलतियां हो ही जाती हैं। किन्तु जब हमारा अहंकार (गर्व) चक्र के जागरण से हमारे वश में होता है, तभी हमें विवेकशीलता अन्तरबोध से प्राप्त होती है। पाशविक बन्धन हमारे शरीर और मन के टूट जाते हैं। हमारा होश बढ़ जाता है, हमारी सृजनात्मक शक्ति का आविर्भाव होने लग जाता है। ऐसा व्यक्ति उस 'अन्तरबोध' को भाषा में परणित कर मानव कल्याण के लिए उपयोग में लाता है। अनन्त ज्ञान से परिपूर्ण बोलने की क्षमता मनुष्य में प्रथम चक्र के जागरण से वरदान स्वरूप प्राप्त हो जाती है।

मूलाधार चक्र हमारे शरीर के मलमूत्र, काम और जननेन्द्रिय के संस्थान से सम्बन्धित है। निम्न श्रेणी के मानवीय संस्कार और कर्म वहां संग्रहीत हैं। विक्षिप्त या विखण्डित मानसिक रोगी, स्नायु रोगी, पागलों की मानसिक असन्तुलनता की ग्रन्थियों का अपराध बोध कारण शक्ति के पहले चक्र का अतिक्रमण नहीं करने से है। जैसा कि सिग्मंड फ्रायड ने कहा है कि मनुष्य की कामवासना से सब कुछ प्रभावित होता है। योगी तो इस चक्र के जगाने और उसे सक्रिय करने में ही लगा रहता है। सबसे पहले मेरा अनुभव वर्ष 1985 में जब मैं नाइजीरिया में था, तभी हुआ था। आधे घण्टे तक मन्त्र जाप करने के पश्चात् मैं एकदम एकाग्रचित्त हो गया था। सांसारिक बुद्धि शान्त हो गई थी, यहां तक कि माला के मनके भी गिनना बन्द हो गया। अकस्मात् दो खम्भों के बीच के बिजली के तारों की रगड़ से जो प्रकाश उत्पन्न हो जाता है और आवाज होती है, ऐसी ही आवाज मुझे सुनाई पड़ी। आवाज बड़ी ही तेज थी, मेरी आंखें खुली थीं, मैंने एक श्वेत रोशनी का खम्भ देखा, जो 2”×6” के लगभग था और मेरी आंखों से चार फीट की दूरी पर था। उसमें आग की लपटों की तरह कम्पन हो रहा था और यह बाईं ओर जा रही थी। वह धीरे-धीरे एक फुट के लगभग हो गई और फिर विलीन हो गई। मैं आश्चर्यचकित होकर अपने चारों ओर देख रहा था कि यह अलौकिक प्रकाश कहां से प्रगट हुआ है या बिजली की कोई दुर्घटना है। शीघ्र ही मुझे यह स्पष्ट हो गया कि यह ज्योति कहीं बाहर से नहीं आ गई है। इसके कारणों पर विचार किया जाएगा।

प्रथम चक्र के जागरण के साथ ही अन्य छोटी-छोटी घटनाओं के अतिरिक्त तीन अद्भुत घटनाएं देखी गईं। रीढ़ के जड़ के पास से सूक्ष्म शरीर के उठने की तथा दूर दृष्टि या दूरदर्शन की शक्ति प्राप्त होते दिखाई पड़ने लगी, जो कई महीने तक जारी रही। जब भी मैं ध्यान में होता मेरा सूक्ष्म शरीर स्थूल शरीर से पृथक होता हुआ मुझे दिखाई पड़ता। मुझे ऐसा अनुभव होता कि मैं अपने आसन से ऊपर उठा जा रहा हूं। अनेक दिव्य दर्शन, आलौकिक दृश्य तथा शरीर से आत्मा का बाह्य जाना भी प्रतीत होता रहा।

दूसरा रूपान्तर जो होता वह बड़ा ही विचित्र होता कि काम, क्रोध,

मोह, लोभ, अहंकार लगभग लुप्त होकर अपने दूसरे स्थान पर चले जाते हैं, जिसे स्वाधिष्ठान चक्र कहा जाता है। स्वाधिष्ठान के शाब्दिक अर्थ हैं। 'अपना निजी घर'। इसी स्थान पर पूर्व जन्मों के कर्म अनुभव होते स्थायी शक्ति के रूप में निवास करते हैं। भगवान शिव का एक नाम 'पशुपति' भी है, जिसका तात्पर्य सभी पशु प्रवृत्तियों का स्वामी है और इसका मूलाधार चक्र पर पूरा नियन्त्रण रहता है, जो नकारात्मक शक्तियों का केन्द्र है। प्रारब्ध (संचित कर्म) जो पिछले जन्मों के कारण एकत्र हो गए हैं, वे सब मन के किसी तह में सुरक्षित रहते हैं, जिनकी चाभी इसी केन्द्र में होती है। गत जन्मों के विवाद, कटु अनुभव इस जन्म में अपना रंग जमाते हुए हमारे मन को प्रभावित करते हैं। विकास की इस स्थिति को 'पापमोचन' नाम से बताया गया है। जन्म मृत्यु, आवागमन का चक्र सम्भवतः यहीं स्थित है।

जब कुण्डलिनी शक्ति इस स्थान पर प्रवेश करती है, तो हमारे सुषुप्त कर्म उठ खड़े होते हैं। साधक कभी बहुत क्रोधित हो जाता है, कभी डर जाता है और कभी-कभी अनियन्त्रित वासना से भर जाता है। मैंने ऐसे ऐसे दृश्य देखे, जिसमें नंगी सुन्दरियां नाचते हुए मेरे पास आतीं और मुझमें कामवासना जगाने के लिए प्रयत्नशील होतीं। कुण्डलिनी का इस दूसरे चक्र में प्रवेश तभी होता है, जब मनुष्य में वैराग्य की भावना तीव्र हो गई होती है। जब साधक ने अपने जीवन के अनुभवों से यह सीख लिया हो कि इच्छाएं अंनत हैं और अनेक जन्मों में भी पूरी नहीं हो पाती हैं।

कामोत्तेजना शरीर के अन्य भागों में परिशुद्ध शक्ति होकर प्रवेश कर जाती है। सात्विक प्रेम प्रत्येक के लिए उत्पन्न हो जाता है। इस प्रकार के अनुभव मुझे एक वर्ष में तीन बार हुए और अब समाप्त हो गये। स्वामी 'मुक्तानन्द' ने अपनी पुस्तक 'चित्तशक्ति विलास' में इस प्रकार के अनुभवों की विशद चर्चा की है। महिला साधिकाओं को भी इसी प्रकार के अनुभव होते हैं। उदाहरण के लिए 'इरीना टयूडी'[10] को देखा जा सकता है।

स्वामी सत्यानन्द सरस्वती[11] के शब्दों में साधक में जब किसी प्रकार से कामवासनाएं प्रकट नहीं होती हैं और अब किसी प्रकार का व्यक्तिगत आकर्षण नहीं रह जाता है, तो इसका अभिप्राय यह है कि कुण्डलिनी

स्वाधिष्ठान चक्र को पार कर गई है।

तथापि कामशक्ति का विनाश कभी नहीं होता, क्योंकि वही मूलभूत शक्ति है, जो विभिन्न रूपों में सदैव रहती है। जैसा कि पहले कहा जा चुका है कि सबसे निचली स्थिति में वह 'अविधा' अज्ञान रूपणी है, भौतिक रूप में वह कामशक्ति है, भावनात्मक स्थिति में वह प्रेमशक्ति है और उच्चावस्था में वह आध्यात्मिक अनुभव है। कुण्डलिनी जब तक स्वाधिष्ठान चक्र में रहती है, तब तक साधक को काम वासनाएं ग्रसित किया करती हैं। ज्योंही दूसरा चक्र पार हो जाता है साधक में वही परिशुद्ध शक्ति प्रकट होकर शुद्ध प्रेम, सम्वेदना तक उच्च भावना, उदारता, सहनशीलता और दयालुता के रूप में परिवर्धित हो जाती है।

काम, क्रोध, लोभ, मोह, अहंकार से स्वतन्त्र होने पर साधक में तर्कपूर्ण सम्वाद, गद्य और पद्य की रचना का गुण आ जाता है। कल्पना, अन्तर्ज्ञान की प्रभा आ जाती है, जिससे आन्तरिक ज्ञान स्वतः प्रकट हो जाता है। परिशुद्ध वासना शक्ति विरोधी लिंग की कामना भले करती रहे, किन्तु अब वह संयमित व्यवहार में रहेगी, क्योंकि उत्तेजना व उपद्रव अशान्ति की स्थिति सदैव के लिए समाप्त हो जाती है।

'मणियों का नगर' जो तीसरा चक्र है, जिसे 'मनीपुर' कहा जाता है, वास्तव में कुण्डलिनी मूलाधार में बैठी है स्वाधिष्ठान में उसका रहना सहना है किन्तु उसका उठना मनीपुर में ही प्रारम्भ होता है। उसके जागरण पर साधक का शरीर रोगमुक्त हो जाता है, एक ज्योतिमई आभा प्रगट हो जाती है और उसकी चेतना का विस्तार हो जाता है। यह चक्र मरणशील देह का अन्तिम छोर है और आकाशीय स्तर का प्रारम्भ है। वे साधक जो साधना के लिए गम्भीर हैं और अध्यात्म में अधिक मनोयोग से योग अथवा ध्यान की साधना में तल्लीन हैं, अथवा गुरु की खोज में हैं वे लोग इस श्रेणी में आते हैं। उनकी कुण्डलिनी मनीपुर में है।

तीसरा चक्र इस माने में कि वह भौतिक शरीर का अन्तिम और सूक्ष्म का प्रारम्भिक पड़ाव है, बहुत ही महत्वपूर्ण है। यदि एक बार कुण्डलिनी इस चक्र में प्रवेश कर जाती है, तो वह पुनः वापस नहीं होती है, जबकि पहले वह दूसरे में उसका आना जाना प्रायः हुआ करता है।

इस स्थिति में पहुंचने पर साधक को तरह-तरह के स्वर्णिम दिव्य दर्शन

होने लगते हैं, जो मनीपुर में पहुंचने पर पहली बार होते हैं। इन दिव्य दर्शनों के उपरान्त साधक की सोच-विचार की क्षमता एकदम रूपान्तरित हो जाती है। चेतना के असीमित विस्तार से उसके हृदय के दुर्भाव, द्वेष, ईर्ष्या, विग्रह की ग्रन्थियां सब छिन्न-भिन्न हो जाती हैं और मानवीय विभिन्नता असत्य हो जाती है। दृष्टि की क्षमता गहरी हो जाती है, वस्तुओं को आर-पार देखा जा सकता है, क्योंकि चेतना में स्वर्णिम पूर्णता प्रगट होने लगती है। ऊंचे विचार, अच्छी कल्पनाएं, आनन्द से परिपूर्ण शक्ति संसार के सृजन व विनाश के सम्बन्ध में तथा बोलने की शक्ति प्राप्त हो जाती है। मनुष्य की जिह्वा पर सरस्वती का वास ऐसी दशा में होना कहा जाता है। व्यक्तिगत सांसारिक समस्याओं को अब साधक महत्व नहीं देता, क्योंकि वह जान लेता है कि वास्तव में वे हैं ही नहीं।

मैं अपने दिव्य दर्शन जो धारे हुआ था, जोकि इस स्थिति में मुझे घटा था, का वर्णन कर सकता हूं–एक नीली हरी रोशनी हर ओर फैल रही थी, जिसका केन्द्र मुझे नहीं प्रतीत हो रहा था। वहां शान्तिः आनन्द, निस्तब्धता विराज रही थी, लोग एक पानी की नहर के दोनों किनारों पर लगे घास के मैदानों में वृत अथवा अर्धवृताकार होकर आ जा रहे थे। एक दूसरे अवसर पर मैंने एक छोटा पारदर्शी किला देखा, जिसमें विभिन्न आत्माएं एक दरवाजे से आती तथा दूसरे से निकलती हुई दिखाई दे रही थीं। सभी क्यू में शीघ्रता से आ जा रहे थे। अन्य एक अवसर पर अपने को मैंने देखा कि हमारा कोई शरीर नहीं है, मैं सब तरफ देख सकता था और सब तरफ फैला हुआ था, विचारों की गति से आ जा सकता था। और अपने गुरु से दूरस्थ सन्देश प्राप्त कर रहा था। एक बाल के समान पतले पुल पर से नीले सागर के पानी को मैं पार कर रहा था। एक पहाड़ियों के झुरमुट में मेरी यात्रा खो गई और मैं अपने शरीर में पुनः आ गया। यह सब आत्मिक यात्राएं थीं, जो मुझे अनुभव में हुई थीं और जो हमें आगे आने वाले समय में सदैव आनन्दपूर्ण स्मरण रहेंगी।

कुण्डलिनी यात्रा का चौथा पड़ाव 'हृदय केन्द्र' 'अनाहत चक्र' है। अनाहत के माने हैं, जो बिना किसी चोट के हो। यह केन्द्र अनाहत नाद से सम्बन्धित है, जहां पर बिना किसी के चोट पहुंचाए स्वतः शब्द का गुंजार होता रहता है, जैसे कि 'ॐ' जो विभिन्न धर्मों में विभिन्न नामों से जाना जाता

है। 'कल्मा-ऐ-इलाही', शब्द, लोगोस, म्युजिक ऑफ स्फेयर आदि। इस बिन्दु पर दूसरे अध्याय में विस्तृत चर्चा की जा चुकी है। इस केन्द्र के दो प्रमुख संकेत हैं। पहला अनाहत नाद और दूसरा नील कमल या 'तारा'। साधक कुण्डलिनी के सफलतापूर्वक जागरण पर इस केन्द्र में अनाहत नाद को आन्तरिक कर्ण इन्द्रिय से निरन्तर सुनता रहता है तथा दिव्य चक्षुओं से नील कमल की पवित्रता का दर्शन हृदय की धड़कन की तरह निरन्तर करता रहता है।

मैं उस अर्धरात्रि की घटना को जो जिम्बाब्वे में 1987 में लघुशंका हेतु उठने पर अकस्मात् आश्चर्यजनक शंख ध्वनि मेरे कानों में निरन्तर गूंजने लगी थी और बन्द होने का नाम ही नहीं ले रही थी, को कदापि भूल नहीं सकता। मैंने अपने कानों की जांच की। घर में लोगों से पूछा। दूसरे दिन सुबह ही डॉक्टर के पास गया, जिन्होंने बताया कि मेरे कान में कोई गड़बड़ी नहीं है। उस समय मैं इस अनुभव का अभिप्राय नहीं समझ पा रहा था। और कुछ दिनों के पश्चात् मैं जल्दी ही उठ गया था कि देखा कि एक दिव्य नीली रोशनी मेरे समक्ष प्रगट हो रही है, उसे मैं खुली आंखों से देखूं या आंख बन्द रखूं, परन्तु वह रोशनी निरन्तर बनी ही रहती थी। अब जब मैं ध्यान में अपनी आंखें बन्द करके देखता हूं तो मुझे वे नीली मोतियां दिखाई पड़ती हैं।

हृदय केन्द्र का प्रमुख लक्षण 'इच्छाओं की पूर्ति वाले वृक्ष' जिसे कल्पतरू या चित्तामणिक कहा जाता है अथवा 'सकारात्मक सही विचारों की मणि' भी कह सकते हैं, में पहुंचना है। साधक पहले व दूसरे चक्र में रहते हुए, भाग्य एवं प्रारब्ध की प्रबलता या अनिवार्यता में विश्वास रखता है।

तीसरे चक्र में जीवन की कुछ समस्याओं का समाधान तो हो जाता है, किन्तु भाग्य की प्रबलता से बचने का उपाय तो नहीं सूझता है। प्रारब्ध (संचित) कर्मों का प्रभाव जीवन की घटनाओं पर रहता है। किन्तु चौथे चक्र में प्रारब्ध के प्रभाव में कमी आ जाती है। चेतना की अर्धगति होने लगती है, स्वतन्त्रता आने लगती है और कर्म के प्रभावों का अतिक्रमण होने लग जाता है। साधक इस चौथे चक्र की स्थिति में पहुंचने पर योगी हो जाता है और अपने भाग्य का विधाता या निर्माता हो जाता है। परन्तु

चिन्तामणि के नियमानुसार सकारात्मक एवं आशापरक विचारों को बनाए रखना चाहिए। ऐसी दशा में साधक को आशा और निराशावादी विचारों से बहुत ही संयमित एवं सतर्क होकर रहना चाहिए, क्योंकि साधक कल्पतरू के नीचे खड़ा हुआ है। हिन्दू धर्म के साहित्य में इस सम्बन्ध में बड़ी चेतावनी दी गई है।

अनाहत चक्र के वरदान निःस्वार्थ प्रेम, उदारता, निःस्वार्थता अपने एवं कुटुम्ब से पूर्ण एकलयता, आशावादिता, प्रेमपूर्ण त्याग आदि हैं। साधक पर काया प्रवेश की क्षमता अपने दृढ़ संकल्प के कारण पा जाता है। साधक में दूसरे व्यक्ति के विचारों को पढ़ लेना उसके व्यक्तित्व को अच्छी तरह समझ लेने की क्षमता उत्पन्न हो जाती है।[11]

कभी-कभी घटनाओं में अति हो जाती है कि योगी की आत्मा दूसरे शरीर में प्रवेश कर जाती है, जिसे कि आत्मा छोड़कर जा चुकी है। अनाहत में व्यक्ति को निद्रा बहुत कम आती है। किन्तु वह प्रसन्नचित्त, स्वस्थ व सचेतन बना रहता है। ऐसे व्यक्ति को दूरदर्शन, दूर श्रवण अथवा एक मानसिक चल शक्ति प्राप्त हो जाती है, जिससे वह अपने श्रावकों को अपनी वाणी व प्रेम से अधिक प्रभावित कर सकता है।

संसार के द्वन्द्वात्मक स्वभाव से वह विरक्त हो जाता है और उसका दोहरा मुखौटा विलीन हो जाता है तथा उसका मन निर्मल हो जाता है। असत्य जीवन से ऊबकर ऐसा मनुष्य शान्ति एवं स्वतन्त्रता का अनुभव करता है। चूंकि हृदय प्रेम से भर जाता है, तो बचा-खुचा अहंकार भी विलीन हो जाता है। फिर ऐसा व्यक्ति प्रेरणादायक लेखक, कवि या भाषणकर्ता बन जाता है। स्त्री या पुरुष जो भी ऐसा व्यक्ति हो उसकी उपस्थिति मात्र से कमरा आलोकित हो उठता है और जहां घोर अशान्त वातावरण हो, वहां निःशब्द शान्ति बिखर उठती है और उपस्थित जन-समुदाय में कुछ दिव्यता का आर्विभाव होने लगता है।

पांचवां चक्र 'विशुद्धि चक्र' कहलाता है या पवित्र या शुद्ध केन्द्र भी कहा जा सकता है। मन शुद्ध हो जाता है, जिससे परा ज्ञान, अवाध शान्ति रोग एवं निराशा से मुक्ति हो जाती है। विशुद्धि चक्र के वरदान से शारीरिक नवयौवनता एवं शाश्वत यौवनावस्था प्राप्त हो जाती है। पैथागोरस ने 63 वर्ष की आयु में एक नवयुवती शिष्या से अपना विवाह

किया और 99 वर्षों तक बिल्कुल युवा बना रहा, जबकि उसके विरोधियों ने उसकी हत्या कर दी थी। भारते व अन्य देशों के बहुत से योगी अपने अस्सी वर्ष की आयु में भी अपने यौवन, दृढ़ शरीर सौष्ठव एवं मन की शान्ति से परिपूर्ण रहे हैं।

पांचवें चक्र के जागरण से वेदों में जिसे 'अमृत', 'सोमरस', तन्त्रशास्त्रों में 'मद', सूफी सम्प्रदाय में पवित्र शराब, ईसाई जिसे पवित्र सुरा के नाम से सम्बोधित करते हैं, वह सिर के पिछले भाग 'बिन्दु केन्द्र' से निसृत होने लगती है।

योगी सांसारिक वासनाओं से मुक्त हो जाता है और मोक्ष के द्वार पर दस्तक देने लगता है। अब योगी 'योग' का वास्तविक अर्थ 'दिव्य योग' समझने लग जाता है। योगी अपने भूत और वर्तमान से पूर्ण अवगत होकर भविष्य को आवश्यकतानुसार निर्धारण करता है। झूठी वासनाएं भाग जाती हैं। शुद्ध विवेक कि क्या करना चाहिए और क्या न करना चाहिए उत्पन्न हो जाता है। शुद्ध विवेक के जागरण से यह पता चलने लगता है कि हम अपने अज्ञान और इच्छाओं के कारण ही अपनी वर्तमान स्थिति के भाग्य विधाता हैं और तब वह व्यक्ति सर्व के प्रति प्रेम, करुणा से सराबोर हो उठता है और संसार के दायित्व को भली भांति निर्वाह करने की क्षमता का शान्तिपूर्वक प्रदर्शन करता है।

शून्यता के दर्शन प्रायः होने लग जाते हैं। दिसम्बर 1989 में मैं मालावी विश्वविद्यालय गणित सम्मेलन में आगन्तुक वक्ता की हैसियत से भाग लेने गया था। पूर्ण शान्त व निश्चिन्त अवस्था में मैं था कि प्रातः काल की बेला में अकस्मात् मैंने दो दिव्य दर्शन असीम शून्यता के किए। मुझमें भय की एक रेखा-सी उत्पन्न हो गई, परन्तु वह शीघ्र ही विलीन भी हो गई। मुझे मुस्कराहट आ गई। मेरा सिर एक तरफ झुक गया। मैं बिल्कुल निर्विचार अवस्था में पहुंच गया।

सबसे मुख्य केन्द्र छठवां केन्द्र है, जिसे आज्ञा चक्र कहा जाता है, जिसका अभिप्राय है कि आज्ञा का केन्द्र। इसे गुरु चक्र भी कहा जाता है। यह बृहस्पति का स्थान है, जो देवताओं के गुरु हैं। तीन प्रमुख नाड़ियां इड़ा, पिंगला, सुषुम्ना प्रथम केन्द्र से चलकर घूमते हुए आज्ञा चक्र पर संगम करती हैं। स्वामी सत्यानन्द सरस्वती ने लिखा है–

पुराणों में इन तीन नाड़ियों को गंगा, जमुना, सरस्वती तीन प्रमुख नदियों से तुलना की गई है, जिनका संगम है प्रयाग या त्रिवेणी जो इलाहाबाद में है। हिन्दुओं का विश्वास है कि प्रति 12 वर्ष पर सूर्य जब मकर राशि में होता है, यहां संगम में स्नान करने से व्यक्ति के सब पाप धुल जाते हैं। यह संगम सांकेतिक रूप से आज्ञा चक्र की भांति है।[12]

योगी जब ध्यान में शून्यावस्था में प्रवेश करता है, तो आन्तरिक गुरु के निर्देश उक्त चक्र पर सुनाई देते हैं। बहुत से लोगों को तो इस स्थान पर पहुंचने से मृत्यु का भी अनुभव हो जाता है। इसके उपरान्त 'शिव का तीसरा नेत्र' साधक योगी को प्राप्त हो जाता है अर्थात् योगी को दिव्य तीसरी दृष्टि मिल जाती है, जिससे उसका मानसिक स्तर विराट हो जाता है। यह तीसरा नेत्र ज्ञान की आंख है, जो आन्तरिक दृष्टि प्रदान करती है। प्रकृति का पूरा रहस्य ऐसे योगी के समक्ष प्रगट हो जाता है, जो कितना भी पुस्तकीय ज्ञान हो तब भी सुलभ नहीं हो सकता।

आज्ञा चक्र के जागरण से आन्तरिक चेतना पूरी तरह जाग जाती है। बिना शरीर के ही मानसिक यात्रा सम्भव हो जाती है। दिव्य चक्षु की अग्नि से कर्म के बन्धन भस्मीभूत हो जाते हैं। ऐसी दशा में व्यक्ति शुद्ध चेतना का स्वामी हो जाता है, जो कि स्वार्थी वासनाओं से मुक्त होती है। स्त्री, पुरुष तत्वों के समतुलन से एक 'दिव्य संयोग' घटित होता है, जिससे आत्मा का परमात्मा में विलय हो जाता है। इसका प्रतीक अर्धनारीश्वर भगवान शिव का जिसमें (आधा धड़ स्त्री आधा पुरुष का) भारत के हिन्दू मन्दिरों में दर्शाया गया है। अज्ञानता या विवेकहीनता जो कि मोह का कारण है। समाप्त हो जाती है। व्यक्ति का स्वप्नभंग हो जाता है और वह कार्य और कारण को भली भांति समझ जाता है। प्रत्येक चक्र कार्य और कारण दोनों ही होता है। आज्ञा चक्र के जगने से विभिन्न परिस्थितियों में कार्य और कारण के सम्पर्क विभिन्न चक्रों पर विभिन्न प्रभाव डालते हैं। ध्यान में योगी को एक जलती हुई ज्योति जो प्रातः काल के सूर्य के सदृश होती है, दिखाई देने लग जाती है। आज्ञाचक्र परामानसिक स्थिति में पहुंचा देता है, जिससे व्यक्ति को अनेक सिद्धियों की प्राप्ति हो जाती है। यद्यपि सिद्धियां कभी-कभी साधक को नहीं मिलती–क्योंकि कुण्डलिनी शक्ति अति शीघ्र सभी चक्रों को पार कर आज्ञा चक्र में प्रवेश

कर जाती है। और सबसे पहले आज्ञा चक्र ही सक्रिय हो जाता है। मानसिक शक्तियां तभी उतरती हैं, जबकि कुण्डलिनी किसी-किसी चक्र में रूकते हुए गतिशील होती है। मुझे अपनी लघु एक कथा स्मरण है, जब मैं अपने शरीर से बाहर था मैंने एक पेड़ को उखाड़ दिया, एक बड़े पत्थर को फेंक दिया और सब केवल मैंने उंगलियों के इशारे से ही किया था। ऐसी घटनाएं फिर यद्यपि कभी नहीं हुई, परन्तु दिव्य दर्शन यदा-कदा होते रहे हैं।

छठवां चक्र सक्रिय हो इसके पूर्व व्यक्ति एक दूसरे के विरोधी प्रेम घृणा, हार जीत, लाभ हानि, आदि छन्दों से भ्रमित रहता है। किन्तु जागरण के पश्चात् सब दार्शनिक दृष्टिकोण जीवन के प्रति परिवर्तित हो जाता है। मनुष्य फिर अच्छे, बुरे अनुभवों से दूसरों के अनुसार प्रभावित नहीं होता। जीवन के प्रत्येक क्षेत्र में वह प्रेमपूर्ण त्याग से भागीदार होते हुए साक्षी भाव से रहता है। जीवन की घटनाओं में योगी पूर्ण विश्वास एवं समर्पण भाव से धारावत प्रवाहित होता रहता है।

अलौकिक मानवीय अनुभवों की श्रृंखला में एक विचित्र अनुभव मुझे इस स्थिति में घटित हुआ। वर्ष 1987 में एक दिन प्रातः काल की वेला में जब मैं गहरे ध्यानावस्था में था, मैंने अपने को बड़ी ही दुखद असहाय अवस्था में पाया। मेरा कोई गुरु नहीं था। अस्तु मैं देवी माता से प्रार्थना कर रहा था। मेरे आंख से अश्रुओं की धारा प्रवाहित हो रही थी। क्षणमात्र में मैं एक शून्यावस्था में पहुंच गया और अपने ही मरने का दृश्य देखा। मैंने देखा कि मेरा शव मित्र व रिश्तेदार लोग कन्धे पर लिये जा रहे हैं। और कोई कह रहा है कि 'रवीन्द्र कुमार मर गए'। वह मेरा दुःख अकस्मात् आनन्द में रूपान्तरित हो गया, मेरी समाधि अवस्था टूट गई थी। मैं मुस्करा रहा था।

इस घटना के एक महीने के बाद वैसे ही परिस्थिति में मैंने अपने मानसिक नेत्रों से देखा कि देवी माता लाल साड़ी पहने हुए अपने सुन्दर चेहरे व मस्तक पर सिन्दूर-बिन्दी लगाए हुए थी और मैंने श्वेत वस्त्र धारण किए हुए हैं तथा माता के चरणों की वन्दना झुक कर कर रहा हूं। और मैंने यह भी देखा कि माता मुस्कराते हुए अपने चूड़ियों से युक्त हाथ को मेरे सिर पर रखते हुए आशीर्वाद दे रही हैं। यह दृश्य लगभग पन्द्रह

सेकण्ड तक रहा और कुछ दिनों के उपरान्त फिर ऐसे ही घटित हुआ। इन्हीं दिनों में मैंने अपने को कई बार छत पर से ध्यान करते हुए देखा। ऐसी घटना कुछ दिनों में बार-बार होती रही। कभी-कभी मुझे ऐसा लगने लगे कि कोई मुझे दोनों चमकती आंखों से घूर रहा हो और कभी-कभी एक ही आंख से मुझे देख रहा हो। मेरे अन्तर में एक ध्वनि प्रायः आया करती कि मैं किसी के द्वारा निरन्तर देखा जा रहा हूं। अपने कन्धों पर मैं उन नम्र हाथों का स्पर्श अनुभव करता हूं और एक सूक्ष्म उपस्थिति से मैं अपने को घेरा हुआ पाता हूं। यद्यपि कोई भय नहीं था, तथापि एक विचित्र आनन्द की दशा में मैं रहता था। अब भी जब अपने आज्ञा चक्र पर अपना ध्यान एकाग्र करता हूं, तो एक ज्योति जो प्रातःकाल के सूर्य की आभा लिए हुए होती है, के दर्शन होते रहते हैं।

सातवां और अन्तिम चक्र 'सहस्त्रार चक्र' है, जिसे 'हजार पंखुड़ियों वाला' केन्द्र कहा जाता है। किन्तु छठवें व सातवें चक्र के बीच एक और स्थान जो जीवन का श्रोत है, जिसे 'बिन्दु' कहा जाता है और जहां हिन्दू लोग सिर के पिछले भाग पर चोटी (बालों का गुच्छा) रखते हैं, पर स्थित है। साहित्यिक दृष्टि से इसका तात्पर्य एक 'बूंद' के गिरने से है। इस केन्द्र के जागरण से बिन्दु केन्द्र से बूंद-बूंद अमृत झरने लगता है, जो शरीर में घुलमिल जाता है, जिससे बिना भोजन के शरीर स्वस्थ और ताकतवर बना रहता है। यही कारण है कि योगी भोजन बहुत कम करते हैं और प्रायः फल और पत्तियों पर ही निर्वाह कर लेते हैं। शरीर में भोजन पचाने की प्रक्रिया एक प्रकार से रुक-सी जाती है और शरीर में जवानी स्वतः आ जाती है। वास्तव में विशुद्धि चक्र (पांचवां चक्र) और 'बिन्दु' एक दूसरे से नाड़ियों द्वारा जुड़े हुए हैं। एक के सक्रिय होने से दूसरा स्वतः सक्रिय हो जाता है।

'बिन्दु' का दूसरा प्रमुख भाव यह है कि यह 'ऐहिक शून्यता का द्वार' है। वास्तव में यह एक ऐसा दरवाजा है, जो अन्दर बाहर देखते और खुलता है। यही वह द्वार है, जहां से अशरीरी शक्ति प्रवेश करती है तथा ससीम शरीर धारी हो जाती है। दूसरी तरफ प्रक्रिया उलट जाती और व्यक्ति बिन्दु की ओर योग द्वारा अपना रुख करता और सहस्त्रार में प्रवेश कर जाता है, जो कि अन्तिम लक्ष्य है। शक्ति के दो रूप कहे गए हैं, जिसे

स्थायी व गतिशील अथवा शिव और शिवाशक्ति के नाम से जाना जाता है। भगवान शिव का स्थान 'श्वेत बिन्दु' के रूप में 'बिन्दु' में स्थित है तथा माता शक्ति का स्थान लाल रंग में मूलाधार जड़ में केन्द्रित है। यह एक विशेष बात है कि पुरुष जीवाणु का रंग श्वेत और स्त्री रज का रंग लाल होता है। योग की समस्त साधनाओं का प्रयास इन्हीं दो ध्रुवों का संयोग करना है। और जैसे ही यह दोनों ध्रुव एक हो जाते हैं, वैसे ही कुण्डलिनी सहस्त्रार में पहुंच जाती है। कुण्डलिनी की सफल यात्रा की पहचान यह है कि साधक के आन्तरिक कर्ण इन्द्रिय में ऊंचा अनाहत नाद निरन्तर सुनाई पड़ने लग जाता है।

अक्टूबर 1987 की बात है कि जब मैं जिम्बाब्वे विश्वविद्यालय में था। सायंकाल पांच बजे के लगभग चाय के समय अकस्मात् मैंने अनुभव किया कि मेरा पूरा शरीर सर्प की भांति मुड़ने लगा और मेरे सर पर भारी दबाव उत्पन्न हो गया जैसे मेरा सिर ही भारीपन के कारण टूटा जा रहा है। मेरा चेहरा पीला पड़कर सिकुड़ गया, जैसा कि मेरे पारिवारिक सदस्यों ने मुझे देखकर बताया, जो उस समय मुझे देख रहे थे। कुछ ऐसा मेरे ऊपर हुआ कि मैं घर से एकदम बाहर हो गया और कुछ समय तक जोर-जोर से हाथ पैर हिलाते हुए बड़ी तेजी से दौड़ने लगा। घर लौटने पर मैंने 15 मिनट तक साइकिल चलाई और कुछ कठिन व्यायाम किए, जिससे यह दशा कुछ नियन्त्रित हुई। दूसरे दिन डॉक्टर ने मेरी जांच की और कहा कदाचित मेरा शरीर खूब स्वस्थ न होता, तो यह बीमारी लकवा अथवा मस्तिष्क की रक्त वाहिनी नसों के फटने का रोग हो जाता। डॉक्टर के निर्देशानुसार मुझे व्यायाम तथा ध्यान आगे दोनों बन्द कर देना पड़ा। एक सप्ताह तक मेरा सिर गर्मी से काफी भारी रहा और मैं कोई कार्य नहीं कर सकता था। मैं कुछ भी बोलने, समझने में असमर्थ था। मैं कोई कार्य नहीं कर सकता था और विश्वविद्यालय की कक्षाओं में पढ़ा न सका। एक सप्ताह के बाद मैं धीरे-धीरे सामान्य हो सका। यह कुण्डलिनी की सहस्त्रार की यात्रा है।

1988 की एक जनवरी की रात्रि की घटना है कि मैं लन्दन में अपने एक रिश्तेदार के यहां सोने की तैयारी कर रहा था। उस समय मैं आप्तकाम, शान्ति तथा पूर्ण निर्विचार की दशा में था कि बहुत सुन्दर मुस्कराते हुए बच्चे

को मैंने अपने मानसिक नेत्रों से देखा। दूसरे दिन 6 बजे प्रातः के समय मैंने पुनः उसी बच्चे को दूसरी ओर मुंह किए हुए देखा। यह दृश्य बाल ब्रह्म निराकार शक्ति के पुरुष रूप में था।[13]

अन्तिम निरूपण

'सहस्त्रार' सभी योगिक साधनाओं/प्रक्रियाओं का उच्चतम शिखर है। जैसे जैसे कुण्डलिनी विभिन्न चक्रों से गुजरती है, त्यों-त्यों साधक के मनस चेतना का विकास एवं रूपान्तर होता जाता है। यह सब 'सविकल्प समाधि' के विभिन्न चरण हैं, जैसा कि पतंजलि ने योगदर्शन में कहा है। मध्य श्रेणी की स्थिति को असमप्रज्ञता (बिना विवेक के लीन होना) कहा जाता है। और फिर स्थिति आती है, निर्विकल्प समाधि की (बिना किसी उतार-चढ़ाव के लीन हो जाना) ध्यानावस्था से समाधिवस्था में पहुंचने का कोई विशेष बिन्दु नहीं है, जहां से विभाजन किया जा सके। जैसे जवानी कब समाप्त होकर वृद्धा अवस्था आ गई, पता नहीं चलता है। इसी प्रकार सविकल्प समाधि से असम प्रज्ञता से निर्विकल्प समाधि पर पहुंचने का कोई विभाजन बिन्दु नहीं है। स्वामी सत्यानन्द सरस्वती[14] ने निम्न शब्दों में इस स्थिति का वर्णन किया है।

समग्र प्रक्रिया एक निरन्तरता में घटित होती है। प्रत्येक चरण दूसरे में बड़ी शालीनता से बदलता रहता है। यह तर्कसिद्ध बात होती है कि यह वही चेतना है, जो रूपान्तरित होती जाती है। मूलाधार से आज्ञाचक्र तक की यात्रा में विवेक उच्च अनुभव करता रहता है, किन्तु उसका अहंकार बना रहता है। अहंकार का अतिक्रमण आप कुण्डलिनी जागरण में नीचे के चक्रों पर अनुभव नहीं कर सकते। यह तभी सम्भव होता है जब कुण्डलिनी आज्ञा चक्र में प्रवेश कर जाती है। इसी स्थिति में अहंकार छिन्न-भिन्न होता और मृत्यु का अनुभव साधक को हो जाता है। इसी बिन्दु पर सविकल्प समाप्त होता और निर्विकल्प समाधि की अवस्था आ जाती है। यहीं से शक्ति का पूरा बहाव सहस्त्रार की ओर होता है, जहां ज्योतिषां ज्योति प्रगट हो जाती है।

सन्दर्भ

1. क्रोले जे; साइकिक सर्जरी-हाऊ इज़ सच ए सेनसेशनल ई एच ई टुवी वैलीडियेटेड ए. आर पी आर प्रोसीडिंग, 1993, पेज 90
2. कैसान, डॉ. इवान, एक्ससेप्सनल ह्युमन एक्सपीरियन्सेज, स्प्रिचयुल ट्रान्सफारमेशन एण्ड कुण्डलिनी अवेकनिंग: ए क्लीनिकल पर्सपेक्टिव, ए. आर पी आर प्रोसीडिंग, 1993, पेज 28
3. फिस्क, जार्ज डब्ल्यू, रेस्पान्स टू रिया व्हाइट्स एक्सेपनल ह्यूमन एक्सपीरियन्सेज एज़ व्हिक्ल्स ऑफ ग्रेस पैरासाइकोलाजी फेथ एण्ड आउटलियर मेन्टलिटी, ए. आर पी आर प्रोसीडिंग, 1993, पेज 56-57
4. वाइट, रीया ए, एक्सेपसनल ह्यूमन एक्सपीरियन्सेज एज वेहीकिल ऑफ ग्रेस, पैरासाइकोलाजी फेथ एण्ड दि आउटलियर मेन्टलिटी, ए. आर पी आर प्रोसीडिंग, 1993, पेज 48, 53
5. वाकर, क्लेरे जी, दि क्वेश्चन आफ वैलीडियेशन इन साइकिक सर्जरी, ए आर पी आर प्रोसीडिंग, 1993, पेज 64
6. पांड, पाल, स्वाट इज दि परपज़ आफ एक्ससेपसनल ह्यूमन एक्सपीरियंस ए आर पी आर प्रोसीडिंग, 1993, पेज 75, 80
7. गोह, डब्ल्यू सी एण्ड शैकलेट 'फिजिक्स' पैरासाइकोलाजी एण्ड रिलीजन, जे आर पी आर अप्रैल, 1993
8. मिलर, जान फैन्कलिन, इन डिफेन्स ऑफ रिलीजन, जे आर पी आर, अक्टूबर, 1993
9. राधा, स्वामी शिवानन्द, कुण्डलिनी योग, मोतीलाल बनारसीदास पब्लिशर, दिल्ली, 1992
10. सरस्वती, स्वामी सत्यानन्द, कुण्डलिनी तन्त्र, विहार स्कूल ऑफ योग, मुंगेर, भारत, 1984
11. उड, अरनेस्ट ई, प्रैक्टिकल योगा-ऐन्सियेन्ट एण्ड मार्डन, एन वाई, विलशायर बुक कम्पनी, 1948
12. सरस्वती, पेज 132-133
13. राधा, पेज 39
14. सरस्वती, पेज 204

अध्याय-6

प्रारब्ध, अतीन्द्रय ज्ञान एवं संकल्प

एक बड़ी संख्या में विभिन्न अतीन्द्रय भविष्य ज्ञान की घटनाओं के सर्वेक्षण से निम्न बिन्दु उभरते हैं–

1. सर्वेक्षण व्यक्ति का एक निश्चित प्रारब्ध होता है, जो उसके भाग्य की घटनाओं से पर्त दर पर्त खुलता जाता है।
2. अतीन्द्रय ज्ञान जो पांच ज्ञानेइन्द्रियों से परे है, कुछ लोगों को भविष्य की घटनाओं की सूचना देता है, जो उस व्यक्ति के जीवन क्रम को परिवर्तित कर देती हैं।
3. दृढ़ संकल्प से स्वतन्त्र संकल्प शक्ति घटनाओं के क्रम को अपरिहार्य रूप से बदल देती है जिससे दुखान्त से बचा जा सकता है। यह बहुत ही कठिन है, परन्तु असम्भव नहीं है।

अतीन्द्रिय ज्ञान एवं पूर्व जानकारी

क्लेयर वाकर ने कहा है, "हम लोग मानसिक जीव हैं, जो पशुत्व से उच्च जीवन की ओर अग्रसरित होते रहते हैं, जो पंच ज्ञानेन्द्रियों से बढ़कर बहु इन्द्रिय चेतना की ओर चलते रहते हैं...एक अभीप्सा कहीं और जाने की जो हम सभी का अनुभव है और मेरा सुझाव है कि यह मनसचेतना द्वारा एक-दूसरे से सम्बन्ध, परिचय एवं विवेक प्रत्येक मनुष्य के भीतर विकसित होते हुए यह प्रश्न उठाती रहती है कि मैं कौन हूं और क्या हूं?...हमारे बीच में बहुत से साधू और संत हैं किन्तु उद्धारक नहीं हैं। क्या यह सिद्ध नहीं होता

कि हमें अपना उद्धारक स्वयं बनना है? क्या यह सिद्ध नहीं है कि हम अपने उद्धारक स्वयं ही हैं और जान-बूझकर अपने को उस असीम की ओर चलने का निरन्तर प्रयास करते रहते हैं और इस अज्ञात जगत में अपना विकास करते जाते हैं...संसार के सभी जातियों धर्मों के हजारों मनुष्य में यह जाने अनजाने घटता ही रहता है।

यह एक दूरदर्शिता, दूरस्थ सम्बन्धों की जानकारी में विशेष मानसिकता का उदय है, जिसे एक कर यदि हम स्वीकार करते और सम्मान कर ले, तो हमारे इस उपग्रह में तमाम विग्रह से बच जाएंगे और हमारी जातियां संरक्षित रह जाएंगी। हमें एंटलाटिस की पौराणिक गाथाओं के अनुसार जीना, आवश्यक नहीं है, सम्भवतः हम अपना एक सुरक्षित मार्ग अपनाना शुरू कर चुके हों? इस प्रकार के कुछ मुख्य दृष्टांत पहले हो चुके हैं जिनका यहां उल्लेख करना उचित ही होगा। इस अध्याय का तात्पर्य यह है कि इसमें कुछ ऐसे तथ्यों एवं घटनाओं का समावेश किया जाए जिससे यह समझा जाए कि हम लोग एक पूर्व निर्धारित जीवन के क्रम से जी रहे हैं, जिसमें से कुछ ऐसी विशिष्ट घटनाएं घटती हैं जिससे हमारे जीवन में बदलाव के बिंदू सिद्ध होते हैं। जब कभी रास्ता बदलने या अन्य प्रकार से जीवनयापन करने की बात आती है, तभी हमें कोई अतीन्द्रिय सूचना मिलती है कि हम संशोधन करें तथा भाग्यानुसार जीने का प्रयत्न करें।

उदाहरण के तौर पर यह घटना है कि मेरी मां की शादी एक गोवर्धन नामक युवक से होने वाली थी, किन्तु मेरी मां को बार-बार यह आन्तरिक सूचना व स्वप्न आते कि यह शादी वह अस्वीकार करें, जबकि उनके माता पिता इस शादी के लिए मेरी माता पर बराबर जोर डालते थे और शादी की तारीख निश्चित् कर दी गई थी। जैसे-तैसे हमारी माता अपने माता-पिता को समझाने में सफल हो गईं और इस शादी से उनकी अस्वीकृती मान ली गई। और उन्होंने मेरे पिता से ब्याह किया। तीन मास के पश्चात् उक्त गोवर्धन की मत्य हो गई और मेरी मां वैधव्य जीवन से बच गईं। विश्व में एक विस्मयजनक शक्ति कार्यशील होते हुए प्रतीत होती है, जो प्रत्येक व्यक्ति को निर्धारित कार्य हेतु प्रेरित करती रहती है, जिसका अनुमान साधारण मनुष्य जन्म के समय के सीमित मन से अगम और अमोल है।

मनुष्य का नाम अकस्मात् एक दिव्य नियमानुसार ही निश्चित किया जाता है और उस नाम में उसके जीवन का पूरा भविष्य निहित होता है। प्रत्येक मनुष्य अपने भाग्यानुसार जीवन के पृष्ठ खोलता जाता है, जबकि उसका कोई वश इसमें नहीं है और वह एक मूकदर्शक बनकर घटनाओं को अवलोकित करता रहता है। हमारे भविष्य के कार्य ऐसा प्रतीत होता है। कि वह वे आगे आने वाले समय में घटित होंगे, किन्तु हमारी मानसिक चेतना उससे अनभिज्ञ रहती है और अपने कार्यों में समान रहती है और यह समझती है कि वह उसके स्वतन्त्र सकंल्पानुसार हो रहे हैं। यह निष्कर्ष इस आधार पर निकाला गया है कि दो व्यक्ति जो एक दूसरे से बिलकुल अपरिचित हैं, किन्तु उनका नाम और जन्म का समय एक ही देखा गया है। उन दोनों के स्वभाव, आदतें और शक्लें कुछ मिलती-जुलती हैं। उनके जीवन की घटनाएं भी कभी-कभी एक ही समय पर समान रूप से घटित होती हैं। एक ही तिथि के जन्म परन्तु समय में रंच मात्र अन्तर से दो व्यक्तियों के स्वभाव व जीवन की घटनाओं से अन्तर पड़ सकता है। उदाहरण के तौर पर एक ही समय पर एक इटली का राजा बनता है और एक होटल का मालिक।[1]

कुछ अदृश्य कारण हमारे कार्यों को प्रभावित करते रहते हैं। वास्तव में हम पूरी तौर से किसी घटना के जिम्मेदार नहीं होते, चाहे वह अच्छी हो या बुरी। ज्यों ही इस सत्य का अनुभास किसी को हो सकता है तो वह स्वतन्त्रता की राह पर असत्यता का त्यागकर बढ़ने लगता है।

जहां तक अन्वेषण का सम्बन्ध है पूर्व निर्धारण (ज्ञान) का विषय गत तीन दशकों से सबकी दृष्टि में आने लगा है। संसार के बहुत से विश्वविद्यालयों में 'परामनो विज्ञान' आधुनिक विषयों में से एक है, जिसका अध्ययन किया जाने लगा है। सार्वभौमिक रूप से यह विद्वानों द्वारा स्वीकृत एक विज्ञान है। परामनो वैज्ञानिक इसके लिए तार्किक प्रमाण एकत्र करने में लगे हुए हैं कि पूर्व निर्धारण प्रयोगशाला में अनुभव पर आधारित है। इस घटना के भौतिक प्रयास हेतु गत 20 वर्षों से अधिक समय से ड्यूक विश्वविद्यालय कैरोलिना में प्रयोग किए जा रहे हैं। किन्तु अभी तक भौतिक निष्कर्ष से एक सूत्र रूप में कुछ भी ज्ञात नहीं हो सका है। यह वैसे ही है जैसे कोई ससीम मापक से असीम को नापने जाए। गम्भीर अन्वेषक प्रोफसर जे.वी.

राइन जिन्होंने डरहम में परामनो विज्ञान का इंसट्टीयूट स्थापित किया था, वे भी अपने जीवन काल में थक गए, परन्तु कोई सूत्र खोज न सके। उनका देहान्त 1984 में हुआ था। उनके उपरान्त बहुत से वैज्ञानिक उनके कार्यों में सलंग्न रहे, किन्तु कोई सफलता हाथ नहीं लगी। एच एल एज और आर एल मोरिस ने 'फाउन्डेशन ऑफ पैरा साइकोलाजी' में इस सम्बन्ध में विस्तृत वर्णन किया है।[2]

ऐसी अगणित घटनाएं घटित हुई हैं, जिनके सम्बन्ध में पूर्व ज्ञान था इस सम्बन्ध में काफी अनुसन्धान होना प्राकृतिक ही है। यद्यपि यह सम्भव नहीं हो सका है कि परिस्थिति का कोई भौतिक उदाहरण प्रस्तुत किया जा सके तथापि 'पूर्व ज्ञान के सम्बन्ध में विश्लेषण अभी जारी ही रहेगा।

यहां दो सम्भावनाएं हैं[1] या तो 'पूर्व ज्ञान' शत-प्रतिशत सही हो और हम केवल देखते रहें या[2] फिर कभी सही न घटित हो और गल्तियां होती रहें। मैंने अपनी पुस्तक 'सीक्रेट ऑफ न्यूमरोलोजी' में महत्त्वपूर्ण घटनाओं का वर्णन किया है, जिससे प्रमाणित होता है कि एक निश्चित प्रारब्ध होता है जिसे हम केवल देखते रह सकते हैं।

अलवर्ट आइन्स्टीन और कोस्टर डी ब्यरीगार्ड (दानाह जोहर)[3] के 'सापेक्षता के सिद्धान्त' के अनुसार सभी घटनाओं के समाहित इतिहास हैं। और परिवर्तन जो भी होते हैं वे जीवित लोगों के सापेक्ष में ही होते हैं। मनुष्य एवं अन्य सभी प्राणी पृथ्वी पर धीरे-धीरे समय की गति के आयाम से बद्ध होते हैं। इस काल के आयाम में बिना रुके हुए सभी को गतिशील रहना पड़ता है। और यही हाल स्थान के परिपेक्ष्य में भी सही है। इससे यह अनुभव में आता है कि हममें से प्रत्येक प्राणी किसी-न-किसी तरह भाग्य से बंधा हुआ है। दूसरी ओर ऐसे विचारक हैं, जो स्वतन्त्र संकल्प को मानते हैं और भाग्य को पूर्णरूपेण अस्वीकार करते हैं। प्रोफेसर राइन का कथन है कि यदि किसी व्यक्ति को पूर्व ज्ञान द्वारा सूचना है कि वह किसी 'रेल दघर्टना' में पड़ेगा, किन्तु उसे वह छोड़ नहीं सकता. ऐसी दशा में उसे उस पूर्व ज्ञान के होने से क्या लाभ है? पूर्ण पूर्व ज्ञान के कारण से कुछ भी स्वतन्त्र रूप से निर्णय नहीं किया जा सकता। सामयिक स्वतन्त्रता और पूर्ण पूर्व ज्ञान में सांमजस्य नहीं हो सकता।

मानव जाति के इतिहास में ऐसी पूर्व सूचित घटनाएं घटित हुई हैं।

जो शतप्रतिशत सही उतरी हैं। लगभग 5000 वर्ष हुए (ईसा पूर्व 3000 वर्ष) जब महाभारत युद्ध में भगवान कृष्ण ने अर्जुन को युद्ध करने के लिए प्रोत्साहित किया, क्योंकि अर्जुन ने कहा था कि इस युद्ध में अपने बन्धु-बान्धवों सगे सम्बन्धियों को उसे मारना पड़ेगा, जो कि वह नहीं करेगा। कृष्ण ने कहा कि उन्होंने उन सबके भाग्य को देख लिया है। वे सब अपने ही भाग्यानुसार मरे हुए हैं। अर्जुन को केवल युद्धवीर होने के नाते अपना कर्तव्य निभाना है। अर्जुन कृष्ण से ज्ञान प्राप्त कर लड़ा और वे विपक्ष के सभी बड़े बड़े योद्धा कृष्ण के पूर्व कथनानुसार मृत्यु को प्राप्त हुए।

माइकेल डे नास्टरडेम जिन्हें नोस्ट्राडोमस कहा जाता है छठवी शताब्दी में फ्रांस का एक शरीर शास्त्री (डॉक्टर) ऐवं रहस्यवादी हुआ है (दिसम्बर 14, 1503 से जुलाई 1566) अपनी प्रसिद्ध भविष्यवाणी की पुस्तक प्रोफेसीज़ डे एम माइकेल डे नोस्ट्राडामस 1568 में लिखी थी। उसकी चौपाइयां जो 400 वर्ष पूर्व लिखी गई थीं, सही उतर गईं। बहुत-सी बातें जिसका उसने उल्लेख किया था गम्भीरता पूर्वक सही पाई गई। यहां तक कि उसने नेपालियन बोनापार्ट, एडोल्फ हिटलर, जान एफ केनेडी आदि के सम्बन्ध में जो कहा था, सब सही उतरीं। इरीका चीथम[4] की पुस्तक 'नास्ट्रेडोमस की आगेकी भविष्यवाणियां' में पूरा विवरण दिया गया है। सबसे भयानक भविष्यवाणी तो उसकी थी कि संसार वर्ष 1999 में समाप्त हो जाएगा। चीथम (4,259) का कथन है कि जिन्होंने अपनी भविष्यवाणियों के सत्य होने का प्रदर्शन किया है चाहे वह उनके अन्तःप्रेरणा से हुई हों या उनके गणित से जैसे कि जान डी, नास्ट्रेडोमस, जे डब्लू डुन, जीन डिक्सन, एडगर के सी तथा एच जी वेल्स आदि ने ऐसा नहीं किया है कि जैसे वे पूर्व प्रारब्ध ज्ञान में विश्वास करते हों।

15 अप्रैल 1912 में टाइटेनिक नामक बड़ा जहाज अपनी पहली ही यात्रा पर जब वह साउथएम्पटन से न्यूयार्क की ओर जा रहा था, डूब गया। उसमें सवार 2207 यात्रियों में से 1500 यात्री व चालक दल डूबकर मर गए। टाइटेनिक दुर्घटना को बहुत से लोगों ने अपने अन्तर्दृष्टि से देखा था। यह दृश्य स्वप्न की तरह, दिव्य दर्शन या ऐसे ही उबड़-खाबड़ दृश्य कि इस जहाज को कुछ होने वाला है, लोगों ने देखा था। एक महत्त्वपूर्ण दुर्घटना मानसिक अन्तः प्रेरणा की 'फ्यूटीलिटी' नामक पुस्तक मारगन राविन्सन

के 1898 के उपन्यास में वर्णित है, जो कि घटना के घटित होने के 14 पूर्व लिखी जा चुकी थी। राविन्सन ने जो कुछ अपने उपन्यास में लिखा था वे सब बातें घटना से बिलकुल वास्तविक रूप से मिलती-जुलती थीं और ऐसा मालूम होता था जैसे कि किसी ने पहले से सब कहीं दूर से भविष्य में ही बतला दिया था। अप्रैल 10, 1912 को जब टाइटेनिक साउथएम्पटन बन्दरगाह से चला, तो श्रीमती जैक मारशल जो जहाज के चलने का दृश्य अपने घर की छत से देख रही थी, अचानक अपने घरवालों को बतलाया जो उसी के साथ देख रहे थे कि यह जहाज अमरीका पहुंचने से पहले ही समुद्र में डूब जाएगा। उसने देखा कि सैकड़ों लोग बर्फीले पानी में डूबकर मर रहे हैं। यह दृश्य वास्तविक घटना के पांच दिन पूर्व ही उसने अपने अतीन्द्रिय ज्ञान चक्षु से देखा था।

दूसरी घटना 'नामों' के सम्बन्ध में घटी जब 1944 में संयुक्त सेना ने यूरोप में आक्रमण किया था। हर प्रकार से नाजियों को भगाने का प्रयास किया जा रहा था कि दूसरा विश्वयुद्ध समाप्त हो जाए। इस सम्बन्ध में सब योजनाएं बहुत ही गुप्त रखी जा रही थी और सांकेतिक भाषा का प्रयोग किया जा रहा था। एक प्रक्रिया का नाम 'ओवर लार्ड' था। जहाज़ी वेर्डो का नाम 'नेमचून' रखा गया था। जिन दो फ्रांस की बीचों पर जहाजों को जाना था उसका उसका सांकेतिक नाम 'उटाह' और ओमाहा रखा था। बनावटी बन्दरगाह जहां सेना उतरनी थी उसका नाम मलबेरी रखा गया।

तैतीसवें दिन 'डी डे' से पहले, 6 जून को लन्दन के सामाचार पत्र डेली टेलीग्राफ के एक पहेली के उत्तर में प्रत्येक गुप्त शब्द प्रकाशित हुआ, जो अविश्वसनीय था। 'ओवर लार्ड' मुख्य शब्द छापा गया, जबकि 'ओवर लार्ड' जहाज केवल चार दिन के बाद वहां पहुंचा। फ्लीट स्ट्रीट डेली टेलीग्राफ के कार्यालय को सुरक्षा कर्मियों ने घेर लिया और वहां से एक 'नाजी' जासूस की पकड़ की आशा की। एक स्कूल शिक्षक लियोनार्ड डावे जो 20 वर्षों से समाचार पत्र में क्रास वर्ड पहेली को बनाता रहा वो जासूस के बदले पकड़ा गया। डावे हक्का-बक्का रह गया। सुरक्षा तन्त्र को यह समझाने में काफी देर लगी कि उस अध्यापक को इन शब्दों से कोई लेना-देना नहीं है, उन शब्दों से वह बिलकुल अनभिज्ञ है। लियोनार्ड को इन शब्दों का ज्ञान परा

मानसिक शक्तियां, जो इस विश्वज्ञान से परे थीं, से प्राप्त हुआ था। या किसी उच्चशक्ति ने उनको यह शब्द दिए थे।

ऐसे ही बहुत-सी घटनाएं घटी हैं जिनमें स्वतः लिखने और अतीन्द्रिय ज्ञान से प्रकट हुई थीं, जिनको वर्षों से देखा जाता रहा और लिखा जाता रहा। उदाहरण में डॉ. जान पीटर 1956 में एक डाक्टरी शिक्षा के सामने वायो केमिस्त्री के डवल लेवलिंग प्रयोग में एसीटिल-COA को एक प्रारम्भिक पदार्थ बताया। यह सूचना उसके मस्तिष्क में अतीन्द्रिय ज्ञान द्वारा प्रकाशित हुई जब कि वह बैठा हुआ एकाग्रचित होकर इस प्रश्न पर विचार कर रहा था। परीक्षा में उसके प्रोफसर ने जान पीटर की इस वाणी को निरस्त कर दिया या अस्वीकार कर दिया और यह कहा कि उसका कोई प्रमाण नहीं है।

बायकेमिस्ट लोग अभी भी अन्धेरे में थे कि कौन-सी दो कार्बन परमाणु है जो मोटे विश्लेषण का कारण बनते है। आठ वर्ष बाद यह सिद्ध हो गया कि एसीटिल-COA ही इस विश्लेषण प्रक्रिया का प्रारम्भिक मूल प्रदार्थ है। इसका तथा टाइटेनिक का पूरा विवरण दानाह जौहर (3) में तथा अन्य उनके पूर्व ज्ञान कथाओं का विवरण भी मिलता है।

प्रोफेसर रोइन ने एक घटना का वर्णन किया है कि एक व्यक्ति दूसरे दिन रेल यात्रा करना चाहता था। रात को उसने एक स्वप्न देखा कि वह ट्रेन लड़ गई है, उसे बहुत चोट आई है। इस तरह सूचित होने पर उसने यात्रा नहीं की दूसरे दिन ट्रेन वास्तव में टकरा गई। ऐसी बहुत-सी कहानियां हैं जिससे यह सिद्ध होता है कि पूर्व अतीन्द्रिय ज्ञान स्वप्न में या अन्तः प्रेरणा से प्राप्त होते रहते हैं, जिससे लोग दुघर्टनाओं से बच जाते हैं, यद्यपि घटनाएं घटती रहती हैं। उदाहरण के तौर पर कहा जा सकता है कि एक व्यापारी ने टाइटेनिक से यात्रा स्थगित कर दी थी। सूसान वी एनथोनी का स्वप्न जिसमें होटल में आग लगी थी, श्रीमती वाटेन का स्वप्न जिसमें वैनगड को नष्ट होना था। ज़ौहर, 3

पूर्व जानकारी एवं मुक्त संकल्प

'क्वान्टम' की यांत्रिकी पूर्व ज्ञान की घटना की समानता काफी हद तक बयान करती है। विभिन्न परिस्थितियों में ऐसी सम्भावनाओं में पूर्व जानकारी द्वारा अधिकतम् सम्भावित रास्ता इंगित करने की विशिष्ट घटनाएं हैं। स्वसंकल्प की समन्वयता में व्यक्ति स्वयं निर्णय ले सकता है। यह स्वेच्छा से लिया गया कदम बड़े आघातों से रक्षा कर सकता है। यदि उस यात्रा पर जाने वाले यात्री को पूर्व जानकारी वाला स्वप्न न आया होता, तो वह दूसरे दिन ट्रेन से जा चुका होता और अपने दुर्भाग्य का शिकार होता।

फ्रिटजोफ कैपरा[5] ने पूर्वी रहस्यवाद और आधुनिक क्वान्टम भौतिकी की महत्त्वपूर्ण समानता तुलना की है। उसने दिखाया है कि 'आत्मा' और इलेक्ट्रान का व्यवहार पूर्णरूप से समान है। ऐसी दशा में आत्मा की या मानव की स्थितियों का निरीक्षण इलेक्ट्रान के लक्षणों से किया जा सकता है। एक इलेक्ट्रान एक परमाणु को केन्द्रित करके पूरी शक्ति एकत्र किए हुए हैं। उसके विस्फोट पर अनन्त सम्भावनाएं पाई जाती है जिसमें वह पुनः स्थिर हो जाए, जिसमें एक नया पूरा भविष्य है। यहां इलेक्ट्रान अपनी स्वसंकल्प से युक्त है। किन्तु तथ्य यह है कि प्रायः ऐसा नहीं होता। इलेक्ट्रान अपनी पुरानी शक्ति की दशा ग्रहण कर लेता है, क्योंकि वह उसके लिए सरल एवं स्वाभाविक होता है। ठीक ऐसा ही मानव के स्वभाव में घटित होता है। प्रत्येक मनुष्य का अपना स्वभाव व विशेष लक्षण है। ऐसी दशा में अनेक सम्भावनाओं में से वह जानते हुए ऐसे मैटर का चुनाव करता है जो कि उसके व्यक्तिगत एवं स्वभावानुकूल है। और उसके भविष्य को पूर्वानुमान लगाया या कहा जा सकता है। कुछ अपवादों को छोड़कर एक मनुष्य अपने स्वसंकल्प का अधिकतर प्रयोग नहीं करता है। वरन् कई सम्भावनाओं से ग्रसित होने के कारण अनजाने या जानकर वह अपने व्यवहारिक जीवन की शैली पर ही कार्य करता है।

इस तरह के उदाहरण आइन्सटीन के चार आयामी देश काल कान्टीनम और मिन्कोविस्की, डे सिटर, लुहगी, फैन्टापल, पासकल जारडन (टालामोन्टी 6) के साथ भी बहुत ठीक बैठते हैं। किसी एक घटना का पूर्ण

इतिहास वैसे ही अस्तित्व में रहता है, जिसमें एक स्थायित्व घुमाव पर बिन्दु मिलते रहते हैं। जैसे लियो टालमोन्टी (6) ने कहा है कि यह एक बहस का प्रश्न उठता है कि जो तथ्य ऊपर कहे गए हैं क्या वे स्वतः संकल्प की बात को स्वीकार नहीं करते हैं। प्रोफेसर जोरा का कथन है कि यह ऐसा होता है, किन्तु हमें युक्लीडियन या कार्टीसियन तर्क परा सीमित रहना चाहिए। दूसरे जैसे मैक्स पलैंक ने एक दूसरा दृष्टि कोण दिया है। पूर्व ज्ञान का यह तात्पर्य नहीं है कि संकल्प बाध्य है। अस्तु! भविष्य के सम्बन्ध में निरीक्षण अन्य ऊंचे आयाम में भी किया जा सकता है। इससे यह मतलब नहीं है कि हमें अपने कार्यों को रूप देने का अधिकार नहीं है, यह दोहरी बात हो सकती है जैसा कि मालूम होता है, भविष्य कहीं दूर है, जो काल और स्थान से परे है, जिसको हमारी चेतना ने अभी अंजाम नहीं दिया है और वह उससे जागरूक भी नहीं है।

डॉ. पाल काममेरर, डायरेक्टर इन्स्टीट्यूट ऑफ एक्सपेरीमेंटल बायोलोजी वियना ने सबसे पहले वैज्ञानिक रूप से संयोगिक घटनाओं का अनुसन्धान किया, जो संगठित रूप से भाग्य का निर्माण करती है। उन्होंने अपने अनुभवों को गैसट्ज डर सेरू (काममेरर 7) में प्रकाशित किया। कई वर्षों तक वह पोर्का में, उद्यानों में, सार्वजनिक टायलेट्स आदि में बैठ बैठकर लोगों से मिलते रहे और उनसे बातचीत करते रहे। उन्होंने परिणाम निकाला कि लोगों का व्यवहार उनके बहुत से संयोगों, सम्भावनाओं और स्टेटिक्स पर आधारित है। अन्त में उन्होंने कहा है कि सांयोगिक घटनाएं वैसे ही हैं जैसे एक बर्फ का टुकड़ा जागतिक दृश्य में होता है, जिसे मानव पहचान नहीं पाता है। उसने स्वीकार किया है कि संयोगिक घटनाएं पृथ्वी के खिंचाव की भांति एक रहस्य है। "इस प्रकार इस संसार को एक बर्फ का टुकड़ा या कैलीडोस्कोप की तरह है, जो निरन्तर परिवर्तनशील है, फिर भी एक समान को एकत्र करने में निरन्तर सचेत रहता है।" जर्मन दार्शनिक आरथर वैरीवुड (1788-1860) ने माना है कि संयोगिक घटनाएं विश्व ब्रह्माण्ड की संचालन की प्रतिच्छाया है, जो कि पूर्व निर्धारित भाग्य की सूचक है।

वर्तमान सदी के दो प्रमुख विद्वानों ओल्फ गैंग पाली (1900-1958) जो भौतिक शास्त्र में नोबेल प्राइज विजेता है तथा स्विस मनोवैज्ञानिक

प्रोफेसर कार्ल गुस्ताव जंग ने संयोगिक घटनाओं पर संयुक्त अनुसंधान किए हैं। अन्त में उन्होंने अपने अनुभवों को प्रकाशित किया है, जिसे बहुतों ने असामान्य न्युक्लियर विस्फोट की भांति स्वीकार किया है। उनके परिणामों का संक्षिप्त रूप में वर्णन किया जा सकता हैं कि एक रहस्यमय शक्ति है, जो विश्व में कार्यशील है, जो अपने निर्णय मनुष्यों पर थोपती है, जो मानव मस्तिष्क से परे है।

ऐसे बड़े विचारक जिनको ऊपर बताया गया है, प्रतीत होता है कि वे इस बात से पूरी तौर से सहमत हैं कि कोई अतिमानवीय बुद्धि विश्व में कहीं कार्यशील है, जो जानकारी से परे है। जिससे यह पता चलता है। कि मनुष्यों को अपने कार्यों पर कोई नियन्त्रण नहीं है, वे कठपुतली की तरह से प्रारब्ध के हाथों में चलते-फिरते रहते हैं।

यद्यपि एक विशेष निर्णय हमारी इच्छा से हो सकता है, किन्तु उसके कारण और उसके प्रभाव को हम नहीं जान सकते। उदाहरण स्वरूप रेवरेण्ड जोन कोब जूनियर (दि भक्ति वेदान्त इन्स्टीट्यूट, 8) के शब्दों में:

प्रायः अवनति या मूल पाप हमारे स्वसंकल्प पर एक तरह से रोक समझा जाता है, न कि उसका एक प्रकटीकरण। इसका अभिप्राय यह है कि समाज में जहां सब लोग हैं जो अपने-अपने अनुसार कार्य करते हैं, जिनमें रहते हुए मैं अपनी इच्छा से शुद्धता प्राप्त नहीं कर सकता हूं। यह पता है कि मुझे अपने पड़ोसी को अपने समान ही प्यार करना चाहिए किन्तु जब पहली बार किसी पड़ोसी से सामना होता है और वह हमें कुछ अप्रिय बात कहता है, तो मैं अपने में पाता हूं कि मैं अपने पड़ोसी को प्रेम नहीं कर पाता हूं। यह मेरे स्वतंत्र संकल्प में कमी है न कि स्वतंत्र संकल्प कि वह मूल पाप में प्रगट होती है। यदि मुझे पूर्ण रूप से स्वतन्त्र इच्छा या संकल्प प्राप्त हो, तो मैं अभी निर्णय कर सकता हूं कि अभी से आगे मैं अपने पड़ोसी को अपने समान प्रेम करूंगा। तब यह स्वेच्छा होगी। अस्तु यह हमारे संकल्प या स्वेच्छा पर सीमा है, जिसे हम मूल पाप कहते हैं।

कारण तथा प्रभाव का सूत्र हमारे भाग्य को निर्धारित करता है। अति मानवीय पराशक्ति या वह एक रहस्यमयी शक्ति आत्मा (जीव) को जन्म की तारीख और नाम इस प्रकार निधार्रित कर देती है कि उसका जन्म भाग्यानुसार ही होता है। जैसे के पदार्थ के नियम मानवी स्वभाव में

भी लागू होते है उदाहरण के तौर पर खाली घड़ा अधिक शोर करता है। अस्तु! मेरा सुझाव यह है कि न्यूटन का गति का सिद्धान्त मनुष्य पर भी लागू होता! क्योंकि प्रत्येक या तो स्थायी विश्राम में है या निरन्तर समान रूप से गतिशील है, जब तक उसे कोई बाह्य शक्ति अपनी दशा बदलने के लिए बाध्य न करे। भाग्य का दौर बाह्य स्वतंत्र संकल्प से बदला जा सकता है।

मानसिक संवेदना हमारा मौलिक गुण है। वह हमें पूर्व चेतावनी घटनाओं के सम्बन्ध में देता रहता है, विशेषकर उनकी जो हमारे भाग्य द्वारा निर्धारित दुर्घटनाएँ हैं। उदाहरण के तौर पर जूलियस सीजर, अब्राहम लिंकन, जान एफ कैनेडी और इंदिरागांधी अदि को उनकी हत्या होने की पूर्व सूचनाएं थीं। इस प्रकार यह प्रत्येक व्यक्ति की आत्मा पर निर्भर है। कि वह अपनी स्वतन्त्र इच्छा का प्रयोग करे या न करे जिससे उसका भाग्य परिवर्तित हो जाय।

निष्कर्ष–जैसा कि कारण और प्रभाव मिलकर मनुष्य के भाग्य का निर्धारण करते हैं, जिसे कर्म कहा जाता है, जो विश्वास है कि उस एक रहस्यमयी शक्ति द्वारा निर्धारित होता है। मानसिक संवेदना बहुत-सी भविष्य में होने वाली घटनाओं की सूचना दे देती है। भविष्य में घटने वाली शुभ घटनाएं तो स्वीकार की जा सकती हैं, किन्तु अशुभ घटनाओं को यदि दृढ़ स्वतन्त्र संकल्प हो तो उसकी शक्ति द्वारा परिवर्तित की जा सकती हैं। इस तरह मनस शक्ति द्वारा संसार में आने वाली बहुत-सी घटनाओं को रोका जा सकता है और संसार एक अच्छी जगह निवास करने हेतु बन सकता है। यह मनस शक्ति एक प्रकार से छठवीं इन्द्रिय कही जा सकती है, जो पांच सामान्य इन्द्रियों से परे है। सारे संसार के लोगों में यह मनसशक्ति विकास की ओर धीरे-धीरे प्रगतिशील हो रही है।

सन्दर्भ

1. कुमार रावीन्द्र -सीक्रेट्स ऑफ नयूमरोलाजी, स्टरलिंग पब्लिशर्स प्रा. लि., नई दिल्ली, 1992
2. एज, एम, एल एण्ड मोरिस आर एल, फाउन्डेशन ऑफ पैरासायकोलाजी, राउट लेज एण्ड केगन पाल, पी.एल.सी, बोस्टन, 1986

3. जोहर, डानाह, थ्रू दि टाइम बैरियर, ग्रानाडा प्रब्लिशिंग लि. लन्दन, 1983
4. चीथम, इरीका, फ़र्दर प्रोफ़ेसीज़ आफ़ नस्ट्राडोमस, बैन्टम बुक्स यू.एस.ए., 1984
5. कापरा, फ्रिट जोफ़, दि ताओ आफ़ फ़िजिक्स, न्यू साइंस लाइब्रेरी, शम्भाला, बोस्टन, 1985
6. तालामोन्टी कापरा, लियो, फारबिडन यूनीवर्स, दि ग्रैंडस्टोन प्रेस ,लि., लन्दन, 1974
7. कामेरर, पाल, दास गैसेट्ज़ दरसेरु, 1919
8. इन्स्टीट्यूट, दि भक्ति वेदान्त: इन्टरवियूज़ विद नावेल लारियेट्स एण्ड अदर इमीनेन्ट स्कालर, बाम्बे, 1986

अध्याय-7

मरणोपरान्त व्यक्तित्व, पुनर्जन्म एवं मुक्ति

मृत्यु के उपरान्त जीवन में स्मृति, चरित्र, व्यक्तित्व का आभासपूर्ववत् जारी रहता है। परमात्मा ज्ञान हेतु इस अवसर से अच्छा कोई अवसर नहीं है। जीव बार-बार पृथ्वी पर सीखने के लिए जन्म लेता रहता है, जब तक कि उसे यहां ज्ञात न हो जाए कि अब कुछ जानना शेष नहीं है, तब जन्म और मृत्यु के चक्कर से छूटकर मोक्ष को प्राप्त करता है। मोक्ष की प्रक्रिया अकस्मात् आध्यात्मिक जागरण से अथवा योग साधना से ही सम्भव है।

मृत्योपरान्त जीवन

काफी अनुसन्धान उन प्रेत योनियों पर किया गया है, जिन्हें यह समझा जाता है कि "मैं" रूपी अहंकार जो पूर्ण सक्षम तो नहीं होता, तथापि एक सूक्ष्म व्यक्तित्व धारण कर प्रगट होता है (गुरने, मायर्स, पोडमोरे)[1]। इन प्रेतात्माओं में कुछ गुण स्पष्ट दिखाई देते हैं-दिखाई पड़नेवाली आकृति, शब्दों का उच्चारण, ध्वनि, स्पर्श की क्षमता लोगों में उपस्थित होना-1980 में संयुक्त राष्ट्र अमेरिका की जनगणना के अनुसार (मैकऐडम्स और वेलेस)[2]। अधिकतर ऐसी घटनाएं किसी की मृत्यु के 12 घण्टे के अन्दर ही होती दिखाई पड़ती हैं। मायर्स[3] ने 'ह्यूमन पर्सनालिटी एण्ड सरवाइवल आफ़ बाडीली डेथ' में अनुभव किया है कि अर्धचेतनावस्था से चेतना प्रगट होती है और शरीर की मृत्यु के उपरान्त फिर प्रकट होती है। मेरा मत है कि आत्मा अपने व्यक्तित्व सहित मृत्योपरान्त भी उपस्थित रहती है। ऐसी चेतना काफी प्रयास करती है कि अपनी वासनाओं के न

समाप्त होने वाले कार्यों को पूरा कर सके। इस प्रयास में प्रेतात्माओं को कुछ अंश मात्र सफलता मिलती है। किन्तु माता के गर्भ से उत्पन्न होने से जो भौतिक जन्म होता है, वह एक ठोस सफलता है। इस अध्याय में यह प्रयास किया गया है कि क्रमशः दो जन्मों के मध्य में जीवात्मा दूसरे माध्यमों द्वारा प्रकट होती है। एक क्रमबद्ध श्रृंखला में जीवात्मा जन्म लेता रहता है, जब तक कि वह संसार के सभी अनुभव और पृथ्वी के समस्त आवश्यक पाठों को पढ़ नहीं लेता है। फिर ऊपरी लोकों की शिक्षा के लिए व्यक्ति इस संसार के जन्म मृत्यु के चक्कर से छूट कर मोक्ष को प्राप्त कर लेता है। कुछ आकस्मिक घटनाओं द्वारा आपको योगिक साधना से कुछ ऐसी शिक्षा मिल जाती है, जिससे मोक्ष शीघ्र ही मिल जाता है।

आत्माएं पृथ्वी पर आकर प्रकट होने का प्रयास करती हैं। इससे यह पता चलता है कि ऊपरी लोकों में व्यक्ति को अपने भाव प्रकट करने व विकास करने की क्षमता उपलब्ध नहीं रहती। अन्यथा वे संसार में पुनः आने का प्रयास न करतीं। स्मृति, चरित्र और व्यक्तित्व मृत्यु के पश्चात् भी जीव के साथ बनी रहती हैं। वास्तव में हम केवल अपना भौतिक रूप ही खो देते हैं। इन्द्रिय हीनता उत्पन्न हो जाती है, फिर हमें अपने अन्दर छिपे हुए आध्यात्मिक तन्तुओं के सौजन्य से काम लेना पड़ता है। (भगवदगीता, रीकनवेक[4], लिन्डग्रेन[5])।

उपरोक्त विचारों की पुष्टि निम्नलिखित उदाहरण से होती है। मेरी दादी के विचार, इच्छाएं और भावनाएं सब यथावत कई वर्षों तक उनकी मृत्यु के पश्चात् बनी रहीं। उनसे मैंने 'ओजाबोर्ड' के माध्यम से वार्ता की। थी। पेशेंस वर्थ 1649 में जन्मी थीं जो तीन शताब्दियों के बाद 1913 में सेंट लुई की एक घरेलू स्त्री पर्ल कुर्रान में स्वतः लिखने की प्रेरणा स्वरूप प्रकट हुईं जिससे 2500 कविताएँ, ड्रामे, लघु कथाएँ, रूपक कथाएँ, चुटकुले तथा छः बड़े-बड़े उपन्यास 29 खण्डों में प्रकाशित हुए (प्रिंस 6, लितवाग 7)। सन्त माइकेल, कैथरीन तथा मारग्रेट ने उच्चतर लोकों से सूक्ष्म रूप से 'जान ऑफ आर्क' के स्वरों को जाग्रत अवस्था में सुना तथा कभी-कभी जान ने जागकर जो अपने आदेश और भविष्यवाणियां की थीं, का वर्णन किया है। इसमें उसका शस्त्र धारण परुष की तरह अंग्रेजी आरलियन का किला बेधने, डाओफिन चार्लस को फ्रांस का राजा बनाकर ताज पहनाना, युद्ध में घायल होना और साथ में

यह भविष्यवाणी करना कि अंग्रेजों के विरूद्ध फ्रांस की जय सात वर्षों में हो जाएगी। (मायर्स 3)

मृतक आत्माओं को परमात्मा के सम्बन्ध में जीवित से अधिक जानकारी नहीं होती है (लिंडग्रेन 5)। अदृश्य लोगों ने कहा है कि "मतृक आत्माओं का अभिप्राय मानव जाति को अधिक से अधिक अध्यात्म की ओर आगे सरकाने का है" (वाइट 8)। बहुत से गुप्त रहस्यवादियों के अनुसार लोग पुनर्जन्म में शरीर धारण कर अपने पिछले जन्म की साधना की कमी को पूरा करने के लिए ही आते हैं। अस्तु! इस जन्म के अवसर को साधनारत हो व्यतीत करना चाहिए जिससे जन्ममृत्यु के चक्कर से छुटकारा मिल जाए। पिछले अध्याय में बताया गया है कि 'आत्मिक चेतना' जो आध्यात्मिक उन्नति का कारण है, वह केवल इस पृथ्वी पर ही उपलब्ध होती है, न कि दूसरे लोकों पर (अरविंदो एवं माता)।

प्रसिद्ध सेठ की आत्मा ने माध्यम के द्वारा निम्नलिखित सदेश दिया है—मनुष्य अपने विचारों, कर्मों, विश्वासों के द्वारा अपना जीवन निर्मित करता है। परिणामस्वरूप विश्व में सृष्टिकर्ता के सहयोगी होते हैं। प्रत्येक व्यक्ति एक बहुआयामी जीव होता है, जो एक साथ ही कई मुखौटों से आबद्ध होता है। जीव के बढ़ने और विकास की कोई सीमा नहीं होती है। मनष्य अनेक बार-बार जन्म लेता है। जीवन कोई एक ही जन्म के कर्मों से प्रगति नहीं पाता है, बार बार जन्म लेता है। उसके पूर्व के भी जन्म प्रभाव डालते हैं। वास्तव में कर्म नहीं हैं, जो उसे दुःख या सुख देते रहते है। वरन जीवात्मा की उन्नति उसके आत्मिक और आध्यात्मिक भावनाओं के केन्द्र बिन्दु से प्रभावित होती है। जीवन आंतरिक शक्ति के प्रभाव से उन्नतशील बनता है। वे सब चेतना की भावनाओं से स्पष्ट होती हैं। भूत, भविष्य और वर्तमान सभी 'अब' में एक साथ होते हैं। और हम अपने पिछले जन्मों को एक साथ ही भोग लेते हैं। परमात्मा न पुरुष है, न स्त्री वरन वह उन सभी सम्भावनाओं जिनकी सृष्टि उसने की है, से भी बहुत पार है, तथापि सृष्टि के प्रत्येक प्राणी में निरअपवाद वह स्थित है। मनुष्य के व्यक्तित्व की सोच परमात्मा के बहुयामी अस्तित्व से बहुत ही सीमित है, मैं सभी धार्मिक संगठनों का परित्याग करते हुए एक नये संगठन को संगठित करूंगा, जिसमें एक नई विचार धारा होगी, जिसमें प्रत्येक व्यक्ति

अपने मूल अस्तित्व से शीघ्र ही सम्बन्धित हो जाएगा, 'जो सब कुछ है' उससे सम्बन्धित होगा। यह सब 2075 तक सम्भव हो जाएगा (जेन राबर्ट्स, 9)।

उपरोक्त कथन बहुत पहले भगवद्गीता में कहे गए तथ्य की पुष्टि करता है। जीवात्माएं मरणोपरान्त अपने पूर्व जन्म के संस्कारों, कामनाओं, अनुभवों को जब वे शरीर धारी होती है, संजोएं रखती है, किन्तु परमात्मा की कोई समझ उन्हें नहीं होती है। अस्तु! आत्मसाक्षात्कार या आध्यात्मिक उन्नति हेतु उन्हें इस जन्म में स्वतः प्रयत्न करना होता है। आपकी यहां की स्थिति ही अन्य ऊपरी लोकों के अस्तित्व में आपकी गति का निर्धारण करेगी।

जीवात्मा की दुर्दशा

अध्यात्म के अनुसन्धानकर्ताओं का कथन है कि दो जन्मों के मध्य के जीवन में जीवात्मा को अपने पूर्व जन्मों की पूरी जानकारी होती है। उच्च स्तरीय निर्देशों के अनुसार वह पृथ्वी पर आकर सीखने की प्रक्रिया पुनः चालू रखती है। उसी के द्वारा यह भी निर्णय लिया जाता है कि उस जीवात्मा को कैसा जन्म मिले, नर हो या नारी, साधू हो या साधारण, धनी हो या निर्धन, माता-पिता कैसे हों, वह देश कौन सा हो, आदि। सबकुछ पहले से निर्धारित होता है, सिवाय 'परमात्मा का प्रेम', अपने पूर्व एवं सत्य घर की जानकारी और वापस जाने की अभीप्सा के, जो यहां पर स्वतः सीखना और करना होता है। जन्म के पूर्व का सब कुछ विस्मृत हो जाता है। एक नया जन्म नए अनुभव के साथ होता है और ऐसा मालूम होता है कि एक ऐसे डिब्बे में बंद हो जिसमें केवल यही एक जीवन होता है। इसकी पुष्टि के लिए मैं जोनास(10) का उल्लेख करता हूं:

जन्म के समय जीवात्मा जब पृथ्वी पर आती है, तो देवात्माएं उसकी ज्ञान ज्योति को बुझा देती हैं और जीवात्मा इस पृथ्वी की खोल में अपनी ऊंची उड़ाने भूलकर प्रकट होती है, किन्तु उस ज्योति के प्राप्त करने का प्रयास निरन्तर जारी रहता है।

ब्राजील के अलान कार्डेक का कथन (प्लेफेयर[11], रोगो[12]) है कि प्रत्येक जन्म कितना ही पीड़ित हो उसे आत्म उन्नति करते हुए उच्चावस्था

प्राप्त हो ही जाती है। ऐसा सम्भव है कि सभी जीवात्माएं समान रूप, अज्ञानी, बिना अनुभव के होती हों और बार-बार जीवन प्राप्त करती रही हों जब तक वह स्थिति न आ जाए, जहां कि कुछ और जानना नहीं रह जाता। भौतिक मृत्योपरान्त जीवात्मा का पूर्व जन्मों का पुनरावलोकन करते हुए निर्णय लेती है कि आत्मज्योति प्राप्त करने के मार्ग पर किस पथ का अनुसरण करना चाहिए। प्रत्येक जीवात्मा अपने पुनर्जन्म के चुनाव के लिए स्वतन्त्र होता है और अक्सर वह पुनः अपने कुटुम्ब के आसपास ही जन्म ले लेता है।

श्री हेराल्ड क्लेम्प (13, 7) जीवित एक मास्टर एकांकर के हैं, जिनका अनुमान सर्वथा भिन्न है-नकारात्मक शक्ति या शैतान एक प्रशिक्षक परमात्मा के पृथ्वी पर स्कूल की कक्षा में है। यह वह स्थान है जहां पर जीवात्मा अपनी शुद्धता को प्राप्त करता है और एक दिन उस स्वर्गीय चेतना से अर्विभूत हो जाता है और परमात्मा का सहकर्मी बन जाता है। आप और मैं आत्माएँ हैं जो भगवान के हृदय में उत्पन्न हुई हैं, किन्तु निम्न लोकों में भेज दिए गए, क्योंकि हम दूसरे की सहयता करना नहीं जानते। चूंकि हमने कुछ किसी को कभी दिया नहीं इसीलिए नीचे की दुनिया में जन्मे हैं।

जान ग्रांट (14) ईश्वरीयशक्ति सम्पन्न अंग्रेज लेखिका अपने पिछले जन्मों का हाल अपने पिछले जन्मों की जानकारी की यान्त्रकी द्वारा या बहुत दूर तक रहने वाली स्मृति के कारण वर्णन कर सकी। ठुमकते हुए बच्चे की तरह, उन्होंने अपने पीछे के जीवन का वर्णन किया है। बचपन में उन्हें पता चला कि उनके चार जन्म पुरुष के और तीन जन्म नारी के रूप में हुए थे। (केलसे व ग्रांट 15) ग्रेस कुक (16) ने एक पूर्वीय साधक से ध्यान सीखा था और क्राउन चक्र उसका जागृत हो गया जिससे वह आकाशीय वार्ताओं को पढ़ सकती थी। पहले एक बार वह मायन सभ्यता में लगभग दस हजार वर्ष पहले जन्मी थी। उन्होंने अपने भाई टुआन से विवाह किया था। उन्हें एक कलादि वाले सर्प ने दीक्षा दी थी। दूसरे बार मिश्र में रा-मिन-अती के नाम से जन्मी थीं, और अपने पति रा-होटेप के साथ फ़रोह का ताज पहना। रिचर्ड सटफेन अपने पिछले जन्म के दुःख का वर्णन करते हुए कहते हैं कि उन्हें मायेन जीवन का

स्मरण है जबकि ईसाई आक्रमणकारियों द्वारा मार दिए गए थे (डिक सटफेन 17)।

इडगर केसी (गुली 18) की पुस्तकों में बहुत से उदाहरण हैं, जिसमें बताया गया है कि गत जन्मों के परावर्तन विधि से बहुत से लोगों को पिछले जीवन का वृतान्त पता चल जाता था। विभिन्न प्रकार के मामले हैं जिनमें व्यक्ति यह जान सकता है कि उसके इस जीवनकाल में किसी एक विशेष प्रकार का भय, आदत क्यों होती है। जब उन्होंने उसका कारण जानकर कारण दूर कर दिया तो उनका शेष जीवन शान्तिमय हो गया। बहुत से लोग क्रमवार पिछले जन्मों को जान सकते हैं, जिससे उनके भीतर आध्यात्मिक जागृति का आ जाना स्पष्ट हो जाता है। उदाहरण स्वरूप पैथागोरस और जिद्दू कृष्णामूर्ति अपने पिछले जन्मों का हाल जानते थे। पूर्वीय रहस्यवाद पिछले जन्मों की स्मृति को जान सकता है। पतंजलि का कहना है कि कर्म के सब प्रभाव चित्त पर अंकित होते हैं, जो योग, ध्यान द्वारा सक्रिय किये जा सकते हैं।

भगवद्गीता में (प्रभूपाद 19) कृष्ण अर्जुन से कहते हैं, हमारे और तुम्हारे बहुत से जन्म हो चुके हैं, किन्तु तुम अपने नहीं जानते हो और मैं अपने जन्मों का हाल जानता हूं। भगवान कृष्ण ने बार-बार अर्जुन से कहा है कि अर्जुन तू योगी हो जा, ध्यान कर, जन्म-मृत्यु का चक्कर इसी से टूटेगा।

कुंडलिनी जागरण से पिछले सभी कर्म जल जाते हैं और पुनः जन्म लेना समाप्त हो जाता है। असत्य से छुटकारा मिल जाता है और स्वर्ग में प्रवेश का द्वार खुल जाता है।

योग मार्ग

दूसरा चरण हमारे लिए यह है कि हम उस मार्ग की खोज करें, जिस पर चलकर ज्ञान शीघ्र प्राप्त हो सके, पुराने कर्मों का बन्धन समाप्त हो जाए। सन्तों और योगियों ने काफी अनुसंधान के उपरान्त इस कार्य के लिए योग के नियम निर्धारित किए हैं। योग की मुख्य धाराएं हठ योग, भक्तियोग, कर्मयोग और राजयोग हैं। हठ योग 'सर्पिणीशक्ति' को जगाने का प्रयास विभिन्न प्रकार के शारीरिक अभ्यास, जिनसे भौतिक दबाव व तप का

प्रभाव पड़ सके, करता है। भारत में हठयोगियों की बहुत-सी कथाएँ हैं। जैसे एक व्यक्ति 20 वर्ष तक एक पैर से ही खड़ा रहा। भक्तियोग में साधकों ने अति प्रेमपूण साधनाएं की हैं, जैसे मीरा, सूरदास, कबीर और नानक हैं। कर्मयोग में व्यक्ति निष्काम कर्म करता हुआ दूसरों की सेवा में अथक रूप से लगा रहता है, जैसे महात्मा गांधी, मदर टेरेसा, मार्टिन लूथर किंग। ज्ञानयोग और राज योग समान रूप से बहुत कठिन हैं और मानसिक अभ्यास की पूर्णता से वास्तविक ज्ञान प्राप्त करना होता है, जिसमें असत्य से सत्य में प्रवेश होता है। उदाहरणार्थ रमन महर्षि, विवेकानंद, सूरदास, रिचर्ड मारिस बक आदि हैं। यह सभी मार्ग वर्तमान काल की दुनिया के लोगों के लिए अति कठिन हैं।

पतंजलि ने अष्टांग योग का पथ निम्न रूप से दर्शाया है—

(1) यम—नैतिक व्यौहार जैसे अहिंसा, अचौर्य,सत्यता, सन्तोष, द्वेषभावना या दुर्भावना रहित;

(2) नियम—धार्मिक कृत्य जैसे मन की शुद्धता, शरीर की शुद्धता, सन्तोष, आत्मसंयम, स्वाध्याय, प्रभु की आराधना;

(3) आसन—योगिक आसन जिसमें रीढ़ की हड्डी सीधी रहे और शरीर ध्यान के लिए उपयुक्त हो;

(4) प्राणायाम—स्वांस का नियंत्रण, प्राणों का नियमन (सूक्ष्म जीवनी शक्ति);

(5) प्रत्याहार—इन्द्रियों का बाह्य भ्रमण व पदार्थों से दूरी बनाए रखना;

(6) धारणा-संकल्प;

(7) ध्यान-ध्यान करना, प्रार्थना करना आदि;

(8) समाधि-अन्तिम रूप से अतीन्द्रिय अनुभव में प्रवेश।

यह आठ चरण सत्यान्वेषण में हमें मानवीय बुद्धि से परे पहुंचाते हैं। गौतम बुद्ध ने सात वर्षों तक कड़ी साधना करने के उपरान्त ज्ञान प्राप्त किया था। चार प्रमुख सत्यों की बात उन्होंने कही है।

(1) अस्तित्व में आना–जन्म लेना ही दुख का कारण है और वह टाला नहीं जा सकता;

(2) दुःख का कारण कामना है;

(3) वासना/कामना का त्याग दुःख का नाश करती है;

(4) कामना से ऊपर उठना अन्तोगत्वा दुख से निरोध का उपाय है; उस दुख निवारण के आठ मार्ग हैं जिन्हें 'सम्यक' कहा जाता है। गृहस्थ और संन्यास का मध्यवर्ती-मार्ग: सम्यक जीवन-सम्यक बोलना, सम्यक आचरण, सम्यक जीवन यापन, सम्यक प्रयत्न, सम्यक विवेक, सम्यक कामना, सही दर्शन और सही विचार या संकल्प है।

भगवान शिव के बाद पतंजलि, बुद्ध, ईसा पृथ्वी के बड़े महान योगियों में से हैं। उनका सीधा सम्बध परमात्मा से था और उन लोगों ने दूसरों का मार्ग दर्शन उसी उद्देश्य की प्राप्ति हेतु किया। इलिजावेथ क्लेर प्राफेट ने ईसा के शूली के पूर्व छिपे हुए काल का वर्णन अपनी पुस्तक, द लौस्ट इयर्स आफ जीसस (प्राफेट 20) में किया है। एक रूसी पत्रकार नोटोविच ने 1987 में मिली कुछ बौद्ध पांडुलिपियों से खोज निकाला है कि ईसा कई गुमनाम वर्षों तक भारत में रहे हैं। प्राफेट ने आंखों देखे साक्षी खोज निकाले हैं, जिन्होंने ईसा को हिमालय में रहते देखा था जहां उन्हें संत ईसा कहा जाता था। केर्सटन होलगर ने अपनी पुस्तक 'जीसस लिव्ड इन इंडिया' में लिखा है कि ईसा जब मात्र तेरह वर्ष के थे तभी उन्होंने 'सिल्क रूट' द्वारा भारत में घूमते हुए यात्रा की। 29 वर्ष की आयु तक वे वहां रहे और बौद्ध दर्शन का अध्ययन किया। अहमदिया मुसलिम सम्प्रदाय के कुछ लोगों का कहना है कि जीसस शूली के उपरांत पुनर्जीवित हो भारत में आये और वहां लगभग 120 वर्षों की आयु तक रहे। उनकी कब्र कशमीर में है (होलगर 21)।

यह कहने से कि वह जो इस नदी का पानी पीता है, फिर कभी प्यासा नहीं हो सकता, 'शक्तिपात' द्वारा शक्ति के जागरण का संकेत किया है। वह आन्तरिक ध्वनि 'शब्द' या 'होली घोस्ट' के संपर्क में भी थे, जो हमें हमारे सत्य रूपी घर के पास पहुंचा देता है। प्रभु से गहरी प्रार्थना द्वारा अकबर के पिता हुमायूं की बीमारी का दोष बाबर ने अपने ऊपर ले लिया था और वह उसी बीमारी से मर गया और हुमायूं बच गया था। ईसा ने बहुत से लोगों के कर्मों का भार अपने ऊपर ले लिया था, विशेषकर अपने शिष्यों का। शूली से उन्होंने मौत ले ली, किन्तु यदि वे चाहते तो शूली से प्रार्थना द्वारा बच सकते थे। किन्तु उन्होंने कारण तथा प्रभाव के नियम का पालन किया और मर

गए। उनके शिष्य लोग 'शब्द' अथवा 'पवित्र शैतान' से पवित्र हो गये तथा स्वर्ग का द्वार उनके लिए खुल गया। मैंने शब्द 'ओम' का विवरण अध्याय 2 में दिया है।

स्वामी सत्यानन्द सरस्वती (22) ने विभिन्न मार्ग उस आध्यात्मिक शक्ति को जगाने के लिए बताये हैं:

जन्म से जागरण, मन्त्र साधना, भगवान-नाम-स्मरण, तपस्या, जड़ी बूटियों से, राजयोग 'स्थितप्रज्ञा', प्राणायाम, क्रिया योग, योग (ध्यान एवं योगासनों के अभ्यास), तन्त्रयोग, शक्तिपात-गुरु द्वारा प्रदत्त शक्ति एवं आत्म समर्पण। और भी घटनाएं हैं जैसे वायुयान से कूदते समय पैराशूट के न खुलने से मृत्यु का भय। एक स्त्री पायलट को यह घटना घटी थी, जिसमें वह वायुयान से कूद तो पड़ी, परन्तु पैराशूट नहीं खुल सका और उसकी आत्मा शरीर से बाहर हो गयी, परन्तु शीघ्र ही उसे अपनी भूल एक बटन न खोलने के कारण ज्ञात हुई और वह तत्काल अपने शरीर में प्रवेश कर गयी। बटन खोला और सुरक्षापूर्वक वायुयान से उतर गयी। किन्तु अब वह वही व्यक्ति नहीं रह गयी थी। उसने उच्च श्रेणी की आत्मिक शक्ति प्राप्त करके आनन्द की अनुभूति कर ली और पूरा जीवन बदल गया। उसने अपना शेष जीवन सत्यान्वेषण में लगाया (क्लेम्प 13, 321-322)। रोनाल्ड एस लेलो की सम्पादित पुस्तक 'द ग्लिम्पसेज़ आफ रीयलिटी' में से एक दूसरा उदाहरण उद्धृत है। प्रसिद्ध अभिनेत्री सराह माइल्स बहुत से पुरुषों के समक्ष एक हस्तमैथुन का सीन प्रदर्शन करने का रिहर्सल करते समय एक मानसिक उत्पीड़न से व्यापित हो गयी, जिसमें उसकी सोयी हुई शक्ति उस कष्ट के उपरान्त जाग गयी। और बहुत-सी घटनाएं इस पुस्तक में आती हैं।

सोयी सर्पशक्ति के जागरण की विधियों को तीन प्रमुख श्रेणियों में बांटा जा सकता है।

(1) धीमी परन्तु निरन्तर जैसे कर्मयोग, भक्तियोग आदि हैं।

(2) दुर्घटना जिसमें व्यक्ति अकस्मात् बहुत पीड़ा और अशान्ति से गुज़रे।

(3) वैज्ञानिक और शीघ्रगामी जो कुछ ही वर्षों में सफलता प्रदान कर दे, जब परिस्थित समान रहें। इन भागों में क्रिया योग, शक्तिपात

और तन्त्रयोग हैं। पहली श्रेणी के मर्म सुरक्षित हैं, किन्तु कई जन्म ले सकते हैं या बहुत ही तीव्र साधना हो जैसे कि मीरा का हुआ, मदर टेरेसा, महात्मा गांधी आदि। दूसरे पर मानवीय नियन्त्रण नहीं है, बल्कि वह अक्समात् घटित होता है। यद्यपि दुर्घटनावश सफलतापूर्वक जागरण उन्हीं का होता है, जो जाने-अनजाने उसके जागरण की प्रक्रिया में लगे रहे हैं और शक्ति जागरण के लिए तैयार थे। शीघ्रगामीपथ शक्तिपात के लिए भी यही बात सच है। शक्तिपात ऐसे व्यक्ति पर करने से, जो तैयार नहीं हैं, रोग, लकवा, दिमाग की नसों का फटना आदि बीमारियों को जन्म दे सकता है।

आधुनिक संसार के लोगों के लिए सबसे अच्छा और सुगम उपाय पथ क्रिया योग और तन्त्रयोग का है, क्योंकि लोग संसार में भी फंसे रहना और परमात्मा को भी जानना चाहते हैं। क्रिया योग में योग की साधनाएं हैं, शरीर के संचालन और कर्म का विधान है। लगभग 76 आसानों का अभ्यास 2-3 घण्टे के अन्दर प्रतिदिन करना होता है। इसके अतिरिक्त और भी नियमों का पालन करना होता है। अस्तुः यह साधना सबके लिए उपयुक्त न हो सकेगी, जब तक कोई व्यक्ति शरीर से बहुत सुदृढ़ न हो। परमहंस योगानन्द एक सफल योगी थे (23)। कुण्डलिनी योग का 'इन्टीग्रेटेड पाथ', 'समग्र पथ' या 'पूर्णपथ' जिसमें प्रत्येक योगमार्ग से कुछ-न-कुछ लिया गया है, जिसका वर्णन अध्याय 2 में किया गया है, सर्वोत्तम मार्ग है। दिव्य नियम एवं ज्ञान व्यक्तित्व के परिवर्तन से स्वतः प्रेरणा से उत्पन्न हो जाते हैं।

व्यक्ति में अतीन्द्रिय ज्ञान उत्पन्न होने से विशिष्ट मानवीय अनुभव होने लगते हैं, जैसे जैसे आध्यात्मिक शक्ति सात चक्रों में पहुंचती जाती है। यद्यपि कोई भी मार्ग से प्राप्त हो तथापि शक्ति जागरण से परिणाम वही होगा। प्रभु से मिलने का सबसे छोटा मार्ग कुण्डलिनी ही है। अध्याय 2 में वर्णित छोटे मार्ग के दृष्टिकोण से यह मिलता-जुलता है।

अगेहानन्द भारती (24) के अनुसार तान्त्रिक यह मानते हैं कि इनका विशिष्ट मार्ग भयानक तथा मूलभूत सिद्धान्त है, यद्यपि वे लोग यही कहते हैं कि मोक्ष का सबसे अच्छा मार्ग है। यद्यपि तन्त्र का उपयोग कुण्डलिनी यात्रा में विशेष महत्त्वपूर्ण है और किसी प्रकार भयानक नहीं है।

परमहंस योगानन्द (23, 226) के अनुसार

एक सच्चा योगी संसार में कर्तव्य पालन करता हुआ रह सकता है। वह पानी पर तैरने वाले मक्खन की भांति है। वह बिना मथे हुए अनियमित मानवता की तरह पानी में दूध की तरह मिला हुआ नहीं होता है। अपने सांसारिक दायित्वों को पूरा करते हुए व्यक्ति को भगवान से पृथक होने की आवश्यकता नहीं है, यदि वह अपने अहंकार और मानसिक रूप से अपनी कामनाओं से रहित होकर अपने जीवन को भगवान का कार्य करने का यन्त्र मानता है।

संदर्भ सूची

1. गर्मी, एडमन्ड मायर्स, एफ डब्लू एच एण्ड पोडमोर फ्रेन्क फैन्टैज्म ऑफ दिलिविंग, केगन पाल, ट्रेन्च ट्रवनर एण्ड कम्पनी, लन्दन 1918 एण्ड 1986
2. एम. सी. एडमस, एलिजावेथ ई एण्ड वेलेस, रेमन्ड, द केस फार लाइफ आफ्टर डेथ, नेलसन हाल, शिकागो, 1981
3. मायर्स, डब्ल्यू डब्ल्यू फ्रेडरिक, ह्युमन परसोनालिटी एण्ड इट्स सखाइवल आफ्टर डेथ, वाल्यूम वन एण्ड टू, लांगमैन्स ग्रीन एण्ड कम्पनी, न्यूयार्क, न्यू इड, 1954
4. रीचेनवैक बी.ए., हिपनोसिस; एन इम्पीरिकल इवालुशन, जे आर पी आर अक्टूबर, 1994
5. लिण्डग्रेन सी. इ., साइंटीफिक इन्वेस्टीगेशन एण्ड रिलीजस अनसरटेंटी, जे आर पी आर, अप्रैल, 1994
6. प्रिन्स, वाल्टर फ्रैंकलिन, दि केस ऑफ पेशेन्स वर्थ, बोस्टन सोसायटी फार साइकिकल रिसर्च, बोस्टन, 1972
7. लिबाग, इरविंग, सिंगर इन दि शैडोज: दि स्टेंज स्टोरी आफ पेशेन्स वर्थ, मैकमिलन, न्यूयार्क, 1972
8. वाइट, स्टीवर्ड एडवर्ड, दि बेटी बुक: एक्सकरसंस इंटू दि वर्ल्ड ऑफ अदर कान्शसनैस, वर्कले मेडालियन बुक्स, न्यूयार्क, 1969
9. राबर्ट, जैने, सेठ स्पीक्स दि इंटरनल वेलीडिटी आफ दि सोल, प्रेन्टिस हाल, जिलवुड्स क्लीफ्स, एनज, 1972
10. जोनज़, एच, दि नास्तिक रिलीजन, बेकन प्रेस, बोस्टन, 1958, पेज 113
11. प्लेफ्येर, गाई लिआन, दि अननोन पावर्स, पाकेट बुक्स, न्यूयार्क, 1995
12. रोगो, डी इस्काट, दि इनफीनाइट बाउन्ड्री, डाड, मीड एण्ड कम्पनी, न्यूयार्क, 1987

13. क्लेम्प, हेराल्ड, हाउ टू फांइड गाड, एकान्कर, मिनियापोलिस, एम. एन., 1988, पे. 7
14. ग्रान्ट, जोन, फार मेमोरी, हारपर एण्ड रो, न्यूयार्क, 1956
15. केल्से, डेनेज़ एण्ड ग्रान्ट, जोन, मेनी लाइफ टाइम्स, डबल डे एण्ड कम्पनी, गार्डन सिटी, न्यूयार्क, 1967
16. कुक, ग्रेस, दि इल्युमिन्ड वन्स, व्हाइट इगल ट्रस्ट, न्यू लैण्ड, इंग्लैण्ड, 1966
17. सुतफेन, डिक, पास्ट लाइव्ज, फ़्यूचर लव्ज, पाकेट बुक्स, न्यूयार्क, 1978
18. गुली, रोज़मरी इलेन, टेल्स आफ रिइन्कारनेशन, पाकेट बुक्स, न्यूयार्क, 1989
19. प्रभुपाद, भक्ति वेदान्त, भगवत्गीता एस इटइज, भक्ति वेदान्त बुक ट्रस्ट, न्यूयार्क, 1969, 1972
20. प्राफेट, एलिजावेथ क्लेरे, दि लौस्ट इयर्स आफ जीसस, समिट यूनीवर्सिटी प्रेस, लिविंग स्टोन, एम. टी., 1984
21. होल्गर, कर्सटन, जीसस लिव्ड इन इण्डिया, एलेमेंट बुक लि., लांग मीड्, डारसेट, इंगलैंड।
22. सरस्वती, स्वामी सत्यानन्द, कुण्डलिनी तन्त्र, विहार स्कूल आफ योग, मुंगेर, बिहार, भारत, 1984
23. योगानन्द, परमहंस, आटो बायोग्राफी आफ ए योगी, जैको पब्लिशिंग हाउस, बाम्बे, भारत, 1986
24. भारती, अगेहानन्द, दि तान्त्रिक ट्रेडिशन, डबल डे, एन वाई, 1975

अध्याय-8

कुण्डलिनी के सहयोगी एवं उत्प्रेरक तत्व

तत्व जो आत्म परमात्म साक्षात्कार में सहायक एवं उत्प्रेरक हैं–

1. सर्वोच्च लक्ष्य पर एकात्म केन्द्रित एकाग्रता
2. दैनंदिन जीवन में घटनाओं का तीव्रगति से होना
3. एकान्तता तथा उत्कट प्रेम
4. सिद्धियों का परित्याग, जब भी वे मिलें।

पिछले संचित कर्म कुण्डलिनी की साधना की प्रगति से छनकर ऊपर आ जाते हैं और समाप्त हो जाते हैं।

लघु लक्ष्य एक सूनी दौड़

आत्म साक्षात्कार की स्थिति पर पहुंचने के लिए एकाग्रमन की अनिवार्यता है। जब कोई व्यक्ति मन में सर्वोच्च लक्ष्य की प्राप्ति-परमात्म दशा की साधना में रत होने के दृढ़ संकल्प रखता है, तो छोटे-छोटे लक्ष्य एक सूखी दौड़ हो जाते हैं। जब तक पूरा हृदय इस साधना में नहीं डाल दिया जाता, तब तक कभी भी मन का ध्यान विलग हो सकता है और लक्ष्य खो जाएगा।

ऐसा समझो कि गुरु लोग शिष्यों को विभिन्न प्रकार से उपदेश देते रहे हैं। सबसे पुरानी कथा जो हमें स्मरण है यह महाभारत काल की है, जब गुरु द्रोणाचार्य अपने शिष्यों पांडव और कौरव भ्राताओं को तीर से (निशाने बाजी) लक्ष्य भेदन सिखा रहे थे। हर बार जब साधक अपना निशाना लगाने को तत्पर होता तो गुरु पूछते कि वृक्ष पर तुम क्या देखते हो? साधक ने कहा कि वृक्ष पर पक्षी देखता हूं, वृक्ष के पीछे का स्थान और वहां कलेवा के लिए

प्रिय और स्वादिष्ट भोजन सामग्री जो मेज पर रखे गए हैं, दिखायी पड़ते हैं। गुरु ने उतर दिया कि तुम पक्षी का लक्ष्य भेदन सफलतापूर्वक नहीं कर सकोगे। साधक ने प्रयास किया और लक्ष्य चूक गया। हर व्यक्ति का ध्यान कहीं और था, और वह लक्ष्य चूकता गया। जब अर्जुन ने पक्षी पर लक्ष्य साधा तो गुरु ने वही प्रश्न पूछा। अर्जुन ने उतर दिया-मैं केवल वृक्ष की शाखा पर बैठे पक्षी की आंख को ही देख रहा हूं और वहां कुछ नहीं है। गुरु ने कहा तुम सफल होगे, आगे वास्तव में अर्जुन ही एक मात्र व्यक्ति था, जिसने लक्ष्य वेध सही किया (महाभारत)।

हेराल्ड क्लेम्प जापान में हवाई जहाज की नौकरी करते हुए एक दिन टेबल टेनिस टूर्नामेन्ट जीतने ही वाले थे कि अन्तिम समय पर सभागार का दरवाजा खोला गया और एक दूसरा व्यक्ति हवाई जहाज की नौकरी करने वाला एक बड़ी ट्राफी लेकर प्रगट हुआ। क्लेम्प उस बड़ी विजय प्रतीक को देखते ही रह गया। उसकी एकाग्रचित्तता भंग हो गयी और वह खेल में पराजित हो गया। वह बिलकुल विजय करने के निकट था। उसके उपरान्त उसके गुरु महन्त के उपदेश से उसने कभी भी आत्म साधना अपने से जाने नहीं दिया, जब भी सही समय आया। उसका उपदेश था कि वह कभी अपने अमूल्य स्वप्न को न त्यागे, कभी इधर-उधर न देखे और परमात्मा दृष्टि सदैव बनाए रखे।[1]

अधिकांश लोग जिन्होंने परमात्म पथ पर सफलता अर्जित की है, उन्होंने डिग्री, सम्मान, पद, धन की कामना प्रतिष्ठा कभी नहीं की। परिणामस्वरूप वे जीवन में उदासीन प्रवृत्ति के रहे हैं, क्योंकि उनका सर्वोत्तम लक्ष्य साक्षात्कार था। जिद्दू कृष्णामूर्ति जिन्हें एनी बेसेंट एवं लैडबीटर ने संवारकर बड़ा किया वह इंग्लैण्ड में स्नातक तक भी न बन सके। गोपीकृष्ण ने विभागीय परीक्षा उत्तीर्ण करने का कभी प्रयास नहीं किया और जीवन भर कार्यालय में लिपिक के पद पर कार्यरत रहे। लाहिड़ी महाशय अपने कुटुम्ब व धन सम्पत्ति का बचपन में ही परित्याग कर एकान्तचित होकर योग पथ पर आरूढ़ हो गए थे।[2]

इमेन्युल स्वीडेनबोर्ग को 54 वर्ष की आयु में ज्ञानोप्लब्धि हुई। उन्होंने तत्काल सरकारी नौकरी से त्याग-पत्र आधी पेंशन प्राप्त कर दे दिया जिससे कि वह सोते जागते अपने आध्यात्म साधना में लगे रह सकें। (स्वीडेनबोर्ग 3)

डेविड स्पैंगलर टेम्पे के अरीजोना विश्वविलय में अनुवांशिकी विज्ञान की डिग्री हेतु शिक्षा ग्रहण कर रहे थे कि उन्हें अन्तः प्रेरणा दूसरे मार्ग पर जाने की प्राप्त हुई और उन्होंने पढ़ाई से मुंह मोड़ लिया। उन्होंने प्रवचन देना प्रारम्भ कर दिया। बहुत सी अध्यात्म सम्बन्धी पुस्तकों की रचना की। (स्पैंगलर 4) डॉ. बी. गोयल ने अपने पचासवें वर्ष में एन.सी.आर.टी. नई दिल्ली से कुण्डलिनी जागरण के अनुभव होने पर अवकाश ग्रहण कर लिया। (गोयल 5)। उन्होंने बहुतसी आध्यात्मिक पुस्तकें लिखीं और दिल्ली के निकट आश्रम बना लिया है।

बुद्ध 29 वर्ष की आयु में धन-वैभव से सम्पन्न महल का परित्याग कर सत्य ज्ञान की खोज में चले गए। वे बहुत से तपस्वियों, साधुओं, ब्राह्मणों से मिले किन्तु उन्हें किसी से भी ज्ञान उपलब्ध नहीं हो सका। उनका जागरण तो तब हुआ, जब वे सात वर्षों तक स्वयं ध्यान साधना करते रहे। डॉ. बी.एस. गोयल भी योगियों की खोज में बहुत दिनों तक बिना सफलता के लगे रहे, जब तक कि उनके अपने ध्यान योग ने कुण्डलिनी जागरण की प्रेरणा नहीं दी। डॉ. रिचर्ड मारिस बुके जो सर्वदा भगवान के सम्बन्ध में विचारों में तल्लीन रहते थे, उन्हें भी अकस्मात् 'ज्योति' के दर्शन से ज्ञान प्राप्त हुआ। कुछ पलों में ही उन्हें इतना ज्ञान प्राप्त हो गया, जो वर्षों से अनेकों पुस्तकों के पढ़ने से भी नहीं प्राप्त हो सकता था।[6]

इससे यह बिन्दु स्पष्ट होता है कि सत्य ज्ञान सदैव एकात्म एकाग्रता और आन्तरिक प्रेरणा से उपलब्ध होता है। कोई व्यक्ति चाहे बचपन या प्रारम्भ से ही भगवान के मार्ग पर चल रहा हो या जीवन की किसी अवस्था में कोई अन्तः प्रेरणा प्राप्त हुई हो, तब वह एकात्मचित्त होकर परमात्मा की ओर मुड़ जाता है और सब काम छोड़ देता है। ध्यान में या वैसे भी यह अनुभव होने लगता है कि कोई बड़ी दृष्टि आपकी देख रही है। इन दिनों में मुझे इसका अनुभव निरन्तर होता रहा है। जीवन में यही वह घड़ी है जब आप दो स्वार्थों की पूर्ति एक ही समय में नहीं कर सकते। यद्यपि असम्भव नहीं है तथापि सांसारिक जीवनयापन बड़ा ही कठिन हो जाता है। उदाहरण की तौर पर मैं कह सकता हूं कि गणित विज्ञान पर बड़े-बड़े प्राख्यान जो मुझे हृदय से स्मरण थे और कक्षाओं में उन्हें बोलता था, वे सब वही नहीं रह गए। मस्तिष्क ने वे गणित के

जोड़-घटाव करना बन्द कर दिए और कागज पर लिखना भी सम्भव नहीं होने लगा। मन प्रशासनिक सेवाओं में भी व्यवधान डालने लगा, क्योंकि अब उसका ध्यान अन्यत्र चला गया था। वास्तव में कोई व्यक्ति ऐसी दशा में भौतिक संसार में रहने के उपयुक्त नहीं रह जाता। ऐसी ही अवस्था थी, जब स्वीडेनबोर्ग और गोयल ने सरकारी नौकरियों से त्याग-पत्र दे दिया था, जिससे वे अपने उच्च आदर्श भगवत् ज्ञान प्राप्ति की ओर एकाग्रचित्त होकर लग सकें।

क्लेयर वाकर ने अपने निबन्ध पत्र में लिखा है कि एक बार के आत्मिक अनुभव का भी काफी लम्बे समय तक प्रभाव रहता है। इसके उदाहरण में प्रोफेसर विल्स हरमन एवं ओलिम्पिक के भारी वजन उठाने वाले खिलाड़ी जार्ज फोरमैन का नाम लिया जा सकता है, जिन्होंने इस आध्यात्मिक अनुभव के उपरान्त सांसारिक परीक्षाओं के प्रतियोगिताओं से तत्काल संन्यास ले लिया था।[(वाकर 7)]

पैथागोरस के बताए गए बारह सिद्धान्तों में सात ऐसे हैं, जिनमें 'मौन' को सबसे पहले स्वीकृत किया है। पांच वर्षों तक मौन रहने से आत्म साक्षात्कार की ओर ले जाने वाले बहुत से गुण प्रकट हो जाते हैं।

कैलीफोर्निया के माउन्ट मैडोना योगा सेन्टर के बाबा हरीदास गत कई वर्षों से मौन धारण किए हुए हैं। इतने लम्बे समय तक मौन धारण किए रहना किसी नौकरी में या सामाजिक कामों में भाग लेने पर सम्भव नहीं हो सकता है। कदाचित् आपने किंचित मात्र भी मौन में परमार्थ पथ पर सफलता प्राप्त कर ली है और आनन्द के अनुभव के उपरान्त आप सांसारिक भोगों पर ध्यान नहीं दे सकते।

पैथागोरस ने कहा है कि असाधारण मार्ग पर चलें। उन्होंने एक सांकेतिक अक्षर 'Y' बताया है, जिसका तात्पर्य है कि भौतिक सांसारिक तथा आध्यात्मिक सफलताएं साथ-साथ नहीं चल सकती हैं। किसी एक को ही प्राथमिकता दी जा सकती है। संसार में आप रह सकते हैं जिसमें कोई प्रतियोगिता तथा मोह न हो जिससे आप मात्र अपनी जीविका चला सकते हैं जिसमें कोई विशेष पदार्थ या संग्रह का ध्येय आपका न हो। प्रत्येक का लक्ष्य मन में अर्हिनिश आत्म साक्षात्कार होना चाहिए, चाहे कोई भी परिस्थिति मान या सम्मान की हो, चिन्ता नहीं होनी चाहिए।

सन्त कबीर का कथन है कि निन्दा एवं प्रशंसा से सदैव दूर रहते हुए गरीबी में जीवनयापन करना चाहिए। उनके बहुत से पदों से यही निष्कर्ष निकलता है कि परमात्मा के दर्शन निर्धनता में ही होते हैं। यही तात्पर्य ईसा का भी था जब उन्होंने कहा था, कि एक ऊंट का सुई के नाके में निकलना भले ही सम्भव हो जाए, परन्तु धनी व्यक्ति हमारे परमात्मा के राज्य में नहीं पहुंच सकते। सम्भवतः यह ऐसे ही है कि जब आवश्यकता से अधिक धन हमारे पास होता है, तो हमारे मन में एक तरफ भ्रष्टाचार आ जाता है तथा दूसरी और हमारी दृष्टि से हमारा महान लक्ष्य परमात्म साक्षात्कार का हट जाता है।

कर्मबन्धन

जब एक व्यक्ति आध्यात्मिक साधना में प्रगति पथ पर होता है तब दो घटनाएं प्रायः घटती दिखाई देती हैं। साधक के समक्ष ऐसे क्रियाकलाप उत्प्रेरित होने लगते हैं कि साधक को अनेक ऐसी वातावरण सम्बन्धी अन्य कठिनाइयां आने लगती हैं जिन्हें दूर करने का प्रयास उसे करना पड़ता है। तथा साधक ऐसी अवस्था में पहुंच जाता है कि उसे पुनः भौतिक संसार में वापस आना बहुत ही दुरुह हो जाता है। ऐसी दशा में उसके पूर्व कर्म निःसरित होने लगते हैं और बाहर सतह पर आकर दग्ध और समाप्त हो जाते हैं। मात्र जो शुद्ध स्वर्ण की भांति तप कर निखर गया है वही पार जा सकता है।

हेराल्ड क्लेम्प के शब्दों में: पालव्यूचेल ऐकांकर के संस्थापक और पूर्व नेता ने बताया कि वे एक बार भारत के एक गुरु सुदार सिंह से मिले, क्योंकि वे एकांकर के सम्बन्ध में कुछ सीखना चाहते थे। उन्होंने संकल्प किया था कि वे एकांकर की शिक्षानुसार अपना जीवन व्यतीत करेंगे और जो कोई उस सम्बन्ध में जानना चाहेगा उसे वे बतलायेंगे। ज्योंही उन्होंने अपने उक्त संकल्प को प्रकट किया तो उनके जीवन में सब गड़बड़ होने लगा। उन्होंने विचार किया कि कष्ट तो पहले भी थे। किन्तु अभी तक उन्होंने कुछ देखा नहीं था। जब कोई व्यक्ति किसी आध्यात्मिक साधना में लगता है या किसी गुरु से मिलता है, तो आध्यात्मिक तरगें उठने लगती हैं तो जो पूर्व के कर्म हैं, वे कठिनाई के रूप में प्रकट होने लगते हैं। यह

कठिनाइयां या समस्याएं हमें साधन पथ से हटाना चाहती हैं, किन्तु वे भी हमारे लिए बड़ी उपयोगी सिद्ध होती हैं। समस्याओं पर विजय प्राप्त कर लेने के उपरान्त सत्यमार्ग पर चलने से अति आवश्यक शक्तियां प्राप्त हो जाती हैं।(क्लेम्प 8, 244)

भारत के संत कवि सूरदास को आत्म साक्षात्कार के उपरान्त एक धनी भक्त ने उन्हें रहने हेतु सभी सुविधाओं से युक्त निवास दिया तथा सेवकों को उनकी हर प्रकार की सेवा करने हेतु नियुक्त किया। उसी रात्रि को भगवान कृष्ण ने उनके समक्ष प्रगट होकर दर्शन दिया और उनसे कहा कि तुम्हारी सारी खोज परमात्मा की अब समाप्त हो गयी। सूरदास ने इसे चेतावनी मानते हुए प्रातः उठकर उस निवास स्थान को त्याग दिया। एक बार फिर वह भगवन्नाम का निरन्तर कीर्तन करते हुए गलियों में विचर रहे थे, तभी 'एक कदम आगे और भी है', उन्हें सुनायी पड़ा जैसा कि बहुत से आत्मसाक्षात्कार वाले लोगों ने ठीक ही कहा है, जिनमें गोपी कृष्ण और हेराल्ड क्लेम्प भी हैं।

क्लेम्प ने कहा है कि आत्मसाक्षात्कार एक नए आयाम का एक द्वार है किन्तु उस द्वार से निकलने के उपरान्त बड़ी ऊंची उड़ान हो जाती है।(क्लेम्प 1, 251) "कर्म करने की जीवन्तता बढ़ जाती है। अकस्मात् आपका जीवन बहुत ही चैतन्य और आकर्षक बन जाता है, जिसका कोई ठीक कारण आप नहीं बता सकते।" (क्लेम्प 8, 159)

यही मुझे गत दो दशकों से घटित हो रहा है। लगभग हर दो वर्ष के उपरान्त मेरा कार्य बदलता रहा है और मुझे एक देश से दूसरे देश में जाना पड़ता रहा–भारत, युनाइटेड किंगडम, इराक, नाईजीरिया, ज़िम्बाब्वे, इथियोपिया, फ़िजी, तंजानिया, संयुक्त राष्ट्र अमरीका और अब डेनमार्क। हर बार एक नया निवास नयी परिस्थिति में स्थापित किया जाता रहा है। वह पूरा भी न हो पाता कि बदल जाने की दशा उत्पन्न हो जाती, प्रत्येक नए वातावरण में नयी-नयी समस्याएं उठतीं। मुझे आश्चर्य होता कि मैं एक स्थान पर शान्तिपूर्वक क्यों टिक नहीं पाता? किन्तु मुझे इन परिस्थितियों से नयी-नयी सीख मिलती-विनम्रता, सन्तोष, उदारता, क्षमादान, करुणा आदि गुण अपने आप आने लगे। नए-नए सम्बन्ध बनते रहे और सरलता से छूटते रहे, 'अनासक्ति' स्वतः उत्पन्न होती रही। आप सदैव नए

अनुभव के लिए तैयार रहने लगे। अपने घर वापस आने पर बहुत-सी भावुकतापूर्ण समस्याओं का उठना जैसे कि सम्पत्ति का विभाजन, धन व अन्य अधिकारों के सम्बन्ध में विवाद आदि का होना। ऐसी दशा में अनासक्ति की भावना का व्यवहारिक रूप से प्रगट होना और सबके साथ समानता का व्यवहार करना। आपको क्रोध पर नियंत्रण तथा दुभार्वना पूर्ण अशिष्ट भाषा का प्रयोग रोकना पड़ेगा। प्रकृति ने ऐसा अवसर दिया है कि आप काम, क्रोध, लोभ मोह एवं अहंकार आदि पांच शत्रुओं से बच सकें। यही मार्ग है आध्यात्मिक उन्नति का, किन्तु आगे एक कदम और सदैव बना रहता है।

एकान्त और प्रेम की इच्छा

आध्यात्मिक पथ पर चलने वालों के समक्ष यह दो तथ्य अनिवार्य रूप से प्रगट होते हैं। एकान्तवास अपरिहार्य है, क्योंकि साधारण लोग अपना समय व्यर्थ में खोने वाले होते हैं और अपना अमूल्य समय अपनी इच्छापूर्ति के साधन में व्यतीत करते हैं। आध्यात्मिक रुचि वाला व्यक्ति अपने को भीड़ में भी अकेला पाता है। यदि ऐसा कोई व्यक्ति 'आनन्द' की चर्चा भी करता है, तो परिणाम दो ही होते हैं-कुछ व्यक्तियों के समूह उस पर विश्वास करेंगे और कुछ ऐसे होंगे, जो विश्वास नहीं करेंगे। जो लोग इस सम्बन्ध में कुछ जानते नहीं हैं, वे उस व्यक्ति का उपहास करेंगे और इस प्रकार शत्रु बन जाएंगे।

प्राकृतिक है कि यदि कोई ज्ञानी पुरुष है, उसके अपने विचार हैं बोध है, तो वह अविश्वासी लोगों के लिए दुखदायी हो सकता है और ऐसे लोग उसे इस संसार के पटल से भगाने का प्रयास करते हुए लोग होंगे। वास्तव में ऐसे पराग्रही लोगों का बहुमत होगा, तो आध्यात्मिक पुरुष को इस दृश्य से विलीन करने का प्रयास करेंगे। किन्तु यदि स्पर्धा नहीं है, तो आध्यात्मिक व्यक्ति अधिक सुरक्षित होता है। ऐसे ही बुद्ध जी को अस्सी वर्ष की आयु में विषैला पदार्थ खिलाकर मार डालने का प्रयास किया गया था। उन्हें तत्काल पता चल गया कि वे अब इस नश्वर शरीर को त्याग देने वाले हैं। अतः अन्तिम सन्देश वे अपने भिक्षुओ को दे सकने में समर्थ हुए। स्वामी दयानन्द सरस्वती आर्य समाज के संस्थापक को एक वेश्या

ने, शीशे का चूर्ण दूध में घोलकर पिला दिया था, जिससे उनकी मृत्यु हो गयी थी।

पैथागोरस 99 वर्ष की आयु में भी युवा थे, जिन्हें मार दिया गया था। सुकरात को सजा दी गयी और जहर पिलाया गया था। सामान्य रूप से देखा गया है कि सत्यान्वेषण में लगे हुआ व्यक्ति के पास बहुत से लोग एक हो जाते हैं और बहुत से ऐसे लोग भी होते हैं जो विरोधी हो जाते हैं और मार डालने पर उतारू हो जाते हैं।

जैसे भी हो, एकान्तवास आध्यात्मिक उन्नति के लिए अनिवार्य है। जब आप एकान्त में होते हैं, तब आध्यात्मिक शक्तियां आपके अन्दर बाहर सक्रिय होने लगती हैं। परामनोवैज्ञानिक दूरदर्शन, दूरवार्ता, ऊपर की ओर उड़ना एवं आत्मयात्रा की घटनाएं प्रायः सुनने और देखने में आती हैं, जब आप एकान्त में या अकेले होते हैं। आध्यात्मिक विकास के लिए एकाग्रता और एकात्मकता अति आवश्यक होता है, यद्यपि वह कठिन है। इसी से पैथागोरस ने कहा था कि असाधारण मार्ग का अनुसरण करो। दूसरी चीज जो है, वह सत्संग है। ऐसे व्यक्तियों के संसर्ग में रहना चाहिए, जो भगवान प्राप्ति के पथ पर हैं। इससे आध्यात्मिक शक्तियों की जागृति शीघ्र होती है। अध्यात्म मार्ग के पथिकों में प्रेम जिसमें देना व लेना दोनों शामिल है, का विशेष महत्व होता है। तुलसीदास अपनी पत्नी में बहुत ही उग्र रूप से प्रेमातुर हो गये थे। एक बार जब वह अपने मायके गयी हुई थी, दूसरे ग्राम में, तभी तुलसीदास भी वहां पहुंच गए थे, जहां पर उनकी पत्नी को आत्म ग्लानि हुई और उन्होंने तुलसी से कहा कि इतना प्रेम तो यदि तुमने भगवान से किया होता तो अब तक तुम्हें वे मिल गए होते। यह शब्द उन्हें लग गए और वे वहां से लौटकर भगवद् भजन में ऐसे तल्लीन हो गए कि भगवान उन्हें मिल ही गए।

पाल ट्यूटशेल कैथोलिक चर्च के सदस्य 1961 में बने कई वर्षों के बाद जबकि वे 1957 में परमात्मलाभ कर चुके थे, जिसका उल्लेख उन्होंने 'टाइगर्स फ्रैंग' नामक अपनी पुस्तक में किया है। इस सबका कारण उन्होंने एक स्त्री को बताया है। प्रेम ही प्रेरक शक्ति थी। पाल जानते थे कि एक महिला ही उनके उद्देश्य की पूर्ति में सहायक होगी। उन्होंने उससे प्रेम की बात की, जब उन्हें प्रेम मिला तो उन्होंने उसका ईमानदारी से

उपयोग किया। किन्तु किसी-न-किसी कारण से उनका सम्बन्ध विच्छेद हो गया, जिससे दोनों पक्षों को हार्दिक पीड़ा हुई। पाल स्वामी प्रेमानन्द का वाशिंगटन डी सी स्थित चर्च को छोड़ने के उपरान्त वे पैट नामक महिला के प्रेम में पड़ गए। उसने भी उनका त्याग कर दिया और फ्लोरिडा चली गयी।(क्लेम्प 9, 10)

कृष्ण के लिए मीरा का प्रेम, तुलसीदास और हनुमान को राम का प्रेम, सूरदास तथा रहीम के लिए कृष्ण, रामकृष्ण के लिए माता देवी, विवेकानन्द के लिए गुरु; जीसस, सुकरात एवं पैथागोरस के लिए स्वर्ग के पिता; मंसूर, फिरदोस और रूमी के लिए अल्लाह के प्रेम ने सभी सीमाओं को तोड़ दिया और अन्त में खोजने वालों को परमात्म-दर्शन हो ही गया।

प्रभु के मार्ग के यह दो-एकान्त एवं प्रेम-प्रमुख अनवार्य साधन हैं। ऐसा अनेक बार होता रहा है कि हमें कई बार बिलकुल एकान्त में पहुंचा दिया गया, परन्तु फिर भी प्रेम का कोई द्वार खुलना आवश्यक हो जाता था। हम आश्चर्य से भर जाते हैं कि यह विस्मयपरक घटनाएं कैसे और क्यूं घट जाती हैं? निम्नलिखित दो प्रकरण ऐसे दिए गए हैं, जिनसे 'एकान्तता और प्रेम' के अवसर आध्यात्मिक खोजियों के जीवन में विकास हेतु आते रहे हैं।

प्राचीन एवीसीनिया जिसे अब इथियोपिया कहा जाता है के टूवार्ट मांगी ने कहा है कि वास्तव में एकान्तवास स्वर्ग की एक आश्चर्यजनक कुंजी है, जब विच्छेद हृदय को पीड़ित करता है, तो यह एक प्रमाण है कि जीवन एक चौराहे पर है और कुछ परीक्षा और लेना चाहता है। तब एक प्रश्न उठता है कि व्यक्ति ऐसी चेतना का त्याग करके, जो एकान्त में रहने के लिए कहती है, जो देवी विधान द्वारा रचा गया है जिससे कि वह हमारे हृदय का प्रेमपूर्ण आलिंगन करे या फिर भौतिक वस्तुओं की ओर अपने प्रेम पूर्ण हाथों को बढ़ाए जिससे के व्यक्ति परमात्मा के इस एकाकी प्रभाव से बच सके। हर बार मुझे असफलता मिली और मेरे समक्ष एक चुनौती थी कि क्या किया जाए; मैं अपने को ऐसी परिस्थितियों में फंसा लू या कि उनसे बिल्कुल प्रथक हो जाऊं। मेरे हर्ष के सभी अवसर नष्ट हो चुके थे। तभी मैंने अपने कानों में एक मधुर वीणा की झंकार सुनी और मेरे सभी दुख और निराशा विलीन हो गए और तभी मुझे अकेलेपन

का विशेष अनुभव हुआ। विच्छेद की पीड़ा जो मुझे घेरे हुए थी, उसका कारण यह था कि मैं अपने भूतकाल की बातों में उलझा हुआ था। उसके बाद जो मेरी मुट्ठी जोर से बन्द थी, खुल गयी और अन्त में मुझे सुगमैड (गॉड) के दर्शन हुए। यह तभी सम्भव हो सका, जब मैं पूर्णतः एकान्त और अकेलापन का अनुभव कर रहा था और हमारे हर्ष का कारण यही था। यह तभी सम्भव है, जब हम अपने आपको पूरी तरह से खोल सकते हैं। अस्तु! जब एकान्त और अकेलापन खूब जोर पकड़े तब समझ लेना चाहिए कि अब वास्तव में प्रेम और प्रकाश का अवतरण होने वाला है। (मोरीमित्सु 10, 14-17)

एकमास्टर के शब्दों में-आत्मा की याला में निचले जीवन से ही एक आन्तरिक कामना, प्रेम और अपने पूर्व घर जाने की इच्छा रहती है, जिसे सुगमैड (भगवान) से मिलने की संज्ञा दी जा सकती है, जो कि निचले स्तर के जीवों में विपरीत लिंगों के मिलन की बाध्यता लिए होती है। इस शक्ति को दबाने या अस्वीकार करने का प्रश्न ही नहीं है। आत्मदृष्टि से इसे पहचानना चाहिए कि क्या वस्तुस्थिति है, यह स्मरण रखना अनिवार्य है कि आत्मा की खोज परमात्मा से प्रेम मिलन की ही है। स्त्री पुरुष का प्रेम वास्तविक रूप से परमात्मा का ही प्रेम है। परमात्मा से प्रेम समय के प्रारंभ से अनिवार्य रूप से चला आ रहा है।(मोरीमित्सु 10, 145)

4. सिद्धियां (आश्चर्यजनक शक्तियां)—गोपी कृष्ण के शब्दों में– पतंजलि योग अथवा अन्य योग पद्धतियों से साधकों को बहुत ही कम सिद्धियां मिली हैं। लाखों साधक जो राज योग, भक्ति योग, कर्म योग, ज्ञान योग, ध्यान योग अथवा हठ योग का अभ्यास करते आ रहे हैं, उनमें कितने लोगों को सिद्धियां मिली है, कितने ऐसे लोग होंगे, जो कह सकते हैं कि उन्हें सिद्धियां आश्चर्यजनक रूप में मिल गयी हैं। जिनको मिली भी हैं उनमें से कितने ऐसे हैं, जो वैज्ञानिक तरीके से प्रयोगशाला में प्रदर्शन कर सकते हैं। यदि कहीं कुछ एक है भी तो बहुत ही कम अपवाद है। लाखों लोग योग साधना करते हैं, उनमें सबको सिद्धि मिलना सम्भव नहीं होता है। प्रभावशाली व विशेष मनः स्थित वाले कुछ ही लोग होते हैं, जो प्राकृतिक रूप से पैदायशी होते हैं। ऐसे बहुत कम ही लोग हैं, जिन्हें यह अलौकिक शक्तियां प्रगट हो गयी हैं।(कृष्ण 11)

यद्यपि ऐसी कुछ असाधारण शक्तियां हैं जो 'कुण्डलिनी जागरण' की प्रक्रिया में प्रगट होती हैं, उदाहरण के लिए दूर दृष्टि, मनोचिकित्सा, आत्मयात्रा या शरीर से बाहर की यात्रा आदि घटनाएं घटती हैं। इमेनुअल स्वीडेनबोर्ग ने 300 मील दूर एक मकान को जलते हुए देखा, जब कि यह घटना घट रही थी। लारेंस लेशन को रोग दूर करने की मनस शक्ति मिल गयी थी, जो यदा कदा लोगों को ठीक कर लेता था। प्रायः प्रत्येक साधक को शरीर से पृथक हो जाने का अनुभव सफल ध्यान में होता है, जिससे यह प्रमाणित होता है कि आत्मा ही हमारा स्वरूप है। पहले भी इस आत्मयात्रा पर काफी लिखा है(Kumar 12, 13, 14) जिसमें मैंने अपने कुण्डलिनी जागरण के पश्चात शरीर से आत्मा के बाहर यात्रा करने का वर्णन किया है। इसके अतिरिक्त परामनोवैज्ञानिक घटनाओं का भी उल्लेख किया है। डॉ बी एस गोयल ने कुण्डलिनी जागरण के उपरान्त कई मील तक आखें बन्द रखते हुए कार चलायी है।(Goel 5) वास्तव में दो प्रकार के दृष्टिकोण हैं। उच्च ज्ञान का आत्म साक्षात्कार खोजी इन सब पराशक्तियों पर ध्यान नहीं देता है। जबकि कुछ लोग इन्हीं सब शक्तियों को बढ़ाने में लग जाते हैं। जो लोग इन सिद्धियों में फंस जाते हैं, वे इन्हीं सब कार्यों में लगे रहने का भरसक प्रयास करते हैं और यहीं तक उनकी पहुंच रह जाती है। वे आत्म साक्षात्कार के निकट भी नहीं पहुंचते, पूरा होना तो दूर। मैं दो प्रमुख सभ्यताओं का वर्णन कर सकता हूं, जो सिद्धियों के जाल में फंस कर सदैव के लिए समाप्त हो गयीं। इनमें से एक है भगवान राम के समय में राजा रावण की सभ्यता तथा एटलांटिस की सभ्यता जो वर्तमान सभ्यता के विकसित होने के पूर्व ही लगभग दस हज़ार वर्ष पहले विलीन हो चुकी थीं। हिन्दुओं के प्रसिद्ध रामायण काल में लंका का राजा रावण बहुत-सी शक्तियों का मालिक था। वह और उसके देश के बहुत से लोगों को पराशक्ति का ज्ञान था, जिसे सांसारिक लाभ हेतु उपयोग में लाया गया था। पूरी जाति राम से युद्ध होने के उपरान्त विनाश को प्राप्त हुई थी। एटलांटिस के सम्बन्ध में गुरु डीकेट्स जो एकांकर के थे का कथन निम्न प्रकार है:

अपने अच्छे काल में एटलांटिस के लोग वायुयान के सम्बन्ध में भली-भांति परिचित थे। हां उन्होंने चन्द्रलोक तक ग्रहों पर अपनी

आबादी बसायी थी। उस समय के पुजारी लोग आत्मयात्रा के भारी ज्ञाता थे। तभी से मानव जाति ने अन्तर यात्रा प्रारम्भ की थी जो दोषपूर्ण थी। पहले उन्होंने आत्मयात्रा का उपयोग मानव कल्याण हेतु किया और गुप्त रहस्यों का पता लगाया था। पहले तो यह सब स्वच्छ था। किन्तु मानव मस्तिष्क में लोभ उत्पन्न हो गया कि योग्य पुजारी लोग आत्मयात्रा से मानव मस्तिष्क और सूक्ष्म शरीरों की यात्रा में ही संलग्न रह गये। उन्होंने अपने थोड़े से निजी आर्थिक लाभ के लिए मनुष्यों के व्यक्तिगत स्वार्थों की पूर्ति करना प्रारम्भ कर दिया। इस प्रकार निजी स्वार्थ ने अदृश्य सत्ता का अतिक्रमण करना प्रारम्भ कर दिया। इन क्षुद्र सेवाओं का पतन प्रारम्भ हो गया। परिणाम पूरे ग्रह को भोगना पड़ा। पूरे यान्त्रिक ज्ञान का ह्रास हो गया। मानसिक व सूक्ष्म यात्राओं से पुजारियों को बहुत ही आर्थिक लाभ होने लगा और वे ज्ञान के लिए भटकते फिरने लगे। वे लोग आकाश से विभिन्न पदार्थों को प्रगट करने लगे। इससे पदार्थ जगत की समता में अन्तर आने लगा और पृथ्वी का ओज कमजोर होने लगा। अन्य ग्रहों पर बसायी गयी कालोनियां मिट गयीं। प्राचीन काल की आन्तरिक यात्रा का ज्ञान अपने वास्तविक लक्ष्य से फिसल गया। सत्यान्वेषण और सुगमड (परमात्मा) की ओर वापसी का ज्ञान लुप्त हो गया। इस प्रकार अन्त हो गया।(मोरीमित्सू 10, 269, 271)

एक बार एक योगी ने अहंकारपूर्वक पानी पर चलने की कला का प्रदर्शन किया, जो उसके पूरे जीवन की साधना थी। उसने बुद्ध के सामने अपनी कला का प्रदर्शन किया, जिस पर बुद्ध ने कहा कि तुमने अपना पूरा जीवन बिना कुछ उपलब्धि के व्यतीत कर दिया। आपने एक आना मल्लाह को दिया होता, तो वह नदी के पार आपको ले गया होता।

कुछ लोग अपने पराशक्ति का उपयोग मृतक लोगों और सम्बन्धियों से वार्ता करने में उपयोग करते हैं। किन्तु इसकी निन्दा आध्यात्मिक गुरुओं व प्रसिद्ध पहुंचे हुए व्यक्तियों द्वारा की गई है।(गोल्ड 15) एक कदम और आगे ज़िद्दू कृष्णामूर्ति के अनुसार किसी बड़े पहुंचे हुए मनुष्य से या गुरुओं के माध्यम से उस अन्तिम निराकार शक्ति के पास जाना व्यर्थ है। वहां स्वयं जाया जा सकता है। एकांकर के पाल व्यूचेल ने भी सलाह दी है कि मनुष्य को अपना ध्यान उस उच्चतम असीम सत्ता पर केन्द्रित

रखना चाहिए, तो रास्ते के छोटे-छोटे अनुभव अपने आप समय-समय पर होते रहेंगे।

अस्तु! आप अपने ध्यान को कहां केन्द्रित करते हैं और कैसे करते हैं? कृष्णामूर्ति ने अपनी जागृत अवस्था को 1922 में कुण्डलिनी जागरण के पश्चात् प्राप्त किया था।(जयकार 16)

पूरा कुण्डलिनी योग कमी भी असाधारण शक्तियों का उल्लेख नहीं करता है। यद्यपि कुछ-कुछ शक्तियां मिल जाती हैं परन्तु उन पर योगी ध्यान नहीं देता है। आत्मयात्रा भी कभी-कभी हो जाती है, जो आत्म साक्षात्कार से पूर्व की एक अवस्था है। यह सीखने की कोई कला नहीं है, जैसे कि कम्पूटर का उपयोग गणित सम्बन्धी विषयों की प्रगति हेतु है, न कि गणितज्ञ के मज़ाक में खेलने का साधन है। एकमात्र लक्ष्य आत्म साक्षात्कार का यदि है, तो ही आत्म साक्षात्कार प्राप्त किया जा सकता है। उससे कम में नहीं।

सन्दर्भ

1. क्लेम्प, हराल्ड; चाइल्ड इन दा वाइल्डरनेस, एकांकर, मिनिया पोलिस, एम एन, 1981
2. योगानन्द, परमहंस; दि आटोबायोग्राफी ऑफ ए योगी, जैको पब्लिशिंग हाउस, बाम्बे, 1986
3. स्वीडेन बोर्ग, इमान्यूल; डिवाइन लव एण्ड विजडम, अमेरिकन स्वीडेन बोर्ग प्रिन्टिंग एण्ड पब्लिशिंग सोसायटी, न्यूयार्क, 1894, 1963
4. स्पैंगलर डेविड; इमरंजेस, दि रिबर्थ ऑफ दि सेक्रेड, डेल, न्यूयार्क, 1984
5. गोयल डॉ. बी. एस.; थर्ड आई ऐंड कुण्डलिनी, थर्ड आई फाउन्डेशन ऑफ इण्डिया न्यूदेलही, 1985
6. बक, रिचर्ड मौरिस, कास्मिक कान्ससनेस, डट्टन एण्ड कम्पनी, यू. एस. ए., 1901, 1966
7. वाकर, क्लेयर; एनूअल कान्फ्रेन्स प्रोसीडिंग, जे आर पी आर, अप्रैल 1992, पेज 127, 128
8. क्लेम्प, हेराल्ड; हाउ टू फाइन्ड गाड, एकांकर, मिनियो पोलिस, एम.एन., 1988
9. क्लेम्प, हेराल्ड; क्लोक ऑफ कान्ससनेस, एकांकर, मिनियोपोलिस, एम. एन., 1991

10. मोरीमित्सु, फिल; इन दि कम्पनी ऑफ एकमास्टरस्, एकांकर, मिनियोपोलिस, एम. एन., 1987।
11. कृष्ण, गोपी; कुण्डलिनी-दि इवोलुशनरी इनर्जी इन मैन, शांभाला पब्लिकेशन, वोल्डर, कोलोरेडो, 1967
12. कुमार, रवीन्द्र; "दि जर्नी बैक टू अवर टू होम" पार्ट-फर्स्ट, जे आर पी आर, यू. एस. ए., जनवरी, 1994
13. कुमार, रवीन्द्र; "दि जर्नी बैक टू अवर टू होम" पार्ट-सेकन्ड, जे आर पी आर, यू. एस. ए., अप्रैल 1994
14. कुमार, रवीन्द्र; "दि जर्नी बैक टू अवर टू होम", पार्ट थर्ड, जे आर पी. आर., यू. एस. ए,. जुलाई 1994
15. गाल्ड, अलन; दि फाउन्डर आफ़ साहकीकल रिसर्च, राउट लेज एण्ड केगन पाल, लन्दन, 1968
16. जयकार, पुपुल; कृष्णामूर्ति: ए बायोग्राफी, हारपर एण्ड रो, सैन फ्रांसिस्को, 1986

अध्याय-9

आत्म साक्षात्कार एवं परमात्मा का साक्षात् अनुभव

इस अध्याय में निम्न प्रश्नों को समाहित किया गया है। हम आत्म साक्षात्कार से क्या समझते हैं? अन्तहीन आनन्द का क्या साम्राज्य है? परमात्मा का साक्षात प्रत्यक्ष अनुभव क्या है? ऐसा हमें प्रतीत होता है कि यह जगत विभिन्न लोग, ग्रहों, स्वर्गों, अति सूक्ष्म भागों में विभाजित हैं। उच्चतम लोक 'अनाम लोक' है, जहां पर 'अन्तिम सत्य'-परमात्मा-में निवास करता है। विकास के अन्तिम छोर पर मानव की आत्मा अपने को निराकार रूप में पाती है और वह निराकार तत्व आनन्द से परिपूर्ण है तथा ज्ञान से आपूरित है। परमात्मा सर्वत्र प्रकाश एवं स्वर के रूप में व्यापक है, जिसका अनुभव ही साक्षात् अनुभव है।

विकासवाद तथा आत्म साक्षात्कार

हमारे सार्वभौमिक मानसिक भटकन का क्या कारण है, जिसमें आत्मा अपने को फंसा हुआ पाती है? निराकार, असीम, शाश्वत आत्मा कैसे साकार, ससीम अपने को मानती है। महात्माओं ने इन प्रश्नों का उत्तर निम्न प्रकार से देने का साहस किया है–

जीव संसार के अनुभव हेतु कोई-न-कोई माध्यम (रूप धारण) स्वीकार करके ही आता है। उस माध्यम की कोटि और दशा चेतना द्वारा निर्धारित रूप और प्रकृति पर आधारित होते हैं। (मेहर बाबा 1, Vol. II, 140; होलकोम्ब, जे आर पी आर, Oct. 1994, 227)

विकास एक अति मूलपरक अविकसित रूप (जैसे पत्थर) से प्रारम्भ होता है। जीव उच्चतर आकृतियां प्राप्त करता जाता है, जो कि उसके संस्कार द्वारा निर्धारित होते रहते हैं। ऐसा पता चलता है, कि जीव पत्थर से धातु, वनस्पति, कीड़े, मछली, पक्षी, पशु आदि रूपों में रहता हुआ विकास को प्राप्त होता गया और अन्त में 'मानव' में प्रगट हो गया। मानव में जिसमें चेतना का पूर्ण विकास हुआ और उसमें जानने की क्षमता, अनुभव की क्षमता और संकल्प की शक्ति का विकास इस ठोस संसार हेतु हुआ। इस प्रकार विभिन्न योनियों का जन्म मानव योनि प्राप्त होने के उपरान्त समाप्त हो जाता है।

उदाहरण के लिए एक व्यक्ति राजा बनना चाहता है, तो उसे राजसी वेश भूषा धारण कर एक ड्रामा के स्टेज पर जाना चाहिए। तभी उसकी इच्छा पूरी हो सकती है। इसी प्रकार मनुष्य योनि में यदि किसी प्रकार की इच्छाएं उत्पन्न होती हैं तो उन्हें पूरा करने के लिए जन्म, स्थान, दशा सब बदलते हुए नई योनि में बार-बार जन्म लेना पड़ता है। संस्कारों के फलाफल का उपभोग करने के लिए अनेकानेक जन्म मानव आत्मा को धारण करना पड़ता है कि उसकी वासनाएं पूर्ण हो सकें। कर्म, संस्कारों के परिणाम स्वरूप अनेक रूप अनेक जन्मों में धारण करने पड़ते हैं। इन जन्मों में मानवी आत्मा अपना तादात्म्य शरीर से बनाए रखती है, जिससे उसे अनेक जन्मों को साधना पड़ता है और यह सब शरीर नश्वर होते हैं जो बार-बार आते जाते हैं। जो जन्म मिलता है उसमें दुःख सुख का भोग करने हेतु मनुष्य जीवन जीता है (मेहरबाबा 1, Vol. II, 142)। और अन्त में प्रत्येक जीवात्मा संसार में आकर पूर्ण अनुभव को प्राप्त होकर स्नातक हो जाता है तथा स्थाई रूप प्राप्त करके दर्शाता है कि वह तीनों आयामों में बिना अपने मूल अध्यात्म स्वभाव को त्याग किए हुए विराजमान रहता है। इस प्रकार स्थायित्व प्राप्त करके ब्रह्माण्ड के किसी भी तल पर विचरना ही लक्ष्य है। औरों की सहायता के लिए भगवान की या अपनी इच्छा से वापस आना होता रहता है (होलकोम्ब, जे आर पी आर, Oct. 1994, 228)।

बहुत से सन्तों का विचार है कि जीवात्मा अपने सूक्ष्म और मानसिक शरीरों का विकास स्वतः कर लेता है और साथ ही इस स्थूल जगत का सम्पूर्ण

ज्ञान भी प्राप्त कर लेता है। उसे इन शरीरों का व सम्बन्धित सांसारिक बातों का पता तभी चलता है, जब वह अपनी चेतना को आन्तरिक मोड़ देता है, यानी कि अपनी ओर चेतना जाती है। जीवात्मा को जब सूक्ष्म संसार की जानकारी सूक्ष्म शरीर द्वारा होती है, तब जीवात्मा अपने वैसे ही शरीर से तादात्म्य कर लेता है। जैसे वह मनस सूक्ष्म शरीर से मनस संसार की जानकारी पाता है, तो मनस शरीर को अपना शरीर मानता है, ऐसे ही जब स्थूल शरीर से स्थुल संसार की जानकारी पाता है, तब अपने को स्थूल शरीर से तादात्म्य बना लेता है।

संक्षेप में यह कहा जा सकता है कि जीवात्मा की आन्तरिक यात्रा तो तब होती है, जब वह अपने को इस पूरे भ्रम से स्वतन्त्र कर ले कि वह स्थूल, सूक्ष्म और मनस शरीर है। आत्म साक्षात्कार हेतु जब कोई जीवात्मा अपने अन्तर यात्रा पर निकलता है, तो उसके संस्कार, मनोकामनाएं सब विलीन हो जाती हैं और उसके सामने से मायिक भ्रम का पर्दा उठ जाता है। जैसा कि मेहर बाबा का कथन है (1, Vol. II, 144):

सम्पूर्ण चेतना की जागृति हेतु जीवात्मा को अपने तीनों स्थूल, सूक्ष्म व कारण या मनस शरीरों से तादात्म्य तोड़ना होता है। अब वह इतना ही नहीं कि निराकर है और संसार के सभी शरीरों से परे है, वरनु वह यह भली-भांति जान जाता है कि उसकी चेतना परम जीवात्मा से एक है, जो कि एक, अद्वैत, अखण्ड, सत्य एवं असीम है। इस जानकारी में वह असीम आनन्द, शान्ति, शक्ति और ज्ञान जो परम के लक्षण है, से ओत प्रोत होता है। ऐसी स्थिति में जीवात्मा पूरी तौर से इस संसार से पार हो जाता है और अपनी आत्मा में रमण करता हुआ आत्म साक्षात्कार कर लेता है। सन्त आशाराम के शब्दों में[2, 5]–परमात्मा उस पराशक्ति का श्रोत है, जो हमारी चेतना में क्रियाशील है। वही चेतना हमारी इन्द्रियों के द्वारा इस संसार को देखती है। वही चेतना हिता नामक हमारी नाड़ियों में रहकर स्वप्न के संसार की रचना करती है। वही चेतना सुषुप्ति में लय होकर गहरी निद्रा में परिवर्तित होती है। यदि किसी को तीन मिनट का भी आत्मा और परमात्मा के एकत्व का ज्ञान व विवेक प्राप्त हो जाता है, तो वह पुनः माता के गर्भ का दुःख नहीं भोग सकता। वह जीवात्मा एक मुक्त आत्मा हो जाती है।

जीवात्मा द्वारा अपने निराकार स्वरूप का दर्शन ही आत्म साक्षात्कार या भगवतता प्राप्त दशा कही जाती है। इस लक्ष्य की प्राप्ति के पूर्व जीवात्मा को स्थूल, सूक्ष्म व मनस शरीरों से गुजरना होता है, जिसे चेतना का लौकिक साम्राज्य कहा जाता है।

लौकिक या ऐहिक जगत का साम्राज्य

भादुड़ी महाशय भारत के एक उच्च सन्त हुए हैं जिन्होंने अपना कुदुम्ब, धन, सम्पत्ति बचपन में ही त्याग दिया था और एकाग्रता पूर्ण योग पथ पर चलने का दृढ़ संकल्प लिया था। तभी एक विद्यार्थी ने उनके सम्पदा त्याग पर आलोचना पूर्ण टिप्पणी की कि उन्होंने यह त्याग गलत किया तो उन्होंने उससे विनम्रतापूर्वक समझाया कि 'तुम उलटी बात कह रहे हो, मैंने तो बहुत तुच्छ-सी सम्पत्ति कुछ पैसे रुपये व क्षणिक सुखों का त्याग इस ऐहित जगत् के अनन्त आनन्द के लिए किया है। मैंने कहां कोई त्याग किया है। मुझे उस साम्राज्य के खजाने में हिस्सा मिल गया है। यह सांसारिक लोग वास्तव में त्यागी हैं, जो तुच्छ वस्तुओं खिलौने के लिए विशाल आनन्द के साम्राज्य का त्याग कर देते हैं।[योगानन्द 3, 62]

उन्होंने आगे और भी कहा कि नित्य शक्ति हमारे भविष्य को और अच्छी तरह बुद्धिमतापूर्ण एक बीमा कम्पनी की तुलना में बुद्धिमतापूर्ण संवारती है। इनके कथन में हमें और गहराई से विचार करना चाहिए।

जैसे कि अनेक सन्त कबीर, मुक्तानन्द, नानक और हेराल्ड क्लेम्प ने बताया है कि यह आनन्द का ऐहिक साम्राज्य विभिन्न स्तरों में विभाजित है। इस भौतिक संसार के परे सूक्ष्म तल, कारण तल, मनः तल, आकाशीय व आत्मिक तल आदि हैं। आत्मिक तल ही विभाजक रेखा है, जो सांसारिक व आध्यात्मिक तलों को बांटता है। जहां कि जीवात्मा पहली बार वहां अपने को आयाम रहित पाता है। आध्यात्मिक स्तर पर अनेक विभाजन हैं। सूक्ष्म से सूक्ष्मतर होते हुए अन्त में हम 'अन्तिम सत्य पर' पहुंच जाते हैं। विभिन्न तलों की परम्परा में बहुत सी पुस्तकों में विभिन्न बातों का उल्लेख किया गया है। उदाहरण के तौर पर डॉ. चर्तुभुज सहाय[4], थर्मनब्रियन[5], स्टीफन ओब्रियन[6] और प्रभुपाद[7], की पुस्तकें हैं।

बाइबिल में विभिन्न तलों को पृथक-पृथक स्वर्ग कहा गया है। इनाक

की पुस्तक में इसी पृथ्वी लोक से ऊपरी लोकों को स्वर्ग बताया गया है। माइकेल आर्चएन्जल को सातवें स्वर्ग का राजकुमार माना गया है (हालकोम्ब जे आर पी आर, 1994, 96)। सेंट पाल ने कहा कि वे तीसरे स्वर्ग तक ही पहुंच सके हैं। भारत के सन्त कबीर ने जीवात्मा लोक से ऊपर उठकर बारह दिव्य लोकों की सैर की बात की है। मोहम्मद सूक्ष्म जगत में ही रह गए शायद वह आकाश लोक या तल था। लार्ड जीसस ने साफ-साफ कहा कि मेरे पिता का मकान कई मंजिला है, तात्पर्य यह कि कई स्वर्ग हैं या कई तल हैं। स्वामी मुक्तानन्द[8] ने अपनी पुस्तक 'दि प्ले ऑफ कान्शसनेस' में अपनी चेतना के कई लोकों की यात्रा का वर्णन किया है। हेराल्ड क्लेम्प और एकांकर के सफल मानने वालों ने स्वप्न में अनेक प्रकार की यात्राओं को बताया है। योगी व साधक लोग ध्यानावस्था में कई लोकों की मानसिक यात्रा करते रहे हैं। इमानुल स्वीडेनबोर्ग ने 54 वर्ष की आयु में ही कई आध्यात्मिक लोकों की यात्राएं कीं और ईसा तथा परमात्मा से बातचीत भी की।[9]

इस भौतिक लोक जिसमें हम लोग रहते हैं, से बिलकुल मिला हुआ पास का पड़ोसी लोक सूक्ष्म (तारा मण्डल वाला) लोक है, जिसका आयाम बहुत ही बड़ा है। लोग मृत्यु के बाद यह भौतिक शरीर छोड़कर सूक्ष्म शरीरों से, जो बिलकुल हमारे भौतिक शरीर की तरह ही होते हैं, सूक्ष्म लोक में रहने लगते हैं। वे मात्र विचार से ही मकान बना लेते हैं। कालोनियां बसा ली जाती हैं। उनका खाना-पीना सब भौतिक शरीर की भांति होता रहता है। धीरे-धीरे उन्हें पता चलता है कि यह खाना-पीना उनके जीवन के लिए आवश्यक नहीं है। इस सूक्ष्म लोक के ऊपर लोक में या स्वर्ग में आनन्दपूर्वक लोग रहते हैं। किन्तु निचले भाग में रहने वाले लोग प्रायः सन्तोष नहीं पाते। उन वासनाओं की पूर्ति हेतु वे लोग भौतिक शरीर वालों से मिलते रहते हैं, जब तक कि उनको यह जानकारी नहीं हो जाती कि यह शरीर और उसकी आवश्यकताएं राब व्यर्थ हैं। नर्क की दशा बहुत से ऐसे लोगों के लिए है, जो हर प्रकार से असन्तोषी हैं और दुखिया हैं, जो अपने मानसिक विचारों वाले लोगों के साथ समूहों में ही रहते हैं।

सूक्ष्म लोकों का अच्छा व बुरा वर्णन करने वाली बहुत-सी पुस्तकें हैं।

इस प्रकार से सन्तों, योगियों, माध्यमों एवं एन. डी. ई. अन्वेषणकर्ताओं ने अधिकृत रूप से अपने अनुभवों का वर्णन किया है। मैं उनकी कहानियों का एक प्रत्यक्षदर्शी साक्षी हूं जिसने अपने सूक्ष्म शरीर से कई सूक्ष्म कालोनियों की यात्राएं की हैं। मैं कई बार उनसे वार्ता कर सका। आकाश में उड़ा हूं पृथ्वी पर लौट आया हूं कइयों से बात की है और वापस लौट गया हूं। कुछ अच्छी पुस्तकों का हवाला दिया जा सकता है। देखिये मुक्तानन्द[8] योगानन्द[3], स्वेन[10], प्रभुपाद[7], ट्यूचल[11], ओब्रियन[12], मूडी[13], गैरट[14], रॉबर्ट[15], क्लेम्प[16] एवं मोरीमित्स्[17]। यद्यपि एक अधिक अधिकृत वर्णन इन सबसे पहले किया जा चुका है जिसे सी डब्ल्यू लैडबीटर ने अपनी पुस्तक 'ऐस्ट्रल प्लेन' में लिखा है।[18]

अब इस सीढ़ी में मनस लोक एक अति सूक्ष्म लोक है, जिसके कारण शरीर में उपस्थित सभी विचारों, मनोकामनाओं, इच्छाओं, वासनाओं का संग्रह है, जैसे हमारे भौतिक जगत में होता है। प्रत्येक महान गद्य, पद्य विलियम वर्ड्सवर्थ, टेनीसन या रवीन्द्रनाथ टैगोर द्वारा जो अवतरित हुई हैं, सब इसी लोक से आती हैं। बहुत बार ध्यानावस्था में अपना सोने व जागने के पूर्वी अवस्था में मैंने बहुत-सी सुन्दर विभिन्न रंगों में फूलों की कतारें देखी हैं जो इस पृथ्वी लोक में कहीं भी दिखायी नहीं पड़तीं। मैंने बड़े-बड़े असाधारण उद्यान देखे, बड़ी-बड़ी इमारतें भी दिखायी पड़ीं। उन में परियों के समान लोगों को देखा, जिनके सम्बन्ध में बड़ी अच्छी ईनाम प्राप्त करने वाली सांसारिक कविताओं में वर्णन है।

मनस् जगत् के उपरान्त परम्परागत कारण जगत है, जहां पर प्रत्येक कार्य का कारण संग्रहीत है। आप उसे आकाशीय घटनाओं का पुस्तकालय मान सकते हैं। जहां पर पैथागोरस ने अपने निन्नावे हजार जन्मों की श्रृंखला को देखा, वह उस जागतिक कारण लोक के पुस्तकालय में थे। सभी सन्त जन व माध्यम लोग इस कारण लोक के पुस्तकालय से अपने भूतकाल की जानकारियां प्राप्त करते रहते हैं। कोई यदि चाहे तो इस विद्या का प्रशिक्षण प्राप्त कर सकता है। वैसे ही भविष्य में होने वाले अनुसन्धानों, आविष्कारों हेतु भी एक अजायबघर होना चाहिए जो अब तक बन नहीं पाया है। जब कोई वैज्ञानिक, कवि, लेखक विचारों को पाने हेतु कभी अपने में ठहरता है तो उसे कुछ क्षणों की समाधिवस्था

प्राप्त हो जाती है, जिसमें वह अपने लिए प्रेरणा दायक विचार प्राप्त कर लेता है। प्रेरणादायक विचार मन में उत्पन्न होने लगते हैं, जिससे पृथ्वी में एक नया आविष्कार घटित हो जाती है, जो अभी भविष्य के गर्भ में था। किन्तु वह कारण लोक में पहले से आ चुका है। इसी कारण से हम कोई नया सृजन पृथ्वी पर नहीं कर पाते हैं। सभी आध्यात्मिक गुरुओं ने हमें बार-बार चेताया है कि हम इस संसार के वैज्ञानिक खिलौने का परित्याग कर दें। और आगे बढ़ने पर आकाशीय लोक मिलता है जहां का स्पनन्दन बहुत ही बारीक हो जाता है। यह आकाशीय शरीरों का लोक है, जोकि हम सबके पास है। यही वह तल है जहां पर पवित्र स्वर, वर्ड, ॐ, कल्मा-ए-इलाही, शब्द लोगों के आन्तरिक कानों में सुनाई पड़ता है (अध्याय 2 देखिए)। यह ध्वनि मधुमक्खियों के झुण्ड की आवाज़ की तरह हो सकती है।

आकाशीय लोक के उपरान्त आत्मिक लोक है जहां पर निम्नरूप के संसार के रचयिता हैं, रहते हैं। इन तलों पर रहने वाले गुरुओं ने कहा है कि प्रायः सभी धर्मों के लोगों ने यहां साथ-साथ कार्य करने वाले तीन देवताओं का वर्णन किया है। उदाहरण के तौर पर हिन्दू उन्हें ब्रह्मा, विष्णु और महेश कहते हैं। ईसाई उन्हें फादर-सन-होली घोस्ट कहते हैं (होलकोम्ब जे आर पी आर, अप्रैल 1994, 94)। ऐसे ही नाम दूसरे धर्मों में भी प्रायः पाए जाते हैं। यह त्रिदेव सृष्टिकर्ता, पालन कर्ता और संहारक हैं। जो ध्वनि यहां इस लोक से प्रगट होती है वह बहुत ही बारीक व प्रभावशाली है जैसे कि कोई वंशी बज रही है। इसका श्रवण हम अपने आन्तरिक कान से सुन सकते हैं, जोकि नीली रोशनी के प्रकाश में मोती के समान दिखायी भी देती है। लगभग सभी पैगम्बरों व सन्तों द्वारा बताया गया है कि परमात्मा प्रकाश एवं स्वर रूपी दो खम्भों के द्वारा प्रगट होता है। यही उसके अनुभव के दो साफ स्तम्भ हैं। जितने भी सन्दर्भ इस अध्याय में दिए गए हैं, लगभग सभी परमात्मा के इन दो गुणों की चर्चा अवश्य करते हैं। इस विषय पर इस अध्याय के अगले भाग में प्रकाश डाला जाएगा।

आत्मिक तल से ऊपर आध्यात्मिक तल हैं। उन तलों में देखना-जानना-होना कार्य करता है, जो कि अवर्णनीय है। बहुत से सफल साधक जिनकी कुण्डलिनी जगी हुई है या किसी जीवित महान् गुरु की कृपा मिल गयी है,

तो इस लोक में भौतिक जगत से इस आध्यात्मिक लोक सीधे ही पहुंच जाते हैं। उन्होंने इस बात की योग्यता प्राप्त कर ली है कि वे नीचे के सारे लोकों को छोड़कर सीधे ही पहुंच जाए। ऐसी अवस्था में साधक परमात्मा तक पहुंचने का आधा मार्ग तय कर चुका होता है।(क्लेम्प 19, 165)

परमात्मा का साक्षात् अनुभव

जिद्दू कृष्णमूर्ति ने देवीप्यमान, आलोचनात्मक, निम्न कोटि, शान्तिदायक आदि शब्दों का प्रयोग न करते हुए अपितु इन शब्दों का प्रभाव डालने वाली बातों का उल्लेख करते हुए कहा है: "क्या विचार अपने मूल श्रोत पर पहुंच सकते हैं या पा सकते हैं।" "मेरी माता की तस्वीर हो तो क्या वह फोटो स्वयं मेरी माता हो सकती है?" "क्या मैं अपने जीवन भर वर्षा के सम्बन्ध में पढ़ता रहूं तो क्या पानी बरस सकता है?" ऐसे ही जैसे आप फोटो से अपनी मां का प्रत्यक्ष अनुभव नहीं कर सकते, ऐसे वर्षों के अध्ययन से पानी का अनुभव नहीं कर सकते। ऐसे ही लोग परमात्मा का अनुभव नहीं कर सकते। वे परमात्मा के सम्बन्ध में विश्वास, श्रद्धा, आस्तिकता आदि शब्दों की उपासना करते हैं। मान लीजिए कि पुस्तकें नहीं हैं कोई गुरु भी नहीं है, प्रवचनकर्ता नहीं है, तो आप क्या करेंगे? क्या चेतना अपने की बिल्कुल अन्य से रिक्त कर सकती है? जिद्दू कृष्णमूर्ति के रहस्य का सार यही है। किन्तु इसे मैं कैसे करता हूं? कैसे वहां पहुंचता हूं? (निकोलेट्टी, जे आर पी आर, जनवरी 1994, 24-25; रोहित मेहता-द नेमलैस एक्सपीरियेंस, दिल्ली, मोतीलाल बनारसीदास, 1976)

लगभग सभी धर्मों की अवहेलना की है और इस बात पर अधिक प्रभाव डाला कि भगवान उन्हें ही मिलता है जो मन को हरेक विषय से रिक्त कर लेते हैं। मैं भी उनसे सहमत हूं। यहां तक कि जर्मन रहस्यवादी जाननेस इकहार्ट[20] ने कहा है कि यह आपको जानना चाहिए कि अपने को सभी बनी हुई वस्तुओं पदार्थों से रहित कर लेने से ही परमात्मा से पूर्ण हो सकेंगे। वस्तुओं से भरे रहने पर परमात्मा से खाली रहता है।

अभी हाल में रिया ए. वाहट ने कहा है, "मैं अनुभव करती हूं कि परमनोविज्ञान को परमात्मा की खोज पहले करनी चाहिए और उसके उपरान्त सभी पदार्थ अपने आप चले आएंगे (जे आर पी आर 1992, 4)। अब तीन बातें उठती हैं! (1) परमात्मा का साक्षात् अनुभव क्या है? (2) वह

हम कैसे करते हैं? (3) हम वहां कैसे पहुंचते हैं। जियोफ लूई निकोलेटी का अभिप्राय यही है, क्योंकि कृष्णमूर्ति ने तो यही कहा है कि प्रत्येक व्यक्ति को अपना मार्ग स्वयं खोजना है। यह जो संगठित धर्म है इनसे व्यक्ति स्वतन्त्र होकर ही खोज पाएगा।

इस प्रकार अब हम इस पर प्रकाश डालेंगे कि परमात्मा का प्रत्यक्ष अनुभव से हमारा क्या अभिप्राय है? एक विशिष्ट अपवाद स्वरूप मानवीय अनुभव में कुछ अधिक ही होना होता है, जो कि साधारणतया नहीं पाया जाता, वरन् सबसे परे का अनुभव है।(राबिन्सन 21)

अनेक सन्तों के मत से जैसे कि पहले कहा जा चुका है "अन्तिम सत्य" अनाम तल पर रहता है। यह सबसे ऊंचा आत्मतल से भी ऊपर रहता है। वह अगणित प्रकाश वर्षों की दूरी पर पृथ्वी से है। फिर भी वह विश्व के प्रत्येक कण में ओत-प्रोत है, सर्वत्र है, वह प्रकाश एवं स्वर के रूप में हर प्रकार से हर जगह व्याप्त है। यही दो खम्भे हैं, परमात्मा के अन्तिम सत्ता के। आरम्भ में शब्द था और शब्द ब्रह्म के साथ था और शब्द ही ब्रह्म था। इस 'सत्य' को बाइबिल और ऋग्वेद में सही रूप से दर्शाया गया है। हिन्दू धर्म में यह शब्द 'ओऽम' या शब्द कहा गया है। सूफी में यह 'कल्मे इलाही' कहा जाता है जो कि ब्रह्म ही है, प्रथम द्दष्टा है।

शब्द ही 'मांस पदार्थ' बन गया और ऐसा कुछ भी नहीं था जो शब्द से न बना हो। हिन्दू धर्म में वर्णनात्मक एवं धुनात्मक-दो प्रकार के शब्द माने गए हैं। वर्णनात्मक परमात्मा का वर्णन करने वाला, जो काल और स्थान के अनुरूप परिवर्तनशील है जैसे राम, कृष्ण, बुद्धा, जीसस, अल्लाह या शब्द है। कुण्डलिनी के जागरण से या अन्य किसी प्रकार से गुरु से सीधे सम्पर्क में आने से उनका प्रसाद प्राप्त हो जा तो 'ओऽम' का नाद अपने आप प्रगट हो जाएगा और आप निरन्तर उस शब्द को अपने आन्तरिक कर्ण इन्द्रिय से सुनते रहेंगे जो कि ब्रह्म की उपस्थिति का द्योतक है (योगानन्द 3)।

वेदों का ओऽम तिब्बतियों का 'हम', मुसलमानों का 'आमीन' और मिश्र वासियों, युनानी, रोमन, यहूदी और इसाइयों का 'अमन' हो गया। हिब्रू भाषा में 'अमन' का तात्पर्य पक्का, विश्वसनीय होता है (योगानन्द 3, 237)। वह शक्ति हमारे पास अलौकिक प्रकाश के रूप में अकस्मात् कभी भी स्वतः प्रगट हो सकती है या कभी एकाएक विस्मयबोधक शब्दों का गुंजार सुनायी

पड़ सकता है-बड़ी ही शक्तिशाली विद्युत के तारों की झनझनाहट, तेज़ हवा की सरसराहट अथवा किसी वंशी की सुरीली आवाज़ की तरह प्रगट हो सकती है। कभी-कभी हमें स्वप्न में भी कुछ अद्भुत दृश्य दिखायी पड़ जाते हैं, कभी-कभी कोई विशेष संयोग या प्रेरणा भी प्राप्त हो जाती है। यह सब परमात्मा का प्रथम साक्षात्कार है।

यद्यपि सफलतापूर्वक ध्यान की स्थिति में कभी-कभी शक्ति कोई आकार धारण कर लेती है, जो देवी के रूप में हो, कृष्ण, क्राइस्ट या अन्य किसी वर्णनात्मक आकार में हो सकती है, जिसकी साधक कल्पना करता रहा है। अस्तु! मैंने तो उन्हें देवी के रूप में देखा था। स्वामी योगानन्द और श्री अरविन्द ने उसे कृष्ण के रूप में देखा था। डॉ. बी एस गोयल ने सांई बाबा के रूप में पापा था।[22] अवीला की सेंट टेरेसा ने लार्ड जीसस क्राइस्ट के रूप में दर्शन किया था। और बहुत से जीवित उदाहरण हैं, जो दिये जा सकते हैं

प्रमुख बात यह है कि उस शक्ति को यह आवश्यक नहीं है कि वर्णनात्मक रूप में ही देखा जा सकता है। यह साधक के व्यक्तिगत सन्तोष एवं विश्वास हेतु होता है। किन्तु धुनात्मक स्वर है जो स्थायी रूप से आन्तरिक कानों से सुना जा सकता है। बहुत बड़े-बड़े लोग हैं, जिन्होंने निराकार रूप में भी परमात्मा के दर्शन किए हैं। उदाहरण के लिए बिन्गेन के सेंट हिल्डेगार्ड ने 'प्रकाश' के रूप में देखा था।[24] मूसा, मोहम्मद और सेंट पाल ने उसे प्रकाश के रूप में देखा। सुकरात और नानक ने ज्ञान और जानकारी के रूप में पाया, जिसका कोई आकार नहीं था। नानक को जब ज्ञान प्राप्त हुआ, तो समाधि के उपरान्त उन्हें 'एक ओंकार' ही कहा था, जिसका अर्थ है–परमात्मा अद्वैत है। हेराल्ड क्लेम्प ने उसे प्रकाश एवं शब्द के आकार में पाया।[25] बुद्ध ने उसे 'शून्य का प्रकाश कहा'। यह कितनी बचपना और मूर्खता की बात है कि मनुष्य-मनुष्य से धर्म के बारे में लड़ रहा है, जबकि वह परमात्मा के सम्बन्ध में कुछ भी वास्तव में नहीं जानता।

वास्तव में हमें परमात्मा के "प्रकाश एवं स्वर से सम्बन्ध बनाने की आवश्यकता है।" मात्र यही चाहिए और कुछ नहीं। बाकी सब एक आकार मात्र है, यहां तक कि गुरु का बाह्य रूप भी।(क्लेम्प 26, 122) आत्मा को जहां इस 'प्रकाश और स्वर' का किंचित मात्र स्पर्श मिल जाता है, तो फिर वह ऐसे आकर्षित होती है जैसे मधुमखियां पुष्पों पर चिपकती हैं और कीड़े जैसे

रोशनी पर जान देते हैं।(क्लेम्प 19, 122-123)

परमात्मा में होश रखने वाला व्यक्ति अपने स्वत्व को पहचानता है। वह परमात्मा से अपने सम्बन्ध के विषय में भलीभांति परिचित होता है। यही साक्षात्कार है, न कि विश्वास, अनुभव या समझदारी। वह बस जानता है। उसने इस सत्यता को 'प्रकाश एवं स्वर' के गहरे अनुभवों द्वारा संग्रहीत किया है। उसी दिन से वह परमात्मा का सन्देश वाहक हो गया है और अब आध्यात्मिक स्वतन्त्रता की घोषणा श्रोताओं से करने लग जाता है।

उपरोक्त निष्कर्ष हिन्दू शास्त्रों से मेल खाता है जो कि चार पांच हजार वर्ष पूर्व लिखे गए थे या यह कुहिए कि उनका कोई समय या काल निर्धारित नहीं किया जा सकता, वह सदैव से चलते आए हैं।[27] उन्नतिशील सत्यान्वेषणा करने वाले व्यक्ति के लिए यह निष्कर्ष बहुत ही महत्त्वपूर्ण है। इसका अनुमोदन मैं अपने गत कई वर्षों के व्यक्तिगत अनुभवों के आधार पर करता हूं। कुछ-कुछ विभिन्नता के होने के बावजूद भी अन्य धर्मों के सन्तों एवं आत्म साक्षात्कार वाले लोगों द्वारा यही बातें कही गयी हैं। यही सब आत्मसाक्षात्कार या परमात्मा दर्शन के चिन्ह कहे जा सकते हैं।

महान् मनोवैज्ञानिक कार्ल गुस्ताव यंग के शब्दों में–इस प्रकार के अनुभव पर कोई विवाद नहीं हो सकता। आप केवल यह कह सकते हैं कि हमें ऐसा अनुभव कभी नहीं हुआ और आपका विरोधी कहेगा कि खेद है हमें ऐसा हुआ है और फिर आपकी वार्ता समाप्त हो जाएगी। कुछ भी हो संसार उस व्यक्ति के विषय में क्या कहता है, कोई माने नहीं रखता। जिसे इस प्रकार का अनुभव हो गया है, उसे एक बड़ा खजाना मिल गया है। एक ऐसी वस्तु मिल गयी है, जिससे उस व्यक्ति के जीवन में एक जीवन का श्रोत, अर्थ, सौन्दर्य प्रगट हो गया है और उसका यह सौन्दर्य संसार ओर मानवजाति के लिए है। उसे आनन्द और शान्ति की प्राप्ति हो गयी। ऐसी कौन-सी कसौटी है जिसके द्वारा आप परख कर यह कह सकते हैं कि यह जीवन का अनुभव वास्तविक नहीं है और यह आनन्द मात्र एक भ्रम है। क्या वास्तव में कोई अन्य ऐसा तथ्य है, जो जीवन के सम्बन्ध में कुछ बता सके और आपको जीने के लिए सही दिशा निर्देश दे सके। यही कारण है कि चेतना द्वारा जो दर्शाया गया उसे मैंने सही माना है।(हायेलर 28, 156)

निष्कर्ष–मानव का विकास जब पूर्णता को प्राप्त होता है, चाहे वह प्राकृतिक हो या साधन द्वारा किया गया हो जैसे ध्यान, योग या आध्यात्मिक साधनाओं द्वारा; वो मन पीछे छूट जाता है और आत्मा अपने को निराकार, असीम, आनन्द से परिपूर्ण तथा ज्ञानवान पाती है। इस प्रक्रिया में आत्मा मध्यवर्ती तमाम तलों का अतिक्रमण कर जाती है, जहां पर स्थूलता कम होती जाती है ओर सूक्ष्मता, शक्ति और ज्ञान बढ़ता जाता है। परमात्मा के साक्षात्कार की दशा में साधक के भावनानुसार दर्शन होते हैं। परमात्मा का अनुभव प्रकाश, आन्तरिक ध्वनि तथा स्वप्न में, विशेष संयोगों में, अदृश्य का स्पर्श, अदृश्य शक्ति की प्रेरणा के रूप में होता रहता है।

आत्मदर्शन की विभिन्न स्थितियां हैं, जैसा कि मेहर बाबा ने कहा है(मेहर बाबा 1, Vol. III, 28) अस्तु! परमात्मा को महसूस करना उसके अध्ययन से अच्छा है, परमात्मा का अनुभव उसको महसूस करने से भी अच्छा है; और परमात्मा हो जाना परमात्मा के अनुभव से भी श्रेष्ठ है।

सन्दर्भ

1. बाबा, मेहर; डिस्कोर्सेज़ आफ मेहर बाबा, वाल्यूम एक, दो, तीन, सूफ़िज्म रिओरिन्टेड इन्स सैन फ्रन्सिसको, 1967
2. आशाराम जी, स्वामी; सच्चा सुख, योग वेदान्त समिति, अहमदाबाद, इण्डिया, 1994
3. योगानन्द, परमहंस; ऑटोबायोग्राफ़ी आफ़ ए योगी, जैको पब्लिशिंग हाउस, बाम्बे, इण्डिया, 1986
4. सहाय, डॉ. चतुर्भुज; साधना के अनुभव, रामाश्रय सत्संग, मथुरा, इण्डिया, 1987
5. थर्मन, राबर्ट ए. एफ, दि तिब्बतन बुक आफ़ दि डेड, बैन्टैम बुक्स, 1984
6. ओब्रियन, स्टीफेन; विज़न आफ़ एनदर वर्ल्ड, दि एक्वेरियन प्रेस, लन्दन, 1989
7. प्रभुपाद, स्वामी; एन इज़ी जरनी टू अदर प्लेनेट्स, इन्टरनेशनल सोसायटी फ़ार कृष्णा कान्शसनेस, वेस्ट वर्जीनिया, 1980
8. मुक्तानन्द, स्वामी; दि प्ले आफ कान्शसनेस, गुरुदेव सिद्धपीठ, महाराष्ट्र, इण्डिया, 1972
9. स्वीडेनबोर्ग, इमान्युल; डिवाइन प्राविडेन्स, दि स्वीडेनवोर्ग फाउन्डेशन, न्यूयार्क 1972
10. स्वेन, जस्पर; आन दि डेथ आफ़ माई सन, टर्नस्टोन बुक्स, लन्दन, 1982

11. ट्युचेल, पाल; दि टाइगर्स फैन्ग, लैन्सेट बुक्स, न्यूयार्क, 1967
12. ओब्रियन, स्टीफेन; इन टच विद इटरनिटी, ए बैन्टम बुक, यू. के, 1992
13. मूडी, डॉ. रेमण्ड, लाइफ़ आफ्टर लाइफ़, बैन्टम बुक्स, एन वाई, 1986
14. गैरेट, इलीन जे; मेनी वाइसेज़: आटोबायोग्राफ़ी आफ़ ए. मीडियम, जी पी पुटमैन्स सन्स, एन वाई, 1968
15. राबर्ट, जैने; सेठ स्पीक्स: दि इटरनल वैलेडिटी आफ़ दि सोल, प्रिन्टिस हाल, इंगिलवुड क्लीफ़्स, एन जे, 1972
16. क्लेम्प, हेराल्ड; सोल ट्रेवलर्स आफ दि फार कन्ट्री, एकान्कर, मीनियापोलिस, एम एन, 1987
17. मोरीमिट्स, फ़िल; इन दि कम्पनी आफ़ एक मास्टर्स ऐकान्कर, मिनियापोलिस, एम एन, 1987
18. लीडबीटर, सी डब्लू; दि एस्ट्रल प्लेन, दि थियोसोफ़िकल पब्लिशिंग हाउस, अडयार, मदरास, इण्डिया, व्हीटन थर्ड, यु. एस. ए, लन्दन, 1993
19. क्लेम्प, हेराल्ड, हाउ टु फाइंड गाड, एकांकर, मिनियापोलिस, एम. एन, 1988
20. बैनक्राफ़्ट, एने; दि लुमीनियस विजन: सिक्स मिडीवियल मिस्टिक्स एण्ड देयर टीचिंग, जार्ज एलेन एण्ड अनविन, लन्दन, 1982
21. राबिन्सन, एडवर्ड; दि ओरीजनल विजन: ए स्टडी आफ दि रिलीजस एक्सपीरियन्स आफ चाइल्डहुड, रिलीजियस एक्सपीरियन्स युनिट, आक्सफोर्ड, 1977, पेज 146-147
22. गोयल, डॉ. बी. ऐस, थर्ड आई एण्ड कुण्डलिनी, थर्ड आई फ़ाउंडेशन आफ इण्डिया, नई दिल्ली, 1985
23. पाल, इरविन; सन्त टेरेसा डे जीसस डे अवीला, जे आर पी आर, अक्टूबर, 1981 पेज 179-181
24. होजेस्की, ब्रूस; हिलडीगार्ड आफ बिन्गेन सीवियास, बीयर एण्ड कम्पनी, सान्टा फ़े एन एम, 1986
25. क्लेम्प, हेराल्ड; चाइल्ड इन दि वाइल्डरनेस, एकांकर, मिनियोपोलिस, एम एन, 1989
26. क्लेम्प, हेराल्ड; क्लाक आफ कान्ससनेस, एकांकर, मिनियोपोलिस, एम एन, 1991
27. हक्सले, अल्डुअस; दि पेरीनियल फ़िलासफ़ी, हारपर एण्ड रो, पब्लिशर, न्यूर्याक, 1994
28. हायेलर, एस ए; दि नास्तिक यंग, थियोसोफ़िकल पब्लिशिंग हाउस, व्हीटन, थर्ड, यू.एस.ए., 1982

अध्याय-10

जाग्रतोपरान्त जीवन

परमात्मा के दो स्तम्भ आन्तरिक ध्वनि की श्रवण तथा आन्तरिक प्रकाश का दर्शन इस मार्ग को आधे पर पहुंचाते हैं। कुण्डलिनी इस दशा में अपने चौथे केन्द्र पर होती है, जिसे हृदय चक्र कहा जाता है। यह एक ऐसा पड़ाव है, जहां पर पहुंचकर साधक को सांसारिक कार्यों से छुटकारा पाने की तीव्र उत्कंठा होती है, जिससे वह आत्म दर्शन के मार्ग पर अग्रसर हो सके। ज्ञान स्वतः प्रगट होने लगता है, जैसे-जैसे कुण्डलिनी शक्ति अपने अग्रिम चक्रों की ओर अग्रसरित होती है। प्रत्येक तल पर साक्षात्कार का अनुभव अलग-अलग होता है। यहां ऐसे-ऐसे अनुभव होते हैं, जो व्यक्तिगत होते हैं और कभी लिखे या कहें नहीं जा सकते।

परमात्मदर्शन का आधा मार्ग (अर्ध पथ)

यह पहले इंगित किया जा चुका है कि परमात्मा के दो स्तम्भ प्रकाश एवं ध्वनि हैं, जो साधक को विश्व में सभी जगह दिखायी पड़ते हैं। प्रत्येक साधना का अन्त इसी पर होता है कि किसी तरह प्रकाश एवं ध्वनि से सम्बन्ध बन जाए और एक बार कदापि यह सम्बन्ध बन गया, तो समझिए कि आधा रास्ता तय हो गया। ऐसे समय गुरु आपको अकेले छोड़ देगा। अब अपने अनुभव के आप स्वयं स्वामी हैं।(क्लेम्प 1, 157)

मास्टर के शब्दों में: मेरा उद्देश्य जीवात्मा को परमात्मा के प्रकाश एवं ध्वनि से सम्बन्धित कराने का है। जैसे ही आप इससे बंध जाते हैं, आप अपने

स्वामी स्वयं होते हैं। क्या सत्य है और क्या नहीं है, यह बखूबी आप जान जाते हैं। फिर आपको किसी वक्ता का प्रवचन सुनने की आवश्यकता नहीं रह जाती है या मैं स्वयं भी खड़ा हो जाऊं तो भी कोई अर्थ नहीं रह जाता। सत्य दो लोगों के लिए भी एक नहीं हो सकता। जीवन दर्शन दो व्यक्तियों का भी एक-सा नहीं हो सकता। आप में से प्रत्येक का अनुभव पृथक पृथक होगा। आपका अनुभव एक दम अनूठा अनुभव होगा; आत्मा भी अद्वैत (अनूठी) है।

आन्तरिक दृश्य में परमात्मा का प्रकाश बिना किसी त्रुटि के कि वह मात्र कल्पना हो, ऐसा न होते हुए नीले रंग का होता है और जैसे तारा चमक रहा हो या गोला हो। इसका प्रगट होना यह सिद्ध करता है कि साधक अब आकाशिक चेतना से ऊपर उठ गया है और उसे चेतना की उच्चावस्था प्राप्त हो गयी है। और आगे यह भी है कि शक्ति ने आत्मा को आगे खींच लिया है अथवा आकर्षित कर लिया है। इस अवस्था के अनुभव कुछ ऐसे होते हैं कि जिससे व्यक्ति अपने उच्चावस्था को प्राप्त करके परमात्मा के मार्ग पर चलते हुए अपने घर की वापसी के समान होता है। शक्ति का दूसरा महत्वपूर्ण पक्ष है 'ध्वनि' जो कि परमात्मा की आवाज़ है या ध्वनि है। वह परमात्मा के केन्द्र से प्रकट होती है। यही सृष्टि की सृजक शक्ति है जिससे निचली दुनिया के सब तल सृजित हुए हैं। यह उन लहरों की भांति हैं, जो परमात्मा के केन्द्र से चलती हैं और फिर उसी में वापस हो जाती हैं। यह वापसी का पक्ष ध्वनि का ऐसा है, जैसे कि परमात्मा की ओर वापस घर आना। यही परमात्मा का साक्षात्कार है।

डॉ. रमेश परमहंस[2, 150] ने साफ शब्दों में कहा है कि व्यक्ति को सब विरोधाभासी बातों का त्यागकर ध्वनि की तरंगों में गोता लगाना चाहिए, जिससे कि वह अपने घर वापस आ जाए। सन्त कबीर ने अपने एक पद में कहा है कि हमें वृक्ष पर बैठे प्रातः पक्षी की आवाज पर ध्यान न देकर यह देखना चाहिए कि यह आन्तरिक आवाज़ कहां से आ रही है। यही है 'घर वापसी'। डॉ. चर्तुभुज सहाय और हेराल्ड क्लेम्प ने कहा है कि ध्वनि की तरंगों पर सवार होकर ब्रह्मांड के हृदय तक हमें पहुंचना चाहिए, जो कि परमात्मा का केन्द्र है।

परमात्मा का ध्वनि पक्ष प्रकाश से अधिक महत्त्वपूर्ण है। ध्वनि शान्तिदायक है, रक्षात्मक एवं आरामदायक है। प्रकाश की यदि साधक द्वारा अवहेलना हो जाएगी तो साधक की बड़ी हानि हो सकती है। मोहम्मद एवं सेंट पाल को इस ज्योति का सामना हो गया था, जिसने उन्हें कई दिनों तक अन्धा बना दिया था। बहुत से साधक ज्योति की साधना में अग्रसर नहीं हो पाते हैं, जब तक ध्वनि साधना से सुरक्षा भी साथ में न हो। अभी हाल में डॉ. बी.एस. गोयल[3] का विभिन्न प्रकार की ज्योतियों से आमना-सामना उनके दृश्यों में होता रहा, जब भी वे आखें बन्द करें। कई वर्षों तक उन्हें ठीक नींद नहीं आई। वह अपनी आखें बन्द करने में डरते थे। जब ध्वनि पक्ष परमात्मा का उन पर प्रगट हुआ तब उन्हें कुछ विश्राम की उपलब्धि हो सकी। एक सीमित मात्रा में ज्योति जो उन्नति के लिए आवश्यक है, अब प्रगट होती है। अब जैसा कि मैं अपना अनुभव प्रगट करता हूं कि मुझे 'ध्वनि' का अनुभव वर्ष 1987 में हो गया था और कुछ महीनों के बाद मुझे ज्योति का अनुभव होने लगा। ऐसा प्रतीत होता है कि मुझे इसी कारण से ऐसी घटनाओं का सामना नहीं हुआ। यह परमात्मा की विशेष अनुकम्पा के कारण हो सका।

जैसे-जैसे आप अग्रसर होते हैं यह पथ भी तंग होता चला जाता है कुछ लोगों ने इसे 'छुरे की धार' भी कहा है।(क्लेम्प 1, 158) पांच शत्रु जो काम, क्रोध, लोभ, मोह, अहंकार हैं यह इस अवस्था में भी साधक में रह सकते हैं। उनमें सबसे अधिक शक्तिशाली 'अहंकार' है। चूंकि यह हमारी बुद्धि से सीधे सम्बन्धित है और अन्त तक यात्रा में साथ रहता है। अस्तु! यह कभी भी साधना में रोड़ा बन सकता है और साधक के अधःपतन का कारण बन सकता है। साधक के समक्ष यह समस्या हो सकती है कि पथ के अन्त में वह आगे बढ़ने का पथ न समझ पाए कि अब किधर चले। तथापि ऐसी स्थिति से निकलना किसी-न-किसी तरह तो अपरिहार्य है। "हंसते हुए बुद्ध जिनका पेट बहुत बड़ा था, का उपदेश था कि अपनी निन्दा को हंसते हुए निगल जाओ, हंसते रहना ही लक्षण है। इससे हमें पता चलता है कि हमें निन्दा और प्रशंसा दोनों का त्याग करना चाहिए।" (राधा 4, 96)

ऐसी मध्यावस्था में साधक भौतिक और आध्यात्मिक जीवन के मध्य

थोड़ा झूलता रहता है। जब कोई 'छुरे की धार' को पार कर लेता है, तब उसका सम्पूर्ण समर्पण उत्पन्न होता है, जहां कि उसका न होना हो जाता है। यही स्थिति निर्विकल्प समाधि की होती है, जहां साधक पूरी तरह खो जाता है। पाल ट्यूचेल ने इसे 'पांचवी चेतना' कहा है। शायद यह पांचवें लोक की बात है, जिसे आत्मिक तल कहते हैं। यह कुछ ऐसा है कि कोई कहे कि मुझे दीवाल पर चढ़ जाने दो और फिर मैं देखकर बताऊंगा कि दूसरी ओर क्या है? किन्तु जब वह दीवाल पर चढ़ने में सफल हो जाता है, तो दुसरी ओर देखने पर उसे पता चलता है कि वह स्वयं भी खो गया है वह दूसरी ओर दीवाल फांद जाता है, और अब हमें उस ओर की बात बताने वाला कोई नहीं बचता। जब भी रामकृष्ण कुछ उस पार की वार्ता आरम्भ करते तो वे किसी हद तक ही बोल पाते थे। एक ऐसे बिन्दु पर वह जाकर रुक जाते जहां कि उनकी जिह्वा बोलना बन्द कर देती। इसके दो कारण थे: पहला, वहां बोलने के लिए कोई शब्द नहीं होते; दूसरा चेतना परमात्म-चेतना में लय हो जाती–उसके साथ एक हो जाती–जब बोलने वाला व्यक्ति वहां नहीं रह जाता था। व्हिटमैन के अनुसार: "जब भी मैं कुछ अच्छी बात कहना चाहता तो मैं अपने को असमर्थ पाता और मेरी जवान बन्द हो जाती, मेरी सांस भी अन्य उपकरणों का साथ छोड़ने लगती और मैं एक गूंगा व्यक्ति बन जाता।[बक 5, 1 15]

वह जो जानता है बोलता नहीं, और वह जो बोलता है जानता नहीं।

यद्यपि एक ऐसी अवस्था है, जहां तक सन्तों ने जो कुछ परमात्मा के सम्बन्ध में जाना है कुछ दूसरों को बतलाते रहे हैं। एक ऐसा बिन्दु फिर आता है, जहां से आगे वे न बताने के लिए निर्देशित किए जाते हैं कि अब वे लोग वह रहस्य न खोलें जो कि अब उन्हें मिलने वाले हैं। स्वामी मुक्तानन्द[6] ने कहा कि उस "नीले व्यक्तित्व" वाले ने मुझसे कहा कि अब वे कुछ भी न लिखें जो मैं उन्हें बताने जा रहा हूं। योगानन्द[7, 425] कहते हैं, श्री युक्तेश्वर ने कुछ बातों में मुझे प्रकाश दिया था परन्तु मैं यहां उन्हें प्रगट नहीं कर सकता। हेरल्ड क्लेम्प[8, 143] ने कहा है कि जब तुम्हें ज्ञान और बुद्धिमता उपलब्ध हो जाए तो आप अपनी विद्या व ज्ञान भी जो आपको दीक्षा के समय मिला था, को नहीं बांटना चाहिए। यह दीक्षाधर्म का उलंघन है। इस प्रकार परमात्मा के सम्बन्ध

में उच्च ज्ञान कभी भी कागज पर लिखा न जा सकेगा। हां यह है कि हमें जानकारी हेतु सहायता सदैव उपलब्ध होती रहेगी, किन्तु आप कुछ बता न सकेंगे कि वहां क्या है?

प्रकटीकरण (ज्ञान प्रदायक अनुभव)

परमज्ञान तो साधक में अन्तः प्रेरणा से आता है। जब साधक शान्त होता है और एक प्रकार से निर्विचार होता है, तब उसके मस्तिष्क में कुछ ऐसे विचार आते हैं, जिन्हें पाने का वह अधिकारी होता है। आठवीं शताब्दी के महान् गुरु शंकराचार्य जो अद्वैत परम्परा के हैं, ने कहा है, "सत्य बुद्धिमानों के तर्कातीत सिद्धान्तों से स्पष्ट होता है न कि शुद्ध पवित्र जल में स्नान करने से, दान से या सैकड़ों प्राणायामों के करने से।" (चटर्जी 9)

रमन महर्षि को आत्म साक्षात्कार बिना शरीर के किसी नियन्त्रण अथवा प्राणायाम की जटिल विधियों से गुजरे ही हुआ था। रमन का योग यह है कि 'मैं कौन हूं', यह एक अस्तित्व का प्रश्न है। उन्होंने ध्यान, धारणा, विचार सब कुछ इसी प्रश्न पर केन्द्रीभूत कर दिया, जिससे उनको प्रेरणा मिली और उसी को उन्होंने मानव जाति के लिए एक सिद्धान्त बना दिया।[10]

अरविंदो के अनुसार सारा जीवन योग ही है और वह योग एक दार्शनिक दृष्टि का सार है न कि मात्र शारीरिक व्यायाम। उन्होंने भगवद्गीता उपनिषद आदि पर चिन्तन करने को कहा है और एक रहस्यपूर्ण रूप से समझने योग्य वैदिक मार्ग बताया है। जो साधारण जागरूकता आज तक के भारतीय गुरुओं की परम्परा में है, जैसे कि शंकराचार्य, सत्यसांई बाबा, स्वामी शिवानन्द तथा अन्य हैं, जिनका विचार है कि बिना नैतिक विचार और योग के भौतिकता अधिक बढ़ेगी, यान्त्रिकता और अधिक मनोवैज्ञानिक दबाव, चिन्ताओं, अवसादों को जन्म देगी जैसे कि इस आधुनिक संसार में हम देख रहे हैं। ऐसे आलोचक हमारे पश्चिमी विचारकों में से भी हैं जैसे कि हेडेगर और इर्जा पाउन्ड से मारक्यूज़ और नोरमन ओ ब्रायन तक तथा अन्य विश्वव्यापी विचारकों में गांधी भी एक अच्छे उदाहरण हैं।

अन्तर्राष्ट्रीय शोध ने यह प्रमाणित किया या दर्शाया है कि योगिक शिक्षा व नियमों के कारण काफी लाभ मिलता है जैसे कि क्लोरेस्टोल

की कमी तथा चर्बी और तेजाब की बढ़ोतरी आदि रूक जाती है। साथ ही स्राविक विषमताएं दूर होती हैं, एकाग्रता में बढ़ोतरी होती है, स्मृति बढ़ती है तथा तर्क करने की शक्ति बढ़ जाती है। हार्दिक एवं मानसिक लहरों को उठाना सुनियोजित हो जाता है। डॉ. एनसिली मीयरस जो आस्ट्रेलियन मनोचिकित्सक थे जिन्होंने भारत में पढ़ाई की थी, अपने बहुत से आलेखों में कहां है कि ध्यान की विधियों से मनुष्य को विश्राम मिलता है तथा कैन्सर के अणु बनने का ध्यान प्रतिरोधी भी है या रोकता है।(बिल्लीमोरिया 10, 54-56)

उपरोक्त का सारांश यह है कि 'सत्य और ज्ञान' अन्तः प्रेरणा से प्राप्त होते हैं। किन्तु योगिक क्रियाएं, शास्त्रों का अध्ययन तथा सन्तों की जीवनी का पाठ साधकों के मनःस्थल को इसके लिए सही बनाने में काफी सहायक है। इससे यह सिद्ध होता है कि 'समग्र पथ' जिसका उल्लेख इस पुस्तक के अध्याय 2 में किया गया है और आगे भी वर्णन होता रहा है वह सही पक्ष साधना हेतु प्रस्तुत करता है। कुण्डलिनी जागरण द्वारा चक्रों का एक के बाद एक का खुलना साधक में आन्तरिक प्रेरणा, सत्य व ज्ञान स्वतः निम्न रूप से प्रदान करता है–

1. साधक हर प्रकार के पाप से मुक्त हो जाता है, क्योंकि उसे अपनी त्रुटियों को देखने और उनके नियन्त्रण का बल मिल जाता है। 'पाप' एक योगिक शब्द है, जिसका अभिप्राय है कुछ जानी पहिचानी गलतियों को जानबूझ कर बार-बार करना। स्वार्थ परता, लोभ आदि से साधक स्वतन्त्रता प्राप्त कर लेता है, जिससे अनायास उसे प्रसन्नता में रहने की क्षमता आ जाती है। सृजकता, बोलने की शक्ति तथा पिछली गलतियों से स्वतः शिक्षा की प्रवृति आ जाती है?

2. आत्म सकल्य, आत्म महत्त्व, और अहंकार पर विजय मिल जाती है, जो कि प्रकाश ज्योति को साधक में प्रगट नहीं होने देती थी। मस्तिष्क तबसे 'महा उच्च' के सौन्दर्य में रमने लगता है। तर्कपूर्ण वार्ता का ढंग आ जाता है और उसी प्रकार की पद्य व गद्य की रचना आ जाती है।

3. काम, क्रोध, लोभ, मोह, अहंकार पर विजय प्राप्त हो जाती है। आन्तरिक शान्ति उपलब्ध हो जाती है। विचार और उनके प्रगट होने की आवाज चारों ओर आनन्दपूर्ण वातावरण का सृजन करने लगते हैं, जोकि

मनुष्यों के समूहों में शान्ति व विश्राम प्रदान करता है। उच्चकोटि का विवेक आ जाता है, जो दैनिक जीवन चर्या में काम आता है। समय-समय पर प्रेरणादायक विचारों की चमक आती रह सकती है।

4. भूतकाल की कुछ भूलों से नई समझ उत्पन्न हो जाती है और विवेक और अधिक बढ़ जाता है, जिससे वर्तमान में त्रुटियां कम होती हैं। वफादारी, ईमानदारी, नम्रता आ जाती है, जिससे भविष्य शान्ति, प्रसन्नता के लिए सुरक्षित हो जाता है। ऐसी दशा में 'होश' (आन्तरिक चेतना) और बढ़ जाती है, जोकि अग्रिम सूचक है, उस ज्योति की, जो आगे प्रकाशित होने वाली है। आन्तरिक आवाजें, जिनका शोर मन के तल में चल रहा था, सब शान्त हो जाती हैं और वह ध्वनि ओऽम की सुनाई पड़ने लग जाती है, जिसे 'नाद' कहा जाता है। यह आन्तरिक कर्ण इन्द्रिय द्वारा सुना जाता है। इन्द्रियां संयमित हो जाती हैं। बुद्धिमतापूर्ण जीवन हो जाता है, अच्छे-अच्छे कार्य सम्मादित होने लगते हैं, संकल्प शक्ति आ जाती है, असाधारण एकाग्रता हो जाती है, यहां तक कि किसी दूसरे के जूते में अपना पैर रख देने से उस जूते वाले मनुष्य के सम्बन्ध में पूरी जानकारी स्वतः आ जाती है। यह अदृश्य को दार्शनिक पक्ष है। भक्ति से साधक दिव्य ज्ञान का ग्राहक हो जाता है और मधुमक्खी की तरह उसका जीवन हो जाता है कि वह फूलों से रस एकत्र करता रहता है।

5. सांसारिक मनोकामनाओं से स्वतन्त्र होकर साधक अपने सांसारिक उद्देश्यों की पूर्ति त्यागकर दैवी कामनाओं की ओर चलने लग जाता है और उसका ऊपर की ओर चलना 'मुक्ति का मार्ग' कहलाता है। उसकी बढ़ी हुई एकाग्रता बाह्य पदार्थ विषयक एवं आन्तरिक आत्मगत दोनों को मिला देती है और जिससे पूरा ज्ञान उसे आ जाता है और यही योग कहलाता है। मन से ऊंची स्थिति में पहुंचकर एक अवस्था आती है, जहां विश्रान्ति होती है। वह व्यक्ति भूत को अच्छी तरह देख सकता है। वर्तमान में उसको देख सकता है और भविष्य में दोनों परिपेक्ष्य में सही कर सकता है। सभी प्रकार के कार्यों में सतकर्ता आ जाने से वह भावात्मक दृष्टिकोण नहीं अपनाता और जान सकता है कि उसे क्या करना है और क्या नहीं करना है? अब हमें यह समझ आने लग जाती है कि हम लोग अज्ञानता और प्रदूषण की उपज हैं। अब हम इसके लिए तैयार हो गए होते हैं कि समाज के प्रति हमारा

दायित्व है, निस्वार्थ भाव से हमें सेवा करना है और दिव्यता की निकटता प्राप्त करनी है।

6. करूणा जो पहले मित्रों व निकट सम्बन्धियों तक ही सीमित थी वह दूसरे चरण में उनके लिए हो गयी, जो आपके सामने पड़े और आपने उन्हें करूणा योग्य समझा, किन्तु तीसरी अवस्था यह हो गयी कि अब आप सब पर करूणा अकारण करेंगे, चाहे वह अच्छा हो या बुरा और अब दिव्यता ने आपको स्पर्श कर लिया है। आप उनके लिए भी धन्यवाद देंगे, जो आपके आलोचक हैं और आपको कष्ट पहुंचाते रहे हैं। अब आप यह भी जान गए हैं कि आप ही अपने सुख दुख के दाता हैं। समस्याएं सब आप द्वारा रची गयी हैं। अब यह भी जान गए हैं कि क्या रखना है क्या नहीं रखना है। आप अब अपनी शक्तियों को जान गए हैं और यह नहीं है कि अब आप पर उनका प्रभुत्व चल सके, आप अपनी शक्ति के नियामक हैं।

भगवान शंकर का अर्धनारीश्वर स्वरूप इस बात का द्योतक है कि नर और नारी, स्त्री और पुरुष की शक्तियों का मिलन बुद्धि चेतन का मिलन है। वह आपकी चेतना का मिलन परम चेतना से कराता है, आत्मा परमात्मा से मिल जाता है और यह एक दैविक मिलन या योग है।

7. बुद्धि की पूर्णता ज्ञान और शक्ति के मिल जाने से हो जाती है और वह अनन्त में लुप्त हो जाती है। योगी अब ऐसी दशा में होता है कि वह अपने शरीर त्याग का समय और रास्ता स्वयं चुनता है। उसका शरीर उससे वैसे ही गिर जाता है, जैसे पेड़ से पका फल गिर पड़ता है।

आत्मा को जो भी भौतिक जगत में सीखना था, वह सब सीखने के उपरान्त उसने ऊंचे स्थलों की शिक्षा प्राप्त की और अब वह परमात्मा का सहयोगी हो गया है। उसे पृथ्वी पर पुनः आना नहीं पड़ता है, जब तक कि वह मानव जाति के प्रेम के कारण स्वयं न आना चाहे। वह फिर इस जगत में अपने भाई-बहिनों को शिक्षा देने हेतु आ सकता है।

आधे रास्ते के आगे की यात्रा

कुण्डलिनी जागरण के पश्चात् शरीर की भौतिक संरचना और शरीर का रसायन नई जाग्रत हुई शक्ति से तालमेल बैठाने के लिए लगभग 12 वर्ष

लेता है, जब कि शरीर की नस नाड़ियों में काफी शक्ति प्रवाह होने लगती है। कुण्डलिनी उस जेल के दरवाज़ों को खोल देती है, जिनमें हम बन्द हैं और उन खोलों को हटा देती है, जिनसे कि हम बंधे हैं। आत्मा अपनी पहचान भूल गयी है। पिछले संग्रहीत संस्कार हमारे प्रकाशोत्सव का समय निर्धारित करते हैं। योगी अथक परिश्रम से अपने पापों से मक्त होते हए, अनेक जन्मों को पार करता हुआ अन्त में अपने अन्तिम उद्देश्य को प्राप्त कर लेता है। (भागवत गीता, VI, 45)

शंकराचार्य के अनुसार–मानसिक क्रिया जो केवल आत्मा और ब्रह्म की एकरूपता दर्शाती है, जो हर प्रकार से स्वच्छ हो चुकी है, द्वैत से परे है, जो मात्र शुद्ध चैतन्य से ही सम्बद्ध है, उसे ही प्रबुद्ध अथवा जाग्रत कहा जाता है। जिसकी प्रबुद्धता स्थाई है, निरन्तर आनन्द में है, और जो संसार के कार्यों को लगभग भूल सा गया है, उसे इसी जीवन में जीवन मुक्त कहा जाता है। (विवेक चूड़ामणि)

अब कई अन्य कारण हैं, जो कि इस पूर्णता की स्थिति तक पहुंचाने में सहायता करते हैं तथा उत्प्रेरक हैं। कुण्डलिनी जागरण के उपरान्त हमें यह भी ध्यान रखना चाहिए कि वह पुनः लौट न जाए, या सहस्त्रार में समय से पहले बिना परिपक्व अवस्था के प्रवेश कर जाए। उसका वापस लौटना तो मणिपुर चक्र के पार हो जाने पर नहीं हो सकता। वहां तक पहुंचने पर यह वापस नहीं होती। जब यह अति वाचाल हो उठे तो उसे ठण्डा करने की विधि हमें अपनानी चाहिए। यौगिक साधना और ध्यान का अभ्यास बन्द कर देना, भारी भोजन और मदिरा का अल्प सेवन यदि कोई साधक करता है, तो यह करना कुण्डलिनी शक्ति को नियन्त्रित रखता है। तथापि उसे ठीक समय पर सहस्त्रार में पहुंच कर हमें शाश्वत प्रबुद्धता प्रदान करना होता है।

जैसे कि शंकराचार्य ने कहा है कि प्रत्येक व्यक्ति को सांसारिक कार्यों को छोड़ देना चाहिए। इसीलिए ऐसी अवस्था में संसारिक कार्यों से अवकाश ले लेने की बात कही गई है जो अधिकांश लोगों में स्वतः ही हो जाता है। इसीलिए साधक अपना अधिकतर समय साधना में व्यतीत करते हैं, इसके लिए भजन-कीर्तन आदि सदैव से भारत में प्रचलित हैं जो सहायता करते हैं। इन दो तथ्यों से अध्यात्मिक प्रौढ़ता में तेजी आती है।

अवशेष समय आध्यात्मिक चर्चा तथा जो लोग इच्छुक हैं, उनको सिखाने में व्यतीत किया जाना चाहिए। प्रवचन करना और समय-समय पर जो प्रेरणात्मक ज्ञान सुलभ होता रहे, उसे लिखना चाहिए और अधिक-से-अधिक समय मौन भी रखने का प्रयास करना चाहिए। यह सब बातें तभी हो सकेंगी, जब कोई आश्रम में रहने लगे, जो संसार के भीड़-भाड़ से थोड़ा दूर हो तथा सांसारिकता से पृथक व आध्यात्मिक वातावरण से परिपूर्ण हो।

भारत में महाराष्ट्र के एक आत्मदर्शी महात्मा निसर्गदत्त महाराज[11] ने कुछ पुस्तकें लिखी हैं, जो आध्यात्मिक उन्नति तथा प्रबुद्धता पर हैं। एक पुस्तक का नाम 'आई एम दैट' 'मैं वह हूं' है जिसमें उन्होंने बहुत से दुर्गम प्रश्नों के उत्तर दिए हैं। उन्होंने कहा है कि परमात्मा प्राप्त करने के लिए आपको सब छोड़ना पड़ेगा और दृढ़ प्रतिज्ञ होकर परमात्मा के मार्ग पर चलना होगा। कोई व्यक्ति सांसारिक कार्यों का भी सम्पादन करे और परमात्मा की साधना भी करे तो ज्ञान तो उसे मिलेगा, किन्तु उसका ज्ञान 'लारवा' की तरह होगा, जिसमें वह दोनों साथ चल न सकेंगे। सांसारिक विचारों में रहकर और परमात्मा का भी विचार साथ-साथ चल न सकेगा। एक विचार की श्रृंखला का दूसरे के लिए तोड़ना अनिवार्य होगा। बहुत दफ़ा आप परमात्मा के स्पर्श में कई दिनों तक रह सकते हैं। उदाहरण के लिए मेहर बाबा को लें जो पांच दिनों तक क्या खाते थे? क्या पीते थे? क्या करते थे? उन्हें कुछ पता नहीं चला और इस भगवत्ता की खुमारी में वे जीते रहे। यदि कोई साधक इस प्रकार तैयार नहीं है, तो उसने प्रभु का मार्ग ही क्यों अपनाया? यदि कोई यह सब अनुभव को तैयार है, तो वह संसार का कार्य पूरा नहीं कर सकता। जैसे कि कार्यालय जाना 8 बजे प्रातः से सांय 5 बजे तक या अन्य कार्यक्रम कैसे चल सकते हैं।

कोई व्यक्ति प्रभू के आधे रास्ते तक जा सकता है, सांसारिक सम्बन्धों को बनाए भी रखे परन्तु कुछ संशोधन तो करना होगा। जीवन में दोनों तरफ चला जाए, ऐसा सम्भव नहीं होगा, यदि साधक सचमुच प्रभू मार्ग पर जाना चाहता है तो। मैं ऐसे कई लोगों को जानता हूं जो उदास हैं, क्योंकि उनका विकास कहीं-न-कहीं रास्ते में रुक गया, उसका कारण यह है कि पदार्थ से भरा होना परमात्मा से खाली होना है और परमात्मा से भरा होना

पदार्थ से रिक्त होना है। एक दृढ़ संकल्प इस अवस्था में लेना नितान्त आवश्यक है, यदि पहले नहीं लिया गया तो, और इसे ही 'संन्यास' कहा जाता है।

मैं नहीं जानता कि इसे कैसे कहा जाए। यदि आप प्रभु की खोज आंशिक समय देकर कर रहे हैं, तो आपको परिणाम भी आंशिक ही मिलेगा। कभी पूरा नहीं होगा। हम लोग परामनो वैज्ञानिक की तरह रहेंगे, जैसे किसी अन्य व्यवसाय में कोई लगा रहता है। हम कुण्डलिनी जागरण पर अनुसन्धान भले ही करते रहें, हमारे साथ बहुत से भागीदार हो जाएं, जो बहुत विशेषज्ञ हों, परन्तु हमें प्रभु मिलन सम्भव नहीं होगा, हम उसके अनुभव से नितान्त दूर ही रहेंगे। विज्ञान-विज्ञान है, परन्तु अनुभव तो अनुभव है। उसका कोई अन्य मार्ग नहीं। यह कई-कई जन्मों तक चलता रहेगा जब तक कि हम विशेष संकलप न लें, अब और यहां, एक निश्चित बिन्दु पर, एक विशेष जीवन काल में। प्रोफेसर जेबी राइन ने ड्यूक विश्वविद्यालय में 1920 में एक प्रयोगशाला स्थापित की। उसमें बड़े-बड़े अनुसन्धानकर्ताओं का एक समूह कार्यरत हो गया और उन्होंने एक भौतिक या गणितीय सूत्र का अन्वेषण प्रारम्भ किया, जिसमें दूर-निकट की वार्ता, वायु में तैरना, पूर्वज्ञान, दूरदर्शन आदि पर अनुसन्धान होने लगा। वे इन घटनाओं को तो देख सकते थे, किन्तु कोई सूत्र उनके हाथ अब तक नहीं लगा। क्या आप असीम को ससीम में बन्द कर सकते हैं? हार निश्चित थी, जो प्रोफेसर राइन ने स्वीकार किया है। किसी ने ठीक ही कहा है कि आप परमात्मा हो सकते हैं, परन्तु आप परमात्मा को जान नहीं सकते हैं। उदाहरणार्थ देखिए, "द फ़न्डामेन्टल्स आफ़ पैरासाइकोलोजी', मोरिस एवं एड्गे आदि।[4]

बहुत बार ऐसा प्रतीत होता है कि आप को कुछ खुलने वाला है, किन्तु वह नहीं खुलता। आपको साफ़ प्रतीत होता है कि कोई खोल खुलते-खुलते रह गयी, कोई रुकावट अभी भी पार नहीं हुई है। स्वामी शिवानन्द राधा ने कहा है "साधारण मनुष्य के लिए परमात्मा की ओर चलना और अपने परिवार का पालन दोनों सम्भव नहीं है। जीवन में अन्य प्रकार से देखा जाए, तो जैसे एक पुरुष और स्त्री के जीवन को देखा जाए तो यह प्रायः असंभव-सा लगता है कि वे लोग दोनों कार्य पूर्ण निपुणता से कर

सकें। जैसे कि विवाह हो जाने पर एक अपने परिवार पर ध्यान नहीं देता और यद्यपि गृहस्थ जीवन में लगा हुआ है, तो विवाह उक्त भागीदार के कारण खण्डित होता दिखायी देता है। यदि बच्चे हैं, तो वे भी दुखित होते हैं। विवाह विच्छेद भी हो जाता है। यद्यपि बहुत बड़े-बड़े योगी हुए हैं, जिन्होंने विवाह किया था। ऐसी दशा में एक भागीदार दूसरे की सेवा में स्वेच्छा से रहने लगा था और वह अपना सौभाग्य समझ गया था कि उसका साथी भगवान की खोज में सक्षम है।[4, 55] एक और गुप्त शक्ति है जिसमें प्राण-शक्ति को खींच लिया जाता है। मैं एक योगी के पुत्र से मिला था, जो पहले अपने पिता से नाराज था और निराश था कि उसके पिता ने परिवार का त्याग कर दिया, योग में जाने के लिए, किन्तु वह स्वयं भी वही करने वाला था, जो उसके पिता ने किया था, जब मुझे उसकी जानकारी हुई। उसके पिता ने उसे वह प्रक्रिया बताई थी, जिसमें कि प्राण स्वेच्छा से खींच लिए जाते हैं और उसने यह भी बताया था कि कितना समय लगेगा और वह क्या करने वाला है। यद्यपि वह नवयुवक भी उसी योग पथ का अनुसरण करने वाला था, परन्तु वह इस तैयारी में था कि उसका परिवार उसके कृत्यों से दुखित न हो सके।[4, 34]

अतः यह साफ है कि साधक को अन्तिम चरण में जब वह प्रभु की ओर पूर्णतः आ जाए, ऐसा आधा मार्ग बिन्दु पहुंचने के उपरान्त होता है। यह एक समझौते का रास्ता है कि आधा वर्ष आश्रम में रहकर साधना की जाए और आधा वर्ष जो कुछ प्रेरक विचार उपलब्ध हुए हैं, उन्हें मानव जाति की भलाई के लिए प्रचारित किया जाए। यही बहुत से प्रसिद्ध योगियों ने किया है। किसी को संसार का त्याग इस भावना के साथ नहीं करना चाहिए कि वह सत्य का सन्देश दूसरों को न दे सका, क्योंकि यह एक बीज बन जाएगा, जिससे इस भौतिक संसार में एक बार पुनर्जन्म की सम्भावना बन जाएगी। मैं व्यक्तिगत रूप से इस विचार को पसन्द नहीं करता। जो कुछ भी करना है वह अभी करना है। आप अपने विकास की राह पर ऊपरी लोकों के वासियों की सेवा फिर भी कर सकेंगे। यहां बहुत से लोग होंगे, जो भौतिक जगत में सेवा करते रहेंगे। अस्तु! आपका भूलोक पर बना रहना इतना आवश्यक नहीं है।

सन्दर्भ

1. क्लेम्प, हेराल्ड; हाउ टू फाइंड गाड, एकांकर, मिनियोपोलिस, एम एन, 1988
2. परमहंस, डॉ. रमेश' शब्द ब्रह्म, शान्ति प्रकाशन, कानपुर, इण्डिया, 1990
3. गोयल, डॉ. बी. एस.; थर्ड आई एण्ड कुण्डलिनी, थर्ड आई फाउन्डेशन आफ इण्डिया, नई दिल्ली, 1985
4. राधा, स्वामी शिवानन्द; कुण्डलिनी योग, मोती लाल बनारसी दास पब्लिशर, दिल्ली इण्डिया, 1992
5. बक, रिचर्ड मोरिस, कास्मिक कान्शसनेस, दि सिटाडेल प्रेस, न्यू जर्सी, 1961
6. मुक्तानन्द, स्वामी, चितशक्ति विलास, गुरुदेव सिद्धपीठ, महाराष्ट्र, इण्डिया, 1972
7. योगानन्द, परमहंस; ऑटोबायोग्राफी आफ़ ए योगी, जेको पब्लिशिंग हाउस, बाम्बे, इण्डिया, 1986
8. क्लेम्प, हेराल्ड; क्लोक आफ कान्शसनेस, एकांकर, मिनियोपोलिस, एम एन, 1991
9. चटर्जी, मोहिनी एम; विवेक चूणामणि आर दि क्रेस्टज्वेल आफ विजडम, दि थियोसोफिकल पब्लिशिंग हाउस, अडयार, इण्डिया, 1932
10. बित्लीमोरिया, पी.; योगा, मेडीशन, एण्ड गुरु, स्टरलिंग पब्लिशर प्रा. लि., दिल्ली, 1993
11. महाराज, श्री निसर्गदत्त; आई एम दैट, दि एकोर्न प्रेस, डरहम, एन सी, यू. एस. ए., 1973

अध्याय-11

मानसिक व्यक्तित्वीकरण एवं आत्मोपलब्धि

जीवात्मा के विकास की पांच श्रृंखलाएं हैं, जो विभिन्न जन्मों में पूरी हो पाती हैं। अन्तिम स्थिति में मनुष्य जब आन्तरिक उधेड़बुन में होता है तो वह ध्यान की ओर अथवा बौद्धिक और अंतःप्रेरणा के योग की ओर मुड़ता है। किसी व्यक्ति में जब पुरुषत्व एवं स्त्रीत्व अर्थात् बौद्धिक एवं ऐहिक तत्व समतुल होते हैं, तो उस व्यक्ति में पहले व्यक्तित्वीकरण उत्पन्न होता है, फिर वही आत्म-साक्षात्कार बन जाता है। यह प्रक्रिया आमतौर से स्वप्नों में आने लगती है, जो मनुष्य के व्यक्तित्व की क्रमशः विकास की सहयोगी है। जीवात्मा के तीन तल होते हैं (नीची, मध्यम और ऊंची) जिनसे मनुष्य का अब उच्चतम विकास हो जाता है, तब वह उच्च-आत्मा बन जाती है। जो, अपने आत्मिक-साथी से मिलकर बने जोड़े का प्रतीक है। उच्च-आत्मा या 'साइकिकि बीइंग', जिसका वर्णन पहले किया जा चुका है, वह समय-समय पर निर्देश देता रहता है। आत्म-साक्षात्कार एक दोहराई जाने वाली तथा क्रमशः चलने वाली प्रक्रिया है, जो इस पृथ्वी लोक तथा अदृश्य लोकों में, जो भौतिक जगत से परे हैं, चलती रहती है।

आत्मान्वेषण

जाने अनजाने व्यक्ति के जीवन में किसी-न-किसी जन्म काल में ऐसा समय आता है जब वह संसारिक मामलों में रूचि कम लेने लगता है। वह यह विचार करने लग जाता है कि वह इस संसार का नहीं है और सांसारिक वस्तुएं उसे सांत्वना नहीं देतीं। यद्यपि साफ-साफ दिखायी न पड़ते हुए भी उसे यह

आभास होने लगता है कि संसार की वस्तुएं, जो अनेक बार उसने एकत्र की थीं, कई जन्मों में यही होता रहा, परन्तु हमें कोई सांत्वना नहीं देते और हमें कहीं का नहीं रखा है। उसको यह भास होने लगता है कि वह किसी अन्य अस्तित्व के किसी अन्य सत्य का जीव है और उसका घर कहीं और है। यहीं से खोज प्रारम्भ होती है, जिसे हम कहते हैं शास्वत की खोज और उसी को 'आत्मा' कहा जाता है।

किसी व्यक्ति को अपने शाश्वत आनन्द व वास्तविक घर की खोज में पांच चरणों में विभिन्न अनुभव होते हैं। पहले चरण में मनुष्य दूसरे के अनुभवों को कोई महत्त्व नहीं देता, वह अपनी इन्द्रियों की वासनाओं की तृप्ति में दूसरों को हानि पहुंचाकर भी सुख चाहता है और यही सबसे बड़ी संसार की उपलब्धि उसे प्रतीत होती है। उसे इसका कतई विचार नहीं होता कि कोई मनुष्य से बड़ी शक्ति भी है।

दूसरे चरण में मनुष्य में यह विचार आने लगते हैं कि कोई बड़ी शक्ति भी है। किन्तु वह अपनी पुरानी दिनचर्या में लगा रहता है, इन्द्रिय भोग लिप्सा में बराबर तल्लीन रहता है। उसे उस परमशक्ति के सम्बन्ध में शंका बनी रहती है। यद्यपि वह कभी-कभी विचार भी करता है, तथापि कुछ विशेष इस शक्ति को जानने के लिए प्रयत्न नहीं करता है। तीसरे चरण में उच्च शक्ति पर विश्वास कुछ जोर पकड़ता है और वह व्यक्ति कुछ चिंतन व कुछ पूजा आदि में रुचि लेने लग जाता है कि उच्च शक्ति प्रसन्न हो जाए और उसकी मांग पूरी हो सके।

वह इस उच्च शक्ति को परमात्मा कह सकता है, किन्तु वह दूसरों के विश्वास, धारणा व धर्म का तिरस्कार करेगा। यह गैर जिम्मेदाराना की दशा बनी रहती है। चौथे चरण में वह व्यक्ति दूसरों के विश्वासों का आदर करने लगेगा तथा अपने लम्बे अनुभव के कारण कुछ दायित्व समझने लगेगा। उसे यह समझ में आने लगता है कि वह सत्यान्वेषण में कुछ ठोस कार्य करे। अब उसे कोरा विश्वास व धर्मगत नीति या सिद्धान्त पर भरोसा या सन्तोष नहीं होता। धीरे-धीरे उसकी आन्तरिक उथल-पुथल और गहरी होने लगती है। पांचवें अन्तिम चरण के व्यक्तित्व में जीवन का अर्थहीन होना उसकी चेतना में भारी पड़ने लगता है। आन्तरिक तूफान ऊपरी सतह पर आने लगता है। और उस व्यक्ति पर दबाव डालता है कि उन प्रश्नों

का उत्तर उसे मिले, जो उसके जीवन के अन्तर में पीड़ा कारक थे, जो दर्शनशास्त्र, परामनोविज्ञान, जादूगरी, रहस्यवाद, या आध्यात्मिक साधना से सम्बन्धित होती हैं। वह फिर शास्त्रों का वृहद अध्ययन तथा साहित्य जो आत्म खोजी महात्माओं के विषय में है, का वृहद अध्ययन करने लग जाता है। उसके क्रियाकलाप में पढ़ना, लिखना, बोलना असाधारण और जीवन से परे तथ्यों पर आधारित हो जाता है, अन्य वस्तुओं में उसे कोई रुचि नहीं रह जाती। विकास पथ पर आ जाने से मनुष्य दो रास्तों में से एक को चुनता है। ध्यान या आध्यात्मिक बौद्धिक दर्शन। प्रायः यह दोनों का मिश्रण कुछ भिन्न अंशों में होता है। यही वह चरण है जब भगवान कृष्ण ने भगवतगीता का उपदेश दिया और ईसा मसीह ने कहा था कि वे लोग जो पीड़ित हैं, उन्हें परमात्मा का राज्य मिलेगा। यह पांच चरणों की विकास यात्रा कई जन्मों में फैली होती है। इनके नाम डॉ. जोयल एल व्हिटन और जो फिशर' के शब्दों में निम्न प्रकार हैं—

प्रथम चरण 1 : पदार्थवाद

द्वितीय चरण 2 : अन्ध विश्वासवाद

तृतीय चरण 3 : मौलिकवाद

चतुर्थ चरण 4 : दर्शनवाद

पंचम चरण 5 : क्लेशवाद (कष्ट उठाते हुए अहं की मृत्यु की ओर)

यद्यपि, मैंने ऊपर विस्तारपूर्वक कहा है कि अधिकतर धर्मों ने इसी प्रकार आन्तरिक विकास की व्याख्या की है, जो क्लेशवाद या मानसिक उथल-पुथल पर पहुंचते हैं।(कुमार 2) अल्डुअस हक्सले[3] ने कहा है कि चिरस्थायी दर्शन शास्त्र विभिन्न तीन द्वारों से प्रारम्भ किया जा सकता है:

पहला द्वार—निचला द्वार वह है, जो बहुत ही व्यवहारिक है, जिसके उपदेशक बहुत ही व्यवहारिक हैं जैसे गौतम बुद्ध जिनके पास कल्पना का कोई प्रश्न नहीं है और जिनका सबसे पहला काम है कि वे मानवीय चेतना में छिपी हुई वासनाओं की आग को निकाल दें, जैसे कि लोभ, क्रोध, उन्मत्तता आदि, तथा हृदय में छिपे हुए मूर्खतापूर्ण एवं जंगली प्रेम के भावों को निकाल दें।

दूसरा द्वार—इस ऊपरी द्वार से वे लोग जाते हैं, जिनका कार्य सोच विचार करना, जो जन्मजात दार्शनिक व धर्म मीमांसक (वेदान्ती) होते हैं।

तीसरा द्वार—इस मध्य द्वार से वे लोग प्रवेश पाते हैं, जो तरह-तरह के धर्म व सम्प्रदाय के प्रवर्तक हैं, जैसे कि भारतीय विचारक, इस्लाम में सफी, मध्ययगीन कैथोलिक रहस्यवादी, तथा, प्रोटेस्टेंट परम्परा में डेंक और कैस्टीलियो, इवरार्ड और जान स्मिथ तथा प्रथम क्वेकर और विलियम ला आदि हैं।

हक्सले के अनुसार मन के लिए यह सरल है कि वह मध्यवर्ती द्वार प्रारम्भ करके किसी भी तरफ जा सकता है। वर्षों से यही मेरा मार्ग आध्यात्मिक विकास यात्रा में रहा है। यह है पढ़ना, लिखना और अपने विकास के अनुसार बोलना, जिससे कि वह स्वयं निरीक्षण करता रहे कि उसका निजी अनुभव क्या है और धर्म शास्त्र क्या कहते हैं तथा जो कुछ उसने लिखा है क्या है? यह 'सत्य" से मेल खाता या प्रमाणित करता है, क्योंकि लेखक वही लिखता है, जिसे उसने स्वयं देखा है और उसके द्वारा गुजरा है।

राबर्ट असाज्योली[4] ने एक सामान्य रूपरेखा तैयार की है कि कौन-कौन सी बाधाएं आध्यात्मिक विकास के मार्ग में आती हैं और कुछ संकेत भी दिए हैं कि उनसे कैसे छुटकारा पाया जा सकता है। उन्होंने इस प्रक्रिया में चार चरण बतलाए हैं—

1. आध्यात्मिक जागरण के पूर्व संकट की घड़ी
2. आध्यात्मिक जागरण के पश्चात् संकट
3. आध्यात्मिक जागरण से क्रिया-प्रतिक्रिया
4. आध्यात्मिक पुनर्जन्म

जागरण से तात्पर्य एक नए विवेक से है, जो कि अब तक बन्द नेत्र थे और जिन्हें कोई जानकारी अभी तक नहीं थी। फ्रेड के उत्तराधिकारी डॉ. सी जी यंग[5] और इस्थर हार्डिंग[6] का 'एक उच्चस्तरीय मिलानेवाला केन्द्र' पर विश्वास था, जो आन्तरिक चेतना एवं एक सम्पूर्ण व्यक्तित्व का होता है। यह केन्द्र व्यक्तित्व से परे महान आत्मा कहा जाता है। आध्यात्मिक नव चेतना इस महान् चेतनता के विषय में अनुभव प्रदान करता है और आत्म ज्ञान करा देता है। यह प्रक्रिया आत्मसाक्षात्कार कहलाती है, जो 'मैं' को महान् आत्मा से तादात्म्य करा देती है।

जागरण के पूर्व संकट—प्रायः इसमें निराशाएं, असन्तोष और यह होश बना रहना कि जीवन में कुछ कमी रह गयी है, अपने व्यक्तिगत सम्बन्धों में दरार, अपराधबोध व नैतिक संकट और निजी दायित्व तथा यह सब मिलकर एकत्र हो जाते हैं और जीवन के बाह्य तल पर प्रगट होने लगते हैं, जो आध्यात्मिक प्रवृत्ति के जागरण से पुनरअवलोकन के लिए बाध्य होते हैं। यह संकेत विभिन्न व्यक्तियों में उनकी अपनी तैयारी के अनुसार भिन्न-भिन्न होते हैं।

जागरण का जब सही अर्थ समझा जाता है, तब व्यक्ति के आन्तरिक कलह का समाधान प्रगट होता है और धनात्मक प्रभाव उसके व्यक्तित्व में गोचर होते हैं। ऐसी दशा में मन-मुटाव के घर्षण व पीड़ा समाप्त हो जाती है। एक आनन्द व हर्ष का वातावरण बन जाता है और किसी-न-किसी प्रकार से दैवी प्रकृति बन जाती है। कुछ खोजी लोगों को दिव्यदर्शन आने लगते हैं। कुछ को दिव्य ध्वनियां सुनायी पड़ती हैं और गद्य व पद्य की रचना करने लग जाते हैं जिसमें परमात्मा के विचार होते हैं। लिखने का गुण भिन्न-भिन्न व्यक्तियों में भिन्न-भिन्न होता है। कुछ का लेखन अति उच्चकोटि का होता है, जो उस व्यक्ति को प्रसिद्धि प्रदान करता है। उन लोगों में जिन्होंने इस प्रक्रिया को ठीक से नहीं समझा वे इस नयी शक्ति व ज्योति को आत्मसात् नहीं कर सकते। वे अपने किसी भी सम्बन्धी को सत्य से भटका सकते हैं और उनका व्यक्तिगत अहंकार त्रुटिपूर्ण रूप से बढ़ सकता है। कुछ घटनाएं ऐसी घटी हैं कि लोगों ने अपने को परमात्मा घोषित कर दिया है और उन्होंने एक नया धर्म या सम्प्रदाय खड़ा कर दिया है। आत्म वंचना घटित हो सकती है और निम्न श्रेणी के गुणों को उच्चतर आत्मा पर थोपा जा सकता है। कभी-कभी अकस्मात् सत्य से सम्बन्ध भी मानसिक स्तर पर तीव्रगामी शक्तियों को आत्मसात् नहीं कर पाता और वह मानसिक व्याधियों का शिकार बन जाता है।

जागरण के पश्चात् जो प्रतिक्रिया होती है, वह है अपार आनन्द के अनुभव, प्रसन्नता तथा मानसिक ज्योतिपूर्ण हो जाना। ऐसी स्थिति में तीन प्रकार की घटनाएं घटती हैं। स्थायी व्यक्तित्व का समग्र विकास और पूर्ण स्थायी रूपान्तरण उस व्यक्ति के जीवन का हो जाना। आंशिक रूपान्तरण जो कुछ निर्देशों के उपरान्त कुछ अन्य उपयोगी साधनाओं

से परिपूर्णता को प्राप्त होता है। उच्चात्मा से न्यूनात्मक प्रवाह शक्ति का होना, जिसका कि पता न चल सके और एक पीड़ा दायक अनुभव दे जाए। जैसा भी हो बाधाओं को पहचानकर आगे भविष्य में उन पर विजय पायी जा सकती है और अन्त में जो जीवन की स्थिति होती है, वह चलने के लिए एक आदर्श बन जाता है। हर हाल में दैनिक जीवनचर्या में परिवर्तन आ जाता है और दिव्य शक्ति की एक खुमारी-सी लग जाती है।

रूपान्तरण प्रक्रिया के तीन चरण होते हैं: उच्चात्मा से व्यक्ति की आत्मा की ओर चल-यात्रा की शक्ति को प्रवाहित होने में जो बाधाएं हैं। उन्हें रोकना; सुप्त पड़ी हुई शक्तियों का जाग जाना या उन्नतिशील हो जाना; और उस समय का ज्ञान हो जाना जब उच्चात्मा सक्रिय होती है। व्यक्ति के विभिन्न विरोधी वृत्तियों में धीरे-धीरे एकरूपता या सामंजस्य केन्द्र पूर्णता की ओर ले जाता है। परिवार में रहना और दैनिक सामाजिक व पारिवारिक कर्तव्यों का निर्वहन करना आत्म साक्षात्कार के मार्ग पर अग्रसर होना है। यह एक उपयुक्त सलाह है कि मनुष्य को उस अन्तिम लक्ष्य को बार-बार याद करना तथा उसकी ओर निरन्तर ध्यान रखना चाहिए। हमारा लक्ष्य यह है कि हमारी मनस चेतना ऐसी हो जाए, जिसके लक्षण में खुशी, गम्भीरता, आन्तरिक सुरक्षा, शान्ति, शक्ति, साफ समझदारी और गहरा प्रेम परिलक्षित हों। उसका उच्चतम पक्ष यह है कि अनिवार्य 'होने' का साक्षात्कार हो जाए और सार्वभौतिक सत्ता से हमारी एकता अनुरूपता स्थापित हो जाए।[4]

समतुलन की आन्तरिक प्रक्रिया

आन्तरिक उथल-पुथल जो हमें आत्म साक्षात्कार तक ले जाती है, उसके पूर्व प्रत्येक व्यक्ति चाहे वह पुरुष हो या स्त्री उसके भीतर के नर और मादा तत्वों के समतुलन की कठिन प्रक्रिया पूरी होती है। यह तत्व नर रूप में बौद्धिक और मादा रूप में भावात्मक प्रक्रिया के नियमानुसार होते हैं। इस प्रकार प्रौढ़ और नये दोनों साधकों को भली भांति समझ लेना अनिवार्य है। प्रौढ़ लोगों को यह आत्मसाक्षात्कार के मार्ग पर और प्रोत्साहित करेगा और नए लोगों के लिए यह एक अच्छा सुखदायी मार्ग-

दर्शक होगा।

डॉ. सी. जी यंग के अनुसार—मध्यकालीन युग में बहुत पहले जब मनोवैज्ञानिकों ने इसका प्रदर्शन किया था कि हमारी शारीरिक ग्रन्थियों की बनावट में दोनों स्त्री और पुरुष तत्व होते हैं, यह कहा गया था कि प्रत्येक पुरुष अपने में एक स्त्री को लिए हुए है। यह जो नारी तत्व प्रत्येक पुरुष में पाया जाता है, उसे 'अनीमा' कहा है। यह स्त्रैण भाव कुछ अनिवार्य रूप से निम्न कोटि से अपने अड़ोस-पड़ोस से सम्बन्धित होते हैं, विशेषतया महिलाओं से जो कि प्रायः इस भाव को दूसरों से तथा अपने आप से भी छिपाये रखते हैं। यद्यपि प्रत्यक्ष दिखाई पड़ने वाला व्यक्ति सामान्य होता है, परन्तु वह अपने अन्दर के भावों को दूसरों से छिपाने का पूरा प्रयास करता है, जो कि उसके भीतर की स्त्री की दुखदायी दशा का भाव होता है।[5]

अस्तु! यह 'आंतरिक स्त्री' है, जो पुरुष के अवचेतन को नियन्त्रित करती है, वास्तव में दोषारोपण उसी पर किया जाना चाहिए, न कि उस स्त्री पर जो वास्तव में उसकी जीवन संगिनी है। यदि ऐसा होता कि वह अन्दर की 'पुरानी स्त्री' या अनीमा पुरुष पर भारी पड़ती है, तो उस पुरुष में स्त्रैणभाव उत्पन्न हो जाएंगे और उसका पुरुषत्व विलीन हो जाएगा। अस्तु इसका ध्यान रखना चाहिए कि पुरुष के मन पर अनीमा प्रभावशील न पड़ने पाए।

जैसे भी हो भीतरी महिला तत्व न अच्छा होता है और न बुरा। यह एक शक्ति है, जो मनुष्य में प्रेमभाव पैदा करती है, सांस्कृतिक विकास करती है न कि उसे मिटाती है। पुरुष लोग कामुक अवस्था के शिकार अधिक बन सकते हैं और इस चाल में फंस सकते हैं। महिलाएं कामुक प्रभाव में भी सामान्यता शान्त और हिसाबी होती हैं। वह गलती से यह समझता है कि उसकी यह पशु प्रवृत्ति उसकी मित्र है और वह उसका शिकार बन जाता है। यह उस घावपूर्ण अवस्था का त्याग कर सकता है, यदि अपने में सृजकता के भाव को विकसित करले और स्त्री तत्व नियमों के सम्बन्ध में वह विवेक से कार्य करे कि क्या सत्य है और क्या असत्य। यदि यह खतरा वह नहीं देख पाता है, तो वह ऐसा जल सकता है कि वह पूर्ण रत्यात्मकशक्ति (स्त्री के प्रति काम भावना) के विरुद्ध कटु

पूर्णयातिक्त भाव धारण करले।

हमारे समक्ष पूरा विषय अब साफ-साफ है। प्रत्येक पुरुष में एक 'आन्तरिक स्त्री' है, जो अपने अड़ोस-पड़ोस विशेष कर स्त्री से सम्बन्धित है, किन्तु इसकी जानकारी उस पुरुष को नहीं होती। उस पुरुष पर इस आन्तरिक स्त्री या 'अनीमा' का बहुत गहरा प्रभाव उसके बिना जाने हुए उसके मनस पर पड़ता है। 'आन्तरिक स्त्री' अनीमा चाहती है कि वह खून मांस की बनी हुई वास्तविक स्त्री के बाह्य रूप में प्रगट हो, जोकि पुरुष को किसी लड़की-मित्र, पत्नी या अन्य कोई महत्त्वपूर्ण रूप में उपलब्ध हो। परिणाम स्वरूप पुरुष अपने मनस में स्थित इस स्त्री की वास्तविक जीवन में मिलने वाली स्त्रियों से तुलना करता रहता है और जो सबसे अच्छी समयानुसार मिलती है, उसको वह ग्रहण करता है। वह आन्तरिक रूप से अपने में सन्तोष पाता है कि वह जो चाहता था मिली और उसके साथ अपनी जीवन यात्रा प्रारम्भ करता है। 'अनीमा' की यह चाल उसकी समझ में नहीं आती और वह फिर दूसरी स्त्री की खोज में लग जाता है। कुछ काल पश्चात उसे दुसरी मिलती है, किन्त वह भी मेल नहीं खाती और वही कथा दुहराई जाती है। इससे यह स्पष्ट होता है कि पुरुष क्यों बार-बार विवाह करता है और फिर भी उसे किसी से सन्तोष नहीं मिलता, तो वह परित्याग या तलाक करता और नयी लाता रहता है।

इस तरह ऐसे पुरुष में स्त्रियों के विरुद्ध कुविचार पैदा हो जाते हैं जो उसे भयानक मानसिक बिमारियों से ग्रसित कर सकते हैं। दूसरी ओर ऐसे पुरुष हैं, जो उसी स्त्री के साथ जीवन भर रहते हैं, यद्यपि वे काम क्रिया में सन्तुष्ट न हों, जो अनीमा के कारण ही होता है। यही प्रक्रिया स्त्री में भी चलती है। स्त्री में जो 'आन्तरिक पुरुष' होता है, उसे 'अनीमस' कहते हैं। स्त्री भी उसी प्रकार की घटनाओं को झेलती है, जिसमें वह अपने 'बाहरी पुरुष' की तुलना अपने 'आन्तरिक पुरुष' से करती है और अन्त समय तक असन्तुष्ट रह जाती है।

जैसे भी हो, पुरुष और स्त्री एक-दूसरे के पूरक स्वभाव के होते हैं। और अपरिहार्य रूप से एक दूसरे के आकांक्षी होते हैं, जिससे उन्हें आपसी सम्बन्ध बनाए रखना अनिवार्य हो जाता है। किन्तु उनके लक्ष्यों में इतनी भिन्नता होती है कि देर-सवेर एक दूसरे से पृथक हो जाते हैं। पुरुषों और

स्त्रियों के बाहरी मतभेद वास्तव में उनके आन्तरिक मतभेदों का प्रकाट्य है। कोई भी व्यक्ति पूरा पुरुष या स्त्री नहीं है, वरन् दोनों का मिश्रण है, जिससे कि मानस क्षेत्र में शास्वत मतभेद बना रहता है। जब तक पुरुष इस मतभेद को पूर्णतः सुलझा नहीं लेता और पुरुष अपनी आन्तरिक स्त्री से मेल नहीं पा जाता, तब तक वह भौतिक स्त्री से सामंजस्य नहीं कर सकता। अपनी पूर्णता की कमी उसे खटकती रहती है, अस्तु उसे अपने सहयोगी की सहायता अपरिहार्य होती है, 'पूर्ण' होने के लिए। यही स्त्रियों के लिए भी सच है। स्त्री को भी अपने आपको पूर्ण बनाना है, यदि उसे बाहरी पुरुष से फलदायक सम्बन्ध रखना है।

अब हम 'आन्तरिक समतुलन' बनाम 'बाह्य सम्बन्ध' पर विचार करेंगे। स्त्री व पुरुष की आवश्यकताएं एक-दूसरे की पूरक हैं और इसीलिए उनका साथ-साथ रहना अपरिहार्य है। यदि घरेलू और कार्यालय जीवन के कर्तव्यों का विभाजन ठीक ढंग से पुरुष और स्त्री में कर लिया जाए, तो सामंजस्य बैठ जाता है और जीवन सन्तुलित होकर आराम से चलता है। यदि कोई आदमी अंधा बनकर एक अनीमा को छोड़कर दूसरी अनीमा काल्पनिक रचता रहता है कि उसकी तात्कालिक इच्छाएं पूर्ण हो जाएं तो यह कहा जाएगा कि विकास की भावना की दौड़ में वह बचपना कर रहा है। यह बचपने का तल जन्म जन्मातर चलता रहता है, किन्तु इच्छाएं अपूर्ण ही रह जाती है। जैसे ही कोई पुरुष इस बात को जान लेता है, तो वह अनीमा की प्रकल्पनाएं नहीं करता और एक स्त्री से छूटकर दूसरी को पकड़ने के लिए नहीं दौड लगाता, तो वह इस पृथ्वी पर स्नातक के बिन्दु पर पहुंच गया है और यह कहा जा सकता है कि उसे एक प्रकार से दीक्षा प्राप्त हो गई है। जब वह अपनी कामुक भावना को त्यागना सीख जाता है और उस स्त्री के सम्बन्ध में अपने मिलन की इच्छाओं को त्याग देता है, जो उसे बहुत ही प्रभावशाली रूप से आकर्षित करती थी, तो यह समझ लेता है। कि उसके बार-बार जन्मों का यही कारण था। यह उपदेश उसे तभी प्राप्त होता है, जब वह अपने जीवन से काफी अनुभव प्राप्त कर लेता है और उसे अपने स्वभाव का पता चल जाता है। यही कामुकता पर विजय है, जोकि असत्य से मुक्ति या आत्मसाक्षात्कार का अनिवार्य मार्ग है। एक बार जब 'आन्तरिक सन्तुलन' आ जाता है, तब बाहर के सम्बन्ध

की आवश्यकता नहीं रह जाती। स्त्री हो या पुरुष, वे प्रसन्न रहते हैं बिना किसी भौतिक जोड़े के। विवाह एक व्यक्तिगत इच्छा एवं सुविधा की बात रह जाता है, जिसके लिए कोई बाध्यता नहीं होती। यही दृष्टिकोण एक योगी का है। जो संसार में अकेले ही विचरता रहता है, जिसकी कोई भौतिक आवश्यकताएं नहीं रह जातीं और वह प्रसन्नचित व आनन्द में रहता है।

हेराल्ड कावर्ड के शब्दों में[7]—जब पूर्ण इकाई स्त्री और पुरुष में विभाजित हो जाती है तो यंग का कहना है कि दोनों खण्डों में एक केन्द्रीयता अहंकार की बन जाती है, जो एक दूसरे के विरोधी हैं। यद्यपि हर एक अपनी इकाई या पूर्ण से पृथक हो गया है, जीवन के प्रारम्भ से, मनोवैज्ञानिक व्यक्तित्वता तभी प्राप्त होती है जब वह अपने अस्तित्व को अकेला ही मानता है। बच्चे अथवा आदिवासी लोग अपने को सम्पूर्ण मानते हैं, जैसा कि यंग ने 'पार्टिसिपेशन मिस्टीक' के बारे में कहा है, किन्तु हमारी परिपक्वता तथा मनोवैज्ञानिक एकता तभी स्थापित होती है, जब एक-दूसरे के विरोधी तत्वों के मध्य में संतुलित एकता बन जाती है। यह सब यंग को हिन्दुत्व की ब्रह्मणीय शिक्षा तथा तन्त्र योग के अभ्यास, दोनों में प्रमाणित मिला।

विरोधी तत्वों का एक में होना एक महत्त्वपूर्ण परिवर्तन व्यक्ति के मनस तल में लाता है। व्यक्ति द्वि-आयामी बन जाता है; उसमें पुरुष और स्त्री के स्वाभाविक गुण जैसे पुरुष का बुद्धितत्व और स्त्री का भावनात्मक तत्व, दोनों पाए जाते हैं। इस प्रतिकूलता में एकता एक आन्तरिक विवाह है, जो कि हिन्दू मन्दिरों में स्त्री व पुरुष दोनों का संयुक्त रूप भगवान शिव का पाया जाता है। इस रासायनिक द्वि-आयामी प्रक्रिया से सिद्ध होता है कि धनात्मक व ऋणात्मक प्राकृतिक नियम स्त्री व पुरुष द्वारा निर्मित एक मूर्त रूप में प्रगट हुआ है। जब यह दोनों नियम किसी में सामंजस्य स्थापित करते हैं, तब यह मूर्त रूप में एक समतुलन युक्त व्यक्तित्व प्रगट होता है। इस आन्तरिक विवाह से एक 'आन्तरिक सन्तान' भी उत्पन्न होती है जो आन्तरिक अनुभवों के द्वारा लाई गई है। यह बच्चा सांसारिक न होकर आध्यात्मिक होता है जो कि एक नए व्यक्तित्व का बोधक होता है। चीनी उपदेशों में इस पवित्र बच्चे का वर्णन आया है जैसे कि 'दि सिक्रेट आफ गोल्डेन फलावर' में, जिस पर

यंग ने एक ज्योतिपूर्ण मनोवैज्ञानिक व्याख्या या समालोचना लिखी है। यदि शक्ति का बहाव बाहर की ओर होता है, तो सृजन भी बाहर होता है और यदि उसे रोक कर अन्दर ले जाया जाता है, तो उस व्यक्ति के भीतर सृजन होता है। आन्तरिक सृजन वह आन्तरिक बच्चा है, जो यंग के अनुसार एक व्यक्तित्व की रचना है।

'इजिप्शियन गास्पेल' में एक वार्ता ईसा व उनकी एक महिला शिष्या सलोन के सम्बन्ध में है। क्राइस्ट ने उपदेश दिया कि अमरत्व तब मिलेगा जब स्त्रियां बच्चे पैदा करना बन्द कर देंगी। इसको स्पष्ट कहने को कहा गया तो उन्होंने कहा कि जब तू लज्जा के वस्त्रों को उतार देगी और जब दो मिलकर एक हो जाएंगे, पुरुष और स्त्री कि वह न नर रहे न नारी।

एम ईश्थर हार्डिंग का कथन है:

यह कहावत, 'कि जब दो मिलकर एक बनते हैं, नर और मादा तो न नर रह जाता है और न मादा', उससे यह पता चलता है कि जब मनस में पुर्लिंग और स्त्रीलिंग का आन्तरिक विवाह होता है, तो दोनों व्यक्तित्व के मिलने से मनुष्य पूर्ण हो जाता है। यदि मैं इसके पढ़ने में सही हूं तो प्रभु के कथन का तात्पर्य यह है कि आन्तरिक विवाह से एक आन्तरिक शिशु का जन्म होता है, जो मृत्यु की शक्ति से बचा लेता है। यह बात हिन्दू कहावत से मिलती-जुलती है कि हमें बच्चों की क्या आवश्यकता है, जब कि हमारे पास यह आत्मा है। स्त्रैण नियमों का पुरुषेण नियमों के संयोग से 'चन्द्र पुरुष' उत्पन्न होता है, यह 'वीर बच्चा' आने वाली आत्मा की पूर्व छाया है, जिसके सम्बन्ध में हिन्दू बड़े विश्वास के साथ कहते हैं।

हम लोग परमात्मा द्वारा जीवात्मा के रूप में, जो उसी की तरह है। और जो सब तरफ से परिपूर्ण है, पैदा किए गए हैं। काल के किसी बिन्दु पर मनस दो भागों नर व नारी के रूप में विभाजित हो गया। तभी हर एक अनादि काल से अपने पूर्व साथी की खोज कर रहा है। हम लोग अपनी आत्मा के साथी भाग को खोजते हुए विपरीत लिंग की खोज में लगे हुए हैं, जबकि दूसरी ओर से वह हमारे मनस का ही भाग है। जब वह तथ्य उजागर हो जाता है कि हमारा संयोग अपने दूसरे भाग से हो गया है, तब हम अपने को पूर्ण मानते हैं और इस संयोग से एक 'आन्तरिक बच्चा' जन्म

लेता है जो एक नये व्यक्तित्व का जन्म होता है। और तब हम एक पूर्ण इकाई होकर प्रभु के साथ कार्य करने वाले की योग्यता उपलब्ध कर लेते हैं। हमारी अभिलाषाओं का अन्त हो जाता है। जन्म मरण की श्रृंखला टूट जाती है। हम इस संसार के स्कूल से स्नातक होकर निकल जाते हैं और फिर यहां नए अवतार नहीं लेने पड़ते, जब तक हम स्वयं न चाहें, विशेष रूप से अपने साथियों को पार लगाने हेतु।

उस परम आत्मा के नियन्त्रिक स्वभाव और आन्तरिक बच्चे के जन्म से बहुत खोजी लोगों के व्यक्तिगत और मेरे अपने अनुभवों से मिलान किया जा सकता है। आप निरन्तर यह अनुभव कर सकते हैं कि दूर से कोई एक बड़े नेत्र से हमें देख रहा है। हिन्दू विश्वास परम्परा के अनुसार यह एक 'संकेत' है कि साधक अब संसारिक क्रियाकलापों का त्याग करके एक मात्र आध्यात्मिक साधना में अपने पूर्ण विकास हेतु संलग्न हो जाए। एक असाधारण सुन्दर शिशु आपके दिव्य दर्शन में प्रगट हो सकता है जब कि आप अर्ध सुप्त और अर्ध जाग्रत हों, रात्रि में सोने के पूर्व या बिस्तर छोड़ने के पहले प्रातःकाल में। हिन्दू इसे 'शिशु ब्रह्मा', या 'बाल शिव' अथवा भगवान कृष्ण का बाल रूप कहते हैं। वास्तव में अध्यात्म पथ का यह आरम्भ है। इन्हीं दिनों में मैं एक गहरे साफ नीले रंग के जल से भरे हुए चौड़े सागर को एक बाल की तरह तंग व पतले पुल द्वारा आत्मरूप में तेजी से पार कर रहा था। यंग दर्शनानुसार यह जीवन के प्रति भाव में साफ परिवर्तन को दर्शाता है।

आत्मसात् प्रक्रिया तथा स्वप्न एवं दिव्य दर्शनों द्वारा मार्गदर्शन

आत्मसात् की आन्तरिक प्रक्रिया प्रायः स्वप्न के संकेतों में प्रगट होती है, जो व्यक्तित्व के विकास के समानान्तर चलती है। केवल यंग और फ्रायड ने ही स्वप्न का पूरा महत्त्व नहीं दर्शाया है, वरन् भारतीय योगियों ने भी अपने शिष्यों से कहा है कि वे सावधानी पूर्वक स्वप्नों द्वारा सुझाव प्राप्त करते रहें। हम मिश्री व चीनी गुरुओं से भी यही सन्देश पाते हैं। विश्व के अधिकतर धर्मों में स्वप्नों को सामानतय आध्यात्मिक विकास में एक कारण माना गया है। अब हम देखें स्वप्न और दिव्यदर्शन हमें कैसे सदैव हमारे विकास के सम्बन्ध में बतलाते रहते हैं और समय-समय पर चेतावनी

देते रहे हैं।

स्वामी सत्यानन्द सरस्वती[10] का उल्लेख करते हैं जिन्होंने कहा कि शक्ति के पृथक तलों पर भिन्न-भिन्न नाम हैं—

प्रथम तल 1. सबसे पहले तल पर यह 'अज्ञान' है।

द्वितीय तल 2. शारीरिक या भौतिक तल पर यह 'काम' है।

तृतीय तल 3. भावात्मक तल पर यह 'प्रेम' है।

चतुर्थ तल 4. सबसे ऊंचे तल पर इसे 'आध्यात्मिक अनुभव' कहा जाता है।

अनीमा और अनीमस में भी विकास के चार चरण हैं, जैसा कि स्वप्नों में प्रगट होता है और जिनको ऊपर वर्णित किया गया है। एम एल वान फ्रांज़ (यंग 5, 158-229) ने बड़ा आन्तरिक स्त्री/पुरुष के क्रमिक विकास के चरणों का विशद वर्णन किया है। जैसे पुरुष स्त्री के सम्बन्धों में प्रौढ़ होता है, ऐसे ही अनीमा भी पुरुष में प्रौढ़ता को प्राप्त होकर स्वप्न में नीचे से ऊपर तल तक प्रगट होती है:

पहला तल 1. आदि स्त्री जो अज्ञानता की सूचक है, जैसे 'इव'

दूसरा तल 2. रोमान्सदर्शीय सौन्दर्य जैसे, क्लियोपैट्रा, हेलन ऑफ ट्राय अथवा फ़ौस्ट्स हेलेन जो 'काम' की प्रतीक हैं।

तीसरा तल 3. कुमारी मैरी जो क्राइस्ट को स्तन पान कराती हैं, जो 'प्रेम' का प्रतीक है। लाल रंग का वस्त्र भी प्रेम प्रगट करता है।

चौथा तल 4. यूनान की बुद्धि की देवी 'एथीना', मोनालीसा जो एक रहस्यमयी मुस्कान लिए रहती है, सालोमन के गीत में सपींटा या शूलामाइट, देवी दुर्गा या शक्ति जो आध्यात्मिक अनुभवों की प्रतीक हैं।

चौथी स्थिति आधुनिक मानव के मनस विकास में बहुत ही कम पायी जाती है। इसी प्रकार अनीमस स्त्रियों के स्वप्नों में पुरुष रूप में विकासक चार भिन्न चरणों में प्रगट होते हैं—

पहला चरण 1. पूरा भौतिक पुरुष, जिसे आदि वनवासी कहा जा सकता है, जैसे टारज़न

दूसरा चरण 2. 'रंगीला व्यक्ति', उन्नीसवी शताब्दी का अंग्रेज कवि शैली, या कार्मिक पुरुष जैसे कि अमेरिका का अर्नेस्ट हमिंग्वे, युद्ध का 'वीर', शिकारी आदि

तीसरा चरण 3. 'शब्दों' को ले जाने वाला ल्वायड जार्ज, एक राजनीतिक

वक्ता।

चौथा चरण 4. ज्ञानी जो आध्यात्मिक सत्य का प्रतिपादन करे, जैसे महात्मा गांधी, जीसस क्राइस्ट या बुद्ध

स्वप्नों की एक परिपाटी है, जिसे यंग ने आत्मसात् की प्रक्रिया कहा है। एक अदृश्य निर्देशक के रूप में शक्ति कार्यशील है, जो मनस जगत में निरन्तर विकास करती रहती है। क्रमशः एक बहुत ही प्रौढ़ व्यक्तित्व प्रगट होता है और थोड़ा-थोड़ा करके वह प्रभावशाली रूप में लोगों को दिखायी पड़ने लग जाता है। इस मनस का केन्द्र जहां से यह नियन्त्रित होता है, इस स्तम्भ को आत्मा कहा जाता है, जो पूरा मनस होता है और अहंकार से भिन्न होता है, जोकि पूर्ण मनस का एक छोटा आंशिक रूप है। पुरानी सभ्यता को इस केन्द्र की जानकारी आन्तरिक प्रेरणा से थी। इस प्रकार यूनानी लोग उसे 'आन्तरिक राक्षस' कहते थे, मिश्र वालों ने उसे 'बा-सोल' कहा है और रोमन लोगों ने उसे व्यक्ति का 'जीनियस' मानकर पूजा की है। पूर्वी भारतीय उसे 'आत्मा' कहते हैं, जो व्यक्ति को पूरी तरह से भिन्न-भिन्न तरीकों से निर्देशित करती रहती है। नासकापी भारतीयों ने उसे आन्तरिक मित्र या साथी कहा है। आत्मा, जो किसी गुप्त रूप से रहस्य द्वारा कार्य करती है, उसे अदृश्य निरक्षक या द्रष्टा कहा जाता है। आत्मा कार्यशील तभी होती है, जब मनुष्य का अहंकार निजी स्वार्थों और इच्छाओं से उपराम हो जाता है और जीवन का गूढार्थ समझने का प्रयास करने लगता है। प्रत्येक व्यक्ति को होशपूर्वक उस अव्यक्त को समर्पण करना चाहिए।

व्यक्ति को आत्मा से पहला सामना उसके किसी आन्तरिक चोट या कष्ट के उपरान्त जागरण से होता है। फ्रांज (यंग 5, 166-167) के शब्दों में—आत्मसात् होने की सही प्रक्रिया यह है कि मनस अपने आन्तरिक केन्द्र बिन्दु या आत्मा से मिल कर प्रायः व्यक्तित्व में पीड़ा पहुंचाने का कार्य करता है। यह प्रारम्भिक चोट एक तरह से पुकार' होती है, यद्यपि यह सदैव ऐसा माना नहीं जाता है। इसके विपरीत यह है कि अहंकार अपनी इच्छाओं व सामान्य की पूर्ति में इसे बाधा समझता है तथा इस बाधा को किसी बाहरी कार्य पर थोप देता है। इस प्रकार अहंकार रुकावट के लिए परमात्मा पर दोष मढ़ता है या आर्थिक परिस्थिति को

जिम्मेदार ठहराता है या अपने कार्यालय के अधिकारी पर और अन्त में अपने पति/पत्नी पर दोषारोपण करता है। या सम्भवतः बाहर से सब अच्छा-सा दिखायी पड़ता है, किन्तु अन्दर से मनुष्य उदासी और अवसाद से घिरा होने के कारण, उसे सब अर्थहीन और निरर्थक लगता है। इससे ऐसा लगता है कि आत्मा से प्रथम सामना एक काली छाया के रूप में उसे दिखायी पड़ता है। या 'आन्तरिक मित्र' की भांति, जो उसे किसी तरह अपने जाल में फांस लेने की युक्ति में उस असहाय रूप से लड़ते हुए अहंकार को पकड़ना चाहता है।

व्यक्ति की बेहोश भाग वाली छाया स्वप्न में साकार रूप में प्रगट होती है और इस तरह वह अपने दृष्टिकोण से स्वप्न में परिचय प्राप्त करती है। वह छाया उसी लिंग में प्रगट होती है, जिसमें कि स्वप्न द्रष्टा स्वयं होता है। इन स्वप्नों में वह मूल्य छिपे होते हैं, जो व्यक्ति के होश में आवश्यक होते हैं, यद्यपि उनको समझना तथा जीवन में सम्मिलित करना बड़ा ही कठिन होता है। यह समस्या और विकराल हो जाती है, जब व्यक्ति अपने ही 'दूसरे भाग' से मिलता है। अचेतन मन अनेक रूपों में प्रगट होता है, कभी-कभी कोई अचेतन मन की कामना स्वप्न के एक सफल चरित्र की भांति प्रगट होती है। छाया जो स्वप्न में आती है, वह अहंकार की विपरीत अवस्था की होती है और उन बातों को प्रगट करती है, जो वह दूसरों में बिलकुल नहीं देखना चाहता है। अपनी आन्तरिक दृष्टि का प्रयोग करते हुए ईमानदारी से उस छाया को अपने में समाहित कर सकता है। उस छाया को हम मित्र बनाएं या शत्रु यह हमारे पर निर्भर है।

आत्मा का आकार धारण करना और परमात्मा के सृजक कार्यों की गुप्त शक्ति को कुरान की एक कथानक से समझा जा सकता है। मूसा परमात्मा के फरिश्ता खिद्र से रेगिस्तान में मुलाकात करता है। रेगिस्तान में घूमने के पूर्व खिद्र मूसा को सचेत करता है कि वह उसके कार्यों का कोई अनादर न करे, अन्यथा वह चला जाएगा। उन्होंने कुछ देहाती लोगों को एक नौका पर देखा। खिद्र ने नाव में छेद कर दिया और उनमें से एक युवक को मार डाला। मूसा ने इसकी आलोचना की और खिद्र गायब हो गया। जाने के पहिले खिद्र ने बताया कि उसने नौका में छेद कर रोक दिया कि वह आगे न जा सके, क्योंकि आगे समुद्री डाकू जो

इस नाव को चुरा लेने वाले थे, से बच जाए और उस सुन्दर नवयुवक को मार भी डाला, क्योंकि वह एक हीन अपराध करने वाला था, जिससे कि उसके माता-पिता जोकि पवित्र लोग हैं, को घोर अपयश का सामना करना पड़ता। इस प्रकार खिद्र के वे कार्य जो बहुत दुष्टता पूर्ण लगते थे, वास्तव में वे वैसे नहीं थे। सामान्य रूप से स्वप्न में यह निश्चय करना कि हम अपनी ही छाया से संर्घषरत हैं, या कि आत्मा या कि दोनों से एकसाथ, बड़ा कठिन होता है।

यदि यह छाया मात्र है, तो किसी विशेष कमज़ोरी की सूचना स्वप्न में आ रही है। यदि यह आत्मा से सम्बन्धित है, तो किसी प्रकार से कोई निर्देश देने के लिए है। हर हाल में कोई-न-कोई आन्तरिक प्रेरणा होती है कि हम क्या करें और क्या न करें? किन्तु हमारा अहंकार हमें उस आन्तरिक सम्प्रेषण को सुनने नहीं देता। एक ही मार्ग है कि हम ईमानदारी से अपना स्वनिरीक्षण करके अपने जीवन को पुनः सुसंगठित करें।

मनुष्य की मनस चेतना में अनीमा सभी मानसिक स्त्रैण प्रवृतियों का साकार रूप है और उसके अचेतन से सम्बन्धित है। मूलरूप से उसकी मां से सम्बन्धित होने से ही भाव प्राप्त होता है। यदि माता का प्रभाव नकारात्मक होता है, तो अनीमा के द्वारा मनुष्य में भी नकारात्मक भाव उत्पन्न होते हैं और उससे वह भयातुर, कमजोर एवं नपुंसक हो जाता है। कभी-कभी इस प्रकार जो अतिवाले मामले होते हैं उनमें आन्तरिक आकार वाली महिला के कारण पुरुष आत्महत्या तक कर लेता है। उस व्यक्ति में उग्र काम वासनाएं तो होती ही हैं, जिससे वह एक स्त्री से दूसरी पर जाता रहता है, किन्तु उसे किसी स्त्री से सन्तुष्टि नहीं मिलती है। यह तब होता है, जबकि व्यक्ति में वासनाएं समतुल नहीं होती हैं और उसके भीतर काम वासना अनियंत्रित होकर रहती है, जैसे कि पिछली धारा में कहा जा चुका है। यदि माता का प्रभाव अधिक शक्तिशाली रहा है, तो ऐसा पुरुष कुछ स्त्रैण हो जाएगा या स्त्रियां उसे आसानी से अपना शिकार बना लेंगी, जिससे वह जीवन की कठिनाइयों को झेलने में अपने को असमर्थ पाएगा। इस समस्या का निदान इसमें है कि 'अनीमा' को आन्तरिक शक्ति अचेतन में स्वीकारते हुए जिसका उद्देश्य ही यह है कि वह व्यक्ति को प्रौढ़ बनाए, उसके अचेतन की छाप बाहर चेतन में आ

जाए।

जब ऐसी समग्रता प्राप्त हो जाती है, तो 'अनीमा' बहुत ही सकारात्मक रूप से कार्य करती है, जैसे कि सही साथी का विवाह हेतु चुनाव, अवचेतन से बहुत-सी बातों को खोज लाना, और विशेष तौर से मनस की गहराइयों में प्रवेश हो जाना। आत्मा से गहरी अच्छी मित्रता-सी बन जाती है, जिससे आन्तरिक दिग्दर्शन एवं आत्मा सम्बन्धी संकेतों का अनीमा सुचारू दिग्दर्शन करती है।

कई वर्षों की मेरी आध्यात्मिक यात्रा में मुझे स्मरण है कि अनीमा का प्रतिनिधित्व मुझे कई बार अनुभव हुआ। हां दूसरे व चौथे तल का प्रभाव सबसे अधिक था। दूसरे तल पर महिलाओं से कई वर्षों तक मुझे आकर्षण बना रहा जो शारीरिक प्रेम का कारण बनता, परन्तु फिर बदलने लगा। स्वप्न में महिलाएं मुझे कम परेशान करने वाली दिखायी पड़ती थीं। धीरे-धीरे स्थायित्व आया। जुलाई का महीना वर्ष 1987 का था, जब मैंने मां देवी को बहुत ही सुन्दर रूप में देखा और मोनालीसा की तरह विस्मय पाकर मुस्कराते हुए देखा। वह सुर्ख साड़ी और कलाई में चूड़ियां पहने थीं। मैंने अपने को श्वेतवस्त्र पहने हुए मां के चरणों में दोनों हाथ जोड़े हुए झुके हुए पाया। उनका दाहिना हाथ मेरे सिर पर आशिर्वाद देते हुए था। यह कोई स्वप्न नहीं था, वरन् ध्यान के समय एक दिव्य दर्शन था। आनन्द और हर्ष से भरपूर मुझे कई दिनों तक खुमारी घेरे रही या नशा छाया रहा। यह शायद उच्चस्तरीय उच्च जीवन हेतु एक दीक्षा थी। दो मास के अन्तराल में स्वप्न एवं दिव्य दर्शन के रूप में यह दृश्य चार बार घटित हुआ। इसी काल में रीढ़ के निचले सिरे पर स्थित सोयी हुई कुण्डलिनी शक्ति के जागरण का अनुभव हुआ। मेरा सम्पूर्ण जीवन एवं स्वार्थ घोर रूप से इस अनुभव के बाद परिवर्तित हो गये। मेरा ध्यान केन्द्र गणित से हटकर धर्म एवं मनोविज्ञान पर चला गया। तभी से मैं इन्हीं विषयों पर पढ़ता, लिखता और बोलता रहा हूं।

स्त्री के अचेतन मन में अनीमस, जो कि उसके अवचेतन का पुरुष रूप है, का प्रभाव और उसका साकार रूप उस स्त्री पर बुरा और भला दोनों प्रकार से पड़ सकता है, जैसा कि उस स्त्री का मानस विकास हुआ हो। जैसे माता का प्रभाव अनीमा पर पुरुष में होता है, वैसे ही अनीमस पर प्रभाव उस

स्त्री के पिता के भावानुसार होता है। प्रायः स्त्री के मनस में पाया जाने वाला 'आन्तरिक पुरुष' नकारात्मक होता है, जोकि उस स्त्री के मनस में एक के बाद एक कई पुरुषों की आकृतियां बनाता है, जिससे कि वैवाहिक जीवन दुखमय रहा करता है, जैसे पुरुषों के साथ था।

फ्रेंज (यंग 5, 191) के मतानुसार:

स्त्री अपने अचेतन मन में बनी हुई पुरुष की आकृति से इतना प्रभावित होती है कि वह अन्य किसी से मानवीय सम्बन्ध बनाने की इच्छुक ही नहीं होती, विशेष रूप से वास्तविक पुरुषों से। उसके स्वप्निल विचारों में एक आकृति ऐसी बन जाती है, जिसे कि भविष्य में होना चाहिए। और यही विचारती रहती है कि पुरुष ऐसा होना चाहिए, जिसके कारण वह जीवन की सत्यता से वंचित रह जाती है। इस प्रकार अपने मन में ऐसे विनाशशील विचारों को वह पालती रहती है और पत्नी रूप में पति पर भारी पड़ती है और माता के रूप में पुत्रों को भी नहीं मानती और बीमारी, दुर्घटना और यहां तक कि मृत्यु की भी कामना हो जाती है। वह अपने बच्चों को ब्याह के लिए मना कर सकती है और यह विचार उसके दुर्भावना के कारण उत्पन्न होता है। स्त्री के अस्तित्व में अनीमस हंसते हुए कहता है कि तुम निराश हो, अब प्रयत्न से क्या लाभ। अब कोई कारण किसी कार्य के करने का नहीं है, अब जीवन निरर्थक है। जैसे भी हो, अनीमस का मुख्य उद्देश्य अनीमा की तरह यही है कि वह स्त्री के मनस में ऐसे-भाव भर दे कि वह अपने नकारात्मक प्रभावों को हटा सके तथा अपने अचेतन व्यक्तित्व का समावेश करते हुए चेतन मन के तल पर प्रगट कर सके। यह सही ही कहा गया है कि अनीमा और अनीमस हिन्दुओं के 'काल' और ईसाइयों के 'शैतान' का ही साकार रूप है। किन्तु यह बुरा नहीं है, क्योंकि यह भी ईश्वर द्वारा सृजित है। इसका उद्देश्य पुरुष और स्त्री को और अधिक उच्च आध्यात्मिक व्यक्तित्व में तैयार करना है। उसका एक बहुमूल्य सकारात्मक पक्ष है, वह अपनी सृजन शक्ति से मनुष्य की आत्मा से मिलाने हेतु सेतु का कार्य करता है।

अनीमस भी चार चरणों से गुजरता है जैसा इस खण्ड के प्रारम्भ में कहा गया है:

पहला I — मात्र शक्ति का प्रर्दशन जैसे कुशल खिलाडी या विजेता

दूसरा II — योजना बनाकर विधिवत जी लगाकर कार्य करने की क्षमता

तीसरा III— अध्यापक/उपदेशक/पादरी

चौथा IV — साहसपूर्वक उद्देश्यपरक अस्तित्व, सत्यता, धार्मिकता या आध्यात्मकिता की विशेषता

यह स्त्री को आध्यात्मिक विकास की ओर ले जाता है। जब उसे साहस, आन्तरिक मानसिक उदारता और अपने विचारों के प्रति स्वच्छता मिलती है तो परिणाम स्वरूप आत्मा तक वह पहुंच ही जाती है। उदाहरण है कि मेरी माता जी जब भी पूजा के लिए बैठती थीं, तो उन्हें कृष्ण की मूर्ति के दिव्य दर्शन हुआ करते थे। वह मूर्ति चलती-फिरती, मुस्कुराती तथा उन्हें आशीर्वाद देने का संकेत करती। आत्मा स्वप्नों तथा दिव्य दर्शनों में कभी-कभी उच्च कोटि का कोई महामानव जैसे कि गुरु या सन्त और कभी-कभी कोई बुद्धिमान शक्तिशाली देवात्मा कृष्ण, जीसस, सोफिया, क्वान-ईन, ऐथीना, इसिस, फ़ातिमा, शक्ति, दुर्गा, सरस्वती, शकैनाह, मैरी, क्वानून ऐसा साकार रूप धारणा करती है।

अहंकार एवं जीवात्मा

प्रत्येक व्यक्ति में एक अहम् या व्यक्तिगत आत्मा जो प्रतीपमान जगत के व्यवहार में संलिप्त होती है तथा एक आत्मा होती है, जो हमारी जीवात्मा से ऊपर और परमात्मा से सम्बन्धित है। फ्रेंज़ (यंग 5, 208) के अनुसार– हमारे सभ्य संसार में अधिकतर स्वप्न अपने स्व के अहंकार के विकास से आत्मा की ओर सही आन्तरिक दृष्किोण से सम्बन्ध रखते हैं। इस सम्बन्ध में आधुनिक मानव अधिक विक्षिप्त है, बजाय आदिम समाज के। वे लोग अपने केन्द्र से साक्षात मिले हुए रहते थे। किन्तु हम लोग, जो अपनी जड़ खो चुके मानसिक स्तर से, अपने से बाहर की परिस्थितियों से इतनी बुरी तरह उलझे हैं कि हमें आत्म सन्देश मिलना बहुत ही दुरुह है। हमारा चेतन मन निरन्तर भ्रम बाहरी जगत के विषय में उत्पन्न करता रहता है, जिससे हमारे बहुत से अतीन्द्रीय दर्शन अवरुद्ध रहते हैं। तथापि अपने आचेतन मन के स्वभाव के कारण अनिवार्य रूप से हम अपने मानसिक व भौतिक

पर्यावरण से बंधे रहते हैं।

उपरोक्त प्रखण्ड में दो मुख्य विचार देखे गए हैं। पहला 'अहम्', एक 'आंतरिक दृष्टि' काल है, तत्पश्चात् आत्मा है। हुना के अनुसार बहुत प्राचीन उपदेशों में कहा गया है: तीन विभिन्न 'स्व' अथवा देवों से मनष्य रचा गया है, जिनका नाम है अवचेतन, चेतन, अतिचेतन। अतिचेतन आत्मा की तुलना कुछ धर्मो में वर्णित 'गार्जियन एण्जिल' से की जा सकती है। सुविधा के लिए हुना के तीन तल देखे जा सकते हैं, जिन्हें निम्न, मध्यम एवं उच्च आत्मा कहा गया है। निचली व मध्यम आत्माएँ भौतिक शरीर में रहती हैं, जो कि निम्न आत्मा द्वारा अधिकांश भाग में नियन्त्रित होती है। उच्च आत्मा एक खोखले शरीर में रहती है, जो अदृश्य होता है और जो बाहर की तरफ भौतिक शरीर के ऊपर रहता है, जो इससे एक महीन अदृश्य धागे से जुड़ी होती है, जैसे कि छाया शरीर में होते हैं।

दूसरा–यह अहंकार है, जिसने सांसारिक प्रवृतियों के सीखने के कारण आत्म मार्ग में बाधा उत्पन्न की हुई है।

सम्भवतः पशु पालकों के काल में आध्यात्मिक उपदेश लोगों को जल्दी समझ में आते थे, जैसे कृष्ण व जीसस आदि तथा मुहम्मद के समय में साधारण कारोबारियों का समय था न कि आज के पढ़े लिखे विद्वानों के समय में। परिणामस्वरूप हमें अपने को परमात्मा से मिलने के लिए जो कुछ हम जानते हैं, उसे भुला देना अनिवार्य है।

मनुष्य के स्वप्न में आत्मा एक असाधारण नवयुवक के रूप में दिखाई पड़ती है और ऐसा स्पष्ट होता है कि वह उस व्यक्ति को दीक्षा दे रहा है। वह उसका पालन-पोषण करने वाला, भारतीय गुरु, एक बुद्धिमान वृद्ध, या प्रकृति का कोई दूत हो सकता है। महिलाओं की दशा में वह आत्मा एक उच्च स्तरीय महिला, जैसे कोई उपदेशक, जादूगरनी, प्रेम की देवी, माता, पृथ्वी की देवी आदि के रूप में प्रकट होती है। आत्मा के इस आकृति धारण करने का उद्देश्य यह होता है कि वह स्वप्नों या दिव्य दर्शन में व्यक्ति को उसके कठिन समय में अथवा उसके जीवन को परिवर्तन करने के समय में दिशा-निर्देश दे। व्यक्ति को एक नई दिशा जीवन में मिल जाती है, जो कि एक नदी या समुद्र को पार करने के दृश्य से स्पष्ट होती है। यदि उस व्यक्ति को पानी में पार करने में कठिनाई दिखाई पड़ी है, तो आत्मा साकार

होकर उसकी सहायता करती है। आत्मा हमारे जीवनकाल में अनेक बार प्रकट होती है, जिससे हमें पता चलता है कि इस पृथ्वी पर हमारे अस्तित्व में वह सदैव सहायक रहती है। इस दीक्षा से या पानी पार करने के दृश्य से दृष्टिकोण में एक मौलिक परिवर्तन होता है। यह आध्यात्मिक साधना की यात्रा का आरम्भ है।

आत्मा का अधिक महत्वपूर्ण वर्णन यह है कि वह परमात्मा का अंश या उसके समान है। वह प्रत्येक व्यक्ति के हृदय में निवास करती है और साथ ही सम्पूर्ण ब्रह्मांड में सर्वत्र व्याप्त है। इसका अभिप्राय यह है कि आत्मा को समझना परमात्मा को ही समझना है। अपनी सर्वव्यापकता के विषय में आत्मा को पृथ्वी के बहुत से धर्मों में अलौकिक पुरुष की संज्ञा दी गई है। भारत में उसे पुरुष कहा गया है और भगवदगीता में उसे विराट स्वरूप कहकर वर्णन किया गया है। हिन्दू परम्परा में उस अलौकिक पुरुष को आत्मा कहा जा सकता है। जिस व्यक्ति ने अपने आत्म स्वरूप को देख लिया है वह जन्म मरण के चक्कर से मुक्त हो जाता है। उसे ही 'जीवन मुक्त' कहा जाता है कि वह इसी जीवन में पृथ्वी पर रहते ही मुक्त हो गया है। चीन वासियों ने प्राचीन काल में उस आलौकिक पुरुष को 'पान कू' का नाम दिया है, जिसने पृथ्वी, आकाश, स्वर्ग, सूर्य, चन्द्र, नदी और पर्वतों की संरचना की है। प्राचीन काल की परशिया में उस महान् को गयोमार्ट कहा जाता है, जो कि एक बड़ी आकार की ज्योतिर्मयी प्रतिमा है। यहूदी परम्परा में उसे 'आदम' कहा गया है, 'मनुष्य का पुत्र' या और बढ़ा-चढ़ाकर उसे 'आदम कदमों' कहा जाता है। उस अलौकिक 'आत्म पुरुष' को पश्चिम में ईसा और पूर्व में कृष्ण या बुद्ध के रूप में माना जाता है। इन सब महान् आत्माओं का ध्यान करने से भी आत्म साक्षात्कार ही जन्मता है।

मनुष्य के अस्तित्व का प्रयोजन मात्र भूख, शक्ति या संतान उत्पन्न करना ही नहीं है, वरन 'मानव' होता है। अहंकार का बाह्य सम्बन्ध बाहरी संसार से मिट जाता है, उसकी इच्छाएं समाप्त हो जाती हैं। और कहीं अहंकार उस आन्तरिक पुरुष से मिलकर, महान् आत्मा में विलय कर लेता है। आंतरिक पुरुष से तब आमना सामना हो जाता है, जब उसके अंदर के पुरुष और स्त्री तत्व दोनों समतुल हो जाते हैं। भारत मे शिव

पार्वती की मूर्ति जिसमें आधा पुरुष आधी नारी के शरीरों से युक्त मूर्ति की रचना की गयी है, जो स्त्री और पुरुष तत्वों के समतुलन का प्रदर्शन करती है। यूनानी देवी की मूर्ति नर व नारी से सम्मिलित मूर्ति है जो रसायन शास्त्रियों ने बनाई है। यह मानसिक अखण्डता की परिचायक है। जैसा कि पिछले खण्ड में कहा गया है कि पृथ्वी तल के सम्बन्धों और कठिनाइयों को स्वीकार करते हुए, वैवाहिक जीवन जीते हुए और उसकी कठिनाइयों को भी पार करते हुए यह पाया जा सकता है। संपूर्णतया अखण्डता प्राप्त करने के लिए एक दूसरे के भीतर प्रवेश करने की असीम वासनाएं उठती रहती हैं। स्त्री पुरुष के बीच सहवास इसी का प्रतीक है, परन्तु यह चेतना बनी रहना आवश्यक है कि हमारा लक्ष्य आत्मा और परमात्मा का मिलन तथा एकाकार है। प्राचीन काल से ही एक गोल पत्थर पूर्णता का संकेत देता रहा है और इसी कारण आत्मा का प्रतीक भी है। प्रत्येक स्फटिक में उचित मात्रा में तत्वों का मिश्रण पाया जाता है, जिससे इसे एक दूसरे के विपरीत तत्वों का मेल कहा जा सकता है जो हैं पदार्थ और आत्मा। इसी कारण स्फटिक की उपस्थिति स्वतः ज्ञान जगाने वाली कही जाती है। भारत में पत्थर की मूर्तियों की पूजा भगवान की तरह की जाती हैं। मुसलमान काबा की तीर्थयात्रा मक्का में 'काले पत्थर' के लिए ही करते हैं। प्राचीन काल के जर्मन लोगों का विश्वास था कि उनके पूवर्जों की आत्मायें उन पत्थरों, मकबरों में रहती हैं। पत्थर का कब्रिस्तान में रखना यह सिद्ध करता है कि वह अनंतता का तथा अमरता का बोध कराता है। क्राइस्ट को वह पत्थर कहा गया है जिसे भवन निर्माताओं ने अस्वीकृत कर दिया था, जो कि कोनों पर शीर्ष स्थान पर शोभा पाता है। उन्हें आध्यात्मिक चट्टान भी कहा जाता है जहां पर जीवन रूपी पानी का स्रोत है।

विज्ञान में उन्नति के पूर्व रसायनविदों ने 'दार्शनिक पत्थर' में प्रभु की खोज की थी। एक पुराने अरबी रसायनविद् 'मोरीनस' ने कहा, "यह वस्तु 'दाशर्निक पत्थर' तुमसे ही निकाला गया है। तुम्हीं उसकी खान हो और कोई तुममें ही उसे पा सकता है और सही तरीके से कहा जाय तो यह रसायनविद् या हकीम तुमसे ही इसे प्राप्त करते हैं। यदि आप इसे मान्यता देते हैं, तो प्रेम और स्वीकृति से वह पत्थर तुम्हारे भीतर ही

बढ़ता रहेगा। यह जानो यह निसंदेह सत्य हैं।" यह पत्थर आत्मा के अंतर में परमात्मा के रहस्यमय अनुभव का प्रतीक है। ऊपरी पदार्थ कष्टों में जब भुन कर समाप्त हो जाता है, तब आंतरिक पत्थर चमकता है। जब आंतरिक अनुभव मान्य हो जाता है और पत्थर की भांति पहचान लिया जाता है, "तो आत्मा आन्तरिक भागीदार सिद्ध होती है जिसकी ओर मनुष्य का ध्यान निरन्तर लगा रहता है।"

"आत्मक साथियों के संबंध में पूर्व काल में बड़ी भ्रांतियां थी। हुना विधि में 'आदम' दो भागों विभाजित हो गया, जो नर और मादा कहा गया।(लौंग 11, 21) विकासवाद में दोनों लिंग पृथक-पृथक किए गए और जब कमी आत्मा में इतनी प्रगति होती है कि वह उच्च-आत्मा बन जाती है, तो आदम के दोनों आधे-आधे भाग मिलकर 'पूर्ण' बन जाते हैं। वह उच्च-आत्मा "अत्यधिक विश्वनीय पैतृक जोड़ा" बन गया, जिसे 'ओमाकुआ' कहा गया। इस प्रकार साथी जीवात्माओं का मिलन, आत्मा और परमात्मा का मिलन वाला योग और चीन में यीन और यांग का मिलन ही उच्च-आत्मा का एकीकरण है, जिसमें स्त्री और पुरुष तत्त्वों का संपूर्ण समतुलन है। तीनों (नीची, मध्यम और ऊंची) आत्माओं को प्राप्त मुनष्य प्रत्येक श्रेणी में दर्जनों बार अवतरित होकर दोनों विपरीत ध्रुवों के मिलने हेतु प्रयासरत होता है और तब कहीं उच्च-आत्मा बन पाता है। यह पूरी तरह से अर्धनारी व अर्धपुरुष की आकृति जो शिव और शक्ति के मिलने से बनी है, हिंदू धर्म में 'संयुक्त पूर्ण' का प्रतीक है। यह जोड़ी कभी टूटती नहीं है और उच्चात्मा अपने से और ऊपर उठने के प्रयास में निरंतर लगी रहती है, जिसे 'अकुआ औमाकुआस' या 'उच्चात्मा देव' कहा जाता है। इससे ऊंची, और ऊंची स्थितियां होती हैं, जिसे मध्यम आत्मा वाला पुरुष नहीं समझ सकता। अंतिम सत्य या परमात्मा कल्पना से परे की वस्तु है।

इन तीनों में जब निम्न श्रेणीवासी आत्मा विकसित होकर मध्यश्रेणी की हो जाती है, तो नीचे एक रिक्तता हो जाती है। यह रिक्तता निम्न श्रेणी की नई आत्मा से भरी जाती है, जिसे 'टोटेम' कहा जाता है, जो भारत में बहुत पहले काहूना उपदेशों में वर्णित है। जैसे-तैसे यह पुरोहितों द्वारा विस्मृत कर दिया गया। मौरी आदिम जाति के लोग हैं, जो न्यूज़ीलैण्ड में जाकर बस गए थे, उनका संबंध भारत से किसी जमाने में रहा था। अब उनकी कुछ कहानियां अभी भी प्रचलित है, जिनसे पहिचान बनायी जा सकती है।(लौंग 11,

[35] एक तुलनात्मक दृष्टि से एक चार्ट हुना, भारत और मिश्र के विश्वासों पर आधारित लौंग ने तैयार किया था। नीचे तीन संसार–भौतिक, कायिक एवं मानसिक हैं और इन्हीं तीन रूपों में जीवात्मा अपने को प्रकट करती है। इन तीन संसारों के ऊपर अस्तित्व निराकार है, जिसे 'अरूप' कहा गया है। वहां के नियम दिव्य हैं मानवीय नहीं हैं। आगे दी गई तालिका को पाविस हाल्ट की 'डिक्शनरी आफ थियोसोफिकल टर्म' से उद्धृत किया गया है।

उच्चात्मा का अंतिम गठन दो चरणों में पूरा होता है, पहला नर व नारी तत्वों का एकीकरण एक मध्यम श्रेणी की जीवात्मा में किया जाता है। और फिर–नीच, मध्यम व उच्च–तीनों का मिश्रण उच्चात्मा में किया जाता है। यह सिद्धांत डॉ. यंग से एक ओर मेल खाता है, और दूसरी ओर अन्य धर्मों से भी। तालिका 1 व 2 में तुलनात्मक तथ्य दिए गए हैं।

जीसस क्राइट के उपदेश ग्रास्टिक में दिये गये हैं, जा उपरोक्त नियमों से मिलते-जुलते हैं। टामस के गोस्पेल में हम पढ़ते हैं कि किसी ने ईसा से पूछा कि उनका राज्य कब आयेगा? उन्होंने उससे कहा जब दो मिलकर एक होंगे। और बाहर भी वैसे ही जायें, जैसे भीतर हैं। नर और नारी दोनों एक हो जायें कि न नारी रह जाये और न नर, क्योंकि हर स्त्री जो पुरुष हो गयी है, वह स्वर्ग के राज्य में प्रवेश कर जाएगी।

"दरवाजे के बाहर बहुत लोग खड़े रहते हैं, किन्तु वहां भीतर एकाकी ही जा सकते हैं।" लेख साफ़-साफ़ बतलाते हैं कि स्वर्ग के राज्य में प्रवेश के लिये स्त्री एवं पुरूष तत्त्वों के समतुलन का होना अनिवार्य नियम है।

'उच्चात्मा' का प्रतीक ज्योति एवं पवित्र आत्मा, ध्वनि या शब्द है। जान बैपटिस्ट ने जीसस के संबंध में कहा है: वह जो मेरे पीछे आयेगा वह मुझे ईसाई बनाएगा और तुम्हें ईसाई बनाएगा और इसे कार्यान्वित करने वाली पवित्रात्मा और अग्नि होगी। अग्नि से प्रकाश होता है और पवित्रात्मा पवित्र ध्वनि से प्रकट होती है। इस प्रकार प्रकाश एवं ध्वनि परमात्मा के दो स्तंभ हैं और वही उच्चात्मा के हैं। प्रकाश एवं ध्वनि का प्रयोग ईसाई बनाने में या दीक्षा देने में या अन्तिम सफ़ाई में किया जाता है। एक निचली आत्मा वाला व्यक्ति एक असीम दयालू और प्रेमपूर्ण उच्चात्मा द्वारा पवित्र किया जाता है, जैसे कि कोई माता प्यार दिखाती है तथा अपने बच्चे को उसकी प्रत्येक त्रुटि

तालिका-1
स्त्री और पुरुष तत्त्वों के मिलन का नियम

क्रमांक	धर्म	विश्वास
1.	हुना	सांकेतिक आदम के दो आधों का मिलन
2.	चीन	यीन और यांग का समतुल होना
3.	हिंदू	शिवशक्ति का मिलन, आधा शिव आधी शक्ति–अर्धनारीश्वर
4.	ईसाई	जीसस (टामस का कथन): जब दोनों एक होंगे जैसे बाहर वैसे ही भीतर, पुरुषों का स्त्री से मिलन, न पुरुष न स्त्री
5.	यूनान	हरमाफ्रोडाइटिक ग्रीक हेड, जिसमें दोनों लिंगों का आकर्षण हो।
6.	अलकेमी	एण्ड्रोगाइन, ऐक्टिव और पैसिव प्रकृति जो नर और नारी के रूप में होते हैं, का मिलन।
7.	यंगियन साइकोलोजी	एनीमस और एनीमा पुरुष और स्त्री का मिलन

के लिए क्षमा कर देती है वैसे ही जीसस ने उच्चात्मा से सम्बन्ध स्थापित किया था, अपने इसाई बनने में। जान बैपटिस्ट ने कहा है कि मैंने उस आत्मा को हंस के रूप में उतरते देखा है और वह मुझमें भी हंस रूप में है।

'परमात्मा' का पुत्र होने का अर्थ है 'अपने उच्च आत्मा से एक होना'। 'मनुष्य का पुत्र' जीसस के लिए साधारण मनुष्य की तरह लागू होता है। किन्तु अर्धवाक्य 'परमात्मा का पुत्र' उस जीसस पर लागू होता है जबकि वह दीक्षित थे तथा अपनी उच्चात्मा से संबंधित होने का पूरा बोध था।(लौंग [11, 107])

'जीसस के शब्दों का कथन कि वह अपने पिता के साथ एक है,' का तात्पर्य यह है कि वह अपनी उच्चात्मा से एक हैं। यह कथन बहुत से लोगों

तालिका-2

दि थ्री सेल्व का (सोल) हुना (सीक्रेट) पालीनेसिया

सेल्फ	भौतिक शरीर	लो (सोल)	मिडिल (मांड)	हाई स्प्रीचयूल)
फ़ार्म (बाडी)	किनो	अका (शैडो, कार्ड) यूनीहिपिल्लो (स्टिकी)	युहने (माया)	ओम-अकुआ (कास्मिक)
फ़ोर्स (पावर)	हेल्थ	माना (वाइटल इथरिक)	माना माना	माना लोआ
डायरेक्टर (माइंड)	एनीमल इलक्टरो-केमीकल	इंस्टिंक्ट, इनर्जी, मेमोरी, इमोशन		लाजिक-रीज़न-सेल्फरियलाइज़ेशन
स्टेट	लुक्स (इलूज़न)	लाइफ़ (इनरजी)	विंग (एक्शन)	इनलाइटनमेंट
एनालोजी	कारप्स	हार्ट-वाटर (ग्रास हापर)	हेड (विल इमेजिनेशन)	पेरेंट्स-गाइड
		हा (ब्रेथ)	एल ए (लाइट)	बर्ड-एंजिल
		कम्पेरैटिव टर्म-रिलीजस-मैथोलाजी		
फ्रायड	परस्नलिटी	लिबिडो-इड	कांशसनेस	सुपर इगो
यंग	परसोना (मास्क)	साइक, परसोनल अनकांशस	कांशसनेस (आई)	यूनियन आफ अपोज़िट्स कलेकटिब उन्स इगो
क्रिस्चियन	मैन अनट्रेंड	सोल-होली स्पिरिट	सन आफ मैन	ग्लोरिफ़ाइड क्राइस्ट, सन आफ गाड
बाइबिल	जार आफ क्ले	सिल्वर कोर्ड, स्प्रिंग सिस्टर्न	गोल्डेन बाउल	गाड

सेल्फ	भौतिक (शरीर)	लो (सोल)	मिडिल (मांड)	हाई (स्पीचयूल)
फ़न्क्शन	एनिमल	इमोट्स-मेमोरी	रीज़न्स-लाजिक अवेयरनेस	सेल्फ रियलाइज़ेशन
हिब्रू	चिल्ड्रेन आफ इसरायल	शकीना	ओल्ड आदम	न्यू आदम कादमोन
काबाला	मलकुथ	यशोद (फाउन्डेशन)	होड नालेज	टिपरेथ (ट्र सेल्फ़)
	आशिया	नेफेश (सोल)	होड	रूआ छ
चीन	अर्थ	ची (डार्कनेस)	विल-माइंड-डायरेक्टर	ताओ-लाइट-वे-गोलडेन
ग्रीक	हीरो (पिलग्रिम)	साइक एनीमल (ब्रेथ)	नाउस	क्रिस्टो ड्यूस-ज़्यूस
बुद्धिस्ट	सोम	प्राण-कुण्डलिनी	मनस	आत्मा-निर्वाण, बुद्धा
इजिप्ट	खाट	अब (हाट) का-खैबिट	खूखू	साहू बा
अलकेमी	अर्थ (सालिड)	वाटर (मून)	एअर (विंड)	फ़ायर (सन)
हिंदू	सोम-शरीर	शिव-शक्ति, काम-आकाश मनस	विष्णु-शक्ति	आत्मा-युनियन
	चिल स्थूल		चित्त बुद्धि	
चक्र	कुण्डलिनी	मूलाधार (रूट)	हृदय-हार्ट	सहस्रार-क्राउन
उपनिषद्	ग्रास फ़िजीकल	नाग चंद्र, वरूण-सव्टल	सूर्य-राधा	अनाहत कृष्टीना
			अरुंज-कौज़ल	
जापान	राइबो (वल्ड)	नेनो कुनी (मेल)	अनपालिश्ड मिरर	
		सूमो (एरेना आफ़ लाइफ़)	सोकोनो कुनी (फ़ीमेल)	

द्वारा गलत समझा गया। यद्यपि उसे स्पष्ट किया गया है। "आप विश्वास न करेंगे कि मैं अपने पिता में और पिता मुझमें है। यह शब्द मैं नहीं बोलता हूं, वरन् मेरे पिता जो मुझमें हैं, वही कर्ता हैं।(जॉन 14, 7-11) एक बड़ा रहस्य यह प्रगट किया गया है। जब कभी कोई आत्मदर्शी परुष या सन्त या पैगंबर कुछ शब्द बोलता है, तो यह शब्द उस उच्चात्मा के होते हैं, जो कि उस व्यक्ति के द्वारा बोलती है। अब यह साफ-साफ समझा जा सकता है कि भगवान कृष्ण का तात्पर्य क्या था, जब उन्होंने कहा था कि "मैं परमात्मा हूं, मैं सृजक हूं और मैं अन्तिम सच हूं।" और उन्होंने अर्जुन से कहा था कि वह उनकी शरण में आ जाए और उनका भजन, ध्यान करे। यही संदेश है: ध्यान द्वारा, यदि वह कृष्ण का हो या जीसस का हो, जो कि आत्मदर्शी लोग थे, उनकी आराधना से निम्न श्रेणी के लोग अपनी उच्च आत्मा से एक हो सकते हैं।

हुना के नियमानुसार-पुरुष में जो नारी तत्व है, वह उन्नति करने पर बच्चे पैदा करना बन्द कर देती है और सांसारिक वृत्तियों का त्याग कर देती है। पुरुष बदल जाता है। पदार्थ वह नहीं रह जाता तथा एक भूत बन जाता है। यह एक एसी उच्च आत्मा है जो मनुष्य का शरीर धारण नहीं करती। यह एक छायामान शरीर होता है, जिसे कोई पकड़ नहीं सकता। इसका संकेत रोशनी से मिलता है। यह कभी-कभी प्रकट होती है, जिससे तेज सफेद रोशनी तो होती है, किंतु उस रोशनी में कोई गर्मी नहीं होती और किसी ज्ञात स्रोत से भी आती नहीं दिखाई देती।(लौंग 11, 228-229) यह रूपान्तरण दिखावे या रूप से कुछ अधिक होता है, जो कि एक रहस्यमयी श्वेत प्रकाश पुंज' के वेष में उच्चात्मा सुसज्जित होती है जिसे 'अका' कहा जाता है।

ऊपर का उद्धरण बहुत ही महत्त्वपूर्ण है, क्योंकि इसमें कहा गया है। कि अदृश्य उच्चात्मा एक श्वेत प्रकाश पुंज के रूप में आकार धारण करती है जिसमें उस प्रकाश का कोई स्रोत नहीं होता और न उसमें ऊष्मा होता है। मैं इसे अपने निजी अनुभव से मिलान करना चाहूंगा कि वर्ष 1984 में जब मैं नाइजीरिया के पोर्ट हारकोर्ट विश्वविद्यालय में शिक्षण कार्य करता था, जिसका वर्णन पूर्व अध्यायों में किया जा चुका है। ऐसे ही अनुभव का वर्णन स्वामी मुक्तानंद[12] ने किया है और एकांकर नेता श्री हेराल्डक्लेम्प[13]

तथा अन्य कई लोगों के अनुभव हैं। मैं विचार करता हूं कि और कई मार्ग भी हैं जिसके द्वारा उच्चात्मा प्रकट होती है, वह संभवत व्यक्तिगत आवश्यकतानुसार होती है। आप अकेले हैं, कोई आकाश से आकर आपका चुम्बन लेले और उसका आनन्द आप दिन भर अनुभव करते रहें। आप अपने को किसी ऐसे से घिरा हुआ पाएं जो इतना आनन्ददायक हो और सुख देने वाला हो कि आप उसका वर्णन न कर सकें। तो यह कौन हो सकता है? क्या अपकी उच्चात्मा है। आपकी अर्धनारी अचेतन जगत की है या परमात्मा स्वयं?

जो भी हो, यह 'आरामदायक' आपकी उच्चात्मा ही होना चाहिए(जॉन 14, 16-19): "और मैं अपने पिता से प्रार्थना करूंगा, और वे आपको कोई और सुविधाएं प्रदान करेंगे, जिसे ससांर न पा सकेगा, क्योंकि वह उसे नहीं देखता और न उसे जानता है किंतु आप उसे जानते है, क्योंकि वह आपके साथ है और आप में रहेगा। मैं तुम्हें सुविधा रहित नहीं होने दूंगा, मैं तुम्हारे पास आऊंगा।" यहां जीसस एक साधारण व्यक्ति की तरह प्रार्थना भी करते हैं और उच्चात्मा की तरह सलाह भी देते हैं।

मुक्ति एवं आत्म साक्षात्कार

ईसाइयत की मुख्यधारा में मुक्ति को तात्पर्य है सूली पर चढ़ना, मृत्यु और उसके उपरान्त पुनः जीवित हो जाना, जो फिर कभी दुहरायी न जाने वाली घटना है। नास्तिक लोग (Gnostics) मानते हैं कि मुक्ति बार-बार होने वाली घटना है, जो पृथ्वी पर होती रहती है और उन अदृश्य लोकों में भी होती रहती है, जो हुना विश्वास से मिलती-जुलती है। कारपोक्रेट और पाल दोनों का कथन है कि यह घटनाएं अनेक जन्मों में होती रहती हैं, जैसा कि हिंदू कहते हैं। पाल का कथन है कि वह नित्य मरता रहता है। आध्यात्मिक शब्दों में वह आगे खींचते हुए कहते हैं कि आगे क्या है और उस लक्ष्य की ओर बढ़ते जाते हैं। इसी प्रकार जोहानी साहित्य में बहुत से संकेत ऐसे हैं कि मुक्ति सत्यान्वेषण है, जो प्रत्येक व्यक्ति के जीवन में एक प्रक्रिया है।

सारा प्रयत्न मुक्ति या आत्म साक्षात्कार प्राप्त करने का है। उपरोक्त उदारहण इस तथ्य का अच्छा सारांश है, जिसमें कि पुराणपंथी धर्म

मुक्ति का एक निश्चित दृष्टिकोण बनाए हुए हैं। आधुनिक लोगों का विचार है। कि यह निश्चित पुराना दृष्टिकोण' बेकार हो चुका है और कतई व्यवहारिक नहीं है। पाल ने बारबार अपने पत्रों के द्वारा संकेत दिया है, जो कि Gnostics तथा आधुनिक विभिन्न मतावलंबियों के अनुसार मेल खाता है। आत्म साक्षात्कार या मुक्ति एक क्रमिक घटना है, जो निरंतर इस पृथ्वी लोक तथा उसके ऊपरी लोकों में जारी रहने वाली प्रक्रिया है। पाल ने कहा है कि वह नित्य मरता है जिसका अभिप्राय यह है कि वह अपने शरीर से निकलकर सूक्ष्म रूप में और अधिक आध्यात्मिक ज्ञान प्रगति की लालसा एवं व्यक्तिगत उन्नति हेतु अन्य लोकों में ज्ञान विचरण करता है। यह प्रक्रिया अंतहीन है। एक कदम सदा और है। अंतर केवल यह है कि आध्यात्मिक खोजी मुक्ति मार्ग पर है तथा अन्य लोग नहीं हैं। सारा संसार इन्हीं दो श्रेणियों में विभक्त किया जा सकता है। जो लोग इस मार्ग पर हैं वह अंतहीन विकास पद पर अग्रसर होते रहते हैं, उनका पृथ्वी पर जन्म लेने का चक्र टूट जाने के बाद भी। हुना नियमानुसार यही कहा गया है कि निम्न आत्मा तथा मध्य आत्मा उन्नति करके उच्च आत्मा तक पहुंचती हैं और फिर आगे उच्चतर आत्मा बन जाती हैं और यह प्रक्रिया निरंतर चलती रहती है और पूर्ण परमात्मा की ओर बढ़ती जाती हैं।

ऐसे ही कुछ विचार हिंदू, बौद्ध, सूफी तथा अन्य खोजी लोगों के हैं, जिनका कि खुला दिमाग है और वे वैज्ञानिक रूप से सत्य की खोज में रत हैं। मैं आगे भी इसका अपने अनुभवों से समर्थन करता हूं कि पिछले दो दशकों से मुझे ऐसा होता रहा है कि अपने सूक्ष्म शरीर द्वारा मैं स्थूल शरीर से बाहर निकल कर उच्चतर लोकों की यात्रा करता रहा हूं। भारत में ऐसे अनेक योगियों को अनुभव होते रहे हैं तथा संसार के अन्य भागों में कई हजारों वर्षों से ऐसा होता आ रहा है। हिंदू, बौद्ध, और चीनी योगाभ्यास का दृष्टिकोण समान रहा है।

यंग ने व्यक्ति को अपने आंतरिक केंद्र पर पहुंचने की सलाह दी है। और जीवन के रहस्यों और अचेतन से संबोधित होने की बात कही है, किंतु अकेले और बिना किसी के सहयोग के और यही बात जिद्दू कृष्णामूर्ति ने भी बार-बार कही है। प्रत्येक व्यक्ति को अपना मार्ग स्वयं चुनना होता

है। फिर भी जाने-पहिचाने मार्ग तो दिशा-निर्देशन में सहायता करते ही हैं; यद्यपि लोगों के अनुभव भिन्न-भिन्न हो सकते हैं, किंतु उनके पूरे विवरण में तो कुछ-कुछ मूल बातें समान होती हैं। किसी का मन उसके बाहरी कार्यों में लगा रहता है, फिर भी वह सजग रहता है कि स्वप्न अथवा किसी बाहरी घटना से क्या संकेत मिलते हैं, जो कि आत्मा समय-समय पर संबोधित करती रहती है।

फ्रैज़ (यंग 5, 212) के अनुसार:

किसी का ध्यान या मनोयोग बहुत तीक्ष्ण नहीं होना चाहिए और न बहुत कुंद। ज्ञानानुभव हेतु सदैव एक सही तल है। यदि सही दिशा में प्रशिक्षण दिया गया है, तो समय के अंतराल पर वह प्रभावी होता जाएगा और जब परिणामदायक कारण होने लगेंगे, तो जैसे पका खरबूजा स्वमेव गिर जाता है, वैसे ही स्पर्श अथवा संपर्क मात्र से किसी व्यक्ति का अकस्मात् जागरण हो जाएगा। यह ऐसा क्षण होता है, जब कि साधक की दशा वैसे ही होती है, जैसे पानी पीने वाला ही जानता है कि पानी गरम है या ठण्डा। वह सारे संदेहों से स्वतंत्र हो जाता है और बड़ी प्रसन्नता का अनुभव करता है जैसे किसी चौराहे पर कोई अपने पिता से मिलकर आनंद का अनुभव करता है।

यही दशा है मुक्ति या आत्म साक्षात्कार की। असत्य से छुटकारा मिल जाता है और व्यक्ति पर्णशाश्वत आनंद में रहने लग जाता है, जो किसी बाह्य परिस्थितियों पर आधारित नहीं होता।

बहुत से उदाहरण उन सत्यान्वेषकों के दिए जा सकते हैं, जिन्होंने इस प्रकार के विकास का अनुभव अपने जीवन में किया है। अपने आंतरिक कानों से अनाहत नाद सुनने लग जाते हैं जिसे ओऽम या लोगोस या शब्द कहा जाता है और आप अपने आंतरिक नेत्रों से नीले प्रकाश का दर्शन करने लग जा सकते हैं। औषधियों के डॉक्टर इस संबंध में कुछ नहीं कह सकते। आपको सूक्ष्म शरीर से दिव्य लोकों की यात्राएं हो सकती हैं। सांसारिक विषयों से आपके मन का दृष्टिकोण परिवर्तित हो सकता है। आप में शक्ति, पद या भौतिक प्राप्तियों की आकांक्षा समाप्त हो सकती है। आपके मन में एक प्रकार से निरंतर शांति बनी रह सकती है। आपको मान, अपमान दोनों प्रभावहीन हो सकते हैं। यह संसार, इसके उद्देश्य, लोगों से संबंध सब

सारहीन मालूम होने लगते हैं और अंतरमुखी होकर आंतरिक आनंद तत्काल प्राप्त करने में लग जाते हैं।

मेरा चाव गणित से हट गया। उस अनुभव के कारण मैं मात्र आध्यात्मिक विषय पर ही पढ़ता, सीखता और बोलता हूं। परिणामस्वरूप मैंने गणित के प्रोफेसर के पद से त्यागपत्र दे दिया, जिससे कि मैं अपने भीतर होने वाली प्रक्रिया का पूरा सहयोग कर सकूं। संभवतः इमानुयल स्वीडेनबोर्ग ने भी 54 वर्ष की अवस्था में अपने प्रथम अनुभव के उपरांत अपने पद से आधी पेंशन पर पद त्याग दिया था। इसी कारण से डॉ. वी. एस. गोयल ने 52 वर्ष की आयु में अपने पद से त्यागपत्र देकर पृथक हो गए थे और अब अपने आश्रम में रहते हैं।

मानवजाति के लक्ष्य के संबंध में बहुत कुछ कहना है। एक तुलनात्मक अध्ययन उन सभी रास्तों का, जिनसे लोग उस लक्ष्य तक पहुंचे हैं, जिससे व्यक्ति के लिए उचित मार्ग दर्शन मिल सकेगा। और सबसे ऊपर हमें तो यह अनुभव होना ही चाहिए कि एक सामान्य धुरी है, जो सब धर्मों की जड़ में पाई जाती है और मतभेद जो भी है सब केवल बाहरी तल पर हैं। इस विषय पर मैं अपने अन्य लेखों में विचार करूंगा।

संदर्भ

1. व्हीटन, जोएल. एल. एण्ड फिशर, जो; लाइफ़ बिटवीन लाइफ़, ग्रैफ्टन, लंदन, 1986
2. कुमार, आर; दि जर्नी बैक टु अवर टू होम-1, जे आर पी आर, जनवरी, 1994
3. हक्सले, अलुङअस; दि पेरीनियल फ़िलसफ़ी, हारपर एण्ड रो 1995, पेज 1
4. असाजियोली, आर, सेल्फ रियलाइज़ेशन एण्ड साइकोलाजिकल डिस्टरबेंसेज़, दि क्वेस्ट विंटर/स्प्रिंग, 1986, पेज 21
5. यंग, सी जे; मैन एण्ड हिज़ सिम्बल्स, डबलडे एण्ड कंपनी, इन सी, गारडेन सिटी, न्यूयार्क, 1964, पेज 31।
6. हार्डिग, एम ई, वोमेन्स मिस्टरीज़, पी पुटमैन्स संस, न्यूयार्क, 1971
7. कावर्ड, एच, यंग एण्ड इस्टर्न थाट, स्टेट यूनीवर्सिटी ऑफ न्यूयार्क प्रेस, 1985
8. हाल, मैनली, पी, एन इन्साइक्लोपीडिया आउटलाइन आफ मैसोनिक, हरमेटिक कब्बालिस्टिक एण्ड रोज़ीक्रूसियन सिंबोलिकल फ़िलासफ़ी, एच, एस, क्रोकर कंपनी, सैन फ्रन्सिसको, 1928

9. विलहेल्म, रिर्चड, दि सिक्रेट ऑफ दि गोल्डेन फ़्लावर, हारकोर्ट ब्रेस जोवनोविच, पब्लिशर्स न्यूयार्क, 1931
10. सरस्वती, स्वामी सत्यानन्द, कुण्डलिनी तंत्र, बिहार स्कूल आफ़ योगा, मुंगेर, इण्डिया, 1984, पेज 161
11. लांग, मैक्स फ्रीडम, दि हुना कोड इन रिलीजन, हुना रिसर्च पब्लिकेशन, कैलीफ़ोर्निया, 1965
12. मुक्तानंद, स्वामी; दि प्ले ऑफ कांशसनेस, गुरूदेव सिदपीठ, महाराष्ट्र, इण्डिया, 1972
13. क्लेप, हेराल्ड; हाउ टु फांइड गाड, ऐक्कार मिनियोपोलिस, एम एन, 1988
14. होयलर, स्टीफेनऐ; दि नस्तिक (Gnostic) यंग एण्ड दी सेवन सरमंस टू दी डेड, दि थियोसोफ़िकल पब्लिशिंग हाउस, व्हीटन, इलीनोइस, 1982

अध्याय-12

अत्येद्रिंयज्ञान के माध्यम से आरोग्यता प्रदान करना

कुण्डलिनी जागरण क्वान्टम के तल पर होता है, और इस कारण से, शक्ति स्वतः साधक को स्वस्थ कर देती है; और फिर वह व्यक्ति अपनी शक्ति द्वारा दूसरे रोगियों को भी ठीक कर सकता है। यह आरोग्य दाता तो मात्र अभिकर्ता है वास्तविक कार्य तो उस उच्च स्रोत की शक्ति से होता है। वे लोग प्रार्थना या ध्यान करते हैं उन देवताओं का या भगवान का कि वे उन्हें शक्ति प्रदान करें।

परिणामस्वरूप यदि आरोग्यकर्ता को ध्यान से वह शक्ति नहीं मिली तो उसके द्वारा आरोग्य प्रदान नहीं किया जा सकता। यह क्वान्टम के तल पर पाया जाता है कि शक्ति और पदार्थ आपस में परिवर्तनशील हों। आत्मिक शक्ति की इकाई 'प्राण' ही जीवन और स्वास्थ्य का दाता है। योग के समग्र पथ से दो निष्कर्ष निकलते हैं: अपने लिए आरोग्य प्रदान करना और दूसरों को स्वास्थ्य देना और मुक्ति–अन्य तरीकों की तुलना में, जो केवल स्वास्थ्य प्रदान करने वाले हैं।

भूमिका

योगी और संतों के संबंध में जाना जाता है कि उनका स्वास्थ्य अच्छा रहता है और वे अस्वस्थ लोगों को स्वस्थ भी करने की क्षमता रखते हैं। अगणित लोग असाध्य रोगों से छुटकारा उन्हीं 'परमात्मा के बच्चों' द्वारा पा सके

हैं, जो बुद्ध तथा ईसा के काल से वर्तमान में साईं बाबा तक पाए जाते हैं। जैसे भी हो, संत लोग तो मात्र माध्यम होते हैं, किंतु वास्तविक आरोग्यता तो परमात्मा की शक्ति से ही होती है। आरोग्यदाता उसी शक्ति का प्रयोग करते हैं, जो कि उनके द्वारा कार्य करती है। संत और आरोग्यदाता में अंतर यह है कि यद्यपि आरोग्यदाता तो दोनों है, परंतु संत लोग असत्य से मुक्त हो चुके हैं और आत्म साक्षात्कार वाले लोग हैं। योग का समग्र पथ जिसे मैंने आगे इस अध्याय में उल्लेख किया है उससे दोनों लक्ष्य प्राप्त किए जा सकते हैं: आत्मा/परमात्मा का साक्षातकार तथा 'आरोग्यता प्रदान करने की शक्ति'।

डॉ. बी. एस गोयल 'थर्ड आई एण्ड कुण्डलिनी' नामक अपनी पुस्तक में अपने अनुभवों तथा दूसरों के आधार पर लिखते हैं: कुण्डलिनी कोई भी रोग जैसे कैंसर, हृदयपीड़ा, दमा, आदि भी ठीक कर सकती है, बशर्ते व्यक्ति उस गुरु की कृपा प्राप्त कर सका हो, जिसके द्वारा परमात्मा की शक्ति कार्य करती है। वास्तव में कुण्डलिनी परमात्मा की शक्ति है और उसके द्वारा कुछ भी प्राप्त किया जा सकता है। वास्तव में जो भी मनुष्य के लिए असम्भव है वह परमात्मा के लिए संभव है।

अब हमें इस आरोग्य क्षमता का अवलोकन करना चाहिए।

विश्वास एवं भूत-प्रेत द्वारा आरोग्यता

प्राचीन काल से 'उच्च स्तरीय शक्ति' द्वारा मनुष्य को आरोग्यता प्रदान की जाती रही है, जो कि भौतिक गुण नहीं है। इस प्रकार की चिकित्सा में अनेक प्रकार के नाम पाये जाते हैं, जैसे विश्वास, असाधारण, आध्यामिक, अनुपस्थित, चुम्बकीय, 'मानसिक', 'नव विचार' आदि जिनके द्वारा आरोग्यता दी जाती है। उनकी विधियां भले ही भिन्न हों, किंतु उनका जो मौलिक तथ्य है वह यह है कि यह अभौतिक शक्ति अस्तित्व के उच्च श्रोत से ही आती है।

आरोग्यता हेतु दो भिन्न दृष्टिकोण हैं। मन, शरीर और आत्मा आपसी संबंध के द्वारा जो धार्मिकता पर आधारित है और जो मानवता व पर्यावरण से भी संबंधित है तथा दूसरा दृष्टिकोण है पश्चिमी दवाइयों का जो कार्टीज़ियन दर्शन द्वैतवाद पर आधारित है, जिससे कि शरीर और मन दोनों को पृथक

कर दिया जाता है। यद्यपि गत तीन दशकों से इन दोनों दृष्टिकोणों को मिलाने का प्रयत्न होता रहा है, किंतु हमारा इस अध्याय में पहले दृष्टिकोण पर ही समर्थन देना है।

इन सब विधियों में जो सामान्य सूचक है, वह 'उच्च स्तरीय शक्ति' से सहायता प्राप्त करना है, चाहे वह परमात्मा हो, विभिन्न विश्वासों पर आधारित देचता हों या किसी पूर्वज की प्रेत आत्मा। जब कभी रोगी के शरीर पर हाथ रखा जाता है या संकल्प प्रक्षेपित किया जाता है, चाहे रोगी कितनी ही दूर हो, तो शक्ति का आवाहन उच्च श्रोत से किया जाता है और सहायता प्राप्त की जाती है। जैसा कि अधिकांश आरोग्यदाताओं ने यह स्वीकार किया है, स्वास्थ्य देने की क्षमता उन्हें उच्चतर शक्ति से ही प्राप्त हुई है। रोगी के लिए धर्मानुरागी होना आवश्यक नहीं है। अस्तु कोई भी स्वास्थ्य लाभ कर सकता है, उसका धर्म कोई भी हो। परंतु यह नितांत आवश्यक है कि रोगी को उस आरोग्यदाता की शक्ति में विश्वास हो जिससे कि उसकी विधि उसे प्रभावित कर सके। आरोग्यदाता के अपने निजी विश्वास व धर्मिक मान्यताएं होती हैं, जिसके द्वारा वह शक्ति प्राप्त करते हैं।

विलियम हेनरी बेल्क के पास मुझे शारलट, नार्थ केरोलीना के बेल्क रिसर्च फाउन्डेशन में कार्य करने हेतु छः माम का समय 1995 में मिला था। 1960 में हेनरी बेल्क और हेराल्ड शरमन फिलीपीन के आरोग्यदाताओं से मनीला में मिले थे। बाद में हेराल्ड शरमन ने एक पुस्तक लिखी, जिसका नाम है 'फिलीपाइन के आरोग्यदाता'। इस प्रकार हेनरी बेल्क के प्रथम अनुभवों की जानकारी हमें वार्ता तथा वीडियो रिकार्डिंग से प्राप्त हुई थी। दो वृद्ध नागरिक वैरोनिका पीस तथा जैकुअस बैंक प्रायः हेनरी बेल्क के निकट रहते थे। दोनों का चीड़फाड़ मानसिक रूप से किया गया, रोगी अंश उनके शरीर से पृथक कर दिया गया और वे दोनों अपने रोगों से जिनसे वे पीड़ित थे मुक्त हो गये। चीड़फाड़ का कोई निशान उनके शरीर पर नहीं था और न उन्हें कोई पीड़ा का अनुभव हुआ था। प्राकृतिक तौर से मैं इस मानसिक शक्ति की विशेषता से प्रभावित हुआ और मैं मान गया। उन्हीं दिनों फिलीपाइन के दो आरोग्यकर्ताओं हेतु एक शिविर का आयोजन कोलंबिया में किया गया, जिन्होंने 250

रोगियों की चिकित्सा तीन दिनों में इसी विधि से की और चालीस डालर प्रत्येक रोगी से शुल्क लिया गया। बहुत से रोगी तो संतुष्ट थे, किंतु नहीं भी थे, जिनमें से मैं भी एक था। मेरे बाएं हाथ में पीड़ा निरंतर बनी रहती थी, जिसके लिए उस आरोग्यकर्ता ने एक तीन इंच लंबा अंश मेरे शरीर से निकाला, किंतु मेरी पीड़ा शांत नहीं हुई थी। मुझे पक्का विश्वास है कि मेरे शरीर से कुछ नहीं निकाला गया था। डॉ. सैन्डी मून एक्यूपंक्चर विशेषज्ञ ने मुझे निरोग किया था। अस्तु मेरा निष्कर्ष यह है कि कुछ आरोग्यकर्ता धन कमाने की लालसा से कुछ गलत तथ्य भी दर्शाते हैं, परन्तु ऐसा तो जीवन के हर पहलू में होता रहता है।

फिलीपाइन के एंटोनियो अगपाओ जिनका उपनाम टोनी भी है, मानसिक चीड़फाड़ में महत्त्वपूर्ण नाम है। शर्मन और बेल्क ने मनीला में उनका साक्षात्कार लिया था। कुछ रोगियों की वार्ता निम्न प्रकार है[शर्मन 1, 10]:

"टोनी? अनटोनियो अगपाओ ? वह परमात्मा का आदमी है। इस जमाने का आश्चर्यजनक आरोग्यकर्ता है।"

"मेरी नाक देखिए। उसने इसे खोल दिया और नाक साफ कर दिया, जिससे मैं आसानी से सांस ले सकता हूं। आप जान नहीं सकते कि उसने चीड़फाड़ कहां किया था। नहीं?"

"मैं बिलकुल अंधा हो चुका था और उसने मेरी आंखों का दोष निकाल दिया–बस अपने हाथों से और अब बिना चश्में के मैं पढ़ सकता हूं।"

"उसने मेरी आंत से ट्यूमर निकाल कर बाहर कर दिया, जिसमें पांच मिनट से भी कम समय लगा। मुझे कोई पीड़ा नहीं हुई और अब मैं बिलकुल ठीक हूं। अब मैं अपने काम पर तुरन्त लौट आया।"

"मेरा हृदय! यह एक काला धब्बा-सा था। उसने मेरा सीना खोल दिया। पसलियों को काटकर उस काले चक्के को निकालकर बाहर कर दिया, यह सब उसने खाली हाथ उंगलियों से किया। मैं पूरे समय होश में था, कोई पीड़ा नहीं थी और मेरा हृदय उसके हाथ में धड़क रहा था। ओह! मैं बतलाता हूं कि उसमें आरोग्यदायक शक्ति परमात्मा की ही है। यह होना था। मेरे लिए जीवित रहकर अच्छा रहना एक महान विस्मयकारी घटना है।"

टोनी लोगों में कोई भेदभाव नहीं करता और कभी कोई शुल्क नहीं लेता। जो कोई कुछ देता है वह स्वीकार कर लेता है, चाहे वह सेन्टावोस या पेसोस हों। उसके लिए सब एक ही बात है, टोनी का रक्षक परमात्मा की शक्ति ही है, जो परोक्ष रूप से यह खेल टोनी द्वारा संपन्न करा रही है। अस्तु आरोग्यता प्रदान करने की सहायता निःशुल्क सबको बिना किसी आर्थिक स्थिति, रंग, धर्म, पद का भेद किए हुए की जाती है।

डॉ. हिरोशी मोटायामा[2] जापानी वैज्ञानिक ने खाली हाथ मानसिक चीड़फाड़ की क्रिया जो टोनी आगपाओ तथा अन्य द्वारा की जाती थी, का अध्ययन किया था और उन्होंने 'आश्चर्यजनक आरोग्यकर्ता' की घोषणा उनके लिए की थी।

टोनी चीरफाड़ के पूर्व ध्यान करता था। उसे यह शक्ति नौ वर्ष की आयु में ही मिल गयी थी, जो उसे उपवास और पहाड़ पर ध्यान करने के पश्चात् मिली थी, जिसे एक उच्च अदृश्य सत्ता द्वारा वहां बुलाया गया था जो दूसरों को दिखाई नहीं दी। मध्यपान, सिगरेट पीना, संभोग आदि का औसतन उपयोग उसके आरोग्यता प्रदान करने की शक्ति में कोई बाधा नहीं था। उस शक्ति का उपयोग अपने निजी स्वार्थ में नहीं करता था। टोनी जब दूसरों की शल्य क्रिया कर रहा होता था तो अन्य रोगियों को मात्र देखकर ही ठीक कर देता था। उसे विश्वास था कि उसके नेत्र से शक्ति की किरणें प्रवाहित होकर रोगी को सही कर देती हैं। जब वह अपने हाथों को रोगी पर रखता तो उसके हाथ का रंग बदल जाता, तो उस रंग से उसे बीमारी और उसके ठीक स्थान का पता चल जाता था। टोनी का यह भी विश्वास था कि यह शक्ति दूसरों को भी प्रदान की जा सकती है, जिन्होंने उपवास व साधना की हो तथा उसके साथ काम किया हो। वह अनुभव करता था कि उसके जीवन की रक्षा एक अदृश्य शक्ति द्वारा की जाती थी, जब कोई उसे हानि पहुंचाने या मार डालने का प्रयास करता था।

इस मनोशल्य चिकित्सा के दो भेद हैं। पहली श्रेणी में शरीर की चीरफाड़ खाली हाथ बिना किसी औजार के किया जाता है। रोगी अंश निकालने के उपरान्त जो खोला गया था, उसे बंद कर दिया जाता है, किंतु वहां कोई दाग या निशान नहीं पड़ता। टोनी आगपाओ के अतिरिक्त

अन्य कई प्रमुख नाम हैं रि. अलेक्स आरवीटो फिलीपाइन वाले और जी अरीगो ब्राज़ील वाले' जिनके बारे में सूचना है कि वे लगभग तीन सौ लोगों के साथ शल्य क्रिया नित्य करते थे। दूसरी श्रेणी में लोगों के भौतिक हाथ यांत्रिक कार्य ही करते थे, वरन् यह एक मानसिक अध्यात्म शक्ति थी, जो उंगलियों से प्रवाहित होती थी, विशेष रूप से मध्यम उंगली से और हथेली भी काम करती थी, जो रोगी के अंगों में प्रवेश कर जाती थी। शरीर से रोगी अंश सूक्ष्म रूप में परिवर्तित करके बाहर निकाल लिया जाता था और फिर उसे ठीक करके तथा भौतिक रूप में पुनः परिवर्तित करके उसी स्थान पर लगा दिया जाता, जोकि भौतिक रूप से आंखों से दिखायी पड़ता था।

जो रोग ग्रसित अंश सूक्ष्म रूप से निकाला जाता, उसे एक जीवाणु रूप में परिवर्तित किया जाता, जिसे एक मनस चक्र द्वारा निर्मित किया जाता तथा उसे पुनः एक्टोप्लाज़्म का रूप देकर उसी स्थान पर प्रविष्ट कर दिया जाता। यह पुनर्गठन की प्रक्रिया आगे चालू रहती और किन्हीं आदर्श मामलों में यह वास्तविक शारीरिक तंतु बनते थे। इस परिवर्तन की प्रक्रिया में जीवित पदार्थ विलीन हो जाते और एक नयी शक्ति के रूप में उभर कर आते, जिसकी इस पदार्थकारी जगत को जानकारी नहीं है। यह आरोग्यदाता की गहन एकाग्रता के कारण होता। यह सूक्ष्म आकाशीय शक्ति आरोग्यदाता के मन से विकेंद्रित होती थी या किसी उच्च आत्मा से जो कि इस आरोग्यदाता के शरीर द्वारा कार्य करती थी। मेरे विचार से यह वही शक्ति है, जो एक योगी को मिल जाती है, जिसके द्वारा वह अपने शरीर में चारों ओर सक्रिय कर लेता है और वह आग पर चलने लग जाता है या इसी प्रकार अन्य आश्चर्यजनक कार्य कर लेता है। इसी शक्ति से कराटे का जानकार अपने खाली हाथों से सीमेंट से बने हुये कठोर टुकड़े को तोड़ देता है। उस टुकड़े का विखण्डन तो आध्यात्मिक शक्ति द्वारा होता है, किंतु वह काम हाथों द्वारा संपादित होता है। मानसिक चिकित्सा में शरीर से तंतुओं को अलग करके बिना कोई हानि पहुंचाए शीघ्र उसी स्थान पर उस विद्युत की चुंबकीय शक्ति द्वारा पुनर्गठित कर दिया जाता है। यह बहुत से आरोग्यदाताओं तथा अनुसंधान कर्ताओं का मत है।[लिफोको 5]

दूसरे प्रकार की मानसिक आरोग्यदाता है विश्वास अथवा आध्यात्मिक

आरोग्यदाता जो भगवद् शक्ति के उपयोग द्वारा की जाती है, जिसमें शक्ति र्स्पश से या हाथ द्वारा प्रक्षेपित की जाती है। शक्ति के प्रवाह का अनुभव गर्मी, झुन मुनी, रंग परिवर्तन या बिजली के शाक की तरह होता है। आरोग्यदाता को यह अनुभव होता है कि कोई हवा उसके शरीर को छोड़ रही है, संभवतः हाथों से। अम्बरोज और आलगा वोरैल[6] दो प्रसिद्ध आरोग्यदाता इस प्रकार के हुए हैं। लम्बी दूरी से चिकित्सा करने में वोरैल को अनुभव होता था कि कोई शक्ति उसके नाभि केंद्र से निकल रही है। वोरैल को विश्वास था कि यह शक्ति उन्हें परमात्मा से प्रार्थना या ध्यान द्वारा प्राप्त हुई है।

लॉरेंस लेशन[7], अपने शो द्वारा जो उन्होंने मनोचिकित्सा के संबंध में किया था, इस निष्कर्ष पर पहुंचा कि यह चिकित्सा आंतरिक चेतना तत्वों के परिवर्तन पर ही संभव होती है, जिसे 'दूरदर्शन सत्यता' कहा जाता है। उसने लगभग डेढ़ वर्ष तक ध्यान की विभिन्न विधियों की साधना की, जब जाकर उसे यह अपने तत्व परिवर्तन की कला का ज्ञान हो सका था। उनके साथ काम करने वालों में भौतिक और मनोवैज्ञानिक परिवर्तन उनके हित में हुए। कुछ भी हो लेशन ने निष्कर्ष निकाला कि यह 'दूरदर्शन सत्यता' विश्वसनीय नहीं है और इसके संबंध में कुछ पहले से कहा नहीं जा सकता। उसने यह भी दावा किया था कि वह दूसरों को बतला सकता है कि ध्यान से आरोग्य शक्ति कैसे प्राप्त की जा सकती है। लेशन ने आयरिश दिव्य द्दष्टा ईलीन जे गरेट के साथ आरोग्य विषय पर अध्ययन किया था और सिद्धांत दिया था कि समय उपस्थित है एक शाश्वत वर्तमान के रूप में: सभी वस्तुओं में एक केन्द्रीय एकता है, जो कि एक बड़े नमूने का भाग है; संपूर्ण ब्रह्माण्डीय शक्ति—अच्छी और बुरी—जो कि देखने में मात्र भ्रम दिखायी पड़ता है, से ऊपर है, किंतु इनके ऊपर पांच ज्ञानेद्रियों की पहुंच नहीं है, वरन् अतीन्द्रिय ज्ञान से ही जाना जा सकता है। गैरट ने प्रो. राइन के साथ ड्यूक विश्वविद्यालय में कार्य किया है और उन्होंने आरोग्य शक्ति के संबंध में अपनी कुछ पुस्तकों में उल्लेख किया है।[8]

वेन्जामिन ओ बिब, डी. डी. और जोसेफ जे वीड दूसरे प्रसिद्ध आरोग्यकर्ता हुए हैं जिन्होंने इस पर दवाब डाला है कि बाहर की चेतना या

मन को शांत कर दिया जाए और इसे धीमा करके ध्यान को प्रगाढ़ किया जाए जिससे कि आंतरिक चेतना तक पहुंचा जा सके। ध्यान साधना ही इसके लिए सबसे अच्छा उपाय है। वे लोग एक "मानसिक दूरभाष यंत्र" बनाने की बात करते हैं, जिसकी यह विधियां हैं—

(1) जो रोगी है, उसके आंतरिक मन से संबंध बनाया जाय और उसके अंदर चोट कहां है या रोग कहां है पता लगाया जाए,

(2) मानसिक चित्रों का उपयोग आंतरिक मन को देखने हेतु किया जाए और उसी से ठीक भी किया जाए,

(3) आरोग्य शक्ति को प्रवाहित किया जाए और वस्तु परक (रोगी) के आंतरिक मन को निर्देश दिया जाए कि शक्ति कैसे और कितनी आवश्यक है, जिससे उसे आरोग्यता प्राप्त हो सके,

(4) रोगी को पूरी तरह आरोग्यता प्राप्त होने दी जाए और फिर धीरे से उससे संबंध विच्छेद कर लिया जाए और उस पर फिर कोई विचार न किया जाए यद्यपि यदि आवश्यक हो तो चिकित्सा दुहराई जा सकती है। वे लोग केवल कुछ तस्वीरों को आन्तरिक मन पर प्रयोग करके रोग दूर करते हैं: "यदि कोई मांसपेशी फट गयी है या टूट गयी है, तो उसे कसकर बांध दो। यदि रोगी के फेफड़े में कफ जमा हो गया है, तो वैक्यूम क्लीनर का प्रयोग करें। यदि कहीं कुछ अनावश्यक बढ़ गया है तो उसे अपनी उंगलियों से तोड़ दो। चाकू का प्रयोग कभी न हो। किसी प्रकार से काटना भी न हो। आपको तंतुओं को सही करना है, न कि उन्हें मिटाना। यदि दांत ढीला है, तो उसे उंगलियों से ही निकाल दो और साफ करके खाली। जगह गोंद से भर कर दांत वापस वहीं लगा दो।' किंतु यह सब मानसिक ही होना चाहिए (बिब और वीड 9, 35)।"

एक अति विचित्र आरोग्यकर्ता का कथन है कि वह एक विधि का प्रयोग करती हैं—'संसार को बाहर कर दो', जो हिंदू शिक्षकों द्वारा दी गयी। ज्वाइस डिक्स आफ वेस्ट पाम बीच, फ्लोरिडा रोगी के सर पर हाथ रखने से ही सरदर्द दूर कर देती है, जैसा कि उनका मन उन्हें निर्देश देता है और फिर एक 'श्वेत आरोग्यदाता शक्ति' का प्रवाह निर्देशित किए गए स्थान पर उंडेलती है। फ्रांस एम आइवर्स लिसवन सीटी श्वेत आरोग्यदाता शक्ति रोगी स्थान पर उड़ेल कर ठीक करती है। उनके शब्दों में, "दो

अवसरों पर उन्होंने ऐसा किया कि उनके एक पुत्र के के कान में पीड़ा थी, जिसे उन्होंने कान छूकर और अपने हाथ के द्वारा एक श्वेत शक्ति को उसके कानों में उंडेलकर ठीक किया।" आइवर्स का कथन है कि एक सूखी खांसी वाले रोगी को उसके पेट के बल बिस्तर पर लेटा दिया और उंगलियों से उसकी खोपड़ी छूती रही, फिर मैंने अपने हाथों द्वारा श्वेत-नीले रंग वाली प्रकाश युक्त हाथ से ढके हुए भाग में शक्ति को प्रवाहित किया। वह रात भर आराम से सोती रही और सुबह उठने पर बिलकुल ठीक थी।(बिब और वीड 9, 39-40)" बहुत-सी घटनाओं का उल्लेख किया गया है, जिसमें कि आरोग्यता श्वेत-नीले रंग वाले प्रकाश की धारा प्रवाहित करके मानसिकतौर से रोगियों को ठीक किया गया है और हड्डियों के मामले में भी टूटी हुई अस्थियां जोड़ी गयी हैं।

छिपी हुई चिकित्सीय पद्यति तथा क्वान्टम उछाल

प्राचीन भारत से आयुर्वेद इस बात के लिये प्रसिद्ध है कि रोगों को असाध्य परिस्थितियों में भी वह योगाभ्यास, ध्यान व पित्तविरोधक वाली खुराक देकर सही कर सकते थे। आधुनिक उदाहरण है कि चालीस हृदयरोगियों को उनके चर्बी युक्त जमें हुए थक्कों को, जो कि रक्त वाहिनी धमनियों में अवरोध डालते थे, निकाल दिया। डॉ. डीन आरनिश, सैन फ्रांसिस्को के हृदयरोग विशेषज्ञ ने यह आश्चर्यजनक उपचार योग तथा ध्यान द्वारा किया, न कि पारंपरिक औषधियों या शल्य क्रिया से 1988 में करके दिखाया।(चोपड़ा, 10,8) आरनिश के अध्ययन से यह स्पष्ट हुआ है कि जो कुछ अपने शरीर में हम बनाते हैं, उसे हम मिटा भी सकते हैं। और इस प्रकार हृदय रोग एक बार प्रारंभ होने के उपरांत उसे पुनः उलटाया जा सकता है।

एण्डरीज श्मिट, स्वीस विद्वान अपने पचासवें वर्ष के पूर्व ही, एक भयानक रोग 'मेलानोमा' से ग्रसित हो गये, जो बहुत जल्दी फैलता है, जिसमें सांवली त्वचा में काले रंग की कमी होने लगती है और त्वचा कैंसर का रूप धारण कर लेती है। कुछ प्रारंभिक शल्य क्रिया द्वारा जिससे रंग परिवर्तन करने वाले अणुओं को निकाल दिया गया था, एण्डरीज ने आगे शल्य चिकित्सा की मनाही कर दी। उनके चिकित्सक ने कहा कि यदि चिकित्सा रोक दी गयी, तो वह रोग छः मास के अंदर फिर हो जाएगा।

यदि चिकित्सा जारी रही तो रोगी कुछ एक वर्ष जीवित रह सकेगा, किंतु मात्र दस प्रतिशत लोग ही पांच वर्ष से अधिक जी सकेंगे। ऐसे अवसर पर एण्डरीज ने आयुर्वेद की मानसिक विधियों व पवित्रतावाली चिकित्सा कराई। कुल चार मास पश्चात् उन्होंने बताया कि उनके शरीर में जो पंछा सूज गयी थी वह बैठ गयी है। एक्स रे और रक्त की जांच द्वारा पता चला कि अब उनके शरीर में रंग परिवर्तन वाला रोग नहीं है। कैंसर होने के उपरांत उन्हें तीन मास से अधिक नहीं जीना था, जैसा कि उनके डॉक्टर ने कहा था, किंतु अब वह सामान्य जीवन दो वर्षों से जी रहे हैं।(चोपड़ा 10, 18-19) जिराल्ड राइस जो स्वयं एक डॉक्टर थे, जिन्हें बताया गया कि वे पचासवें वर्ष के आसपास एक विशेष रोग ल्यूकेमिया से पीड़ित हैं। इस रोग की प्रारंभिक जांच से पता चलने के उपरांत कठिनाई से तीन वर्षों तक जीवित रह सकते हैं। उनके रक्त जांच से गणना 52,000 पहुंच गयी थी। आयुर्वेदिक चिकित्सा से यह मात्र 28,000 ही रह गयी, जो लगभग 40% था। यदि वह परंपरागत केमोथेरेपी में लगे रहते, तो रक्त गणना 10,000 तक पहुंच जाती, किंतु उन्हें फिर, मतली, बालों का झड़ना, शारीरिक कमजोरी, अवसाद तथा अन्य रोग हो जाते। डा. जिराल्ड इस परिणाम से बहुत ही आश्चर्यचकित थे और उन्होंने कहा कि उन्हें "चिकित्सा से कुछ नहीं हुआ है।" वह उससे लाभान्वित होते रहे, किंतु उन्हें अपने पुरातन विचारों को छोड़ना कठिन था। लौरा साइमंस का एक दूसरा उदाहरण है, जिसमें आयुर्वेद की सुख देने वाली विधि का उपयोग दीपक चोपड़ा ने उनके बढ़े हुए स्तन कैंसर की चिकित्सा के लिए किया था।

इन छोटे-मोटे उपाख्यानों से यह सिद्ध हो गया(चोपड़ा 10, 136) कि सैकड़ों रोगी हृदय रोग, कैंसर, विभिन्न प्रकार की सिरोसिस तथा एड्स आदि से पीड़ितों को आयुर्वेदिक विधियां जो कि शल्य क्रिया की नहीं थीं द्वारा ठीक किया गया और उनमें दर्द, चिंता, घबराहट व अन्य परेशान करने वाली दशाओं से छुटकारा दिलाया। अब हमें यह देखना है कि आयुर्वेद में कौन-सी ऐसी बात है, जो पुराण पंथी डॉक्टरों के लिये रहस्य है।

मनुष्य के शरीर में जैसे भौतिक या स्थूल शरीर होता है, वैसे ही सूक्ष्म

शरीर भी होता है, जो एक क्वान्टम शरीर है। हिंदू धर्म में उसे 'सूक्ष्म शरीर कहा गया है। लगभग दस करोड़ से सौ करोड़ गुना तक सबसे छोटे अणु से भी छोटा भाग क्वान्टम कहलाता है। यह सबसे मूल तंतु है, जिससे पहले सूक्ष्म शरीर बनता है और इसके उपरांत स्थूल शरीर बनता है। कुण्डलिनी योग में क्वान्टम को 'प्राण' कहा जाता है। यह अदृश्य कंपन होते हैं, जो भौतिक आकार धारण हेतु प्रतीक्षा रत हैं। इस तल पर पदार्थ एवं शक्ति आपस में परिवर्तनशील होते हैं। प्राण के कंपन शक्ति में परिवर्तित होते हैं और फिर पदार्थ के अणु बन जाते हैं।(चोपड़ा 10)

रूढ़िवादी औषधि शरीर के स्थूल आकार तक ही सीमित है। यह सूक्ष्म शरीर तक प्रवेश नहीं पाती है, जहां पर शक्ति का असीम भण्डार है जैसे कि अणु बम का विस्फोट और लेज़र किरणों की शक्ति, जो फौलाद को भी काट देती हैं।

अत्यधिक परिमाणक शक्ति जो क्वान्टम तल पर उपस्थित है, उसके ही यह उदाहरण हैं। अति सूक्ष्म तल पर प्रकृति की शक्ति अत्यंत शाक्तिशाली है और वह वैसे ही अत्यधिक परिमाणक उछाल लेती है, जैसे कि अणु बम का विस्फोट या लेज़र किरणों का भेदक। यह है आयुर्वेद का धरातल और जिस पर "योग और ध्यान दर्शन' आधारित हैं। इसी कारण से आयुर्वेद चिकित्सा का परिणाम योग या ध्यान जो और भी ऊंचे स्तर पर परमाणिक यांत्रिकी है, जिनकी समझ परंपरागत औषधीय चिकित्सा को नहीं होती। इनके जीवित उदाहरण हैं भारत तथा विश्व के अन्य देशों के योगी लोग जिन्होंने वृद्ध अवस्था को दैवीय बना लिया और पूर्ण स्वस्थ रहते हैं, जो। देखने में अपने वास्तविक आयु के आधे ही दिखायी देते हैं।

होलिस्टिक औषधियों को यह नाम यूनान के 'होलोस' से मिला है, जिसका अभिप्राय होता है 'पूर्ण'। मास्लो[11] तथा अन्य लोगों ने स्वास्थ्य का मनोविज्ञान और भावातीतज्ञान की विधियों का विकास किया, जो कि मानव को एक पूर्ण जीवधारी संरचना मानते हैं, न कि कुछ अंशों का जोड़ मात्र। मनोवैज्ञानिक राबर्ट एडर और निकोलस कोहन ने अनुसंधान में पाया कि चूहों पर भी प्रभाव डाला जा सकता है कि वे अपने सुरक्षा संबंधी यांत्रिकी में कमी कर दें। उन्होंने उसके लिये शब्द दिया पा. एन. आई. (साइको न्यूरोइम्यूनोलाजी)।

आगे यह भी अनुसंधान से स्पष्ट हुआ कि सुरक्षा प्रणाली से कुछ रसायन निकलते हैं जो उसके मस्तिष्क में सूचना पहुंचाते हैं। न्यूरोवैज्ञानिक करेन बुलाक ने 1970 के दशक में यह निष्कर्ष अपने अनुसंधान से निकाले थे। नारमैन काजिन्स जिन्हें 'एन्कीलूजिंग स्पन्डीलाइटिस' का रोग था, जोकि स्पाइन में विच्छेद के कारण होता है, विटामिन सी और हास्यथिरेपी से स्वास्थ लाभ किया, जबकि डाक्टरों ने उनके ठीक होने का चांस 500 में से 1 ही माना था। यह एक उदाहरण है, जो यह प्रगट करता है कि शरीर मन का एक दर्पण है, क्योंकि मानसिक भावों का प्रदर्शन शरीर पर आता है, जैसा कि लाक एण्ड कालीजन[12] ने कहा है।

शिथिलता, दृष्टिकोण का परिवर्तन तथा आकृतियों द्वारा स्पष्टीकरण श्वेत रक्त कणों में बढ़ोतरी कर सकते हैं तथा थाइमोसीनलफा-1, एक हारमोन जो स्वास्थ्य के अच्छाई का द्योतक है, के स्तर को बढ़ा देता है, जो भयानक कैंसर ऐसी बीमारी में भी कुछ सुधार उत्पन्न करता है [(रीसमैन 13, भीक 14)]। सर्जन बरनी एस सीजेल प्रमाणिक करने का अनुमान करते हैं कि प्रेम की कमी या शर्तों सहित प्रेम के कारण बहुत सी बीमारियों होती है, वही जड़ है। सीगेल ने कैंसर के लिए आल्टरनेटिव थेरेपी खोजने हेतु काफी प्रसिद्धि पाई। हृदय विशेषज्ञ हर्बर्ट बेनसन का विश्वास था कि 'विश्वास' चाहे धार्मिक हो या मानसिक किंतु स्वास्थ पर महत्त्वपूर्ण प्रभाव डालता है। [(वेचसेलर 16)]

प्राण समस्त विश्व में भरपूर है, जो जीवनी शक्ति है और देश काल से परे है और वही जीवन और स्वास्थ्य का मूल रक्षक है। हिंदुओं का शब्द प्राण विभिन्न धर्मों में विभिन्न नामों से जाना जाता है: 'की (qi)' चीन में, 'की (ki)' जापान में, तलेस्मा हर्मीज ट्रिसठमेगिस्टस के लेखों में, ऐस्ट्रल लाइट कब्बाला तथा माना पोलीनीसिया में कहा जाता है।[17] अलकेमिस्ट रार्बट फलड ने इसे 'स्प्रीट्स' कहा है, हिप्पोक्रेट ने 'विस मेडीकैटरिक्स नेचर' और हिपनोटिस्ट फ्रैंज ऐण्टन मेस्मर ने इसे 'न्यूमा' कहा है। इस प्रकार क्वान्टम इकाई 'प्राण' मानव जाति के ज्ञान में अति प्राचीन है। यद्यपि यह विश्वव्यापी है, किंतु पर्वतों की चोटियों पर बहुत गहराई से आच्छादित रहता है। बहते हुए पानी के निकट नेगेटिव आयन्स के अनुपात में अधिक केंद्रित रहता है। और आगे इसका प्रवाह प्रातः काल, ठीक दोपहर और सायंकाल में अधिक

तीव्र होता है।(फ्रीडमैन, मिल्टन 18)

एक जर्मन रसायन विद् बरोन कार्ल रीकेनबैक[19] ने 'प्राण' को 'ओड' नाम दिया है और कहा कि यह दिव्य दर्शनों द्वारा देखा जा सकता है कि यह एक चमकदार तत्व है, जो छूने पर गर्म या ठण्डा अनुभव होता है। उनके सिद्धांत को आस्ट्रिया के विलहेल्म रीक[20,21] ने स्वीकार किया है जिन्होंने उसे 'ओरगोन' कहा है और बताया कि यह एक सार्वभौमिक जैविक शक्ति है जिसका रंग नीला है, जो हमारी काम वासना, और मानसिक क्रिया-कलापों का आधार है। उसने एक यंत्र निकाला है जिसे 'ओरगोन संग्राहक' कहते हैं और जिसका उपयोग कैंसर के रोगियों पर किया जाता है जिसके परिणाम अच्छे मिले हैं। 'प्राण' के लिये जो सबसे नया शब्द कहा गया है, वह है 'बायोइनर्जी'। सोवियत संघ तथा चेकोस्लोवाकिया के अनुसंधान कर्ताओं ने इस बायोइनर्जी को विद्युत उत्पादक यंत्रों में संग्रह करके आरोग्यता प्रदान करने में उपयोग किया है। बहुत-सी पुस्तकें 'प्राण' की विस्तृत जानकारी हेतु उपलब्ध हैं: लीडबीटर[22], कृष्ण[23], केफर[24], लिमाईले[25], एमसी गिल[26] और मुकर्जी व खन्ना[27]। 'प्राण' संपूर्ण शरीर बलिष्ठ, रोग तथा बीमारी प्रतिरोधी और अधिक लम्बा जीवन जीने वाला होता है।

आयुर्वेद और योग/ध्यान प्राण/क्वान्टम को परिमाणात्मक स्तर तक भीतर से संबंधित करने की विधियां हैं। शरीर के भीतर कुछ भी संकल्प मात्र से बदला जा सकता है उदाहरण के लिए ऐसे व्यक्तियों पर विचार करें, जो अनेक व्यक्तित्व मुखौटों में हैं। यह लोग मनोवैज्ञानिक रोगी हो सकते हैं, किंतु ऐसे है कि एक मुखौटा गिरा कि दूसरा प्रकट हो गया, उनके शरीरों में आश्चर्यजनक परिवर्तन हो जाते हैं। जैसे कि एक व्यक्ति मधुमेह से पीड़ित है और उसके व्यक्तित्व में इंसुलिन की मात्रा कम हो जाएगी जब तक वह व्यक्तित्व रहेगा। जैसे भी हो, दूसरा व्यक्ति मधुमेह रहित हो, किन्तु वह इन्सुलिन के लेबल की जांच कर रहा हो सकता है। रक्त चाप के रोगी की भी ऐसे ही है कि उसके तिल, मस्से, फोड़े फुन्सी और अन्य चर्म संबंधी शिकायतें हों और उसके व्यक्तित्व के परिवर्तन से यह सब बदल जाते हैं। यहां तक कि उनकी आंखों का रंग बदलकर नीले से भूरा हो जाता है। एक स्त्री को मासिक धर्म एक मास में तीन बार होता था, वह उसके तीन अलग-अलग व्यक्तित्व

के कारण था।(चोपड़ा 10, 11)

क्वान्टम शरीर में परिवर्तन होने से स्थूल शरीर में भी बदलाव आने लगता है। अस्तु, श्वेत जीवाणु सुरक्षित प्रक्रिया के होते हुए भी एन्टीबाडीज़ से लिपटे होने के कारण रोगी में एलर्जी की प्रतिक्रिया उत्पन्न कर देते हैं, वे शान्तिपूर्वक ऐन्टिजेन से सम्बन्ध बनने की प्रतीक्षा करते हैं। जब इनमें संबंध हो जाता है, तब स्वतः रासायनिक क्रियाएं होती हैं। इसी कारण से, रोगी यदि चाहे तो एलर्जी का प्रकोप होता है और कभी नहीं भी होता है। यह वैसे ही जैसे चीनी कभी चाहे तो मीठी होती है और कभी कम मीठी लगती है। इस प्रकार, यह परमाणु का प्रभाव है कि वे अपना निर्णय स्वयं करते हैं। इस तरह यह कहना संभावित है कि हम लोग अपनी बीमारी भी अपने आप चुनते हैं।(चोपड़ा 10, 11) यह समझते हुए, मनुष्य अपने आंतरिक यांत्रिकी से क्वांटम प्राण का आवश्यकतानुसार उचित प्रयोग करके अपने रोगों को मिटा सकता है। जागरूकता रोगों को मिटाने की क्षमता रखती है। कभी-कभी बड़े असाध्य रोगों को ठीक करने का अकस्मात् कारण यही होता है।

जो लोग 'दृढ़ विश्वासी हैं, चाहे वह धार्मिक हों, मनो वैज्ञानिक हों, जो निरंतर योग और ध्यान का अभ्यास करते रहते हैं, वे अपने लिए तो रोग रहित हो जाने की क्षमता पा ही जाते हैं, अपितु दूसरों को आरोग्यता प्रदान करने की आन्तरिक शक्ति भी प्राप्त कर सकते हैं, चाहे कितने भी कठिन असाध्य रोगों से पीड़ित क्यों न हों। मुझे ऐसा विश्वास है कि ऐसे लोग प्राणशक्ति (ऊर्जा) के भण्डार हो जाते हैं, जो जाने-अनजाने जिन्हें वे स्पर्श करते हैं तो रोगियों के शरीर में उनसे ऊर्जा की धारा प्रवाहित होने लग जाती है, जिससे आरोग्यता की प्रक्रिया गतिशील होने लगती है। अंत में देर-सबेर उस रोगी का रोग भाग जाता है। ऐसे अवसर पर यह उचित होगा कि भारत से दो-एक दृष्टान्त इस प्रकार के दिए जाएँ। भारत के उत्तरी क्षेत्र स्थित रानीखेत कस्बे में एक डब्बन नामक मेहतर निर्धन बस्ती में रहता था। उसका विवाह हो गया। किन्तु उसकी पत्नी का उसके साथ व्यवहार ठीक नहीं था और उसके रिश्तेदारों व मित्रों का भी उसके साथ व्यवहार अच्छा न था। वह किसी अपमान पर प्रतिक्रिया नहीं करता था। चुपचाप शांत रहता और उस स्थान से चला जाता। वह नए

कस्बा बरेली में ईसाई मिशन के डॉक्टर हे के साथ नर्स के पद पर नए नाम पीटर के रूप में कार्यरत हो गया।

कुछ लोगों के हाथ में रोग नाशक शक्ति होती है। पीटर (झब्बन) के हाथ में वही शक्ति थी। उसका स्पर्श इतना अच्छा था कि रोगियों को अच्छा लगता। वहां बहुत से प्रशिक्षित नर्से व सेवक थे, किंतु रोगी लोग पीटर को ही चाहते थे कि वह उन्हें औषधि दे। कुछ समय में धीरे-धीरे वह डॉ. पीटर के नाम से जाना जाने लगा, यद्यपि कि वह अशिक्षित था। यदि वह घाव को साफ कर दे, तो वह शीघ्रता से भरने लगा जाता। यदि वह औषधि दे दे, तो रोगी का बुखार तुरंत ही उतर जाता, यद्यपि डॉ. हे इसे अंधविश्वास मानता था। पीटर प्रसिद्ध हो गया और उसका अनुभव उन डॉक्टरों से अच्छा था, जिन्होंने डाक्टरी स्कूल में शिक्षा पायी थी। वह लिखना-पढ़ना नहीं जानता था। किंतु अस्पताल में प्रत्येक यंत्र व दवाइयों का नाम और उपयोग अच्छी तरह से उसके मस्तिष्क में छप सा गया था। पीटर के लिए हिंदू, मुसलमान, ईसाई धर्म, सभी के लोग एक समान थे। वह बहुत ही नम्र, दयालु और सदैव रोगी लोगों की सेवा में तत्पर रहने वाला था। रोगी लोग कहते, "पीटर के हाथों में जादू है, यदि वह रोगी को स्पर्श कर दे तो वह ठीक होना आरंभ हो जाता है।"

रतलाम ग्राम के जमीदार के हाथ में कोई चर्मरोग था। कई डॉक्टरों ने उसे औषधियां दी, किंतु वह ठीक नहीं हुआ। पीटर ने कभी ऐसा रोग नहीं देखा था। उसने धैर्य रखते हुए कहा, "श्रीमानजी मैं इसके लिये औषधि दे सकता हूं। उससे संभवता यह ठीक हो जाय। किंतु मुझे पक्का विश्वास नहीं है।" उसने उस जमीदार को एक मलहम दी, जिसके प्रयोग से एक सप्ताह में वह ठीक हो गया उस जमीदार ने एक बड़ी धनराशि पीटर को देनी चाही, किंतु उसने नहीं ली। हां वहां एक अस्पताल बनवाया गया और उसमें डॉक्टर व अन्य कर्मचारियों की नियुक्ति हो गयी। वह निर्धनों की सेवा करना चाहता था। किसी कारण से उसे यह विश्वास था कि यदि वह वेतन लेगा, तो वह लोगों की चिकित्सा नहीं कर पायेगा। जैसे भी हो वहां एक कुटिल राजनीति पनपने लगी और पीटर को एक दिन सायंकाल अस्पताल से चला जाना पड़ा। गंदे कपड़े पहने हुए, बिना हाथ में पैसे लिए वह रेलवे स्टेशन पर पहुंच गया। रेलवे चालक ने उसे गाड़ी पर बैठा लिया

और कहा कि उसके हाथ में एक रोग है, जो कई डॉक्टरों की दवा से ठीक नहीं हुआ है। कहना न होगा कि चालक रातभर में ही ठीक हो गया और यह जादू देखकर चाकित रह गया।

पीटर मसूरी में ठहर गया। वहां वह मंदिरों, गिरजाघरों, मस्जिदों व सड़कों की सफाई करने लगा। वह 'भगत जी' के नाम से प्रसिद्ध हो गया। भगत जी की आरोग्यता प्रदान करने वाली शक्ति और तीव्र हो गयी। उसका मन अब सांसारिक वस्तुओं में नहीं रहता था। उसे अपनी शक्तियों का होश नही रह गया था।

एक दिन वह सड़क बुहार रहा था। एक स्त्री उसकी ओर दौड़ती हुई आई जो गोद में अपने मृतक बच्चे को लिए थी, करूण क्रंदन कर रही थी। भगत जी ने उस बच्चे को अपने हाथ में ले लिया और अपने कमरे में लेकर चले गए और दरवाजा बंद कर लिया। कुछ समय पश्चात जब दरवाजा खोला तो बच्चा उसके हाथ में रो रहा था। जनता ने आश्चर्य से देखा कि भगतजी ने एक मृत बच्चे को जीवित कर दिया।

भगतजी ने धीरे से दरवाजा बंद कर लिया और लोग धीरे-धीर चले गए। वह अपने बिस्तर पर बैठकर विचार करने लगा। अरे! करूण, दयालुता और दूसरों की सहायता करना भी एक इच्छा है। यह इच्छा भी एक जाल है, बंधन है। कैद रहना चाहे जेल हो या महल दोनों में, समान है, क्योंकि दोनों जगह से मुक्त होने की इच्छा तो बनी ही रहेगी। पूरी स्वतंत्रता के लिए हमें इच्छाओं का पूरी तरह से त्याग करना चाहिए। अब इस समय में मैंने कुछ नहीं छोड़ा। अब मैं शक्ति के सागर में डूब जाना चाहता हूं। उसका मन अंतरमुखी हो गया और उसकी चेतना शरीर और समय से ऊपर उठ गयी। वह एक गहरी समाधि में चला गया था। जब उसे होश आया तो उसे पता चला कि उसकी कोई इच्छा बाहरी संसार को कुछ बताने की नहीं रह गई है। उस दिन से किसी ने भगतजी को किसी मंदिर या गिरजाघर में नहीं देखा। उसने अपने कमरे से बाहर निकलना बंद कर दिया था। दूसरे मेहतर लोग उसे भोजन दे जाते और उसे कुछ आवश्यकता नहीं रह गयी थी। एक दिन वह अपने कमरे में मृत पाया गया, उसकी जेब में एक पत्र था, जिसमें लिखा था: यह शरीर मसूरी में मरेगा और उसकी अंतिम क्रिया क्रिसमस के दिन बर्फ में होगी। यह प्रभु

की इच्छा है–झब्बन, रतलाम हास्पिटल बरेली जिला।" उसने अपनी मृत्यु को पहले ही जान लिया था, जबकि वह घटित बहुत बाद में हुई।

झब्बन किस श्रेणी का आध्यात्मिक व्यक्ति था। संभवतः एक कर्म योगी था, किंतु महात्मा गांधी और मदर टेरेसा से बहुत ही भिन्न, जिनके पास ऐसे आरोग्यदायनी शक्ति नहीं थी, आगे न वे अपने जीवन काल में मुक्त हो सके थे। झब्बन पूरी तौर से कामना रहित व्यक्ति था तथा विशेष प्रेम उसके हृदय में भगवान के लिए था, जिसके कारण उसमें स्वतः यह पराशक्ति दूसरों को रोग निवारण करने हेतु प्रकट हो गयी थी। झब्बन के जीवन की पूरी कथा 'भंगी से संत' नामक पुस्तक में मिलेगी, जिसके लेखक हैं बाबा हरिदास[28]। पुस्तक में और बहुत-सी जीवन कथाएं है जिसमें आंतरिक ध्वनि की धारा द्वारा आरोग्यदायनी शक्ति का आश्चर्यजनक वृतांत हैं।

निष्कर्ष–लगभग सभी मानसिक आरोग्यदायनी शक्ति में निम्न बाते सामान्य हैं:

1. आरोग्यकर्ता तो केवल एक अभिकर्ता है, वास्तविक कार्य तो आंतरिक उच्च शक्ति द्वारा संपन्न होता है।

2. आरोग्यकर्ता ध्यान या प्रार्थना करता है भगवान, किसी देवता, मृतात्मा, प्रेत (जो किसी पूर्वज की हो सकती है) से कि वह उसे शक्ति प्रदान करे। परिणामस्वरूप यदि आरोग्यकर्ता इतने गहरे ध्यान में नहीं जा पाया है, तो आरोग्यता होना संभव नहीं हो पाएगा।

3. क्वान्टम लेवल (तल) पर शक्ति और पदार्थ पारस्परिक परिवर्तनशीलता के कारण परिवर्तित होते रहते हैं। 'प्राण' उस दैवी शक्ति की उस तल पर इकाई है, जो जीवन और आरोग्यता प्रदान करती है।

4. 'प्राण' को आकर्षित करने की सर्वोत्तम विधि या यह कि एक मात्र विधि ध्यान द्वारा ही हो सकती है, जिसमें चेतन मन शांत हो जाता है और आन्तरिक या सूक्ष्म मन कार्यशील हो जाता है।

योग ध्यान की तैयारी भर है। प्रत्येक योग के मार्ग जैसे कि हठ योग, भक्ति योग, कर्म योग, तन्त्र योग, राज योग अंतिम परिणाम दे सकते हैं। जैसा भी हो, 'समग्र पथ' जिसमें सभी में से तत्व लिये गये हैं सर्वोत्तम मार्ग हो सकता है। सरल सर्वोत्तम 'समग्र पथ', जिसको मैंने बताया है, वह वैसे ही है

जैसे श्री अरविंदो ने प्रस्तावित किया है[कुमार 29], जो आधुनिक गृहस्थों के लिये अधिक उपयुक्त है, वह निम्न प्रकार है–

(1) योगाभ्यास 45 मिनट।

(2) ध्यान एक घंटे से तीन घंटे तक, जिसमें किसी 'मंत्र' का जाप हो सकता है।

(3) आध्यात्मिक आत्म-साक्षात्कार वाले लोगों के जीवन चरित्र का अध्ययन 2-4 घंटा।

(4) संयमित संभोग विवाहित लोगों में, व्यक्तिगत परिस्थितियों का ध्यान रखते हुए।

सफलतापूर्वक अभ्यास एवं साधना से आध्यात्मिक शक्ति कुण्डलिनी जाग्रत होकर सात शक्ति केन्द्रों, जिन्हें चक्र कहा जाता है, द्वारा जाती है। तीसरे केंद्र पर खोजी कुछ मन से पार शक्तियों से संबोधित हो जाता है, जिससे कि उसे शरीर से बाहर निकलकर उच्चर तलों के कुछ अनुभव होते रहते हैं या स्वप्न में दिव्य दर्शनों की स्थिति उत्पन्न जाती है। इसका विभिन्न धर्मों के शास्त्रों से समर्थन मिलता है। जब छठे व सातवें चक्र के बीच में बिंदू चक्र जागता है, तो उसमें से अमृत झरता है, जिससे साधक आरोग्यता प्राप्त करता है और उसकी दुर्घटनाएं भी नहीं होती है[सरस्वती 30]। दूसरे लोग जो ऐसे व्यक्ति के निकट रहते हैं, वे भी पूर्ण स्वस्थ हो जाते हैं और रोग व दुर्घटना से सुरक्षित रहते हैं।

इस प्रकार दोहरा लाभ होता है:

1. पूर्ण स्वास्थ्य लाभ, अपने अंदर के रोगों को स्वतः ठीक कर लेना और दूसरों की भी इसी प्रकार सेवा करना।

2. एक ही जीवन में मुक्ति प्राप्त करना।

जो भी हो, यह साधक की इच्छा पर निर्भर है कि वह आरोग्यकर्ता की हैसियत से रहे या कि और ऊपर जाए। उच्च तलों पर अवर्णनीय अकल्पनीय क्रियाएं हैं। जो उसका स्वाद पा जाता है, चाहे किसी दुर्घटनावश या साधना की तैयारी से, वह अपने भरसक प्रयास करता है कि उसका सांसारिक संबंध समाप्त हो जाए और वह आंतरिक तलों में समाहित हो जाए और परिणाम स्वरूप अंत में आत्म-साक्षात्कार को उपलब्ध हो जाए और परमात्मा का प्रेरणात्मक ज्ञान मिल जाए।

संदर्भ

1. शर्मन, हेराल्ड; वंडरहीलर आफ दि फिलीपाइंस, डे वर्स एण्ड कंपनी, लास एंजिल्स, सी. ए., 1967
2. मोटोयामा, हिरोशी; टोनी अगपाओज़ साइकिक सर्जरी एण्ड इट्स मेकेनिज्म, इंसटीट्यूट फ़ार रिलीजस साइकोलॉजी, टोक्यो, 1978
3. मार्टिन, हारवे, "साइकिक सर्जरी', दि जर्नल आफ़ वारडर लाइन रिसर्च, मार्च-अप्रैल, . 1991, पेज 17
4. फुलर, जान जी: अरीगो: सर्जन आफ दि रस्टी नाइफ, टामस वाई क्रोवेल कंपनी, 1974
5. लिकाको, जेने टी; दि ट्रूथ बिहाइण्ड फेथ हीलिंग इन दि फिलीफाइन, नेशनल बुक मेट्रो मनीला, फिलीफाइन, 1982
6. वारल, अंबरोज़ ए; एण्ड वारल ओल्गा एन, दि गिफ्ट आफ़ हीलिंग: ए पर्सनल स्टोरी आफ स्प्रिीट्यूल थेरेपी, हार्पर एण्ड रो, न्यूयार्क 1965
7. लेशान, लारेन्स; दि मीडियम, दि मिस्टिक एण्ड दि फ़ीजीसिस्ट टुर्वड दि जनरल थ्योरी आफ़ दि पैरानार्मल, वाइकिंग प्रेस, न्यूर्याक, 1974
8. गैरट, इलीन; एडवेन्चर इन दि सुपर नारमल: ए पर्सनल मेमायर, गैरट पब्लिकेशन, न्यूयार्क, 1949
9. बिब, बेन्जामिन ओ एण्ड वीड, जोसेफ जे; अमेज़िग सीक्रेट्स आफ़ साइकिक हीलिंग,पारकर पब्लिशिंग कंपनी, इन सी, एन वाई, 1976
10. चोपड़ा, दीपक; परफेक्ट हेल्थ, हारमनी बुक्स, न्यूयार्क, 1990
11. मैसलो, अब्राहम एच, टुवर्ड ए साइकोलॉजी आफ़ बीइंग, वान नास्टरैण्ड प्रिंसटन, 1962
12. लाक, स्टीवेन ई एण्ड कालीगन; डगलस, दि हीलर विदिन, ई पी डट्टन, न्यूयार्क, 1986
13. रोजमैन, मार्टिन एल; हीलिंग योर सेल्फ, ए स्टेप बाई स्टेप प्रोग्राम फ़ार बेटर हेल्थ थ्रू इमेजरी, पाकेट बुक्स, न्यूयार्क 1987
14. मीक, जार्ज डब्ल्यू एड; हीलिंग प्रोसेस, द थियोसोफ़िकल पब्लिशिंग हाउस, व्हीटन, III, 1997
15. सीगेल, वर्नी एस; लव, मेडिसिन एण्ड मिराकिल्स, हारपर एण्ड रो, न्यूयार्क, 1986
16. वेचसेलर, रोब; ए न्यू प्रेसक्रिपसन: माइंड ओवर मेलोडी, डिस्कवर, फरवरी, 1987, पेज 51-61
17. हाफ़मैन, इनिड हुना: ए बिगनर्स गाइड, पैरा रिसर्च, राकपाकेट, एम ए, 1976

18. फ्रीडमैन, मिलटन; फ्राम पोलैण्ड विद प्राण, न्यु रियलिटीज़, 1984, नंबर 6, पेज 10-15
19. रीचेनबैक, कारी वोन; दि ओडिक फ़ोर्स, लेटर्स आन ओड एण्ड मैगनेटिजम, युनीवर्सटी बुक, सेकाकस, एन जे 1968 (ओरीजिनली पब्लिशड इन जर्मनी इन 1926)
20. रेक, विलहेल्म, दि डिस्कवरी आफ़ दि ओरगोन: दि फंकशन आफ़ दि आरगम; सैक्स-इकोनामिकल प्राबलम आफ़ बायोलॉजीकल एनर्जी, 1942
21. रीक, क्लिहेल्म, दि कैंसर बायोपैथी, 1948
22. लीडबीटर, सी डब्ल्यू; दि चक्राज़, थियोसोफ़िकल पब्लिशिंग हाउस, व्हीटन, आई एल एल, 1994
23. कृष्ण, गोपी; कुण्डलिनी—दि इवोल्यूशनरी इनर्जी इन मैन, शम्भाला पब्लिकेशन, बोल्डर कोलोरेडो, 1967
24. केफर, जेने; कुण्डलिनी फार दि न्यु एज: सिलेक्टेड राइटिंग आफ गोपी कृष्णा, बैनटाम बुक्स, न्यूयार्क, 1988
25. लेमाइट्रे, सोलेंज, रामकृष्ण एण्ड दि वाइटीलिटी आफ़ हिंदुइज्म, दि ओवर बुक प्रेस, वुडस्टाक न्यूयार्क, 1984
26. मैकगिल, ओरमोड; दि मिस्टिक एण्ड मैजिक आफ़ इण्डिया, ए एस बारनेस एण्ड कंपनी, क्रेन वरी, एनज, 1977
27. मुकर्जी, अजीत एण्ड खन्ना मधु; दि तांत्रिक वे: आर्ट, साइंस एण्ड रिच्युअल, न्यूयार्क ग्राफ़िक सोसायटी, बोस्टन, 1977
28. हरीदास, बाबा; फ्राम स्वीपर टू सेंट, श्री रामा पब्लिशिंग, सानता क्रूज़, कैलीफ़ोर्निया, 1980
29. कुमार, रवींद्र; दि जर्नी बैक टु अवर टू होम पार्ट 1 जेआर पी आर, जैन, 1994
30. सरस्वती, स्वामी सत्यानंद; कुण्डलिनी तंत्र, बिहार स्कूल आफ़ योग, मुंगेर, बिहार, इण्डिया, 1984

अंतिम शब्द

यह विश्वास रखते हुए कि सभी धर्मों का एक सामान्य स्रोत है, मेरी यह तीव्र इच्छा रही है कि सभी तेजस्वी मनुष्यों में एक साम्य मूलक तत्व को सिद्ध करते हुए प्रस्तुत किया जाए। कुण्डलिनी जागरण, आत्मा या परमात्मा के अन्वेषण में भक्ति के सहयोग से विश्वसनीय एवं लघुमार्ग आत्म साक्षात्कार हेतु सिद्ध हुआ है। 'इंटीग्रल पाथ'-'समग्र पथ' जिसका वर्णन अध्याय 2 में किया गया है, कोई भी उसका अनुसरण करके आत्मा को जान सकता है तद्उपरान्त! परमात्मा को इसी जीवन काल में उपलब्ध हो जाता है। और यही है जन्म-मरण के चक्र का अंत। साधक एक नए उच्च तल में प्रवेश करता है, जहां एक नया जीवन उसकी प्रतीक्षा में है, जो उसका 'मूल निवास' है, जहां से वह वास्तव में आया था।

जैसे भी हो, आंध्यात्मिक यात्रा में एक कदम और चलना है, यह सदैव बना रहता है। हम अपने उच्च तलों पर विकास करते हुए चलते रहते हैं। किंतु तब हमें यह संतोष मिलता रहता है, कि अब हम परमात्मा के सहकर्मी हैं।

मनुष्य का मनस दो भागों में विभाजित है: पहला तो यह कि चेतन मन जो इस प्रतीकमान जगत से संबंधित है; और दूसरा हमारा बड़ी अचेतन आत्मा है, जो हमारा स्रोत है, जिसके द्वारा हम प्रभु से संबंधित होते हैं और हमें स्वप्न, दूरदर्शन तथा इसी प्रकार अन्य रूप से भी निर्देश प्राप्त होते रहते हैं। आध्यात्मिक साधना या खोज अचेतन को चेतन के तल पर ले आती

है। इसका तात्पर्य है यह कि जीवात्मा या आत्मा परमात्मा का ही रूप है और यही परमात्म साक्षात्कार है, जो आंतरिक प्रेरणा के विश्लेषण से प्राप्त होता है।7।

आत्म साक्षात्कार या परमात्मा संबंधी विवेचना बहुत से संतों, पैगंबरों तथा अन्य आधुनिक सत्यान्वेषकों, जो सफल हो सके हैं, के द्वारा प्राप्त होती है। उनको एक सामान्य अनुभूति आनन्द की होती रहती है और बिना किसी माध्यम के आत्मा द्वारा ही आत्म दर्शन करते रहे हैं। काल की ऐसी दशा में व्यक्ति आत्मा को निराकार और असीम समझते हुए आनंद और ज्ञान से परिपूर्ण पाता है। तबसे साधक आत्मशांति, स्तब्धता, प्रेमपूर्ण त्याग तथा एक संपूर्ण विश्वासी, परमात्मा की इच्छा को समर्पण करने वाला हो जाता है।

इससे पुराने व्यक्तित्व की मृत्यु और नए व्यक्तित्व के रूप में पुनर्जन्म हो जाता है। इसका निम्न प्रारूप है।

पहला चरण—आंतरिक विक्षुब्धता, सूली पर चढ़ना, असहायता और समर्पण

दूसरा चरण—अहंकार की मृत्यु का अनुभव

तीसरा चरण—पुनर्जन्म, तीसरे नेत्र का खुलना, आनन्दानुभूति, उच्च तलों का अस्तित्व या देवत्व की प्राप्ति।

कुछ लोग एक से अधिक बार मृत्यु घटित होने की बात कहते हैं। और पूरा नमूना ऐसा है, जो कि शृंखलाबद्ध अनुभवों को दर्शाता है। यह तत्व अंशों गें भी प्रगट हो सकते हैं, जो इस बात पर आधारित है कि प्रशिक्षण और परिस्थितियां कैसी रही हैं।

कोई भी व्यक्ति इन चरणों से गुजरते हुए जान सकता है कि उसमें जागरण घटित हो चुका है, और तब उसे निम्नलिखित बातों के प्रबंध की आवश्यकता होती है:

1. जिह्वा (जुबान) तथा जननेंद्रिय, दोनों में शक्ति की बढ़ोतरी हो जाती है, और उनका दुष्प्रयोग उन्हें जला सकता है।

2. शक्ति, पद, सांसारिक संबंधों एवं सांसारिकता का त्याग।

3. परमात्मा का भक्तिमय कीर्तन, भजन, जोकि अब अंतिम लक्ष्य की प्राप्ति का साधन है।

इम्मानुयेल स्वीडेनबोर्ग, डॉ. बी एस गोयल तथा अन्य लोग हैं, जो तत्काल व्यस्त सांसारिक जीवन से विरक्त हो गए जिससे कि उनकी आंतरिक प्रक्रिया प्रौढ़ता को प्राप्त हो सके। जो सांसारिक कार्यों में लगे हैं, उनकी कुण्डलिनी मणिपुर चक्र में ही रूक गयी है। मुक्ति अभी नहीं मिली है। आप साधु की विवेचना कर सकते हैं, किंतु आप साधु हो नहीं सकते।

कुण्डलिनी जागरण एक दर्शक के लिये पार पत्र है जिससे वह ऊपरी सैर कर सकता है। स्थायी नागरिकता के लिये आपको प्रक्रिया का पूरा सहयोग करना पड़ेगा।

मैं 'इंटीगरल पाथ', 'समग्र पथ' हेतु छः घंटों की निम्नलिखित दिनचर्या प्रस्तावित करता हूं:

अ. दो घंटों का प्रातः कालीन कार्यक्रम जिसमें

(1) योगाभ्यास 15 मिनट

(2) बीस मिनट का प्राणायाम, जिसमें भूल बंध, उड्डीयान बंध और जलंधर बंध का उपयोग करना है, जो कुण्डलिनी योग हेतु है।

(3) 20 मिनट ओऽम का जप तीसरे नेत्र केंद्र पर ध्यान रखते हुए।

(4) भौतिक इंद्रियों का विग्रह करते हुए श्वेत ज्योति युक्त प्रभु की प्रतिमा का अवलोकन यह भाव करते हुए कि वह दैविक शक्ति तरल पदार्थ के रूप में आपके शरीर में प्रवेश कर रही है और वह सहस्रार द्वारा आ रही है। अनुभव करें कि सिर से पैर तक प्रत्येक अंग उस तरल शक्ति से भर गया है और शरीर पहले से अधिक भारी हो गया है। वही तरल शक्ति शरीर के बाहर है जिसमें शरीर डूब गया है। अंदर शक्ति, बाहर शक्ति–हम शक्तिमान हो गये हैं हमारे रोग और संचित कर्म नष्ट हो गये हैं। चित्त पवित्र हो जाने से अब हमें आत्म दर्शन होगा। हम प्रभु के समान सत्-चित-आनन्द हो गये हैं। इस प्रकार से आधा घंटा समाधि का अभ्यास करें।

ब. दो घंटा नित्य आध्यात्मिक ग्रंथों का तथा आत्मज्ञानियों की जीवनी का अध्ययन।

स. दो घंटे मंत्र जप चाहे गुरु से मिला हो चाहे स्वेच्छा से हो।

द. विवाहित लोग संयमित संभोग संपादित करें, यह एक उत्प्रेरक क्रिया है, जो सहायता पहुंचाती है।

अंत में मैं उन लोगों से कहना चाहता हूं जो 6 घंटे समय देने में असमर्थ हैं। कोई भी व्यक्ति इंजीनियरिंग, डॉक्टरी, लेखा कार्य आदि की पढ़ाई 5-6 वर्ष की पूरे दिन लगाने में पूरी करता है। परमात्मा किसी डिग्री से भी सस्ता नहीं है। यदि आप उसका स्मरण थोडा समय देकर करेंगे, तो वह भी आंशिक ही दर्शन देगा, जिससे आपको कई जन्म लेने पड़ सकते है। वे लोग जो छः घंटे परमात्मा को नहीं दे सकते हैं उन्होंने अपने इस अधिकार को अपने पूर्व जन्मों के कर्मों से नहीं प्राप्त किया है। उन्हें पृथ्वी पर यहां की पाठशाला से अभी बहुत पढ़ना है, तब वे परमात्मा के लिये समय दे सकेंगे। यदि दृढ़ संकल्प है, तो हर ओर मार्ग है।

परिशिष्ट-1

क्यों प्रत्येक व्यक्ति प्रभु के मार्ग पर आकर्षित नहीं होता?

अनंत काल से संत, पैगंबर जैसे बुद्ध, जीसस, मोहम्मद, नानक आदि भगवत्ता का प्रवचन करते रहे हैं, तथापि कुछ एक चुने हुए व्यक्ति ही हैं जिन्होंने अंतिम सत्य की खोज की। विभिन्न धर्मों में एक ओर तथा विज्ञान और धर्म में दूसरी ओर के अंतर पर सेत नहीं बनाया जा सका। कारण यह है कि हममें से प्रत्येक अपने किसी विशेष प्रयोजन व शिक्षा हेतु अवतरित होता है। यह तभी हो सकता है, जब सारे पाठ सीख लिये गये हों और ऐसा व्यक्ति अपने किसी जन्म विशेष में अध्यात्म पथ का पथिक बनता है। इस तथ्य का स्पष्टीकरण संख्या या अंक विज्ञान से किया जा सकता है। खुले विचार वाले व्यक्तियों को जिनको विश्वास नहीं है, वे इस तथ्य को अपने ऊपर प्रयोग करके देख सकते हैं।

प्रस्तावना

छठी शताब्दी ईसा पूर्व यूनान में जन्मा पैथागोरस एक असाधारण व्यक्ति था। वह विशिष्ट व्यक्ति था: गणितज्ञ, अंकज्योतिषी तथा आध्यात्मिक। ज्योमित में एक साध्य है जिसमें एक समकोण त्रिभुज के कर्ण रेखा पर बना वर्ग उसके दो दिशाओं वाले दो वर्गों के योग के बराबर होगा। संसार ने उसे गणितज्ञ की तरह ही जाना है। यह दुर्भाग्य की बात है कि इस पदार्थ बंदी संसार ने उसके अंक ज्योतिष एवं आध्यात्मिकता पर कोई

ध्यान नहीं दिया। वह एक सक्रिय एवं आकर्षक खिलाड़ी था। उसने अपने साठवें वर्ष के बाद एक 22 वर्षीय शिष्या से विवाह किया। कई गुरुओं से दीक्षा ली, आत्म साक्षात्कार किया और 'पैथगोरियन विचार' का एक केंद्र 'दीक्षा स्कूल की स्थापना के रूप में किया। वह 99 वर्ष की अवस्था में भी युवक था, जब कुछ अविश्वासी लोगों ने उसकी हत्या कर दी थी। पैथागोरस ने यह संदेश दिया कि संसार और परमात्मा के मार्ग एक दूसरे के विपरीत हैं। कोई व्यक्ति एक ही मार्ग पर चल सकता या दूसरे पर, किंतु दोनों पर नहीं। मनुष्य को शांति और परमात्मा के लिए 'असाधारण मार्ग' पर चलना होता है। पैथागोरस पूरा सांसारिक जीवन जिया परंतु अंतिम दिनों में उसके विचार परिवर्तित होने लगे। धीरे-धीरे वह परमात्मा का मनुष्य बन गया। वह एक बहुत ही अच्छा उदाहरण पाश्चात्य संसार और आधुनिक विचार वालों के लिए है। निरंतर अभ्यास और खुले मन से कोई भी व्यक्ति पदार्थवादी जीवन में रहते हुए भी अपनी शक्तियों को आध्यात्मिक लक्ष्य की ओर मोड़ सकता है और शांति और परमात्मा को प्राप्त कर सकता है।

पैथागोरस का विश्वास था कि प्रत्येक जीवन उपाधि किसी-न-किसी विशेष अंक से संबंधित है। इस प्रकार पूरा ब्रह्मांड सांख्यिकी है। कोई भी व्यक्ति विशेष अनोखे अद्वितीय समय पर, अपने भाग्यानुसार, अपने अगले जन्म हेतु, सूक्ष्म गुरुओं, जो उच्च तलों पर रहते हैं, की सहायता से जन्म लेता है। कोई भी मां के गर्भ में तभी प्रवेश पाता है, जब दैवी व प्राकृतिक शक्तियों द्वारा व्यक्ति की इच्छानुसार जो आवश्यकताओं की पूर्ति करता है, तभी जन्म लेता है। (उदाहरण के लिए देखिए, लिन ऐलवेल स्पैरो 1) फिर ऐसे जातक को नाम दिया जाता है किसी पुरोहित या किसी संबंधी द्वारा, प्राकृतिक दैवी आदेश से। इस नाम और जन्म की तारीख से उस व्यक्ति के जीवन की घटनाओं व उसके चरित्र को अब देखा जा सकता है।

कुछ मनुष्य ऐसे जन्म लेते हैं, जिन पर शारीरिक कार्यों का दबाव अधिक रहता है। कुछ पर मानसिक क्रियाएं, कुछ पर भावुकता और कुछ पर आध्यात्मिकता प्रभावी रहती है। वह व्यक्ति जिसके जीवन में आध्यात्मिकता के तल पर सर्वाधिक संख्याएं हैं वह भगवान के मार्ग पर अवश्य जाएगा।

देखने पर तो ऐसा प्रतीत होता है कि मनुष्य का भाग्य निश्चित है किन्तु यह प्रयत्न से बदला जा सकता है। भारतीय कहावत के अनुसार योगी अपने भाग्य का स्वयं निर्माता है।

मनुष्य के शरीर में शक्ति के सात केंद्र या चक्र हैं: मूलाधार, स्वाधिष्ठान, मणिपुर, अनाहत, विशुद्ध, आज्ञा और सहस्त्रार। स्वामी सत्यानंद सरस्वती के शब्दों[2] में, अनाहत चक्र में पहुंचने पर पूर्व निर्धारित प्रारब्ध से हटने का मार्ग खुल जाता है और व्यक्ति स्वतंत्र हो जाता है कि वह अपना भाग्य स्वयं बनाए। यह एक सत्यता हो जाती है। एक बार चेतना जब मनीपुर चक्र में पहुंच जाती है, तो आप जीवन की कुछ परिस्थितियों के स्वामी तो अवश्य हो जाते हैं किंतु फिर भी प्रारब्ध कर्मों में बंधे रहते हैं। यह आप भले जानते हो कि आप कर्मों से ऊपर उठ सकते है, परंतु फिर कैसे, यह आप नहीं जानते।

जो मनुष्य यह जानता है कि वह अपने भाग्य को नहीं बदल सकता वह अभी मूलाधार और स्वाधिष्ठान के पार नहीं पहुंच सका है। मणिपुर अभी पृथ्वी तत्व का ही माना जाता है, यद्यपि कि वह एक ऐसे स्थान पर है जो कि मृत्यु और अमरता के तलों के मध्य में है। वे लोग जो संकल्प से अपने भाग्य का निर्माण करने वाले हैं, वे सकारात्मक दिशा में चल रहे। हैं, जिससे कि आत्म-साक्षात्कार होना संभव हो सकता है; वे मणिपुर के क्षेत्र में हैं।

अनाहत चक्र से व्यक्ति को यह अनुभव होता है कि भाग्य वास्तव में सच है, किंतु फिर भी वह पूरी तौर से उसके विपरीत जा सकता है। यह ऐसे ही है जैसे कि पृथ्वी के आकर्षण शक्ति के क्षेत्र से परे कोई वस्तु आकाश में फेंकी जाए। चेतना अनाहत चक्र में होने से संकल्प शक्ति के समान गतिशील हो जाती है और छिपे हुये संस्कारों को बाहर कर देती है। आप अनाहत में पहुंचने पर ही योगी हो सकते हैं, जो अपना भाग्य स्वयं बनाते हैं। आप अपनी चेतना पर ही मूलरूप से आधारित होते हैं न कि किसी बाहरी या विश्वास से संबोधित वस्तु पर।

अंक विज्ञान

पैथागोरस का अनुसरण करते हुए बहुत से अनुसंधानकर्ताओं ने अंक सम्बन्धित कई सिद्धांत निरूपित किए हैं। उदाहरण हेतु मेरी पुस्तक "सीक्रेट आफ न्यूमरोलाजी"[3] देखें।

वर्णमाला का प्रत्येक अक्षर एक आंकिक मूल्य रखता है, जिसका तात्पर्य निम्नलिखित तालिका से स्पष्ट है–

ए. जे. एस. 1	–	साहस, भाग लेना, व्यक्तित्व,नेतागीरी, उपलब्धि
A J S		
बी. के. टी. 2	–	शांति, भागीदारी, सहयोग, कूटनीति,
B K T		आध्यात्मिकता
सी. एल. यू. 3	–	कल्पना, आत्मप्रकटीकरण, जीने में आनन्द,
C L U		सृजनकर्ता, भाग्यशाली, इच्छाओं की पूर्ति
डी. एम. वी. 4	–	निर्माण, क्रमबद्धता, सेवा, समय सीमा,
D M V		कार्यान्वित करना, बनाने वाला
इ. एन. डब्ल्यू. 5–		कामोत्तेजना, बनाने वाली स्वतंत्रता, प्रगति,
E N W		ज्ञान, भाग्य में उतार चढ़ाव
एफ. ओ. एक्स. 6 –		कलाकार, समतुल, दायित्व, प्रेम, घरेलू, मानवीय
F O X		सेवा और उसके अच्छे परिणाम
जी. पी. वाई. 7	–	विश्लेषण, समझदारी,जांच पड़ताल, विशिष्टता,
G P Y		ध्यान
एच. क्यू. जेड. 8–		निर्णय, पदार्थ संतोष, शक्ति, संगठन, दर्शन,
H Q Z		मनोकामना, अधिकार
आई. आर. 9	–	क्षमा, निस्वार्थता, उदारता, कलाकारी, अभिनय
I R		चातुर्य, दानशील, परोपकारवाला, धार्मिक

अन्य दिशाओं को छोड़कर यह देखा जा सकता है कि आध्यात्मिकता हेतु मुख्य अंक 7 और 9 हैं और कुछ हद तक 2 भी है, जो 11 से विशेष रूप में बना हो। वास्तव में मिश्रित अंक 11 और 16 आध्यात्मिक ज्योति के प्रदर्शक है। यह दर्शाया जाएगा कि अधिकतर योगी, पैगंबर, संत, परोपकार वाले लोग या वे लोग जो मानवता के हित में कार्य करते रहे हैं, के नाम में यह अंक प्रमुख रूप से रहे हैं। नाम में कुल अंकों के मूल्य का योग "भाग्यांक" बनता है। नाम में जो 'स्वर' (वावल) होते हैं उनका मूल्यांकन का योग 'हृदय का अंक' बनता है। जन्म दिनांक के अंकों के मूल्यांकन का योग टेलेंट नंबर अथवा 'योग्यता अंक' कहलाता है। यह अंक मेजर या बड़े कहलाते हैं और इन अंकों की स्थिति बड़ी होती है। बड़े व छोटे अंकों का पूरा विवरण मेरी

पुस्तक 'सीक्रेट आफ न्यूमरोलॉजी' में अंकित हैं। अंक 4 और 5 भौतिक तल, 1 और 8 मानसिक तल, 2, 3, 6 भावात्मक तल, 7, 9 आन्तरिक प्रेरणा का तल प्रगट करते हैं।

अस्तु अंक 4 और 5 का किसी नाम में होना 'पी' के मूल्य समान है, संख्या 1, 8 एम के मूल्य के समान, 2, 3 और 6 अक्षर ई के मूल्य के समान, अंक 7 व 9 अक्षर आई के मूल्य के समान है। यद्यपि 7, 9, 2, 11 और 16 आध्यात्मिक अंक हैं, कार्मिक अंक पदार्थवादी संसार में घाटा दर्शाता है किंतु आध्यात्मिक में उत्कर्ष। कार्मिक अंक 11/2, 13/4, 14/5, 16/7, 19/1, 22/4 और 26/8 हैं।

D डी – भाग्यांक जो घटनाओं, परिस्थितियों, उपलब्धियों को जीवन में दर्शाता है।

T टी – योग्यतांक- व्यक्तित्व, व्यवसाय, लक्षण, योग्यताएं, हाथ में यंत्र कौन से रहेंगे।

H एच – हृदय अंक-हृदय की आकांक्षाओं का प्रर्दशन

P पी – भौतिक तल।

M एम – मानसिक तल

E ई – भावनात्मक तल

I आई – आन्तरिक प्रेरणा तल

उदाहरण–प्रसिद्ध आध्यात्मिक सिद्धों के संबंध में उनकी सफलता के गुप्त रहस्यों का उद्घाटन उनके नाम, जन्म की तारीख से हमें पता चलता है।

नाम	**जन्म दिनांक**
$\frac{12/3}{1191} + \frac{4}{1111}$	= 7 – एच H
राम कृष्ण परम हंस	= 7–डी D

R A M A K R I S H N A P A R M A H A N S A

9 1 4 1 2 9 9 1 8 5 1 7 1 9 1 4 8 1 5 11

पी – 4	1- 2- 3- 4- 5- 6- 7- 8- 9
एम – 11/2	9 1 0 2 2 0 1 2 4
ई – 1	
H-5	

$\frac{12/3}{93}+\frac{22/4}{9/39}$ = 7 एच H

जिड्डू **कृष्णामूर्ति**

JIDDU KRISHNAMURTI

$\frac{19443}{21/3}+\frac{299185143929}{62/8}$ = 11/2 डी D

पी – 4 123456789

एम – 4 322310015

ई – 4

आई–5

$\frac{8}{353}+\frac{9}{9}$ = 17/8 – एच

जीसस **क्राइस्ट** **अगस्त 21, 7 ईसा पूर्व**

JESUS CHRIST

$\frac{15131}{11/2}$ $\frac{389912}{32/5}$ 8 + 3 +7 = 18/9 – टी

11/2 5 = 7 – एच

सिद्धार्थ **गौतम (बुद्ध)**

47/11/2 18/9 = 11/2 डी

$\frac{10/1}{55}$ $\frac{2}{11}$ = 4 - एच

दलाई **लामा**

$\frac{11/2}{65}$ $\frac{3141}{2}$ = 18/9 डी

$\frac{10/1}{19}+\frac{11/2}{65}$ = 3 – एच

फ्रैंकलिन जोन डॉ. फ्री जोन आफ यू एस

FRANKLIN JONES इनक्रिज नवम्बर 3, 1935

$\frac{69152395}{40/4} + \frac{16551}{1819}$ = 13/4 – डी D 11/2 +3 +

22/4 = 9 – टी T

$\frac{4}{13} + \frac{14/5}{95}$ = 9 – एच H

पाल टयूचेल (लेट एकांकर लीडर)

PAUL TWITCHELL

7133 259238533

14/5 40/4 = 12/3 – एच H

हेराल्ड क्लेम्प वतर्मान एकांकर लीडर

HARDLD KLEMP

$\frac{819634}{31/4} + \frac{23547}{21/3}$ = 7 – डी

$\frac{1516}{96} + \frac{1516}{96}$ = 11/2 – एच

डायोन फारचून दिसम्बर (6) 1890

12/3 + 6 18/3 = 18/9 – टी T

$\frac{15/6}{96} + \frac{14/5}{635}$ = 15/6 – डी D

$\frac{4}{13} + \frac{4}{13}$ = 11/2 – एच H

आर्थर फारचून फोर्ड जनवरी 8, 1897

1 + 8 + 25/7 = 16/7 – टी T

ARTHUR AUGUSTUS FORE

$$\frac{192839}{32/5} + \frac{13731231}{2173} + \frac{6694}{25/7} = 15/6 - \text{डी } D$$

$$\frac{12/3}{39} + \frac{10/1}{55} = 4 - \text{एच } H$$

युरी **गेलर** **दिसम्बर 20, 1946**

12/3 + 2 + 20/2 = 7 टी T

URI GELLRR

$$\frac{399}{21/3} + \frac{753359}{32/5} = 8 - \text{डी } D$$

पी – 2 1 - 2 - 3 - 4 - 5 - 6 - 7 - 8 - 9

एम – 0 0 0 3 0 2 0 1 0 3

इ – 3

1 – 4

$$\frac{1}{1} + \frac{4}{31} + \frac{3}{3} = 8 - \text{डी } D$$

कार्ल **गुस्ताव** **यंग** **जूलाई 26, 1875**

7 + 8 + 21/3 = 18/9– टी T

CARL GUSTAV JUNG

$$\frac{3193}{1617} + \frac{731214}{1819} + \frac{1357}{1617} = 23/5 - \text{डी } D$$

$$\frac{25/7}{13696} + \frac{11/2}{65} = 9 - \text{एच}$$

अरविंदो **घोस**

$$\frac{6}{15} + \frac{78615}{2719} = 18/9 - \text{डी } D$$

$$\frac{6}{15} + \frac{6}{15} = 12/3 - \text{एच } H$$

एडगर **केसी**

EDGAR CAVCE

$$\frac{54719}{26/8}+\frac{31735}{19/1} \qquad = 8 - \text{डी D}$$

$$\frac{1}{1}+\frac{19/8}{665}+\frac{12/3}{561} \qquad = 12/3 - \text{एच H}$$

ग्लेडीस ओसबोंन लियोनार्ड

GLADYS OSBORNE LEONARD

$$\frac{731471}{23/5}+\frac{6126955}{4/7}+\frac{3565194}{31/4} \qquad = 16/7 - \text{डी D}$$

पी – 5 1 - 2 - 3 - 4 - 5 - 6 - 7 - 8 - 9

एम – 4 2 0 2 2 4 3 3 2 6

इ 5

आई 9

$$\frac{6}{6}+\frac{38/2}{96959}+\frac{14/5}{59} \qquad = 13/4 - \text{एच H}$$

उल्फ ग्रीगोरीविच मेसिंग सितम्बर 10, 1899

9 + 1 + 9 = 19/1– टी T

WOLF GRIGORIEVICH MESSING

$$\frac{5636}{20/2}+\frac{799769954938}{85/13-4}+\frac{4511957}{32/5} = 11/2 - \text{डी D}$$

पी – 6 1 - 2 - 3 - 4 - 5 - 6 - 7 - 8 - 9

एम – 3 2 - 0 - 2 - 2 - 4 - 3 - 3 - 1 - 6

ई – 5

1 – 9

$$\frac{10/1}{91}+\frac{6}{15} \qquad = 7 - \text{एच H}$$

रिचर्ड अलपर्ट (रामदास)

RICHARD ALPART

$$\frac{9938194}{43/7}+\frac{157592}{27/9} \qquad = 16/7 - \text{डी D}$$

पी – 2 1 - 2 - 3 - 4 - 5 - 6 - 7 - 8 - 9

एम – 3 2 1 2 1 1 0 1 1 4

इ – 3

आई– 5

$$\frac{15/6}{96}+\frac{29/2}{5969}+\frac{13/4}{139}$$ = 12/3 – एच H

ग्रीगोरी मोरिच रासप्रटीन

GRIGORY YEFIMORICH RASPUTIN

$$\frac{7997697}{54/9}+\frac{756949938}{61/7}+\frac{91173295}{37/1}$$ = 17/8 – डी D

पी – 4 1 - 2 - 3 - 4 - 5 - 6 - 7 - 8 - 9

एम – 3 2 1 2 1 2 3 5 1 8

इ – 6

आई– 12/3

$$\frac{10/1}{19}+\frac{6}{15}$$ = 7 – एच H

डेविड स्पैन्गलर जनवरी 7, 1945

1 +7 + 19/1 = 9– टी T

DAVID SPANGLER

$$\frac{41494}{22/4}+\frac{17157359}{38111/2}$$ = 6 – डी D

पी – 5 1 2 3 4 5 6 7 8 9

एम – 3 3 0 1 3 2 0 2 0 2

इ – 1

आई – 4

पियरे टेल हार्ड डे चारडिन

PIERRE TEILHARD DE CHARDIN

$$\frac{795995}{44/8}+\frac{25938194}{41/5}+\frac{45}{13/4}+\frac{3819493}{39/3}$$ =20/2–डी D

पी – 8 1 2 3 4 5 6 7 8 9

एम – 4 2 1 2 3 5 0 1 2 7

इ – 3

आई– 8

सेन्ट टेरीसा आफ अवीला मार्च 28, 1518

3 + 10/1 + 12/3 = 7–टी T

$\frac{11/2}{65} + \frac{6}{15}$ = 8 – एच H

जोसेफ कैम्पवेल मार्च 26, 1904

3 + 8 + 14/5 = 16/7—टी T

JOSEPH CAMPBELL

$\frac{161578}{28/1} + \frac{31472533}{28/1}$ = 2 – डी D

$\frac{7}{61} + \frac{4}{31}$ = 11/2 – डी D

चोग्याम टुंगप्प

CHOGYAM TRUNGPA

$\frac{3867714}{36/9} + \frac{2935771}{34/7}$ = 16/7 – डी D

पी – 2	1 2 3 4 5 6 7 8 9
एम – 3	2 1 2 1 1 1 4 1 1

इ – 4

आई– 5

$\frac{6}{51} + \frac{6}{51} + \frac{14/5}{95}$ = 17/8 – एच H

स्टीर्वट एडर्वड व्हाइट मार्च 12, 1873

3 + 3 + 19/1 = 7–टी T

STEWART EDWARD WHITE

$\frac{1255192}{25/7} + \frac{545194}{28/1} + \frac{58925}{29/2}$ = 10/1 – डी D

पैरा सेल सस मार्च 12, 1873

$$\frac{719153131}{3417}$$ 11/2+1+17/8=11/2–टी T

= 7 – डी

मुहम्मद **या** **मोहम्मद**

MUHAMMAD MOHAMMED

$$\frac{43814414}{29/11/2}$$ = 11/2 – डी D $$\frac{46814458}{36/9}$$ = 9 – डी D

प्लोटीनस

PLOTINUS

$$\frac{73629531}{36/9}$$ = 9 – डी D

विश्लेषण

आध्यात्मिक नेताओं में से अधिकतर लोगों के अंक दो या अधिक बड़े अंकों में से रहे हैं : 7, 9, 11, 16 या 2। उनमें कुछ के व्यवहारिक अंक 4 या 5 का अतिरिक्त प्रभाव उनके प्रेरणा तल पर या उनमें से कुछ लोगों के कार्मिक अंक अधिक थे, जिससे उनका सांसारिक जीवन कष्टमय था, किंतु उनकी रूचि आध्यात्मिक थी।

अंतर्ज्ञान के तल पर अंकों के बड़े योगफल वालों से यह स्पष्ट होता है कि व्यक्ति को सूक्ष्म तलों से अंतर्ज्ञान बिना किसी प्रयत्न के मिलता रहता है। किंतु 'आई' तल पर अंक 9 ने ओल्फ जी मेसिंग को एक प्रसिद्ध आत्मिक व दूरदर्शी बना दिया, जो आइन्सटीन, फ्रायड और स्टैलिन से भी मिले और उनको प्रभावित किया।

अंक 8 ने 'आई' के स्थान पर पी टीलहार्ड डे चारदिन को एक ब्रह्म ज्ञानी, दार्शनिक तथा ध्यान और धर्म में प्रवीण बना दिया। अंक 12/3 से 'आई' के स्थान पर रासपुतीन ऐसा बन गया, जिसने अपने आंतरिक ज्ञान का प्रयोग निजी स्वार्थ के लिए किया, जो कि अंक 3 में पाया जाता है। बहुत से लोगों के पूरे अंक विवरण नहीं मिलते, किंतु उनके नाम से धार्मिक होने का पता चल जाता है, विशेष रूप से जो पहला नाम होता है। उदाहरण हेतु जीसस, सिद्धार्थ, दलाई, कार्ल, ओल्फ, रिचर्ड, ग्रीगोरी, छोग्याम, मुहम्मद,

पैरासेलसस और प्लोटीनस हैं, जिनके अंक 2, 7, 9 रहे हैं।

कुछ लोग अंक 3 के साथ 'आई' पर ही जन्म लेते हैं, जो उन्हें परा ज्ञान की संवेदनशीलता प्रदान करती है और उनकी रूचि आत्मिक होती है। इस श्रेणी के उदाहरण हैं, सर आर्थर कोनन डोयल, अरविन्दो घोष, एडगर केसी, सिद्धार्थ गौतम (बुद्ध), सिगमंड फ्रायड, कार्ल गुस्ताव यंग और रूडाल्फ स्टीनर।

निम्न उदाहरण में योगिक शक्ति के प्रदर्शन का एक असाधारण नमूना है।

$$\frac{1516}{195} + \frac{4}{31} + \frac{11/2}{65} \qquad = 12/3 - H$$

डेनियल डग्लस होम

DANIEL DUNGLAS HOME

$$\frac{415953}{27/9} + \frac{4357311}{24/6} + \frac{8645}{23/5} \qquad = 20/2 - D$$

मार्च March 20, 1833

3 + 2 + 15/6 = 11/2– T

होम स्काट निवासी शारीरिक माध्यम था, जो अपने शरीर को 11 इंच तक बढ़ा लेता और इतना ही घटा भी लेता था। उसका प्रेतों से सीधा संपर्क था। उसके 2 पर ध्यान दें, तो वह भाग्यांक है और 2 टेलेंट का भी है और 3 हृदय का है, जो कि उसे आत्मिक व परा संवेदनशीलता प्रदान करता है।

निष्कर्ष

जन्म का दिनांक और समय तथा नाम जातक को उसके किसी विकट संबंधी या पुरोहित द्वारा दिया जाता है, जिससे कि व्यक्ति का रहन-सहन कैसा होगा पता चलता है। अस्तु! जो लोग अपनी आध्यात्मिक पूर्णता किसी जन्म विशेष में प्राप्त कर लेते हैं उनके इस जन्म का पथ (प्रारब्ध) पूर्व जन्म से निर्धारित होता है, क्योंकि उन्होंने पूर्व जन्मों में कुछ सत्कर्म किये थे, जो संग्रहीत थे। आत्मिक अंक वाले लोग स्वभावतः परमात्मा संबंधी चर्चा में आकर्षित होते हैं, उन्हें उस अंतिम सत्ता में विश्वास रहता है और वे हर संभव प्रयास उस आध्यात्मिक पूर्णता को पाने के लिये करते हैं। अस्तु यह बिना कहे नहीं रहा जाता कि वे लोग जो भौतिक, मानसिक और भावुक अंकों वाले होते हैं और अच्छे पदासीन होते हुए भी परमात्मा के संदेश पर ध्यान

नहीं देते। वे लोग इस संपूर्ण विचार पर आडंबर व तर्क करने वाले होते हैं। वे परमात्मा के किसी भी विचार की आलोचना करेंगे। और वह जो उस परमात्मा में विश्वासी है, वह अकेला पड़ जाता है। यही कारण है कि बहुत कम ही लोग संतों का प्रवचन सुनते तथा पैगंबरों व धार्मिक लोगों की परिचर्या में भाग लेते हैं।

कोई भी देख सकता है कि मानसिक स्तर पर देव समान जवाहर लाल नेहरू, चन्द्रशेखर वेंकट रमन (नोवेल सम्मान पाने वाले), मार्गरेट थैचर, मोहनदास कर्म चन्द गांधी, आदि लोगों के मानसिक तल पर अधिकतम अंक थे। मार्टिन लूथर किंग, इलिजाबेथ टेलर और जान लेवलीन लेविस आदि के भावुकता के अधिकतम अंक थे, जिससे उन्होंने अधिकतर कार्य भावनात्मक तल पर किए। जैसे कि किंग मानवाधिकार के नेता वर्ग, टेलर एक अभिनेत्री ओर लेविस अपनी कुचली गयी संवेदनाओं के कारण एक बड़ा संहारक बना। इन लोगों ने भावनात्मक क्षेत्र में एक इतिहास यू. एस. ए. में रचा।

अधिकांश व्यवसायी व सांसारिक कार्यों में लगे हुए लोगों के भौतिक तल पर सबसे अधिक अंक हैं। रूस के महान् प्रसिद्ध धार्मिक जार्ज इवानोविच गुर्जिऐफ़ का प्रेरणायुक्त अंक 9 'आई' पर था। यूरी गेलर का अंक 7 टेलेंट व 4 आई पर था जो इजरायली आत्मिक तेल अवीव में जन्मा था, जिसे अतिरिक्त ऊपरी तल से संदेश मिलता था कि संसार का विनाश शीघ्र ही होने वाला था। एडगर केसी अठारह मार्च 1877 में जन्मा था, जिसका टेलेन्ट अंक 8 आता था, जो कि शक्ति दाता है तथा पदार्थवाद व दर्शन शाखा का ज्ञाता है। अपने भाग्यांक 9 के कारण और अंक 3 आई पर होने से उसने दर्शन शास्त्र पर ही ध्यान दिया, जो कि अंक 8 का एक भाग था और शक्ति तथा पदार्थवाद को नकारा, जो 8 के दूसरे भाग थे।

यही घटना मैडम हेलेना पैट्रोवना बलेवात्स्की, जिन्होंने थियोसोफिकल सोसाइटी की नींव रखी, के साथ हुई (देखें 'सीक्रेट आफ न्यूमरोलाजी', कुमार 3)।

यह तो पूरे तौर से साफ़ है कि प्रत्येक व्यक्ति को भगवान की ओर नहीं ले जाया जा सकता। जीसस क्राइस्ट एवं उनके मारने वाले, दोनों प्रकार के लोग एक ही समय में हुए। किसी व्यक्ति को अधिकांश आध्यात्मिक संख्याओं से जन्म मिले, इसके पूर्व उसे अनेक जन्मों में बहुत कुछ भौतिक, मानसिक एवं भावात्मक क्षेत्रों में सीखना पड़ता है।

वे व्यक्ति जिनका मस्तिष्क खुला हुआ है, वे किसी भी तरह की सख्याओं को लेकर जन्म लें, किंतु उन्हें योग एंव ध्यान के द्वारा अनुभव करने का अवसर तो मिलता ही है। यह दोनों सत्य को वैज्ञानिक तथ्य की तरह खोजने हेतु मार्ग दर्शन देते है।

कुण्डलिनी यात्रा में सात चक्रों से गुजरते हुए जब कोई चौथे अनाहत चक्र में पहुंचकर चक्र जगा लेता है, तो वह अपने भाग्य का निर्माता स्वयं बन जाता है। छठवें चक्र, जिसे आज्ञा चक्र कहा जाता है, के जग जाने से साधक कल्पतरू के नीचे पहुंच जाता है, जहां कि जो भी कोई इच्छा करता है तत्काल प्राकृतिक नियमों के अंतर्गत पूरी होती है। मैंने ऐसे कुछ व्यक्तियों को देखा है जिनकी सख्याएं तो दूसरी थीं, परन्तु उनके जीवन की घटनाएँ और परिस्थितियाँ सख्याओं से भिन्न थी। यह वे लोग हैं जिन्होंने अपने कर्मों से अपने भाग्य निर्मित कर लिये हैं। जब और ऊंचे चक्र जग जाते हैं, तो साधक सांसारिक इच्छाओं कामनाओं आदि से पार हो जाता है, भौतिक, मानसिक, भावात्मक आदि विचारों से ऊपर उठ जाता है, क्योंकि वह इस पदार्थवादी संसार के भाग्य को देख चुका होता है। इस स्थिति में उसे केवल प्रेरणा तथा अध्यात्म के क्षेत्र में कार्य करने और परमात्मा की खोज की कामना ही रह जाती है।

अपने नाम में कुछ परिवर्तन करके मनुष्य आध्यात्मिक जीवन की ओर अपने भाग्य को बदल सकता है। यद्यपि यह एक 'करो और देखो' की विधि है, जिसमें किसी प्रकार की तुलना उन लोगों से नहीं की जा सकती, जिन्हें प्राकृतिक सख्याएं मिली हुई हैं। किंतु प्रयोग तो कोई भी कर सकता है। नई सख्याएं प्रायः छ मास में अपना प्रभाव दिखाने लगती हैं। यद्यपि टेलेंट की संख्या परिवर्तित नहीं की जा सकती है, क्योंकि वह जन्म की तारीख से संबंधित होती है, जो सदैव के लिए निश्चित हो चुकी है।

संदर्भ

1. स्पैरो, लिन इलवेल; एडगर केसीज़ विज़डम फॉर दि न्यु एज-रिइन्कारनेशन, हार्पर एण्ड रो, पब्लिशर्स, सैन फ्रांसिस्को, 1984
2. सरस्वती, स्वामी सत्यानंद; कुण्डलिनी तंत्र, बिहार स्कूल आफ योगा, मुंगेर, इण्डिया, 1984, पेज 174-175
3. कुमार, रवीन्द्र; सीक्रेट्स ऑफ न्यूमरोलोजी, स्टर्लिंग पब्लिकेशन प्रा. लि., नई दिल्ली, इण्डिया, 1992